W0409443

COMMISSAIRE
JOBIC

DU MÊME AUTEUR

PARIS-SUR-CRIME, roman, Julliard.
PARIS-SUR-DROGUE, roman, Julliard.
PARIS-SUR-FRIC, roman, Julliard.
PARIS-SUR-VICES, roman, Julliard.
PARIS-SUR-JEUX, roman, Julliard.
LES DERNIERS SEIGNEURS DE LA PÈGRE, Julliard.
PARIS-SUR-TURF, roman, Julliard.
DANS L'ENFER DU MINITEL ROSE, roman, Éditions de Fallois.

ROGER LE TAILLANTER

COMMISSAIRE JOBIC

Éditions de Fallois
PARIS

La loi du 11 mars 1957 n'autorisant, aux termes des alinéas 2 et 3 de l'article 41, d'une part, que les *copies ou reproductions strictement réservées à l'usage privé du copiste et non destinées à une utilisation collective*, et, d'autre part, que les analyses et les courtes citations dans un but d'exemple et d'illustration, *toute représentation ou reproduction, intégrale ou partielle, faite sans le consentement de l'auteur ou de ses ayants droit ou ayants cause est illicite* (alinéa 1er de l'article 40). Cette représentation ou reproduction, par quelque procédé que ce soit, constituerait donc une contrefaçon sanctionnée par les articles 425 et suivants du Code pénal.

© Éditions de Fallois, 1991
22, rue La Boétie, 75008 Paris

ISBN 2-87706-088-8

PROLOGUE

Il est 3 heures du matin, ce 22 juin 1988 et la porte de la prison de Bois-d'Arcy vient de claquer sur les talons d'un commissaire de police. Yves Jobic, chef des unités de recherches de la 1re division de police judiciaire de Paris est au trou !

Il y a des mois qu'il se bat contre les accusations surgies des prisons parisiennes où il a fait enfermer leurs auteurs proxénètes ou voleurs. Des mois pendant lesquels il s'est défendu pied à pied. Et puis il y a eu ces dernières heures où le combat est devenu cauchemar. Il a senti le piège se refermer avant même que l'on écoute ses dernières dénégations. Toute la presse était là malgré l'heure tardive, ainsi que les caméras de la télévision et les micros des radios. La mise à mort était programmée, le spectacle aussi. Le départ d'un commissaire de police pour la prison est un scoop de premier ordre et un régal pour ses adversaires.

La plupart de ses collaborateurs étaient là eux aussi, ses chefs, les camarades de son combat quotidien, ses complices peut-être. Le nez à la vitre du fourgon de gendarmerie qui l'emmenait, Jobic a pensé qu'il les voyait sans doute pour la dernière fois.

— Vous en prendrez au moins pour cinq ans, lui avait glissé, en aparté, l'un des avocats de ses accusatrices.

Son escorte est composée de gendarmes mobiles de Versailles qui viennent de rentrer de Nouvelle-Calédonie. Sur la route déserte où le fourgon annonce, par radio, sa progression comme s'il redoutait une embuscade, Jobic revit ses derniers instants de liberté face à son juge d'instruction :

— J'ai mûrement réfléchi, vous êtes commissaire, je suis juge. Nous avons presque le même âge. Je prends mes responsabilités. Je vous place en détention. Vous comprenez, votre plainte contre X pour forfaiture et atteinte à la liberté me vise personnellement. Une plainte contre un magistrat, c'est inadmissible. Je risque la cour d'assises.

Ainsi donc la véritable raison était celle-là. Jobic doit payer par avance un crime de lèse-magistrat.

Il a presque le même âge, c'est vrai, que son juge. Ils ont même dû se trouver ensemble à Bordeaux, le futur juge à l'École Nationale de la Magistrature et le futur commissaire dans sa dernière année d'université. Un simple hasard aurait suffi pour qu'ils se rencontrent.

Ce n'est pas seulement le froid qui fait frissonner Jobic en revivant ses premiers instants de détention : sa descente au dépôt, escorté par ses gardes, sa première fouille sous le contrôle d'un commissaire de Nanterre, un ancien de l'inspection générale des services, l'inventaire de ses biens et sa remise aux gendarmes.

Un sort qu'il croyait jusque-là réservé aux malfaiteurs qu'il arrêtait.

La prison de Bois-d'Arcy est un ensemble de bâtiments modernes mis en service voici une dizaine d'années. Bien qu'édifiée en zone urbaine, elle est pratiquement invisible du voisinage, ses quelques hectares étant noyés dans un écrin de haies de tuyas, d'arbres et de verdure qui dissimulent le mur d'enceinte.

Conçue pour recevoir sept cents à huit cents pensionnaires, elle a subi, comme les autres, les conséquences de l'inflation carcérale et en abrite maintenant mille cinq cents confiés à la garde de quelque deux cent cinquante surveillants.

Après avoir franchi la porte d'entrée, c'est par un couloir souterrain que les prisonniers accèdent au greffe, lieu de passage obligé, où ils deviennent réellement des détenus. Un long et large bat-flanc rappelle à Jobic celui des commissariats.

— Bonne chance ! lui ont dit les gendarmes de l'escorte en se retirant et en le laissant aux mains de l'équipe, réduite en raison de l'heure inhabituelle, qui va assurer son entrée.

Empreinte des dix doigts, cabine photomaton, numéro d'écrou, le voilà prêt à passer dans le salon voisin, celui de la fouille. Dépôt signé et contresigné de ce qu'il possède : argent, montre, papiers d'identité. On lui enlève aussi sa serviette de documents qui contient sa défense. Tout cela va prendre place dans la boîte et la valise administratives qui portent son numéro d'écrou : le 31 478.

Le voici nu comme un ver pour l'exploration non seulement de ses vêtements, mais aussi de toutes les cavités de son corps. C'est la règle. Les gardes au demeurant font leur travail avec correction.

La fouille terminée, il a reçu son paquetage, son seul bien dans l'immédiat : deux draps, deux couvertures, un minimum d'objets de toilette.

La prison dort dans un silence absolu quand ses gardes, par un immense couloir blafard semblable à une galerie de métro où l'écho des pas se répercute malgré le sol plastifié, lui font gagner son « unité de vie ». C'est le C4, quatrième et dernier étage du bâtiment C, dans la division dite des adultes par opposition à la division des jeunes, qui occupe les bâtiments A et B où, faute de place, on met d'ailleurs aussi des adultes.

Couloir, portes électriques, ascenseur à double cellule, une pour les gardes, l'autre verrouillée pour le détenu, voici le noyau du C4, une rotonde vers laquelle convergent tous les couloirs de l'étage. De là un surveillant dans sa cage de verre, derrière son piano électronique, voit et commande toutes les portes de l'étage et communique avec les « noyaux » des étages inférieurs. L'électronique a sans doute du bon mais aussi des faiblesses et l'œil du flic a vite repéré le seau pendu au bout d'une ficelle qui, tel un yoyo, assure depuis longtemps, et à l'abri des pannes informatiques, la communication verticale des messages.

Couloir encore, celui de l'isolement, et voici enfin sa cellule, la 415.

La porte qui se referme, le bruit de la serrure de sécurité, le voilà seul, son paquetage dans les bras, dans son nouvel univers de deux mètres sur cinq.

Comme un somnambule, il a préparé son lit.

Courte nuit d'ailleurs. Le réveil est à 6 h 45 pour tout le monde. C'est le bruit de la sécurité que l'on déverrouille qui l'a sorti du sommeil comateux dans lequel il s'agitait. La porte s'est ouverte aussitôt sur le chariot du petit déjeuner poussé par « l'auxi », détenu privilégié affecté aux menues corvées. Celui-ci est tatoué et il a les cheveux dans le cou. Assez sympathique au demeurant. Escorté par quatre gardes, il propose son menu unique : café et pain sec.

— Vous avez vos bons ?

C'est vrai qu'on lui a donné, au greffe, des bons de cantine pour améliorer, à ses frais, l'ordinaire. Les gardes lui ont appris à s'en servir.

La toilette à l'eau froide a achevé de lui faire prendre conscience de la situation. Par-delà la fenêtre aux vitres étroites séparées par de solides montants métalliques, des oiseaux libres sont venus se poser sur les barreaux des cages humaines.

De la porte à la fenêtre, de la fenêtre à la porte, du cabinet sans siège ni abattant au lavabo, du lavabo à l'armoirette, il a tourné cent fois dans sa cellule. Au-dehors, dans les cours communes de promenade, des corbeaux indifférents prennent leur premier repas dans les ordures projetées par les détenus au travers des barreaux.

A 9 h 30, trois gardes sont venus le chercher pour la visite médicale. Jobic a ainsi appris que le directeur, pour le protéger des avanies éventuelles des autres prisonniers, avait ordonné cette escorte permanente renforcée. Prise de sang, analyse d'urine, prise de tension, auscultation, questionnaire de santé. L'infirmière, indifférente et professionnelle, l'a rendu à ses gardes.

De retour dans sa cellule, il a reçu la visite très courtoise du gradé responsable du quartier de l'isolement. Il est en bonne compagnie dans son couloir « C » où les dix-sept cellules alignées d'un seul côté sur cinquante mètres ont pour pensionnaires des violeurs, des punis qui viennent de sortir du « mitard », des braqueurs ou des criminels réputés en mal d'évasion.

Avec le déjeuner médiocre servi par le même « auxi », il a eu droit à sa « cantine ». Coca, fruits, yaourts, matériel de toilette, linge et aussi la presse du jour. Il est à la *une*, Yves Jobic :

LE COMMISSAIRE JOBIC PLACÉ SOUS MANDAT DE DÉPÔT *(Le Parisien).* LE COMMISSAIRE JOBIC EN PRISON *(France-Soir).* L'ÉTRANGE CHUTE DU COMMISSAIRE JOBIC *(Le Quotidien de Paris).* UN COMMISSAIRE SOUS LES VERROUS *(Libération).*

L'après-midi, un membre de l'administration pénitentiaire est venu l'informer des conditions de sa détention à l'isolement. Pas de sport, pas d'office religieux, interdiction absolue de communiquer. C'est le garde des Sceaux lui-même, M. Arpaillange, qui a déclaré que l'isolement *s'apparente à une forme de torture*. Heureusement, on vient de le supprimer pour les terroristes. Jobic pourtant ne s'en plaint pas. Il préfère la solitude au voisinage de ses clients habituels.

De l'autre côté du couloir, dans le mur aveugle, s'ouvrent d'étroites portes pleines. Ce sont celles des « cours de promenade » des isolés. Jobic y a droit deux fois par jour. Le terme « cour de promenade » peut paraître excessif pour désigner un rectangle de sept mètres sur cinq, entouré de hauts murs de béton lisse et protégé des attaques aériennes par des barreaux inaccessibles eux-mêmes recouverts d'une épaisse toile d'araignée en acier profilé. Le lieu offre pourtant quelques dérivatifs à l'angoisse pénitentiaire. D'abord pour le nouveau venu il y a les graffiti. Plus littéraires et philosophiques qu'obscènes d'ailleurs. Les citations de Chénier y voisinent avec celles de Villon, du Dante, de Verlaine ou des extraits des *Hymnes à la nuit* de Novalis. Y figurent aussi quelques calendriers égrenés au jour le jour par des impatients de la liberté.

D'une cour voisine, à travers le béton, des tap-tap réguliers parviennent à Jobic. C'est l'autre distraction favorite des isolés. Une balle de squash inlassablement renvoyée contre le mur de séparation. La monotonie agressive du geste contre la monotonie passive de la prison.

Jobic, pour sa part, a préféré, malgré l'exiguïté des lieux, quelques exercices d'assouplissement et quelques brefs départs de courses. Il est essentiel de garder la santé du corps. Elle conditionne l'équilibre mental. Jobic a juré de ne pas donner à ses adversaires la joie supplémentaire de l'effondrement.

Quoi qu'il arrive, il se battra, comme il se bat depuis dix-huit mois.

PREMIÈRE PARTIE

LE PIÈGE

1. UNE AFFAIRE DE DEALERS

Youssef Boulfred, un petit dealer du port de Gennevilliers, ne se doute pas, lorsqu'il est arrêté le 10 octobre 1986 par les policiers du SDPJ 92[1] et que le passager de son automobile, Yahia Taleb, s'enfuit à toutes jambes en jetant trois doses d'héroïne, qu'il va devenir la première pièce d'un gigantesque puzzle emboîté autour d'un personnage central, le commissaire Jobic.

Boulfred et son compagnon se rendaient au *Milord*, un bar du XVIIIe arrondissement tenu par la tribu des frères Zeghdana dont l'un, Kamel, est d'ailleurs le beau-frère du passager fuyard. Boulfred, pour sa part, était en possession de plus de dix mille francs et ses explications sont trop confuses pour ne pas appeler quelques vérifications.

La route principale du port de Gennevilliers est en effet un des points de vente de stupéfiants les plus importants de la banlieue parisienne, au point que la cité du port a été baptisée le *supermaché* de la drogue. Les actions policières menées sur ce secteur depuis plusieurs années ont permis d'estimer qu'une dose d'héroïne s'y négocie toutes les trois minutes, vingt-quatre heures sur vingt-quatre.

Il ne s'agit là que d'une moyenne. Le « chiffre d'affaires » se fait surtout en soirée. Les « camés » sont rarement des lève-tôt et le port lui-même a, durant le jour, son activité propre. Le trafic incessant et bruyant des camions vides ou pleins et des wagons circulant sur les routes des bassins ou entre des montagnes de gravats, de parpaings, de sable, de gravier, de ciment, de poutres, n'est guère propice aux

1. SDPJ 92 : Service Départemental de Police Judiciaire des Hauts-de-Seine.

rendez-vous clandestins ni aux conciliabules qui précèdent l'échange argent-drogue.

Même l'immense cité du Luth, un ensemble de béton en forme de serpent de mer sinuant entre de gigantesques banquises, semble dormir jusqu'à midi comme dorment ici et là, effondrés entre les poubelles ou les cartons vides de centres commerciaux minables, quelques jeunes toxicos. Quelques paires d'yeux vigilants cependant surveillent les « étrangers », ceux qui ne sont pas « du coin ». La vue des papiers gras, des bouteilles vides, des boîtes à ordures renversées, des seringues éparses ou des carreaux brisés sur des fenêtres sales attire rarement des visiteurs innocents. Les comptes, les mécomptes et les règlements de comptes sont des mobiles plus plausibles, plus vraisemblables aussi que la visite d'un flic solitaire et inconscient.

La situation est la même vers « Les Mourinoux », autre ensemble tout proche bien que géographiquement implanté dans Asnières. En quelques années, des cubes de béton dits HLM y ont remplacé des cabanes. Mais le trafic s'y est développé de plus belle.

C'est vers midi que ces dortoirs s'éveillent, que les premiers drogués vacillants, déjà tenaillés par le « manque », s'ébranlent vers leurs rendez-vous furtifs, canalisés vers leurs dealers par les guetteurs-rabatteurs. Le soir venu, la cité du port leur appartient. Les travailleurs rentrés chez eux en hâte ont poussé leurs verrous. Personne ne veut savoir ce qui se passe dans les interminables coursives des étages et des sous-sols ou dans les cours aux gazons pelés. Quant au port, figé dans le silence de ses moteurs, déserté par l'humanité laborieuse, il devient le domaine des fantômes sans nom, une sorte de Bronx qui aurait traversé l'Atlantique, un quartier réservé au négoce de la drogue, interdit aux gens ordinaires et où les policiers eux-mêmes ne se hasardent qu'en nombre.

Quant au *Milord* à l'angle de l'impasse du même nom et de l'avenue de Saint-Ouen, sa réputation n'est pas meilleure, les frères Zeghdana, surnommés « les Zigs », étant eux-mêmes suspects de trafic au point que leur bar se trouve, depuis plusieurs semaines, sur écoutes téléphoniques à la demande d'un juge d'instruction de Saint-Étienne.

Ces écoutes vont d'ailleurs très vite faire apparaître que la tribu des « Zigs » et les familles Boulfred et Taleb se préoccupent très activement de rassembler les fonds nécessaires au cautionnement judiciaire pouvant permettre la libération de Youssef.

Le 15 octobre, le SDPJ 92 arrête dans le foyer Sonacotra de la cité du port un autre dealer, Salim Fodil, porteur, dans son slip, de cent

CABINET MEDICAL
Docteur GUEPRATTE - Docteur NIEDERMAYER - Docteur SARAZIN

26 RUE DE SUCY - 94470 BOISSY-SAINT-LEGER - TEL. : 01 45 69 75 25 - FAX : 01 45 69 75 34

Docteur V.SARAZIN

MEDECINE GENERALE
94 1 150 831

SUR RENDEZ-VOUS

N° RPPS 10004069018

N° AM 941150831

Boissy St Leger , 13/04/2013

Mlle Elise CAUDAL

1) XANAX 0,25 mg cp séc : B/30
1cp au coucher a renouveler si anxiété
qsp 1 mois

2) BEPANTHEN 5 % crème : T/100g
1 application par jour sur le siege + zones seches

3) VASELINE OFFICINALE COOPER pom : T/80g
1 application par jour sur les lésions de la jambe gauche

4) LOCOID 0,1 % crème : T/30g
1 application 1 jour sur 2 sur la jambe gauche

BADIE RAPHAELLE

SERVICE DE GARDE : FIXE 15 - PORTABLE 112.

PHARMACIE DU HAUT DE BOISSY
MR TRAN KIEN LONG
94 2 01375 6
28 Bld Léon Révillon
94470 BOISSY SAINT LEGER
Tel: 01 45 95 42 46
Ordonnance: 13/04/13
Delivrance: 13/04/13
Vendeur: KLT

Facture no : 278491
Malade :CAUDAL
10042 ELISE
2 24 12 78 646 234 88

Medecin:SARAZIN VERONIQUE
941150831

Ordo.	Li.	Qte	P.U. Vte	Designation	Nb U.T.
000191086	1	1 X	1,96	ALPRAZOLAM 0,25MG ARROW C	
		1 X	11,20	BEPANTHEN 5% CR TUB 100G	
		1 X	2,50	VASELINE GIFRER TUBE 50G	
000191087	1	1 X	3,49	LOCOID CR 0,1P100 TUB 30G	

TOTAL GENERAL:	19,15	
TOTAL R.O. :	3,54	CPAM CRETEIL
TOTAL R.C. :	1,91	FMP CRAMIF
TOTAL ASSURE:	13,70	

COPIE CONFORME A L'ORIGINAL

cinquante grammes d'héroïne qu'il se préparait à conditionner dans une chambre de cet immeuble de travailleurs immigrés. Poursuivant leur action, ces mêmes policiers vont se rendre au propre domicile de Fodil et y récupérer deux cent quarante mille francs, ainsi que Khaled Zeghdana, un des « Zigs », qui a eu la malencontreuse idée de se présenter pendant la perquisition.

Du coup, à partir du 16 octobre, le juge Hayat du tribunal de Nanterre va se saisir de l'ensemble de ces affaires qui gravitent, de toute évidence, autour des mêmes personnages.

Petit et replet, Jean-Michel Gaston Hayat respirerait plutôt la bonhomie. Mais derrière cette apparence, somme toute banale, se cache un magistrat d'une rare ténacité et un travailleur infatigable.

De brillantes études universitaires sanctionnées par une maîtrise de droit et un diplôme de sciences politiques ont précédé son entrée à l'École Nationale de la Magistrature. Nouvelles études théoriques et stages pratiques avant de gagner son premier poste ; ce sera celui de juge d'instruction, déjà, au tribunal de Troyes en janvier 1981. Il a alors vingt-six ans.

Il n'y a bien sûr rien de comparable en volume entre la criminalité de l'Aube et celle de la région parisienne mais les affaires délicates se rencontrent aussi bien en province que dans la capitale.

C'est à Jean-Michel Hayat que va échoir en premier lieu la sinistre affaire des soldats disparus dans « le triangle maudit » de Mourmelon. Un mystère qui restait entier à son départ malgré l'énorme dossier rassemblé et une instruction que son successeur reconnaissait comme exemplaire. Car Jean-Michel Hayat, en juillet 1983, quittait la Champagne pour le tribunal de grande instance de Nanterre.

C'était un changement radical à tous égards. Par le décor d'abord. L'architecture austère, moderne et grise du palais de justice des Hauts-de-Seine et son environnement autoroutier et industriel n'offrent de prime abord rien de bien réjouissant. Un aménagement intérieur fonctionnel permet heureusement de l'oublier dans le travail. Et du travail, là encore, le juge Hayat ne va pas en manquer. Il va confirmer très vite la réputation qui l'a précédé de bourreau dans ce domaine. C'est au problème de la drogue surtout et à toute sa délinquance connexe qu'il va s'attaquer. Les services de police ne chôment pas, le juge non plus et plusieurs réseaux, petits ou grands, y perdront la liberté. Celui qui se cache derrière les Boulfred, Taleb et autres Zeghdana a sûrement quelque souci à se faire à propos de son avenir.

Le 31 octobre, c'est au tour d'Okacha Tebiz de tomber dans les filets du SDPJ 92, en flagrant délit de vente d'héroïne à la cité du port où les affaires continuent. Tebiz passe aux aveux et reconnaît vendre quotidiennement une trentaine de doses. Il précise qu'il agit pour le compte de Yahia Taleb, toujours en fuite, de son frère Larbi, ainsi que des frères Fodil, ces deux équipes ayant, à son sens, la maîtrise du trafic sur tout le port.

C'est bel et bien tout le réseau de ce sinistre coin de banlieue que les hommes du SDPJ 92 mettent au jour. La chance va les y aider avec l'arrestation inespérée de Yahia Taleb surpris par les policiers de Courbevoie en flagrant délit de cambriolage. Ce personnage démontre ainsi qu'il a plusieurs cordes à son arc. Il a également dans ses poches une vingtaine de doses d'héroïne. Difficile, dans ces conditions, de se prétendre victime d'une erreur judiciaire. Yahia l'admet volontiers et reconnaît son rôle de semi-grossiste. Il va faire mieux en donnant comme organisateurs du trafic ses beaux-frères Kamel et Abdelbasset Zeghdana dont il reçoit ses instructions et à qui il remet l'argent des ventes. Enfin, il indique le fournisseur auprès duquel il se ravitaille. C'est un certain Aziz qu'il rencontre au café *La Taverne de la Voûte.*

Khaled Zeghdana, déjà arrêté, a reconnu de son côté servir d'intermédiaire entre ses frères Kamel et Abdelbasset et les frères Fodil dont l'un, Salim est détenu. L'autre, Taoufik, le sera bientôt. Kamel Zeghdana, appréhendé à son tour, avouera également vendre avec Yahia Taleb quelque deux cent cinquante grammes hebdomadaires d'héroïne sur la cité du port.

Les écoutes du *Milord* font encore apparaître les noms de plusieurs dealers ayant leur siège dans un studio de Noisy-le-Grand où ils conditionnent la marchandise fournie par les Zeghdana par l'intermédiaire de Youssef Boulfred et aussi par un certain Layachi Ouidir. Tous ces personnages seront, à leur tour, arrêtés.

Le juge Jean-Michel Hayat peut se frotter les mains. Son affaire se développe bien.

Mais il nous faut revenir un peu en arrière et nous intéresser à cet « Aziz » dénoncé par Yahia Taleb comme étant, à ses yeux du moins, le principal ravitailleur. Il sait où le trouver : à *La Taverne de la Voûte,* dans la rue du même nom dans le XIIe arrondissement, dont il est ou a été récemment le tenancier ou le propriétaire. Yahia, qui n'est pas avare de confidences, accepte devant les policiers du SDPJ 92 de tendre un piège à son fournisseur. En présence de l'inspecteur Touitou qui comprend l'arabe, il appelle Aziz et lui passe commande de cent cinquante grammes qu'il se propose de venir chercher dans l'heure qui suit. Marché conclu. A l'heure dite, les policiers du SDPJ 92, pour qui il ne peut s'agir que d'héroïne, peuvent faire claquer leurs « bracelets » sur les poignets d'Aziz, c'est-à-dire Jean-Claude Mustafa né en 1960 à Marseille et domicilié chez sa mère, Louise, à Paris.

Malheureusement pour les policiers, Jean-Claude Mustafa n'est en possession que de deux morceaux de haschisch, une trentaine de grammes en tout, une misère. Il n'y a pas d'héroïne et Aziz aura beau jeu de prétendre que ses petits trafics limités au « H » — comme haschisch et non comme héroïne — ne concernent qu'une dizaine d'acheteurs. Il a cependant sur lui onze mille francs pliés par liasses de mille francs, *à la manière habituelle des dealers,* souligneront les policiers qui savent de quoi ils parlent.

Ces mêmes policiers ne font naturellement qu'un saut de *La Taverne de la Voûte* au domicile que Jean-Claude Mustafa partage avec sa mère. Celle-ci ne leur facilitera pas la perquisition. Elle proteste bruyamment, parle en arabe avec Jean-Claude et alerte par la fenêtre son autre fils Jean qui klaxonne dans la rue à bord de sa BMW et juge préférable de déguerpir. Les enquêteurs découvrent néanmoins dans la chambre de Jean-Claude des feuilles de papier quadrillé à petits carreaux bleus, identiques à celles qu'ils ont déjà vues enveloppant les sachets d'héroïne de Yahia Taleb.

Il y a également, dans un coffre du Crédit Lyonnais du boulevard des Italiens où ils se rendent aussitôt, des bijoux estimés plus tard à cent quarante mille francs ainsi qu'une somme de plus de soixante mille francs dont une partie pliée « façon dealer ».

Ce n'est évidemment pas le résultat espéré. Rien ne vaut la présence de la « poudre », et ni Jean-Claude Mustafa ni sa mère ne semblent prêts à confirmer les convictions policières. Il y a tout de même là de quoi inviter le détenteur de haschisch à une réflexion, peut-être salutaire, en prison. Les gens qui l'entouraient lors de son arrestation ne constituent pas non plus les témoins de moralité dont on peut rêver.

Le commissaire divisionnaire Marc Monera et son adjoint, le commissaire Lafille, chef du groupe de stupéfiants du SDPJ 92, instrumentent ici en flagrant délit à la suite de l'arrestation à Courbevoie de Yahia Taleb et de ses déclarations. Compte tenu des aveux du personnage sur les Zeghdana, des arrestations opérées en octobre et des articulations mises à jour entre les différents individus impliqués dans les trafics, les deux policiers savent que leur affaire, dès sa transmission au parquet de Nanterre, ne peut qu'aboutir dans les meilleurs délais sur le bureau du juge Hayat. C'est logique et il est heureux qu'il en soit ainsi pour la cohérence de l'action judiciaire.

Mais cela explique aussi le profil bas qu'adoptent les deux commissaires pour accueillir la démarche qu'effectue auprès d'eux leur collègue Yves Jobic, chef des unités de recherches de la 1re DPJ [1], en faveur de Jean-Claude Mustafa. Ils n'ignorent pas bien sûr la réputation d'efficacité que Jobic s'est faite depuis quatre ans, depuis la naissance précisément de ces unités de recherches.

Dans les réunions périodiques à la direction du quai des Orfèvres, chaque service expose ses résultats et le préfet de police lui-même est très attentif à ceux des unités de recherches qu'il a créées. Celles que dirige Jobic ont en général le meilleur palmarès et il y est lui-même pour beaucoup.

Bien que de taille moyenne, il est vif et musclé, le regard noir et curieux derrière de sobres lunettes cerclées d'or sous un front large et des cheveux très bruns. Sportif, ne fumant point et buvant peu, il paraît être un homme infatigable aussi clair et lucide à la fin d'une nuit blanche qu'après un bon sommeil. A la fois affable et raide, il donne à ses collègues l'impression d'une sorte d'alliage d'acier et de bambou avec un sourire vaguement carnassier qui passe insensiblement, selon les circonstances, de la cordialité au défi. La plupart aussi ont remarqué le geste des deux mains qui lui est habituel, pouces et index écartés, pointés comme des flèches vers le sol, lorsqu'il évoque un adversaire terrassé ou sur le point de l'être. Il y a quelque chose du torero dans le personnage.

Monera et Lafille n'ignorent pas non plus que la réussite de Jobic, qui fait quelques jaloux, doit beaucoup au réseau d'informateurs qu'il a tissé sur les trois arrondissements parisiens où il opère et ils n'éprouvent aucun plaisir particulier à avoir mis la main, par hasard, sur l'un d'eux. Si encore il s'était agi d'un dealer isolé, la possession de trente grammes de haschisch par un « correspondant » de qualité ne posait pas, à elle seule, un gros problème. Une circulaire de la chancellerie, devant la montée des petits trafics qui engorgent les tribunaux et se traduisent en fin de compte par des classements, a admis dès le 17 mai 1978 que la détention de « petites quantités » (le

1. 1re DPJ : Première Division de Police Judiciaire de Paris.

quantum n'est pas précisé) peut être considérée comme relevant de la consommation personnelle et à ce titre ne donne pas lieu à poursuites.

Les « indics », même pudiquement rebaptisés « informateurs », sont bien rarement des enfants de chœur, et c'est précisément en échange d'une certaine indulgence quant à leurs menus méfaits, passés ou présents, qu'on les « tient », et qu'on peut ainsi leur soutirer des renseignements. Tels quels, ils sont à peu près nécessaires à tout travail policier en profondeur. Mais ils n'ont que peu à voir avec les « honorables correspondants » dont s'enorgueillissent les services spéciaux.

Le problème, dans le cas de Jean-Claude Mustafa, est qu'il se trouve mis en cause comme acheteur-revendeur dans un réseau dont plusieurs membres sont déjà sous les verrous. Et, pour tout dire, ni Monera ni Lafille ne connaissent vraiment Jobic ni la nature réelle de ses rapports avec le personnage qu'ils ont arrêté. Ils promettent bien à leur collègue de faire ce qu'ils peuvent, mais en l'état actuel des choses cela ne peut se traduire que par une démarche auprès du substitut de service au tribunal de Nanterre.

Jobic s'étonne bien un peu de la fraîcheur de la réception mais, après tout, s'il a ses problèmes, Monera et Lafille ont aussi les leurs :

— Bon d'accord, eh bien, je vais aller le voir moi-même, ce substitut.

Ce qu'il fait d'ailleurs sans plus attendre, accompagné d'un de ses plus proches collaborateurs, l'inspecteur divisionnaire Michel Creissac dit Mickey. Mais là non plus, la démarche de Jobic ne reçoit pas l'accueil espéré :

— Nous allons voir, nous prenons note...

Le gibier, en l'occurrence Jean-Claude Mustafa, sera finalement considéré comme trop imbriqué dans le maillage d'un réseau en voie de destruction pour bénéficier d'une mesure libératoire. Le 10 décembre 1986, il est déféré à la justice et le juge Hayat intègre tout naturellement une pièce supplémentaire dans le puzzle qu'il reconstitue. Le même jour, le commissaire Yves Jobic rend compte par rapport à son chef de service de l'échec de ses démarches.

Le commissaire divisionnaire Philippe Venere ne s'en émeut pas outre mesure. Aucun policier n'a à l'égard de ses correspondants l'obligation de lui assurer l'impunité. Il s'agit chaque fois de mesurer les fautes commises à l'aune imprécise des services rendus ou espérés. L'équilibre est subtil — et donc instable.

Ce n'est d'ailleurs pas seulement pour Aziz lui-même que Jobic a fait le siège de ses collègues du SDPJ 92 et du substitut de Nanterre mais surtout pour son frère Jean, celui-là même qui s'est enfui à bord de sa BMW lorsque les cris de sa mère Louise l'ont averti que Jean-Claude avait de sérieux problèmes avec la police. Cette fuite ne peut se traduire, dans l'esprit police-justice, que par l'aveu d'un certain malaise à l'égard des institutions répressives. Qui d'ailleurs, si ce n'est Jean Mustafa, peut avoir informé le commissaire Jobic de l'arrestation d'Aziz ?

Un regard sur le passé de cette famille ne peut manquer d'intérêt pour le juge Hayat.

2. LES MUSTAFA

Jean-Claude Mustafa dit Aziz, son frère Jean surnommé Boukhit ou encore Boured et leur mère Louise, font partie de cette grande famille peu connue des gitans irakiens.

Historiquement, leurs racines se situent en Inde du Nord d'où ils furent chassés deux mille ans avant notre ère par les invasions aryennes.

Rien qu'en France, ils sont environ six cents, dont beaucoup à Marseille. La plupart sont nés français ou ont acquis notre nationalité. Ils sont divisés en clans et, s'ils se sont plus ou moins sédentarisés, ils n'en voyagent pas moins de manière habituelle. On les rencontre aussi dans la plupart des cercles de jeux européens et certains sont même à ranger, dans ce domaine, dans la catégorie très particulière des professionnels. D'autres sont fichés par Interpol comme spécialistes internationaux du vol « à la détourne » et du vol « au rendez-moi ». C'était d'ailleurs le cas pour Louise Mustafa, la mère de Jean et de Jean-Claude, qui exploitait avec sa sœur, jusqu'en 1987, *Le Cadran Magenta*, un grand café sur l'avenue du même nom. La direction centrale de la police judiciaire, le SRPJ[1] de Lille et la 6e DPJ allaient interrompre les carrières des deux sœurs en 1983, en découvrant dans leurs coffres des bijoux estimés à quelque cinq millions de francs. Plusieurs membres du clan allaient goûter quelque temps l'hospitalité des prisons parisiennes, mais ni Jean ni Jean-Claude, les deux fils de Louise, n'étaient impliqués dans l'affaire. Il est vrai qu'ils avaient, de leur côté, connu d'autres problèmes.

---

1. SRPJ : Service Régional de Police Judiciaire.

Jean Mustafa en particulier a eu une vie assez agitée. Parfois innocenté, parfois reconnu coupable, il a fait plusieurs séjours dans les prisons européennes. « Tombé » à Venise en 1981 dans des affaires de vols de bijoux, il a connu le pénitencier de La Cinara, cette île perdue au large de la Sardaigne. En 1983, c'est dans les prisons parisiennes qu'il prend pension pendant un an pour avoir été le souteneur de Halima El Bordji, une prostituée de la rue Saint-Denis dont nous aurons l'occasion de reparler. Il est aussi, en mai 1984, à la prison de Barcelone, en Espagne, dans la cellule voisine de celle de Vaccharesi, le jour où celui-ci est abattu au fusil à lunette alors qu'il prenait le frais à sa fenêtre. Jean Mustafa sera libéré peu après, innocenté dans une affaire de vol et recel d'or qui lui avait valu un mois de détention préventive.

Jean-Claude, de son côté, avait la malchance de voir charger son casier judiciaire, jusque-là vierge, par un oncle qui, usurpant son identité, se faisait arrêter et condamner sous son nom pour un vol commis en Italie.

Ces vicissitudes diverses finirent par conduire les deux frères à envisager l'avenir d'une manière plus sérieuse en s'établissant. Jean-Claude l'aîné, marié à une femme marocaine et père de deux enfants, s'installait à *La Taverne de la Voûte* dans le XIIe arrondissement. Quant à Jean il achetait *Le Rochambeau* rue La Boétie, un restaurant de classe où il allait avoir le privilège de présenter sa carte à plusieurs personnalités ministérielles. C'est que, pour condamné qu'il ait été, Jean Mustafa, à vingt-huit ans, a tout de même cette aisance que donnent les voyages, le contact de cultures diverses, la pratique courante de cinq langues sans compter le dialecte propre aux gitans irakiens. Il traite aussi au Liban de mystérieuses affaires, gagnant Beyrouth quand il le veut en passant, par exemple, par Bagdad lorsque l'aéroport est fermé. De fait c'est un homme à qui Jobic, qui l'a rencontré à sa sortie de prison en 1984, ne donnerait certes pas le bon Dieu sans confession, mais il est une mine de connaissances dans la « voyouserie » parisienne arabe même si sa dignité lui interdit d'être un *indic* au sens littéral du mot.

Jobic, par les gens que les Mustafa lui font rencontrer, par les recoupements que leurs conversations éclairées lui permettent, pénètre ainsi un peu plus avant dans la connaissance de ce milieu marginal de putes, de proxos, de trafiquants, de casseurs et de braqueurs qui constituent son lot quotidien et la justification mensuelle de sa fonction.

L'expérience du *Rochambeau* ne dure malheureusement, pour Jean

Mustafa, que peu de temps. Il doit revendre l'établissement pour payer une caution libératoire de quatre cent mille francs pour sa mère Louise qui vient à nouveau de « tomber » en Espagne dans une affaire de vol d'or.

Après un bref séjour à Miami en 1985, où les services de l'immigration le jugent indésirable en raison des innombrables visas de son passeport dans des zones hautement suspectes de trafics de drogue, il va séjourner à Beyrouth où sa belle-sœur irakienne est, malgré la guerre, une chanteuse fort célèbre.

Au début de l'année 1986, revenu à Paris, Jean fait la connaissance, au cours d'un poker un peu menteur, de Rachid Mecheri. La chose se passait dans un cabaret oriental de Paris, *L'Allegro* ou club *Omar Al Khayam*.

Rachid Mecheri est un solide Kabyle de trente-trois ans issu d'une honorable famille d'industriels. Quelques problèmes de jeunesse en Algérie ont conduit ses parents à l'installer à Paris en lui offrant, pour commencer, le bar *Le Moretti* près du Cirque d'hiver. Ses affaires ont plutôt bien marché puisqu'on le voit bientôt au volant d'une Ford mustang rouge. Quelques années plus tard il vend *Le Moretti* et devient l'heureux propriétaire du *Grand Trio*, un important café-hôtel-restaurant situé non loin du port de Gennevilliers, à l'angle de la place Jean-Grandel et de la rue Félicie. *Le Grand Trio* n'est pas un établissement de luxe, loin de là. Mais si elle n'est pas très fortunée, sa clientèle, essentiellement maghrébine, est abondante. Les chambres, au confort spartiate, louées au mois, abritent autant d'occupants qu'elles peuvent en contenir et le café-restaurant ne désemplit pas. De quoi assurer une aisance très convenable à Rachid Mecheri qui peut consacrer sans remords quelque argent à sa passion du jeu et croiser du même coup la route de Jean Mustafa.

Le conflit né du poker étant réglé, les deux hommes deviennent amis au point de s'associer bientôt à égalité, après que Mecheri eut vendu son affaire, dans l'ouverture et l'exploitation d'un restaurant de nuit de standing. C'est *La Palmeraie* dans la rue du Vieux-Colombier tout près de Saint-Germain-des-Prés. Le gérant officiel en sera un autre ami, Jean Baude, avec 10 % des parts. Il est convenu que Mecheri assurera la gestion et que Jean Mustafa, fort de ses relations internationales, s'occupera de rabattre vers *La Palmeraie* la riche clientèle saoudienne et libanaise qu'il connaît bien.

Il reste évidemment un problème à résoudre, celui de l'autorisation administrative nécessaire pour que l'établissement n'ait pas à fermer ses portes à deux heures du matin suivant la règle commune. C'est précisément l'heure où les noctambules commencent à se restaurer au prix fort.

L'usage veut que durant le temps où est instruite la demande de dérogation, l'autorisation d'ouverture de nuit soit tacitement accordée par la police locale, ce qui permet en même temps à celle-ci une utile période d'observation.

La famille Mustafa n'est qu'un exemple parmi d'autres des relations utiles du commissaire Yves Jobic, chef des UR de la 1re DPJ. Il ne mettrait sûrement pas sa main à couper de la clarté de toutes leurs entreprises mais dans l'immédiat ils sont en règle avec la justice française.

On peut donc admettre que rien ne s'oppose à l'intervention téléphonique que fait son patron, le commissaire divisionnaire Venere, auprès de son collègue du VIe arrondissement en faveur de la dérogation sollicitée. Cette démarche ne change rien, dans l'immédiat, aux usages habituels. Elle nourrit simplement et favorise pour l'avenir les bonnes relations.

Jobic peut donc arguer d'une parfaite bonne conscience lorsqu'il réagit à l'appel de Jean Mustafa quand celui-ci, le 8 décembre 1986, lui annonce l'arrestation de son frère par le SDPJ 92.

En somme, Jean-Claude, « balancé » comme fournisseur par un dealer lui-même arrêté, est trouvé porteur d'une trentaine de grammes de « H » et d'une somme relativement importante en billets pliés façon dealer. Les faits ne sont pas d'une gravité extrême.

Les cent quarante mille francs de bijoux aux origines indécises et à propos desquels rien n'est et ne sera d'ailleurs jamais établi, ne sont pas non plus d'un poids déterminant.

Jobic a déjà derrière lui quatre années d'expérience, de traquenards esquivés, d'informations tordues. Quelles que soient ses motivations, il ne joue ni au kamikaze ni au flic isolé. Il a rendu compte de l'événement à ses chefs, le commissaire principal Cerf, sous-chef de la 1re DPJ et le commissaire divisionnaire Venere, grand patron du service, tous deux hommes d'expérience sortis des ex-BT [1]. C'est avec leur accord que Jobic, accompagné de l'inspecteur divisionnaire Creissac, a pris contact d'abord avec le SDPJ 92, puis avec le substitut de Nanterre.

---

1. BT : Brigade Territoriale.

Nous avons auparavant dit « profil bas » pour qualifier l'accueil fait à ses démarches. Ce que l'on sait maintenant des Mustafa justifie sans doute les appréhensions des uns et des autres devant l'insistance de Jobic. Il n'est pas douteux non plus que le juge Hayat, informé, se soit trouvé intrigué.

Les précautions hiérarchiques elles-mêmes, dont Jobic s'est entouré, peuvent être le signe d'une habileté inquiétante. Ce n'est encore qu'un vague soupçon, une hypothèse informulée.

3. LE MALENTENDU S'INSTALLE

Le juge Hayat, en ce début d'année 1987, est totalement inconnu de la 1re DPJ qui, en raison de son terrain de chasse, est essentiellement en rapport avec les magistrats de Paris. Tous les policiers de terrain savent combien la qualité de leurs rapports avec les substituts, procureurs et juges d'instruction est essentielle à la réussite de leur mission commune. Il y a ceux et celles avec qui il est bon de mettre d'emblée toutes les cartes sur la table. Il y a les autres avec lesquels la démarche doit être plus nuancée, plus prudente, pour ne pas égratigner leur qualité très officielle de directeur d'enquête. Il y a ceux enfin à qui il ne faut rien demander, rien suggérer si ce n'est l'inverse de ce que l'on souhaite. La pratique quotidienne enseigne toutes ces règles. A l'égard du juge Hayat, la 1re DPJ ne sait rien. Ni Venere, ni Cerf, ni Jobic ne le connaissent. Seul le SDPJ 92 connaît sa pugnacité et sa préférence marquée pour les services de la gendarmerie. Ce n'est pas que la police judiciaire de son département soit inefficace. Bien au contraire. Elle a connu avec le magistrat de nombreuses réussites, en particulier dans la chasse aux trafiquants de stupéfiants, et celle en cours contre les Boulfred et autres Zeghdana ne dépare pas la collection. Mais la police judiciaire, à Nanterre comme ailleurs, doit affronter maintenant la concurrence redoutable de la gendarmerie.

Ce n'est un secret pour personne que, depuis une quinzaine d'années, la gendarmerie, qui se sent peut-être insuffisamment occupée dans sa police suburbaine rurale et routière, ambitionne des tâches plus gratifiantes, plus médiatiques, celles dont on parle, les beaux crimes, les grands réseaux de trafiquants, jusque-là traitées par la police judiciaire.

Il y aurait au demeurant, les statistiques de l'insécurité aidant, de la besogne pour tout le monde et sans doute eût-il suffi d'un partage clair des compétences, géographiques ou juridiques, pour que policiers et gendarmes puissent avoir une complémentarité fructueuse.

Cette aspiration de militaires autorisés à adopter la tenue civile aux tâches réputées nobles a naturellement entraîné dans les villes de province d'âpres rivalités arbitrées par les magistrats. A Paris, en revanche, le monopole de la police judiciaire n'a guère été entamé, non plus que dans les départements du Val-de-Marne et de la Seine-Saint-Denis qui, comme la capitale, relèvent à la fois de la tutelle judiciaire de la cour d'appel de Paris et de la hiérarchie administrative du 36 quai des Orfèvres, deux institutions habituées depuis longtemps au travail en commun.

Mais le troisième département de la couronne, les Hauts-de-Seine dont le chef-lieu est Nanterre, présente à cet égard une situation bâtarde. Le SDPJ 92 dépend bien, lui aussi, administrativement du quai des Orfèvres, mais le pouvoir judiciaire de son ressort est exercé par la cour d'appel de Versailles.

Ainsi écartelée entre deux hiérarchies, la police judiciaire des Hauts-de-Seine offre une vulnérabilité d'autant plus grande face à la gendarmerie que celle-ci, pour la concurrencer, a sérieusement étoffé ses structures sur le département. Quant aux magistrats, dépendant eux aussi de Versailles, ils sont davantage tournés vers la province et ses méthodes de travail que vers Paris.

Cet ensemble de facteurs suffirait à expliquer que certains d'entre eux préfèrent confier leurs enquêtes aux brigades du département ou à la section de recherches de la gendarmerie de Versailles, plutôt qu'aux policiers du SDPJ 92.

Un autre élément important vient encore parfois favoriser un tel choix.

Chacun sait que, depuis sa création au lendemain des événements de 1968, le syndicat de la magistrature a clairement exprimé l'ambition d'annexer la police judiciaire au ministère de la Justice. Le prétexte invoqué était généralement la nécessité d'un contrôle plus strict, par les juges, des méthodes et des hommes. En réalité, sous ce prétexte, se cachaient d'autres raisons plus politiques et une certaine méfiance des membres d'un syndicat revendiquant une philosophie de gauche, à l'égard d'une police dont les chefs, sinon le personnel, étaient à leurs yeux trop acquis aux idées de droite.

Après les vertes années soixante-huitardes qui lui permettaient de dépoussiérer quelque peu une institution judiciaire un peu ronronnante, le syndicat de la magistrature allait connaître une audience en dents de scie avant de s'imposer avec d'autant plus de force que, dans le pays lui-même, la gauche boutait peu à peu la droite traditionnelle hors des sphères du pouvoir.

Il devenait ainsi la deuxième organisation syndicale de la justice derrière l'USM (Union Syndicale de la Magistrature) qui se veut apolitique et devant l'APM (Association Professionnelle des Magistrats) classée à droite.

L'influence du syndicat de la magistrature sur la politique judiciaire s'accroissait naturellement à mesure que ses membres devenaient plus nombreux dans la plupart des postes de la hiérarchie judiciaire et l'on put voir, phénomène apparemment paradoxal, nombre de membres du syndicat de la magistrature, pourtant peu suspects de sympathie excessive envers l'institution militaire, se tourner de préférence vers la gendarmerie pour les enquêtes importantes. La première raison en était la réputation de docilité et d'obéissance aveugle faite, à tort ou à raison, aux gendarmes. La seconde était peut-être un désir plus secret de faire pièce aux policiers, en leur montrant que d'autres pouvaient faire le même travail qu'eux, tout en étant plus strictement contrôlés par les représentants du pouvoir judiciaire.

Vue dans ce contexte, la démarche était logique, mais elle ne donna pas toujours, tant s'en faut, les brillants résultats escomptés, et les méthodes des gendarmes se révélèrent parfois peu convaincantes. De plus, comme on va bientôt le voir, elle ne fit rien pour rendre harmonieuses les relations entre les deux grands corps de maintien de l'ordre public.

C'est ainsi que le SDPJ 92 vit grignoter peu à peu par les gendarmes, sur les Hauts-de-Seine, son quasi-monopole de la PJ.

Quelles que soient par ailleurs les qualités professionnelles du juge et des policiers, les polémiques parfois acerbes entretenues par leurs syndicats respectifs ne pouvaient que nourrir une méfiance réciproque. Les démarches insistantes du commissaire Jobic en faveur de Jean-Claude Mustafa ne risquaient guère de la dissiper. Elles confortaient au contraire le juge Hayat dans ses doutes quant à la clarté de l'action policière.

La demande que va lui présenter un peu plus tard le commissaire divisionnaire Philippe Venere ne pouvait que l'indisposer davantage.

C'est à l'occasion d'une opération dirigée par Jean-Michel Hayat au café *Le Milord,* celui des frères Zeghdana déjà inculpés dans l'affaire, que Venere, qui assiste avec ses hommes le magistrat dans son action, croit bon de l'entretenir une fois encore du problème Mustafa et de lui demander de recevoir le commissaire Jobic, le mieux à même de l'éclairer complètement sur le sujet. Rien d'étonnant à ce que cette requête soit à son tour fraîchement reçue. Le magistrat n'est sans doute pas loin de considérer la démarche comme une nouvelle et inadmissible pression. Il accède cependant à la demande de Venere et reçoit, quelques jours plus tard, le commissaire Yves Jobic qu'accompagne encore l'inspecteur Creissac.

Pour être plus convaincants, les deux policiers ont apporté au juge une liste, élaborée par leur patron, d'affaires judiciaires récentes réussies par la 1re DPJ à partir de recoupements effectués grâce à des informateurs.

Le juge écoute ses visiteurs, prend la liste et accorde sans enthousiasme le permis de visite qu'ils sollicitent sous le prétexte qu'à défaut d'une impossible faveur, une visite en prison peut permettre de préserver pour l'avenir leurs relations avec un « correspondant ».

Il est peu probable que l'argument ait convaincu le magistrat. Venant après les autres sollicitations restées vaines, la nouvelle demande pourrait bien en effet cacher d'autres raisons moins nobles : la nécessité par exemple de se mettre d'accord sur les déclarations à faire au juge, ou encore, pourquoi pas, d'organiser de concert le sabotage de son instruction.

Hayat n'a certes aucun commencement de preuve à ce sujet, mais l'intérêt suspect que porte le commissaire Jobic à son « correspondant » détenu le met légitimement en état d'alerte.

Ses doutes vont encore s'aggraver lorsque, au mois de mai 1987, Jobic une fois de plus va trouver un moyen qu'il traduit comme une nouvelle manière de lui forcer la main.

Ce n'est plus à Hayat en effet que le commissaire va cette fois s'adresser pour entrer en contact avec Jean-Claude Mustafa, mais au juge Humetz de Paris qui instruit de son côté une affaire de vol à main armée, une attaque de fourgon, dont l'enquête est confiée à la 1re DPJ. Pour Jobic, un entretien avec Aziz pourrait fort bien apporter quelques renseignements précieux dans l'identification des auteurs, mais encore faudrait-il que cette conversation, pour être utile, puisse se dérouler dans des conditions plus propices que celles offertes par un parloir de prison.

Le juge Humetz n'est pas insensible à la suggestion. Il a lui-même été policier et officier de gendarmerie avant de devenir magistrat. Il sait le poids parfois déterminant des conditions psychologiques de telles conversations. C'est donc lui qui va demander à son collègue

Hayat d'autoriser l'extraction, pour une journée, de Jean-Claude Mustafa par la 1re DPJ.

Hayat ne peut guère repousser cette demande d'un collègue. Ce n'est pourtant pas de gaieté de cœur qu'il rédige l'ordre car il le surcharge à l'encre rouge de la mention : *Attention danger d'évasion.* Simple précaution sans doute mais qui suppose chez son auteur l'idée que cette sortie provisoire de prison pourrait permettre une fuite organisée.

Jean-Claude Mustafa sera extrait des prisons de Fresnes le 11 mai par Jobic et Creissac et réintégré le soir même, sans incident, après avoir officiellement passé sa journée dans les locaux policiers.

Il est peu probable que Jean-Michel Hayat ait accordé plus de crédit au motif allégué pour extraire Aziz qu'à celui précédemment invoqué par Jobic pour lui rendre visite en prison. Il est logique, dans le doute qu'il nourrit quant au comportement du commissaire, qu'il voie là une présomption supplémentaire de cette connivence qu'il suspecte depuis ses premières démarches.

Même le fait que les auteurs du hold-up ayant motivé l'extraction aient été ultérieurement arrêtés par la 1re DPJ et présentés au juge Humetz ne le convaincra pas du contraire. Après tout, ces arrestations pouvaient parfaitement être sans rapport avec l'extraction d'Aziz.

La preuve de cette suspicion ? En juin 1988, Hayat n'hésitera pas à entendre par procès-verbal — procédure peu courante — son collègue Humetz et même sa greffière sur les conditions et l'utilité de l'extraction par Jobic de Jean-Claude Mustafa. Prisonnier lui-même du secret de son instruction, qui n'a rien à voir avec celle de Hayat, Humetz restera peu disert. Certes, les policiers de la 1re DPJ ne lui ont pas transmis de procès-verbal d'audition après leurs entretiens avec son détenu. A vrai dire, il n'en avait pas demandé et cette obligation n'est inscrite dans aucun texte. Jean-Claude Mustafa n'intervient en aucune manière dans son dossier. Il était sans doute difficile à M. Humetz d'expliquer par procès-verbal à son collègue que dans certains domaines sensibles, les entretiens se font *off the record* sous peine de rendre muets les interlocuteurs.

Dans le cas présent, cette absence de compte rendu officiel conforte Hayat dans sa conviction que l'extraction d'Aziz cache quelque motif inavouable.

C'est que, dans l'intervalle, l'instruction de son affaire de stupéfiants a notablement progressé. Son dossier compte maintenant quelque deux mille feuillets contre une quinzaine de dealers petits ou moyens et il caresse le projet légitime de remonter plus haut encore dans la filière des pourvoyeurs de drogue, voire jusqu'à certains « gros bonnets » dont l'arrestation constituerait l'aboutissement logique et idéal de son action.

Hayat n'est pas loin de penser que l'insistance intempestive de Jobic et les moyens qu'il utilise pour rencontrer Jean-Claude Mustafa n'ont d'autre but réel que de l'empêcher précisément d'aller plus loin dans ses découvertes. Il faut bien que ce commissaire ait de puissantes raisons pour prendre de tels risques. Il y en a une qui expliquerait tout. Pourquoi le grand maître inconnu de toute cette entreprise de trafiquants ne serait-il pas un policier, Jobic ou un autre ? La chose s'est déjà vue et des policiers de tous grades se trouvent chaque année impliqués dans des affaires parfois sordides.

En 1987 les enquêtes de l'inspection générale de la police nationale ont abouti à 164 licenciements.

Il y a bien là de quoi, pour Hayat, justifier ses appréhensions. Et son hypothèse aurait le mérite de faire s'emboîter parfaitement les pièces de son puzzle. Jean-Claude Mustafa, courroie de transmission entre le maître du réseau et les revendeurs, devient dans l'affaire l'homme précieux dont il faut absolument éviter les indiscrétions. Son frère Jean qui prend la fuite, prévenu par les cris de sa mère Louise, est probablement lui-même un membre du clan...

Ce ne sont plus seulement de vagues doutes que nourrit le juge à l'égard du commissaire Jobic. Ils n'ont pas encore la consistance d'une conviction mais il devient impératif de tirer au clair les vraies raisons de la sollicitude de ce policier envers ceux qu'il dit être ses « correspondants ».

4. LE FACE À FACE

C'est ici, au moment précis où le malentendu s'installe, qu'il convient de revenir un peu sur le personnage exact du juge Hayat, comme sur celui du commissaire Jobic. Magistrat d'une rare ténacité et travailleur infatigable, avons-nous dit. Il est bien tout cela, mais ces qualificatifs ne suffisent pas — pas plus d'ailleurs que dans le cas de Jobic — à rendre compte d'une personnalité complexe, très complexe même. S'il y a, en fait, un point commun entre le juge et le commissaire, c'est qu'ils sont, l'un et l'autre, difficiles à « cerner » de prime abord. L'un et l'autre échappent allégrement aux jugements trop rapides, comme aux classifications sommaires.

Ainsi, dans les milieux judiciaires, le juge Hayat passe pour un magistrat « engagé ». Et il l'est assurément d'une certaine manière. Non seulement par ses attaches avec le syndicat de la magistrature — dont il a épousé la présidente, Adeline Hazan —, mais en raison aussi d'une éthique et de convictions très personnelles, qui finissent, qu'il le veuille ou non, par donner un tour particulier à sa démarche professionnelle. Jean-Michel Hayat est un homme qui a « une certaine idée de la justice ». Et aussi, comme cela apparaîtra tout au long de l'affaire, une certaine idée de la police.

Il serait trop facile et même un peu trompeur de dire, comme certains l'ont fait, que le juge Hayat « déteste les flics » a priori. Ce n'est pas cela, et, en un sens, c'est plus que cela ; c'est en tout cas plus sérieux et plus profond. Ce que n'aime pas le juge, ce qu'il ne comprend pas et ne veut pas comprendre, c'est le rôle jusqu'ici donné aux policiers et la façon dont ceux-ci le jouent. Avec ce qui va devenir l'affaire Jobic, il croit avoir trouvé la justification de ses thèses.

Il est certainement, au départ, persuadé de mener le « bon combat ». Et c'est bien pourquoi ce combat sera acharné, impitoyable, pourquoi des moyens, souvent inattendus et déconcertants, y seront employés.

Le juge Hayat a une idée, et il y tient. On a pu voir très souvent des hommes pénétrés d'une conviction chercher à faire coïncider, non leur théorie avec les faits, mais les faits avec leur théorie.

Le juge Hayat ne soupçonne pas que Jobic — encore que celui-ci, par son style un peu militaire, ses méthodes, sa fierté d'être policier alors qu'il aurait fort bien pu être magistrat, ait tout pour susciter sa méfiance. On pourrait dire qu'il attaque « au-delà de Jobic ». Il attaque toute une conception du travail policier qui lui répugne naturellement et intellectuellement.

Que Jobic soit corrompu ? Il le pense certainement au départ.

Or, il se trouve que, de son côté, Yves Jobic a lui aussi « une certaine idée de la police » qui n'est évidemment pas la même que celle du juge Hayat. Ce n'est pas le flic débonnaire, un peu las et un brin cynique, que l'on rencontre parfois dans les bureaux de la préfecture, ce n'est pas la brute aux cheveux ras et aux idées courtes, ce n'est pas le parfait fonctionnaire comptant déjà ses points de retraite. C'est un passionné, et un passionné froid, les pires ! Il suffit de le regarder. Son demi-sourire, volontiers ironique, son regard perpétuellement scrutateur derrière les lunettes à peine teintées démentent ses allures extérieures de cadre bancaire bien sage. De plus, il se sait capable, très capable, et il a les ambitions de ses capacités.

Célibataire, sans goûts extravagants ni appétit de jouissance, il semble être entré en police comme on entre en religion. Mais il entend bien, de toute évidence, y devenir évêque. Se laisser corrompre, « ripousé », par quelques macs et quelques putes ? Il faudrait qu'il soit bien bête. Or, il est tout sauf cela.

Il est curieux que le juge Hayat, homme intelligent et exerçant un métier où la perspicacité devrait faire partie de la panoplie professionnelle, ne l'ait pas compris très vite. Mais flairer l'ennemi ne veut pas dire le connaître et encore moins le comprendre. Et les idées fixes peuvent conduire à des obstinations dangereuses.

5. TURBULENCES

La première action du juge dans cette perspective va être d'ordonner une surveillance vidéo de *La Palmeraie*. Si les rapports de Jobic avec les Mustafa sont aussi étroits qu'on peut le penser, il doit bien se montrer de temps en temps dans ce restaurant de nuit que Jean dit Boukhit ou Boured exploite depuis quelques mois avec ses amis Rachid Mecheri et Jean Baude.

Il n'est plus question naturellement pour le juge de confier une telle mission au SDPJ 92, ni à une quelconque brigade parisienne, ni même à l'inspection générale, la police des polices.

Les soupçons du juge de Nanterre n'épargnent plus aucun des services de la préfecture de police. Cette forteresse — c'est ainsi qu'on l'a baptisée pour justifier les tentatives de démolition — est depuis longtemps la bête noire du syndicat de la magistrature. Il est vrai qu'elle a longtemps vu passer sans en être ébranlée les régimes politiques, les présidents et les ministères de tous bords. Il est vrai aussi que ses structures complexes mais bien huilées tissent un réseau serré de services inter-dépendants où rien d'important ne se fait sans que l'état-major du quai des Orfèvres et le préfet de police en soient informés. Il y a bien là de quoi irriter ceux qui voudraient la mettre en pièces.

Rien d'étonnant dans ces conditions à ce que le juge Hayat ait tourné ailleurs son regard. C'est tout naturellement à la gendarmerie qu'il s'adresse.

Sur son département des Hauts-de-Seine, il connaît bien le chef d'escadron Morel qui dirige la section de recherches de Versailles et dispose d'une équipe de sous-officiers particulièrement dynamiques, surtout depuis qu'ils ont pu abandonner l'uniforme pour s'identifier aux enquêteurs de la police judiciaire. Le gibier qu'il leur propose est de premier choix. Ne soyons pas hypocrites. « Se faire » un commissaire de la préfecture de police est un extraordinaire stimulant. Le commandant Morel sait où s'adresser, même si cela coûte cher, pour obtenir la logistique nécessaire à cette mission ou à d'autres.

Pourtant cette première surveillance vidéo ne donne rien. Le commissaire Jobic ne met pas les pieds à *La Palmeraie* et cette vue extérieure ne montre rien d'insolite dans le fonctionnement de l'établissement. Cette discrétion, à vrai dire, ne prouve rien. Ce policier, s'il est vraiment le *deus ex machina* que l'on peut supposer, est aussi sans doute assez adroit pour ne pas se compromettre en s'affichant avec des complices. C'est très logiquement que, par sa commission rogatoire du 11 août 1987, le juge Hayat demande aux mêmes gendarmes de mettre le restaurant sur écoute. Peut-être ainsi en apprendra-t-il davantage. On a beau être prudent, le téléphone reste un appareil terriblement indiscret.

Alors même que la gendarmerie entre pour la première fois en scène dans l'affaire le commissaire divisionnaire Marc Monera et son adjoint Lafille vont recevoir au SDPJ 92 une visite inattendue.

La visiteuse est une informatrice habituelle du service. Prostituée et ex-toxicomane, Patricia Boschetto fait le commerce de ses charmes à la porte Maillot. En échange d'une relative tranquillité, elle a plusieurs fois fait profiter la police judiciaire des Hauts-de-Seine d'informations intéressantes sur les dealers et proxénètes de son secteur d'activité. Son propre souteneur est d'ailleurs en prison où il réfléchit sur les risques du métier.

Voici que Patricia Boschetto fait au commissaire Lafille un récit extravagant :

« Le juge Hayat, avec qui je collabore de temps en temps et qui m'aime bien, vient tout à l'heure de me proposer de faire tomber le commissaire Jobic en l'attirant sur les Hauts-de-Seine et en lui mettant dans les poches ou dans sa voiture sans qu'il s'en rende compte, de la drogue, de l'argent ou des bijoux volés. J'aurais des gendarmes à ma disposition pour le faire arrêter. Il faudrait que je fasse cela pour mercredi ! »

Monera et Lafille en sont abasourdis. Ils sentent bien que rien ne va plus entre Hayat et la 1re DPJ depuis les interventions manquées de Jobic en faveur de Jean-Claude Mustafa. Mais quand même, de là à supposer chez un magistrat une forfaiture !

Monera et Lafille informent naturellement la 1re DPJ, et aussi leur direction du 36 quai des Orfèvres, des révélations de Patricia Boschetto.

Ce n'est qu'une prostituée, ex-toxico. Quel crédit apporter à ses propos ? Ce qu'elle dit est tellement inconcevable que, d'un commun accord, on décide de considérer sa démarche comme négligeable.

Une réflexion plus poussée sur cette visite et son contenu amène pourtant quelques interrogations. Comment en effet Patricia Boschetto, en supposant qu'elle ait tout inventé, serait-elle au courant du conflit latent qui oppose le commissaire Jobic au juge Hayat ? On peut évidemment admettre que les canaux multiples qui irriguent en bavardages les milieux de la drogue et de la prostitution ont véhiculé l'information. Mais on peut aussi se demander si Patricia Boschetto n'a pas été téléguidée vers le SDPJ 92 dans le but de discréditer le magistrat instructeur et de mettre à son instruction un obstacle qui bloquerait irrémédiablement son action contre le commissaire Jobic. Si tel était le cas, la recherche de l'instigateur s'orienterait inévitablement vers Jobic. Serait-il suffisamment naïf pour espérer qu'une telle fable aurait quelque chance d'être retenue ? Reste une dernière hypothèse : Patricia Boschetto n'aurait inventé qu'en partie. Elle tiendrait du juge lui-même la connaissance du problème. La chose n'est pas impossible. Monera et Lafille connaissent ses rapports avec le magistrat. Faudrait-il pour autant tenir pour vraie l'effarante proposition qu'elle rapporte ?

Nul n'ose aller jusque-là.

6. LE TEMPS DU DOUTE

Le sous-directeur du quai des Orfèvres, Olivier Foll, connaît assez bien le juge Hayat. Il a été lui-même le chef du SDPJ 92 alors que le magistrat faisait ses débuts au tribunal de Nanterre. Il le tient pour un homme plutôt répressif avec lequel il n'a eu dans l'exercice de son métier aucun problème particulier. Il est un peu étonné de la demande de rendez-vous que lui présente le juge. La direction du quai des Orfèvres n'a guère accordé jusque-là d'importance à l'affaire, jugée banale, qui se déroule dans les Hauts-de-Seine. Les problèmes entre policiers, informateurs et magistrats trouvent généralement sur place leurs solutions. Il y a bien eu évidemment le compte rendu du commissaire divisionnaire Monera à propos des confidences de Patricia Boschetto, mais il a été décidé de tenir celles-ci pour fantaisistes. Rien par conséquent ne semble justifier, a priori, le déplacement du juge d'instruction. Aussi Olivier Foll est-il très surpris, le 27 août 1987 au matin, d'entendre son visiteur lui exprimer ses inquiétudes et ses doutes à propos du commissaire Jobic et de ses rapports avec la famille Mustafa.

Foll connaît bien Jobic. Il le tient pour l'un des meilleurs sinon le tout premier de ses jeunes commissaires. Il tente de rassurer le magistrat en répondant de l'intégrité totale de son collaborateur et en soulignant sa remarquable efficacité. Il essaie de convaincre le juge que de tels résultats ne peuvent être obtenus qu'au prix de contacts parfois douteux et salissants pour lesquels il faut faire confiance aux hommes à condition de les avoir préalablement bien choisis.

Mais le courant ne passe pas entre les deux hommes. Foll attend que Hayat lui parle de ses contacts avec Patricia Boschetto. Or, le juge n'en dit mot. Il se contente d'évoquer les interventions réitérées et suspectes de Jobic en faveur de Jean-Claude Mustafa. La défiance du policier à l'égard de son visiteur n'en est que plus grande. Si encore il avait évoqué l'entretien avec cette prostituée en lui donnant un autre contenu. Parole de juge contre parole de pute, il aurait eu un choix à faire. Foll ne peut lui non plus aborder le sujet. Il n'est même pas certain que la prostituée ait effectivement rencontré le juge.

La question ne se posera que bien plus tard et ce sera parole de directeur contre parole de juge, mais il est trop tôt pour évoquer cet épisode.

Le juge ne parle pas non plus, bien entendu, au sous-directeur de la PJ de l'action qu'il a fait entreprendre par la gendarmerie à Paris sur *La Palmeraie*. Il n'a pas confiance dans ce haut fonctionnaire qui prend a priori la défense de son collaborateur et refuse de partager ses soupçons. Et comment lui faire admettre qu'il fait chasser la gendarmerie sur ses terres ?

L'entretien ne pouvait, avec toutes ces réticences, ces non-dits, finir autrement qu'en impasse. Son seul résultat aura été de renforcer la mutuelle méfiance des deux interlocuteurs.

Après le départ du magistrat, Olivier Foll est resté un long moment songeur, presque troublé. La démarche de Hayat donne du poids à ses soupçons. Il ne l'aurait sans doute pas entreprise s'il était moins convaincu.

D'un autre côté, le sous-directeur tient Jobic pour un policier parfaitement intègre. Ce garçon de trente ans a jusqu'à présent derrière lui un parcours exemplaire. Son dossier en témoigne. Benjamin de trois garçons, il a fait toutes ses études chez les Frères des Écoles Chrétiennes à Bordeaux où le père, grand mutilé de la guerre 39-45, avait été affecté au secrétariat d'État aux Anciens Combattants à l'issue du conflit. Bachelier à dix-sept ans puis licencié en droit, toujours à Bordeaux, il a quitté la faculté après avoir été lauréat de son année de maîtrise. Un sujet brillant sans aucun doute et qui sait déjà où se trouve son avenir puisqu'il prépare tout aussitôt et réussit dans la foulée le concours de commissaire de police. Quant à l'entracte de farniente que pourrait constituer ensuite pour lui le service national, il l'utilise, étant affecté à la sécurité militaire, pour passer un DEA de droit public avec pour sujet de mémoire l'Ordre souverain et militaire de Malte. Un choix qui ne doit sans doute rien au hasard. L'Ordre de Malte est après l'Armée du Salut la plus grande entreprise charitable du monde.

Démobilisé en 1981, il rejoint en septembre l'École Nationale Supérieure de Police de Saint-Cyr-au-Mont-d'Or. Il en sort en 1983 major de sa promotion.

La direction du quai des Orfèvres ne pouvait que se féliciter de l'affectation d'un jeune commissaire au palmarès aussi remarquable. Ses divers chefs de service au centre de police du XVIIe arrondissement ou dans les secteurs voisins de Grenelle et de Javel vont d'ailleurs confirmer que cet intellectuel est aussi un excellent policier de terrain sachant entraîner ses hommes et obtenir des résultats.

Ce concert d'éloges devait nécessairement attirer l'attention de la hiérarchie au moment même où l'insécurité dans la capitale se trouve précisément au cœur des préoccupations gouvernementales. Les pourcentages d'aggravation depuis plusieurs années sont devenus intolérables. Si Paris et sa petite couronne ne représentent qu'un peu plus du dixième de la population de la France, leur délinquance atteint le tiers et leur grande criminalité près de la moitié des chiffres enregistrés sur l'ensemble du territoire. Ce constat assez terrifiant est encore aggravé par l'irrésistible poussée de la drogue et les séries d'agressions souvent mortelles contre les personnes seules et sans défense, qui en sont de plus en plus souvent la conséquence. Quant à la prostitution, qui n'est pas un délit en soi, elle devient le refuge presque obligé des drogués des deux sexes, des immigrés clandestins ou clandestines de toutes races et le vivier de toute une délinquance dite ordinaire de proxénètes, de voleurs, d'escrocs et de faussaires en tous genres.

Cette situation conduit le gouvernement et le ministre de l'Intérieur à exiger une thérapeutique efficace. Le préfet de police Guy Fougier et le directeur du quai des Orfèvres Pierre Touraine ont fait, dans cette perspective, adopter une réforme des structures de la police judiciaire parisienne.

Les divisions de police judiciaire vont dorénavant remplacer les brigades territoriales, avec des équipes de terrain présentes nuit et jour pour intervenir à tout moment sur les crimes et délits et, en particulier, dans les affaires de stupéfiants et d'agressions. Dans le même esprit, la direction de la police judiciaire met aussi en place, au sein de ces nouvelles DPJ, des unités de recherches (UR) remplaçant les anciennes antennes squelettiques des BT.

Il faut, pour diriger ces nouveaux services, des commissaires jeunes, solides, dynamiques et disponibles. Jobic a toutes ces qualités. Il est de plus célibataire et le travail proposé correspond à ses vœux. Il pose sa candidature. Elle est retenue. Il devient le chef des UR de la 1re DPJ. Son terrain : les VIIIe, XVIe et XVIIe arrondissements.

Au cas où ils n'auraient pas bien compris le sens de leur mission, le préfet de police Guy Fougier la précise aux nouveaux promus. Les UR seront débarrassées des procédures inutiles. Leur vocation : « faire du terrain », obtenir des résultats et un maximum d'arrestations. Leur objectif : faire diminuer, voire disparaître, le sentiment général d'insécurité engendré par la montée galopante de la petite et de la moyenne délinquance :

« Vous êtes les fers de lance de la police. Si vous réussissez, vous serez récompensés, sinon, vous rentrez dans le rang. »

Message reçu 5/5 par Yves Jobic qui, à la 1re DPJ, avec ses trente-six hommes répartis sur ses trois arrondissements, va obtenir très vite les meilleurs résultats en qualité et en quantité. Voleurs et agresseurs en tous genres, proxénètes de tous gabarits, trafiquants de stups et faussaires de toutes spécialités commencent à émigrer vers des lieux moins malsains.

Jobic a la chance d'avoir avec lui des hommes qui le suivent et il paye largement de sa personne.

Le bilan : mille cent délinquants déférés à la justice en quatre années, sans compter les fermetures des bistrots et boîtes devenus les abcès purulents où s'épanouit la malfaisance, et plusieurs réseaux de trafiquants de drogue démantelés dont le record de l'année, pour la préfecture de police, avec le réseau Laignel et la saisie de six kilos d'héroïne et de sept cent mille francs en espèces.

L'efficacité même de cette action ne va pas, naturellement, sans créer de solides ennemis au jeune commissaire. C'est la règle. L'action de Jobic sème la crainte notamment dans les milieux maghrébins. En arabe, on lui a donné un surnom : « el dib », ce qui signifie le renard. Une sorte d'hommage en fait à son habileté de chasseur. Il les débusque partout, dans les vols, dans la came, dans le proxénétisme. Ils vont représenter à un moment donné plus de 70 % des détenus de la prison de la Santé. Il n'y a guère que la délinquance économique où ils apparaissent peu. D'ailleurs ce n'est pas le domaine de Jobic. Son terrain à lui, c'est la rue où l'insécurité marque le pas puis régresse spectaculairement.

Le sous-directeur Olivier Foll sait tout cela mieux que quiconque. C'est lui qui a la responsabilité de l'ensemble des divisions de PJ et de leurs UR.

Il a lui aussi, avant d'accéder à la direction, dirigé une brigade territoriale ainsi que la brigade des stupéfiants et du proxénétisme. Il connaît tous les pièges tendus, dans ces postes difficiles, sous les pas des policiers. Il sait aussi par expérience que la police, pour ceux qui sont sur le terrain, n'est pas de la magie. Le regard à l'affût et l'ouïe fine ne suffisent pas. Il faut pénétrer cette écume sociale, perturber ses structures, même si elles sont informelles et mouvantes, jouer des uns contre les autres, créer la zizanie, entraîner les dénonciations vengeresses, encourager la délation, négocier le séjour illégal d'une prostituée, d'un « tricard »[1], utiliser les rares vertus des uns et les nombreuses tares des autres pour moissonner au mieux. En un mot, il faut travailler avec des informateurs épisodiques ou continus, conscients ou inconscients, cupides ou désintéressés, vrais ou faux amis.

C'est ce que fait Jobic, et Olivier Foll qui le tient pour le meilleur de ses chevau-légers de la PJ ne voit nulle part aucune ombre sur ses résultats ni sur ses méthodes. Se pourrait-il qu'il se trompe dans son jugement et que celui qu'il tient pour une sorte d'archange de la police en soit en réalité le démon ? Se pourrait-il, comme le croit le juge Hayat, que, manipulé à son tour par ses informateurs, il ait cédé à quelque tentation et soit tombé du mauvais côté de l'étroite ligne de crête où son métier le fait marcher ?

A force de se poser la question, Olivier Foll en arrive à ne plus être sûr de rien et à douter de son jugement. Il faut qu'il en ait le cœur net, qu'il en parle avec Jobic.

Mais ce 27 août 1987, Jobic achève ses vacances chez sa mère qui est revenue dans son pays natal à Saint-Brieuc. Qu'à cela ne tienne, c'est au téléphone qu'il va l'entretenir du trouble dans lequel l'a mis la visite du juge.

— Monsieur le Directeur, je vous donne ma parole d'honneur que Hayat se trompe. Je ne me suis compromis avec personne, pas plus avec les Mustafa qu'avec qui que ce soit d'autre. Toutes les démarches que j'ai faites au sujet de Jean-Claude Mustafa l'ont été en plein accord avec M. Venere, mon patron. Ou le juge fantasme, ou il a recueilli des informations mensongères !

Olivier Foll est rassuré. Il ne doute plus cette fois de la sincérité de son collaborateur. Il ne voit pas pour autant le moyen de faire partager sa conviction au juge d'instruction de Nanterre. Et puis une dernière question demeure : Hayat lui a-t-il tout dit de ce qu'il sait ?

---

1. Tricard : interdit de séjour.

7. UNE « ÉCOUTE » BIEN MALVENUE

Quelques heures après sa décevante entrevue avec le sous-directeur de la PJ, Jean-Michel Hayat va encore essuyer une nouvelle déconvenue.

Confrontant dans son cabinet Jean-Claude Mustafa à ses deux accusateurs, Kamel Zeghdana et Yahia Taleb, il voit ces deux derniers revenir sur leurs déclarations. Il est vrai qu'une explication orageuse les a auparavant opposés, à la souricière où ils se sont trouvés ensemble. De grossiste en héroïne, Jean-Claude Mustafa n'est plus qu'un modeste revendeur de « H » comme haschisch. Yahia Taleb était « sous médicament ». Il ne sait plus trop ce qu'il a dit. Ce sont les policiers qui l'ont guidé. Plus tard encore, Kamel Zeghdana dira que le juge lui avait proposé de laisser réouvrir *Le Milord*...

Déjà irrité par cette dérobade, Hayat va l'être plus encore par les écoutes de *La Palmeraie* qui enregistrent quatre jours plus tard une longue conversation entre Jobic et Jean Mustafa. Que ceux-ci se réjouissent de la nouvelle situation créée par les rétractations des accusateurs d'Aziz, passe encore, bien que la perméabilité des murs de la prison soit passablement agaçante. Mais ce sont les mots pour le dire qui ulcèrent légitimement le magistrat, qui se voit traiter au passage « d'enfoiré » et « d'enculé » par Jean Mustafa. Jobic plus réservé se contente d'une opinion qui, si elle est plus nuancée : « Il est fou ce mec », n'en est pas moins fort désagréable.

Mais le plus grave est que, par la même bande sonore, Hayat apprend que Jobic a été informé téléphoniquement chez sa mère, par Olivier Foll, de la visite qu'il lui a faite au quai des Orfèvres. Il avait bien raison de se méfier de ce sous-directeur et de ce bunker de la PJ où la solidarité verrouille aussi bien les portes que les bouches et peut-être les consciences.

En la circonstance, Jobic démontre d'ailleurs que ses rapports avec Jean Mustafa sont infiniment plus amicaux et confiants que ceux qu'il a pu avoir avec le juge à l'égard duquel il tient des propos pour le moins désobligeants.

De cette « écoute » édifiante que lui font entendre ses gendarmes, le juge Hayat tire, dans sa logique, deux conclusions. La première est que, du haut en bas de la hiérarchie, la police est liguée contre lui et collabore avec ceux qu'il traque. La seconde est que la nature des liens entre les Mustafa et Jobic ne laisse plus guère de place au doute quant à la compromission de ce dernier.

Ce ne sont pas les autres « écoutes » de *La Palmeraie* qui risquent de lui faire changer d'avis. Bien au contraire. Elles démontrent en effet que les deux principaux associés entretiennent des relations suivies avec plusieurs prostituées. Ainsi Jean Mustafa vit une liaison tumultueuse avec une call-girl prénommée Dany, domicilée rue de l'Ourcq à Paris et Rachid Mecheri, de son côté, fréquente assidûment d'autres prostituées dont Nadjet Khabir qui est sa maîtresse.

Le maréchal des logis chef Corbel de la SR[1] de Versailles va même jusqu'à émettre l'hypothèse, grâce à quelques recoupements, d'un réseau de call-girls basé à Saint-Cloud.

Le juge Hayat n'est chargé d'informer que sur des infractions à la législation sur les stupéfiants et le voilà qui se retrouve comme un chasseur face à un gibier inattendu. Mais Hayat est un juge offensif. Il va commencer par traquer son gibier. Ses commissions rogatoires et les gendarmes de la section de recherches de Versailles vont courir dès septembre alors que le réquisitoire supplétif du parquet de Nanterre le chargeant d'informer sur ces nouveaux faits de proxénétisme ne sera délivré que le 23 octobre 1987.

La section de recherches de la gendarmerie de Versailles n'a pas non plus à se préoccuper de ces incongruités légalistes et la mise en cause, encore ténue mais réelle d'un commissaire de police parisien, est un puissant stimulant pour l'équipe du chef d'escadron Morel.

Le 1er septembre, le juge Dominique-Georges Marro, collègue et ami de Hayat et qui le remplace momentanément en cas d'urgence, ne se pose pas davantage de questions quand il ordonne la mise sur écoute de la ligne téléphonique de Dany, la maîtresse de Jean Mustafa.

---

1. SR : Section de Recherches (de la gendarmerie).

En dépit de quelques défaillances techniques, il apparaît très vite clairement que Dany — c'est bien sûr son diminutif — a, sur rendez-vous, des amis de rencontre pour des sommes variant de six cents à deux mille francs. Elle possède une Fiat panda et son appartement lui a été offert par Boukhit (Jean Mustafa) qu'elle a elle-même « assez souvent dépanné », car il joue tous les soirs dans les cercles et se trouve actuellement confronté à de sérieux problèmes. Ils sont sans aucun doute amant et maîtresse mais leurs amours sont loin d'être au beau fixe. Il est sérieusement question de séparation au début du mois d'octobre.

Les entretiens de Dany avec Jean Mustafa apprennent aussi que l'exploitation de *La Palmeraie* rencontre bien des difficultés.

Il est vrai que la zizanie s'est installée entre les deux principaux associés. Des bruits intempestifs, une insonorisation insuffisante, des plaintes de riverains et des travaux ordonnés mais non effectués, ont conduit le commissaire divisionnaire Belveau du VIe arrondissement à retirer sa tolérance provisoire d'ouverture de nuit. Venere et Jobic, de leur côté, ont fait savoir à la police locale que dans ces conditions leur intervention initiale en faveur de *La Palmeraie* devenait caduque.

Pour Jean Mustafa, tout le mal est venu de Rachid Mecheri qui est d'abord tombé amoureux de la danseuse-chanteuse de l'établissement. Non content de cela, il s'est également entiché d'une prostituée de la rue de Budapest, Nadjet Khabir, qui lui a été présentée par Halima El Bordji, cette amie de longue date de Boukhit.

Il aurait dû se méfier, Mecheri, et se renseigner un peu sur sa conquête. Elle est très instable, Nadjet, dans ses affections. Ses souteneurs successifs en savent quelque chose. Lorsqu'elle décide de les quitter, ils se retrouvent généralement en prison pour quelques mois. Le dernier en date précisément, un certain Radouane, est un obstacle sur la route de ses nouvelles amours. Ayant appris sa liaison avec Mecheri, il a même l'audace de mettre sa protégée à l'amende, conformément aux usages. Elle pourrait bien sûr le « balancer » comme le précédent, à la police, mais Mecheri a une meilleure idée. Il va solliciter l'aide de Jean Mustafa dont le prestige, et sans doute la crainte qu'il inspire, seront suffisants pour que Radouane « rengracie » et renonce à ses prétentions financières en même temps qu'à la fille.

Restons lucides. Toutes ces magouilles entre putains et souteneurs sont monnaie courante. Le plus clair de l'histoire est que Rachid Mecheri a pris la place du souteneur précédent et qu'il peut maintenant entretenir sa chanteuse-danseuse avec le tiroir-caisse que constitue sa prostituée.

Mais *La Palmeraie,* avec toutes les extravagances de Mecheri, souffre de cruelles carences de gestion. Il ne suffit pas d'une tolérance provisoire d'ouverture de nuit pour échapper à ses obligations.

En outre, les mêmes causes produisant les mêmes effets, la belle et riche clientèle du début, drainée par Jean Mustafa, a peu à peu déserté les lieux, remplacée par des personnages plus douteux et plus proches sans doute du responsable de l'intendance. Cela ne fait qu'aggraver les choses et augmenter le nombre des plaintes du voisinage et l'irritation de la police du VIe arrondissement.

De négligences en laisser-aller l'établissement court à sa perte. Jobic, sur le téléphone de *La Palmeraie,* recommande à Jean Mustafa de ne plus transgresser, sauf à ses risques et périls, l'heure de fermeture.

Finalement, *La Palmeraie* met d'elle-même un terme à ses activités. C'en est du même coup fini de l'instructive écoute téléphonique.

8. LES MYSTÈRES DE LA RUE DE BUDAPEST

Nadjet Khabir, dont le véritable prénom est Nadjia, ne se contente pas du « tapin » rue de Budapest. Avec son amie Halima El Bordji, elle pratique le vol « à l'entôlage », technique consistant à soulager doublement le client. L'une des filles s'occupe de son problème sexuel, l'autre de son portefeuille. C'est une petite industrie assez courante rue de Budapest. Nadjet a été condamnée à diverses reprises pour de tels faits. Quant à Halima, elle a déjà valu, en 1983, à Jean Mustafa une condamnation pour proxénétisme.

Les deux femmes vont « tomber » ensemble, en septembre 1987, dans une nouvelle affaire d'entôlage à la suite d'une plainte déposée au commissariat Saint-Georges. Le commissaire Venere interviendra auprès du substitut Davenas en faisant valoir le rôle d'informatrice de Halima. Le plaignant ayant été désintéressé par ses voleuses, l'affaire restera sans suite et les deux femmes seront libérées après leur présentation au parquet de Paris.

Un mois plus tard, Nadjet Khabir récidive seule et se fait prendre à nouveau. Ni Venere, ni Jobic, ni aucun policier n'intervient cette fois. Nadjet ne rend service qu'à elle-même lorsqu'elle balance son souteneur. Son utilité ne va pas au-delà. Qu'elle suive son destin. La voilà à Fleury-Mérogis, furieuse et brûlant de se venger. L'occasion va très vite lui en être donnée.

Les occupations habituelles de ces deux femmes et leurs rapports avec Jean Mustafa et Rachid Mecheri qui apparaissent comme leurs souteneurs vont tout naturellement conduire le juge Hayat et ses gendarmes à s'intéresser de plus près à ce qui se passe rue de Budapest. C'est un monde nouveau et insolite qu'ils vont découvrir.

A la frontière des VIIIe et IXe arrondissements, à deux pas de la gare Saint-Lazare, entre la place du même nom et la rue Saint-Lazare, la rue de Budapest, « Buda » pour les initiés, est un morceau d'enfer de cent quarante-quatre mètres de long, le chancre purulent et le nid sordide de la prostitution la plus infâme.

L'endroit avait pourtant eu, quelque deux siècles plus tôt, une tout autre allure et une tout autre destination. Le secteur de la rue de Budapest se trouve en effet à l'emplacement des anciens jardins de Tivoli, créés par le financier Boutin et transformés par l'illustre artificier Ruggieri, qui les utilisera comme cadre très champêtre des plus grandioses démonstrations de son art. Sous le Directoire, Parisiens et Parisiennes s'y pressaient pour admirer les somptueux feux d'artifice tirés par le maître.

C'est le 3 novembre 1885 que fut créée, dans la rue d'Amsterdam, la place de Budapest, et c'est en 1904 que ce qui s'appelait jusqu'alors le passage de Navarin devint la rue de Budapest.

L'étroitesse de cette nouvelle artère et la sécurité qu'elle pouvait procurer aux belles de nuit la prédestinaient, mais l'existence des maisons de tolérance priva longtemps de clientèle les arpenteuses de bitume du quartier. Il n'apparaît pas que la rue de Budapest ait sérieusement attiré l'attention avant 1946 malgré l'existence rue Saint-Lazare, à quelques dizaines de mètres de là, de cinq maisons de tolérance.

En revanche, la loi du 13 avril 46 entraînant la fermeture de tous les lupanars allait donner un développement presque immédiat aux activités de ces dames jetées au trottoir. Dès novembre 1946, un rapport de police attire l'attention sur les doléances des habitants de la rue se plaignant du nombre sans cesse croissant des prostituées :

Depuis quelques semaines le nombre de ces prostituées s'est considérablement accru. Ces femmes arrivent vers 16 heures et restent jusqu'à une heure avancée de la nuit. Elles restent en stationnant ou en arpentant le trottoir. Elles ne se gênent nullement pour racoler les clients par gestes et par paroles. Dès que les policiers ou le service des mœurs sont signalés à l'extrémité de la rue, elles se réfugient immédiatement dans certains des nombreux hôtels qui bordent la voie...

De fait, dans cette voie de cent quarante mètres de long, ce sont bientôt dix hôtels de passe — donc un tous les quatorze mètres — qui vont abriter, pendant un tiers de siècle, les passes à 10 francs, puis à 20, puis à 50, puis à 100. Dans le même temps, la prostitution, métropolitaine au départ, va devenir progressivement maghrébine et noire pour l'essentiel de son effectif.

De part et d'autre de la voie, au 1, au 3, au 3 bis, au 6, au 8, au 10 et au 12, l'hôtel Tivoli, l'hôtel de l'Ouest et de Normandie, l'hôtel de France, l'hôtel de Louvain, l'hôtel de Rennes et quelques autres ont traversé des années fructueuses pour ceux et celles que la loi Marthe Richard avait chassés des maisons closes.

Puis était venu le temps de la répression. Timide d'abord, avec une loi tatillonne et imparfaite qui ne permettait que la fermeture temporaire de quelques chambres réservées au « casuel », terme pudique mais on ne peut mieux adapté à la désignation des « bénéfices variables » de la prostitution. On comptait alors sur Paris près de quatre cents établissements du même genre, de classes différentes il est vrai, ceux de « Buda » figurant déjà dans ce que l'on peut appeler le bas de gamme.

Puis la répression s'était durcie avec une loi plus rigoureuse qui en dix ans, de 1970 à 1980, allait entraîner la fermeture de la totalité de ces établissements d'abattage, ou leur reconversion et la mise à la retraite anticipée ou en prison de leurs exploitants.

Cette « épuration » n'entraînait pas pour autant le recyclage des pensionnaires réduites à se trouver d'autres gîtes. Exploitées, analphabètes, presque toujours sous la coupe de souteneurs et obligatoirement destinées à ce qui reste la prostitution d'abattage, leur nombre allait considérablement se gonfler ces dernières années du flux des femmes arabes ou noires entrées en France le plus souvent de manière illégale, ou sous le couvert discutable d'un statut de réfugiée. Comme il leur fallait bien trouver des lieux pour abriter leurs amours tarifées, elles se sont naturellement tournées vers ces hôtels fermés, désaffectés, parfois murés, qui sont rapidement devenus, au prix de quelques serrures forcées et de quelques coups de pioche, des squatts sauvages.

De fait, « Buda » a connu avec sa prostitution la même déchéance que l'îlot Chalon avec la drogue. On sait combien il a fallu d'années pour que les pouvoirs publics décident d'appliquer à cet entrelacs de ruelles et de passages du XIIe arrondissement la seule thérapeutique valable, celle du bulldozer.

A « Buda » on n'en est pas encore là. On se contente de donner à la police locale l'impossible mission d'un impossible contrôle. Les divisions de police judiciaire, en particulier la 2e et la 1re qui sont limitrophes, y assurent aussi une chasse permanente aux dealers, toxicos, pickpockets, racketteurs, receleurs et souteneurs. « Buda » est un gigantesque souk où tout se vend, de la montre volée à la femme exploitée, l'une ou l'autre achetée « en affaires » comme ils disent. La brigade des stupéfiants et du proxénétisme de son côté y arrête de temps en temps quelques tenanciers de studios. Elle fait murer ou remurer quelques studios sordides. A peine les policiers ont-ils le dos tourné que les filles reviennent, que les scellés et les murs sautent et que tout recommence comme avant.

Dans un rapport du 19 décembre 1986, un brigadier chef du IXe arrondissement fait un compte rendu consterné d'une visite de la rue.

... *Au quatrième étage, deux studios sont éclairés par des baladeuses dont les fils traînent à même le sol. Les deux baladeuses sont reliées par une prise de courant assemblée avec du ruban adhésif...*

... *Au cinquième étage, le studio dont la porte est ouverte est éclairé par des bougies posées sur le plancher, à côté du matelas. Elles frôlent les rideaux de la fenêtre qui flottent à tous vents du fait de l'absence de carreaux. Un des studios est séparé en deux par un rideau permettant ainsi à deux couples des passes simultanées.*

... *L'alimentation d'eau a été coupée et chaque fille se munit d'eau en bouteilles, seaux ou jerricans pour ses ablutions.*

... *Chaque femme dans la rue, en attente de client, possède à ses côtés un récipient rempli d'eau.*

... *Aucune de ces femmes ne peut nous dire à qui appartiennent ces studios.*

On se croirait vraiment revenu à l'époque de la cour des miracles. Une cour d'ailleurs très colorée puisque les Maghrébines et les Françaises occupent le bas de la rue, tandis que les Noires, qui se disent toutes Ghanéennes, pour cause de statut de réfugiée, travaillent dans le haut. Suivant une mystérieuse hiérarchie, les unes et les autres ont trouvé leurs places et leurs horaires. Les studios, les réduits plutôt, sont rares, même partagés en deux et on estime à quatre cents environ le nombre des filles qui y travaillent. Autant dire que les équipes se relaient vingt-quatre heures sur vingt-quatre.

Ici, au 3 bis, pas de lavabo non plus, ni de bidet, encore moins de salle de bains ou alors quelques vestiges de l'ancien hôtel où l'eau ne coule plus depuis longtemps. Par terre, encore des bouteilles d'eau et aussi un seau à demi plein d'urine et un autre dégueulant des préservatifs et des tampons de sopalin souillés, souvenirs d'innombrables étreintes et de rudimentaires toilettes. A l'extérieur de ce décor à vomir, les murs lépreux d'un palier et d'un escalier aux marches incertaines ouvrant, dehors, sur la double haie des filles impudiques, dépoitraillées, exhibant des chairs blêmes sous des visages peints et malsains qui donnent envie de marcher au milieu de la rue.

Les propositions fusent : « Pour cent francs en levrette, et pour cent cinquante tu me prends par le cul », annonce l'une. « Devant ou derrière, avec ou sans préservatif », propose une autre. « Pour cinquante francs je te taille une pipe et tu jouis dans mes seins », offre une troisième presque édentée en soulevant son pull sur une gigantesque paire de mamelles plus proche du pis d'une vache que d'une poitrine de femme.

Un peu partout mais surtout à côté ou dans les deux bars, *L'Ambiance* et *Le Fox*, en apparence indifférents, quelques silhouettes d'hommes immobiles. Ils surveillent l'activité de ce marché du cul et la diligence de leur cheptel. Dix minutes, pas plus. Les studios, puisque c'est ainsi qu'on les appelle, doivent être rentabilisés au maximum car au-dessus des putes et de leurs jules, il y a encore, dans cette infâme hiérarchie, de mystérieux bordeliers et bordelières, propriétaires réels ou de fait, en droit ou par la force, de ces squatts misérables et auxquels les filles doivent payer chacune un loyer hebdomadaire de mille ou mille deux cents francs. D'où l'intérêt pour les premiers d'un maximum de passes et pour les seconds d'un maximum d'utilisatrices.

Le plus étonnant est encore que, dans ce bouillon de culture où grouillent tous les microbes, virus et maladies des cinq continents, il existe une clientèle. C'est surtout parmi les voyageurs qui descendent des trains de la gare Saint-Lazare ou qui y montent que se trouvent ceux qui viennent apaiser leurs fantasmes dans ces répugnantes tanières. La marche furtive, imper sur le bras ou attaché-case à la main, l'air faussement détaché, la cigarette aux lèvres ou les mains dans les poches, ils déambulent, jaugeant d'un regard en biais les filles offertes jusqu'à ce que, marché conclu, ils s'engouffrent subrepticement dans l'un des boyaux obscurs conduisant aux squatts, à l'étreinte furtive et à la honte ravalée.

— Tu en veux aussi ?

La petite Maghrébine a écarté à mon passage son peignoir douteux sur un corps d'adolescente aux seins menus et au ventre encore plat et lisse. Dix-huit ans ? Vingt peut-être ? Elle est déjà en enfer et ne le sait pas. Elle en rit. Son client, jeune et beau garçon, en costume et serviette à la main, vient de sortir en rasant les murs.

— Un pédé ce mec. Il voulait que ce soit moi qui fasse l'homme. Tu te rends compte avec ce que je lui offre ?

Elle a écarté ses cuisses et les lèvres épilées de son sexe, avant de conclure :

— Qu'il aille se faire enculer ailleurs !

Comme beaucoup d'autres, ses cent francs en poche — c'était son dixième client, le privilège de sa jeunesse —, elle est allée se désaltérer à *L'Ambiance*. Il n'y a que la rue à traverser. C'est le quartier général. Toutes ou presque s'y rendent plusieurs fois par jour. On y échange les potins, on y invente et on y développe les rumeurs, les amitiés et les rancunes. C'est de là aussi qu'elles téléphonent ou qu'elles rappellent si on les a demandées. C'est leur seul lien, pendant leurs heures de tapin, avec le monde, l'autre. On trouve aussi à *L'Ambiance* d'autres échantillons de population. Des hommes auxquels un brin de cour est indispensable avant de consommer la chose, d'autres encore, en petits groupes généralement, qui sont venus pour voir, pour boire, pour « se marrer ». Les filles les quittent très vite. Elles n'ont pas de temps à perdre, après quelques attouchements, avec ces tricheurs et « Rachid Méditerranée », le patron, est le seul à y trouver son compte. Et puis il y a, c'est inévitable, les rédempteurs, ceux qui veulent « les sortir de là ». Plus âgés généralement, très âgés parfois, leur discours, écouté avec indulgence, masque mal les regards qu'ils portent sur les intimités dévoilées. Il arrive, aux heures creuses, qu'une pénitente accepte de les écouter de plus près, dans l'intimité relative d'un studio et d'apaiser, par le soulagement de leur ventre, les troubles de leur âme.

Il est normal que dans ce grouillement humain, tous les voyous gravitant autour de la prostitution soient attirés par « Buda » comme des papillons par une lampe. Il est normal aussi que, sachant où les dénicher, les services de police judiciaire s'y livrent à une constante pêche. Menu fretin, direz-vous. Rien n'est moins sûr. Cet *underground* est aussi un monde de violence sauvage. Plus nombreux certes y sont les voleurs de toutes catégories et les revendeurs de drogue que les braqueurs de banques. On y rencontre pourtant aussi les barbares qui mutilent leurs victimes, les gangs de lâches qui s'attaquent aux vieillards avant de festoyer avec les filles et les tueurs qui ne connaissent pas d'autres moyens que le flingue ou le couteau pour régler leurs différends.

« Buda » n'est pas tout à fait géographiquement le terrain de Jobic. Mais la rue est limitrophe de son VIIIe arrondissement et des secteurs pourris qui sont les siens. Les Batignolles, l'avenue de Saint-Ouen, l'avenue et la place de Clichy entretiennent avec « Buda » des rapports étroits. La loi elle-même lui donne compétence sur toute la région parisienne. Le reste n'est qu'affaire de concertation avec ses collègues des unités de recherches des secteurs voisins. Avec Pechenard, son collègue et ami de promo et son homologue à la 2e DPJ pour les 1er, IIe, IXe et XVIIIe arrondissements, l'entente est parfaite même si la lutte est chaude pour se disputer la première place de l'efficacité.

9. UN ENREGISTREMENT EMBARRASSANT

Patricia Boschetto, pour sa part, ne fréquente pas « Buda ». Elle ne connaît même pas. Son terrain à elle, depuis huit ans, c'est la porte Maillot et parfois l'avenue des Ternes. En témoignent ses innombrables interpellations par la police depuis ses débuts dans la prostitution et son premier souteneur en 1981. Elle avait alors dix-neuf ans.

Son parcours est à la fois tragique et banal. Des parents honnêtes commerçants, une sœur sans problèmes et puis pour elle, Patricia, le piège de la drogue, la dure, l'héroïne et, avec elle, la disparition des inhibitions et des tabous et surtout l'impérieux besoin d'argent pour le shoot bienfaisant. Quand on est « accro » et jeune et jolie, le moyen est simple : le tapin. C'est la terrible spirale que connaissent bien des prostituées camées. Celles qui lui échappent sont rares.

Patricia pourtant va réussir sa rupture avec la drogue après plusieurs années infernales. Ces années-là sont semées d'embuscades diverses et de souteneurs déchus de leurs droits par des révoltes épisodiques.

En plusieurs circonstances, Patricia a aidé le juge Hayat. Sa connaissance du milieu de la prostitution et de la drogue dans les Hauts-de-Seine lui est précieuse. On ne saurait blâmer le juge de s'en servir pour le plus grand bien de la justice et de la morale.

Aussi Patricia a-t-elle été stupéfaite lorsque Hayat, en juin 1987, lui a proposé, demandé même avec fermeté, de l'aider à faire « plonger » Jobic.

Balancer un « julot » qui vous tape dessus, OK, mais tendre un traquenard à un flic, un commissaire de surcroît que l'on ne connaît pas, c'est une tout autre affaire. Patricia ne connaît pas Jobic. Elle ne l'a jamais vu. Tout au plus en a-t-elle entendu parler, les soirs de rafle, par d'autres filles du secteur de la 1re DPJ. Patricia est donc allée confier ses problèmes de conscience au commissaire Lafille. Celui-là, elle le connaît bien et elle le fait bénéficier depuis plusieurs années des informations qui passent à sa portée dans le domaine des « stups ».

Comme Jobic, Patricia est un peu déçue par l'accueil qu'elle reçoit. A l'évidence, on ne la croit pas. Elle est pute, n'est-ce pas ? Elle le sait. Alors parole de pute...

Deux mois plus tard, le 15 août, jour de la sainte Marie, « Buda » commence à bouillonner et à s'agiter comme avant un orage. La section de recherches de la gendarmerie de Versailles bourdonne de son côté comme une ruche, mobilisée qu'elle est dans l'affaire où se profile déjà le commissaire Jobic.

Monera, le patron du SDPJ 92, et son adjoint Lafille se disent qu'après tout Patricia Boschetto n'a peut-être rien inventé. Mais ils connaissent aussi la versatilité des putes. Sans doute est-il sage de voir si son discours n'a pas changé.

Il n'a pas changé. La proposition était trop insolite pour que Patricia l'ait oubliée :

« Il m'a fait entrer dans le bureau et il m'a dit : " Ma petite Patou, il faut que je vous parle. "

« Il m'a dit : " Je pense que cela restera entre nous. "

« Il m'a dit : " Je vous interdis d'en parler au SDPJ 92, à n'importe quelle police, c'est personnel, c'est entre nous. Si je vous parle comme ça, c'est parce que je vous fais confiance. "

« Puis après il se lève et me dit : " Vous connaissez le commissaire Jobic ? "

« Je lui dis : " Disons que nous, on connaît le nom, sans plus. J'ai pas eu spécialement affaire à lui. Comme je travaille à Maillot, quand on se fait emballer, on entend : Jobic. C'est tout. " Alors il me dit : " Voilà, maligne comme vous êtes, je sais que je pourrais vous faire confiance. Il tomberait la main dans le sac. "

« Je commence à loucher. Il me dit : " Voilà, j'ai eu le grossiste, un gros. "

« Il me montre la photo. " Quand il a été arrêté par le SDPJ, il m'a sorti Jobic, un ami à lui, qu'il fallait lui téléphoner. Après que je lui ai exposé un peu plus le problème, ce type m'a parlé que Jobic magouillait dans la drogue, dans les bijoux, dans l'argent. "

« Voilà, et il me dit : " Certains dealers du port de Gennevilliers ont confirmé la chose et à Paris aussi. Tous les dealers, tous les camés, il les connaît. Il les laisse repartir avec les paquets et tout. Des fois, ils l'ont vu trinquer avec des types qu'il avait arrêtés... ”

« C'est pour ça quand il m'a montré ses photos, Jobic je lui ai fait comprendre qu'il n'avait pas à se justifier... Alors Hayat il me dit : “ Parce que moi voilà, je vous ferai travailler avec les gendarmes. Je vais vous confier les gendarmes. Vous leur direz comment ils doivent faire. On va s'arranger. La seule chose que je vous demande, c'est d'essayer de le faire attraper avec de la drogue, avec des bijoux volés ou avec beaucoup d'argent, mais avec de l'argent de drogue, de bijoux, de magouilles... ” »

Et Patricia poursuit :

« J'avais peur d'être enregistrée car on dit qu'il enregistre et qu'après il me fasse du chantage. Et puis il me dit : “ Ce qui serait super c'est si vous pouvez le faire venir sur le 92. On travaille sur table d'écoute. ” Il me dit : “ Vous me donnez les bons tuyaux pour mercredi. ”

« Il me dit : “ Je veux vous voir mercredi. ”

« Je me dis : Il est malade, ce mec. Puis il me regarde et il me dit : “ Entre nous sur le 92 ce serait beaucoup mieux parce que mon parquet me suivra. ” »

Ainsi s'achève la nouvelle confession de Patricia Boschetto devant le commissaire Lafille. Elle ne change rien à ses déclarations de juin. Elle les précise seulement et transforme en petite bombe la cassette que Lafille a enregistrée à l'insu de sa visiteuse. Procédé peu élégant sans doute, mais que l'on peut difficilement reprocher au policier, dès l'instant où se profile une possibilité de forfaiture.

Ni Lafille, ni Monera pourtant, n'osent encore croire complètement à l'énormité de la proposition faite à Patricia Boschetto. Monera dans l'immédiat, après l'avoir écoutée, se contente d'enfermer la cassette dans son coffre, au cas où... Elle n'en sortira que trois mois plus tard.

Dans l'immédiat aussi, Patricia Boschetto retourne à son tapin, porte Maillot où elle est connue sous le pseudo de Sylvia.

Le juge Hayat ne sait pas, bien sûr, que Patricia est allée confier ses états d'âme au SDPJ 92 mais il n'a pas lieu d'être inquiet : la situation de la fille est précaire. Elle est « pendue » par deux condamnations prononcées en 1984 et 1985 par le tribunal de Nanterre, l'une pour vol, escroquerie, usage de stupéfiants et conduite sans permis à douze mois de prison dont neuf avec sursis, l'autre pour outrage à agents à dix-huit mois d'emprisonnement dont douze avec sursis et mise à l'épreuve de trois ans.

Patricia Boschetto n'ayant pas satisfait aux conditions de sa probation, et s'étant soustraite au contrôle du juge de l'application des peines, a vu son sursis révoqué le 18 juin 1987. Elle pourrait être incarcérée.

10. LA CHUTE DE JEAN MUSTAFA

Le 23 octobre 1987, le juge Hayat n'a rien de plus dans son dossier qui puisse aggraver ses soupçons contre Jobic, mais son affaire a maintenant une position juridique enfin claire. Il a obtenu de son parquet le réquisitoire supplétif qui lui permet d'instruire légalement les faits de proxénétisme sur lesquels il travaille, notamment par les écoutes sur *La Palmeraie* et sur Dany, la maîtresse de Jean Mustafa.

Ces écoutes mettent à jour suffisamment de sujets de discorde entre ces gens-là pour que l'on puisse espérer les voir « craquer » après leur arrestation.

Il n'attendait pour cela que l'accord du procureur de la République, car le jour même il délivre au commandant Morel de la SR de Versailles la commission rogatoire qui doit permettre à son dossier une avancée décisive. Morel, de son côté, ne perd pas de temps. Le 26 octobre dès 4 heures, il met en place deux dispositifs de surveillance et d'intervention, l'un sur le domicile de Jean Mustafa rue Belliard à Paris, l'autre sur celui de Rachid Mecheri.

Jean Mustafa dit Boured, dit Boukhit, sera arrêté le jour même à 17 heures en quittant sa demeure, par le commandant Morel assisté de l'immense Olivier Huvenne qui mesure deux mètres. Mecheri connaîtra le même sort le lendemain à 10 h 30 par le même maréchal des logis chef Huvenne qui est décidément partout.

Dany elle aussi sera cueillie à son domicile le 27 octobre à midi par le maréchal des logis chef Corbel.

Voyons comment les choses vont se passer pour chacun d'eux.

Jean Mustafa, sitôt arrêté, se voit ramené à son appartement où se trouvent sa compagne Wadad Fadiam et leur fils Omar âgé de deux ans. La perquisition immédiate ne donne aucun résultat, mais comme il apparaît que le couple est en instance de déménagement pour un autre local situé rue de Berri, le commandant Morel, son équipe et ses détenus s'y rendent sans plus attendre. Là non plus le résultat ne sera guère brillant. Il se limitera à la découverte d'un petit morceau de haschisch. Les enquêteurs, faute de mieux, saisiront la Mercedes qu'utilise Mustafa et qui appartient à son beau-père.

Chez Mecheri, les gendarmes vont trouver sa femme et son neveu et aussi Jean Baude, l'ex-gérant de *La Palmeraie,* ce qui leur évitera d'aller le chercher ailleurs. La fouille de l'appartement amène ici quelques découvertes. D'abord celle d'un pistolet automatique 9 mm, d'un chargeur vide et de quelques cartouches en vrac, le tout dans une boîte en bois. Dans sa hâte à se débarrasser de cette arme compromettante, Mecheri va l'attribuer successivement à Jean Baude puis à Mustafa. A n'importe qui en fait, pourvu qu'elle ne soit pas à lui. Divers papiers sont découverts, au nom de Nadjia Khabir, dont quelques bulletins de salaire fictifs établis par Mecheri, sans doute destinés à épargner quelques tracas à sa maîtresse prostituée en cas de contrôle policier. Les autres documents ont trait à l'activité passée et à la comptabilité de *La Palmeraie,* ce qui est somme toute normal. Comme Mustafa, Mecheri se verra saisir son véhicule, une BMW.

Dany, pour sa part, ne cherche pas à nier qu'elle partage, en partie du moins, la vie de Jean Mustafa. Il a laissé chez elle un certain nombre de documents bancaires.

Les familles Mustafa, Mecheri et consorts ont naturellement été transférées à Versailles où le plus dur reste à faire. Les perquisitions n'ont donné que de maigres résultats et c'est à partir des interrogatoires que les gendarmes vont devoir essayer d'étayer leurs convictions.

Ils ne ménageront pas leur peine.

Le gendarme Émorine, pour sa part, va prendre en main Jean Mustafa durant sept heures la première nuit, puis pendant sept heures trente minutes le lendemain 27 octobre et encore sept heures le surlendemain, deux heures le 29 octobre et enfin une heure le 30 octobre, dernier jour d'une garde à vue qui a été prolongée.

Le dossier n'est pas bien lourd à l'issue de ces multiples interrogatoires. Jean Mustafa a bien reconnu qu'il consomme occasionnellement du haschisch. Il en a même revendu une centaine de grammes à des amis. Il admet aussi avoir goûté exceptionnellement, quatre ou cinq fois, à la cocaïne et en avoir acheté un demi-gramme pour lui et ses amis.

On reste très loin du trafiquant d'envergure que les enquêteurs et le juge soupçonnent et il a plus de dettes que de biens apparents, ce qui est anormal pour un trafiquant, à moins que, par une habileté suprême, il n'ait organisé son insolvabilité.

Quant à ses rapports avec Dany, il reconnaît qu'elle est sa maîtresse, mais il assure ignorer qu'elle se prostitue. Il affirme également n'avoir jamais bénéficié de ses ressources.

Mustafa, en revanche, ne conteste pas ses relations avec Jobic et son supérieur le commissaire Venere, ni les entretiens téléphoniques qu'il a eus avec le chef des UR de la 1re DPJ et qui ont, non sans raison, irrité le juge Hayat. Il est normal, à ses yeux, qu'il se préoccupe du sort de son frère Jean-Claude dit Aziz et qu'il s'inquiète de l'accueil fait par le juge aux démarches de Jobic.

Plus intéressant peut-être pour les enquêteurs est que Boukhit admet connaître un certain Safwat dit « l'Égyptien », alias Gelalie Driss, recherché depuis 1986 dans l'affaire de Gennevilliers. Hélas, il ne l'a pas vu depuis plusieurs semaines et seulement comme client à *La Palmeraie*.

Enfin à propos du pistolet découvert chez Mecheri et dont celui-ci a cherché à lui attribuer la propriété, il nie formellement avoir jamais eu une arme quelconque.

De toute évidence, Jean Mustafa n'est pas un « client » facile.

Sa concubine Wadad Fadiam qui est irakienne et ne peut déposer qu'avec un interprète, n'éclairera pas davantage les enquêteurs sur les occupations licites ou illicites de son mari. Elle est sa compagne depuis dix ans et l'a connu lorsqu'il avait seulement dix-sept ans, au cabaret *Ei Djazaïr*. Elle est danseuse orientale de profession mais ne travaille plus depuis sa grossesse, voilà près de trois ans. Son mari découche bien de temps en temps, surtout depuis son association avec Rachid Mecheri. Elle suppose qu'il dort à l'hôtel. Auparavant, il était barman chez son beau-père, *Au Va et Vient*, rue Sauffroy à Paris, près de l'avenue de Clichy.

Il lui donne peu d'argent, sauf lorsqu'il en gagne au jeu. Pour le reste, elle se débrouille avec les allocations familiales. Sur ses relations, elle ne sait rien. Ni Corbel ni l'adjudant Félix qui interrogent la jeune femme n'en tireront rien de plus. Sans doute d'ailleurs, n'en sait-elle pas davantage. Il n'est pas d'usage chez les Orientaux de mettre les femmes dans leurs secrets. Wadad pose par ailleurs quelques problèmes aux enquêteurs. Elle a des règles qu'elle dit anormales et douloureuses ainsi que des maux de tête. A quatre reprises, elle sera examinée par le médecin habituel de la section de recherches qui jugera néanmoins son état de santé compatible avec sa garde à vue dans les locaux de la gendarmerie.

La mère de Jean Mustafa, Louise, apprenant que son fils est détenu, va se présenter spontanément à la gendarmerie de Versailles pour prendre des nouvelles. Elle en recevra peu et n'en donnera guère dans l'audition à laquelle elle est soumise. Tout au plus sait-elle qu'un policier était intervenu en faveur de son autre fils Jean-Claude. Elle est renvoyée dans ses foyers.

Malgré les maigres résultats enregistrés auprès des Mustafa, l'intérêt du gibier demeure. Une preuve supplémentaire de son importance est d'abord donnée par un coup de téléphone de Jobic au commandant Morel. Il a fallu au commissaire un certain nombre de vérifications pour identifier le service de police intervenu et ce n'est qu'après avoir éliminé ceux de la police nationale normalement compétents à Paris qu'il a abouti à la conclusion que l'affaire était conduite par la gendarmerie.

Dans son procès-verbal, le commandant Morel notera que *le commissaire a été informé par la famille de Mustafa et semble inquiet de cette arrestation. Il demande notamment si une perquisition a été faite au domicile de Mustafa Jean et si de la drogue a été découverte au cours de cette perquisition. Il demande également si l'intéressé est impliqué dans une affaire de trafic de stupéfiants et si Mustafa Jean et son épouse vont être remis en liberté. Il précise bien connaître Mustafa Jean et être certain qu'il ne peut pas être impliqué dans un trafic de stupéfiants.*

Aussitôt portée à la connaissance du juge Hayat, cette nouvelle démarche de Jobic ne peut que renforcer les soupçons du magistrat à l'encontre du policier. Certes Jobic n'avait pas eu l'imprudence de solliciter clairement, pour Jean Mustafa, une quelconque mesure de bienveillance, mais son intérêt pour le personnage et la certitude qu'il exprimait de son innocence allaient bien dans ce sens. Venant après ses diverses interventions en faveur de Jean-Claude et la visite personnelle du juge au sous-directeur de la PJ, ses préoccupations ne peuvent s'expliquer que par quelque puissant intérêt. C'est du moins la conviction partagée par le juge d'instruction et le chef de la section de recherches. Elle est d'autant plus logique que de nouveaux arguments vont venir, pendant la garde à vue de Boukhit, la conforter.

11. JOBIC EN ACCUSATION

Nadjia Khabir dite Nadjet, cette prostituée voleuse à l'entôlage et maîtresse de Rachid Mecheri, a été extraite le 29 octobre de sa prison de Fleury-Mérogis.

Nadjet est une jeune Marocaine de vingt-cinq ans, grande et assez forte, vêtue le plus souvent d'un jogging ou d'un jean. Elle n'est pas vraiment jolie mais quand même assez sexy pour attirer la clientèle. Elle aurait sans doute moins de problèmes si elle se contentait de cela, mais elle n'est pas seulement « Nadjet-catastrophe » pour ses protecteurs, elle l'est aussi pour elle-même. D'abord elle ne peut pas « monter » un client sans envisager de lui faire les poches, ce qui explique que Fleury-Mérogis soit devenue sa résidence secondaire. Ensuite elle « travaille » sans préservatif ni contraceptif, ce qui lui vaut des grossesses à répétition et autant d'avortements. Prison plus avortements, cela fait beaucoup de jours, de semaines, de mois d'inactivité. Peut-être après tout n'est-ce pas plus mal ainsi. Elle a le temps de se refaire une santé et si son protecteur du moment est mécontent, elle sait toujours comment s'en débarrasser.

A vrai dire son grand problème est ailleurs. Il est dans la perte progressive de ses cheveux châtain foncé. Ils viennent par touffes dans son peigne, dans sa brosse et elle les voit avec terreur se clairsemer. Déjà se dessine une légère calvitie. Pas de quoi évidemment la mettre de bonne humeur lorsque les policiers l'ont abandonnée à son sort après son arrestation. Elle leur a pourtant donné assez de « julots ». Ce sont vraiment des ingrats.

Les gendarmes, en revanche, avec lesquels elle a affaire pour la première fois, paraissent plus compréhensifs. Comme elle ruminait sa vengeance, l'occasion lui en est offerte.

Elle n'y va pas par quatre chemins, Nadjet, dans le récit qu'elle fait au gendarme Dominique Camille.

Après avoir « balancé » à la police son dernier souteneur qui la frappait, elle avait été en butte aux tentatives de « protection » d'un successeur dont elle ne voulait pas. Dans le même temps, elle éprouvait le coup de foudre pour Rachid Mecheri et lui demandait de la débarrasser du candidat encombrant, ce qui était fait. Il était bien normal qu'en contrepartie elle lui manifeste sa reconnaissance de temps en temps par des petites sommes de l'ordre de cinq cents francs qu'elle lui donne spontanément. Elle est surtout très amoureuse, voit Rachid presque tous les jours et est persuadée d'être sa seule maîtresse. Une belle histoire d'amour en somme.

Comme on le voit, Nadjet n'est pas très méchante avec son protecteur. C'est envers Mustafa qu'elle va devenir féroce.

Elle le connaît bien, Jean Mustafa dit Boukhit, bien qu'elle ne l'ait vu pour la première fois qu'en rencontrant Rachid. En peu de temps elle en a appris des choses sur lui ! Par exemple, c'est un proxénète qui exploite à la fois une fille de « Buda » et un studio où travaillent une douzaine d'autres filles qui lui donnent, chacune, un loyer de mille deux cents francs par semaine. Boukhit a encore une autre fille prénommée Dany qui se prostitue pour lui. D'ailleurs, « c'est un salopard que tout le monde veut faire plonger ». Mais il a des relations de haut niveau qui le protègent !

C'est au tour de Jobic maintenant de subir les foudres de Nadjet.

Elle sait par exemple que Boukhit, qui est aussi trafiquant de stupéfiants, a été « arraché » par Jobic un mois ou deux plus tôt dans une affaire de cocaïne ou d'héroïne. Il était arrêté et en garde à vue dans un commissariat de Paris. La chose est sûre. Nadjet est formelle. Elle le sait de la bouche même de filles de « Buda ». Jobic est d'ailleurs lui-même un proxénète. Il a une fille, Zouzou, qui travaille pour lui au 3 bis à « Buda ». Zouzou est algérienne et sans papiers. Jobic lui a fait une déclaration de perte qui lui permet de travailler tranquillement. Elle a bien été arrêtée pour vol plusieurs fois, mais Jobic est intervenu et elle n'a pas été poursuivie.

C'est bel et bien une bombe que Nadjia Khabir vient d'amorcer contre Jean Mustafa et le commissaire Jobic. Évidemment, elle n'a rien vu par elle-même. Elle a entendu dire. On lui a assuré que... Tout le monde sait que... Qu'importe, elle rapporte avec tellement de conviction qu'elle ne peut avoir tout inventé.

On imagine sans peine l'intérêt légitime du juge Hayat qui s'est d'ailleurs transporté à la gendarmerie de Versailles pour entendre ces révélations.

Nadjet a fait ses déclarations le 29 octobre entre 11 heures et 14 h 30. Elle ne sera réintégrée que le soir à 21 heures à la maison d'arrêt de Fleury-Mérogis, après avoir été laissée en repos, suivant la formule du droit, à partir de la fin de son audition.

La chose peut paraître sans intérêt. Elle ne l'est pas. Si on s'intéresse aux premiers interrogatoires auxquels est soumis son amant Rachid Mecheri, entre son arrestation le 27 octobre et le petit matin du 29, il faut bien constater qu'ils ne révèlent pas grand-chose. Leur seul véritable intérêt est que Rachid finit par admettre que l'arme découverte chez lui lui appartient bien, alors qu'il a tenté d'en faire endosser la propriété successivement à l'ex-gérant Jean Baude et à Jean Mustafa. Pour le reste, ses explications portent surtout sur l'exploitation de *La Palmeraie* et sur les conditions financières de son association avec Jean Mustafa. En ce qui concerne Nadjia Khabir, il consent finalement à reconnaître qu'elle a été sa maîtresse, mais prétend qu'il a rompu avec elle lorsqu'il a appris qu'elle se prostituait. Les faux bulletins de salaire qu'il lui a établis étaient destinés à lui permettre de faire une demande de logement.

On en est là lorsqu'il est mis un terme par Huvenne à l'interrogatoire de Rachid qui va donc être laissé en paix toute la journée du 29 octobre, le jour où Nadjet lance, entre 11 heures et 14 h 30, ses révélations fracassantes. Dans la logique de l'enquête, il eût été normal, impératif même, que les amants soient aussitôt confrontés. Ils ne le seront pas et Huvenne attendra jusqu'à 23 heures, c'est-à-dire après le retour de la fille en prison, pour reprendre l'audition de Mecheri. Il sera, cette fois, assisté du gendarme Camille qui a si bien réussi auprès de Nadjet.

L'explication de cette anomalie de procédure serait fort simple. D'après Jean Mustafa, également détenu dans le même temps à la gendarmerie, les deux amants ont pu passer tranquillement l'après-midi du 29 dans la même pièce pour accorder leurs violons.

D'autres témoins, plus tard, n'hésiteront pas à dire qu'à la gendarmerie de Versailles de telles « retrouvailles » n'étaient pas rares pour récompenser les « coopérants » et que le whisky, voire au moment des fêtes le saumon et le champagne les aidaient parfois à trouver des accords. Il est indéniable que de tels procédés marquent un progrès certain sur les méprisables techniques de l'interrogatoire dit musclé. Il reste qu'au plan d'une éthique dont on discutera beaucoup lorsqu'il s'agira de celle du commissaire Jobic, la manœuvre n'est peut-être pas tout à fait irréprochable. On verra plus loin que les gendarmes ne s'en contentent pas toujours et que d'après certains non-coopérants, les anciennes méthodes ont toujours cours.

Dans le cas présent en tout cas, le pipeau jusque-là joué par Mecheri et la grosse caisse maniée par sa maîtresse vont trouver l'accord idéal sans qu'apparaisse nulle part sa recherche en commun. Est-ce de bonne ou de mauvaise guerre ? Ce qu'Alphonse Boudard a baptisé le tennis-accusation, qui consiste à exploiter avec l'un ce que dit l'autre et vice versa, a toujours fait partie des techniques d'interrogatoire.

Quoi qu'il en soit, à partir de 23 heures, Mecheri va confirmer point par point les accusations portées par sa maîtresse.

1 — Jean Mustafa est bel et bien un revendeur de drogue. Il approvisionnait des jeunes à *La Palmeraie.*

2 — Il fréquentait aussi Safwat, autre trafiquant déjà condamné pour de tels faits.

3 — Jean Mustafa possède bien un studio à « Buda », qu'il loue à plusieurs prostituées par l'intermédiaire de son amie Halima.

4 — Le commissaire Jobic a une amie surnommée Zouzou qui travaille pour lui à « Buda ».

5 — Jean Mustafa a également pris dix mille francs dans la caisse de *La Palmeraie,* pour inviter des amis policiers, dont Jobic, afin d'éviter d'avoir des problèmes de fermeture tardive. Une seconde fois, au mois d'août, Jean a encore demandé la même somme, dans le même but. Rachid, cette fois, a refusé et *La Palmeraie,* en septembre, a fait l'objet d'un procès-verbal.

Et Mecheri ajoute prudemment :

« Je ne peux malheureusement pas affirmer que la fermeture de mon établissement, le 5 septembre, est due à mon refus de payer les dix mille francs, mais la coïncidence est troublante. »

Il précise quand même, la chose n'est pas sans intérêt, qu'il ne connaît pas personnellement le commissaire Jobic et qu'il ne l'a jamais vu ni à *La Palmeraie,* ni ailleurs.

Sur ses rapports personnels avec Nadjia Khabir, Mecheri sera très nuancé. Il confirme quand même, comme elle l'a dit, qu'il lui est arrivé d'accepter de sa part des petits cadeaux de mille à mille cinq cents francs par semaine, des bricoles en somme, eu égard au service qu'il lui avait rendu, avec l'aide de Mustafa d'ailleurs, en la débarrassant de son aspirant maquereau.

Ce qui est dit est dit et, avant qu'il ne s'en dédise, Rachid Mecheri se voit conduit, à la fin de sa garde à vue, directement dans le bureau du juge Hayat qui a réintégré son cabinet à la fin de l'après-midi qu'il a passé avec sa greffière à la gendarmerie de Versailles. Il lui annonce son inculpation pour infraction à la législation sur les stupéfiants, proxénétisme et détention d'arme de quatrième catégorie. Il lui annonce aussi qu'il le place en détention.

Rachid Mecheri est un peu surpris, amer même, de voir sa coopération si mal récompensée. Sans doute aussi est-il invité à rassembler, dans le calme de la prison, d'autres souvenirs qui pourraient lui valoir une amélioration de son sort.

Entendu par le juge le 30 octobre à une heure que celui-ci n'estime pas devoir préciser — ce qui lui est assez habituel —, Mecheri s'empresse de confirmer, sans avoir besoin d'avocat, les déclarations faites aux gendarmes. Il regrette beaucoup ce qu'il a fait :

— Je demande pardon. A l'avenir je me tiendrai tranquille. J'ai une femme, deux enfants.

Pourquoi ne pas préciser aussi le nombre de ses maîtresses ?

Jean Baude, l'ex-gérant de *La Palmeraie* devenu chômeur et sans domicile propre puisqu'il loge chez Mecheri, n'a rien appris de nouveau aux gendarmes. Il achève de compromettre son logeur qu'il a vu à plusieurs reprises accepter de l'argent de Nadjet qu'il a lui-même fréquentée autrefois en client à « Buda ». Quant à Jean Mustafa, il avait l'impression qu'il faisait du trafic de drogue. Il n'a toutefois jamais su ce qui se passait exactement. De fait, sa déposition sert essentiellement à confirmer le rôle de souteneur de Mecheri à l'égard de Nadjia Khabir. On ne jugera pas utile de le questionner sur le commissaire Jobic. A l'évidence, il ne le connaît pas et n'en a sans doute jamais entendu parler.

12. DRÔLE DE PROCÉDURE

Avec les déclarations accablantes de Nadjia Khabir et de Mecheri, il y avait largement matière, pour les gendarmes de Versailles, à de fructueuses confrontations. Il n'y en aura pas. Ce qui va, ce qui doit suivre, le juge Hayat se le réserve. Depuis qu'il a fait ajouter à son instruction initiale le chef de proxénétisme, il vise beaucoup plus loin et plus haut qu'un simple trafic de banlieue. Seul Safwat dit Masri, dit « l'Égyptien », alias Gelalie Driss, semble constituer encore un lien avec les premiers inculpés. Encore ce lien est-il très lâche mais cela suffit et le juge ne désespère pas de le renforcer.

Il a certes dans ses dossiers d'instruction bien d'autres affaires sérieuses. Les Hauts-de-Seine, comme toute la périphérie parisienne, connaissent des assassinats, des braquages, des viols, des agressions, des cambriolages. Ce sont là des affaires banales, quotidiennes, celles que ramasse l'écumoire policière sur le bouillon d'une société ordinaire. La perspective d'un flic, corrupteur corrompu, trafiquant et proxénète, est autrement passionnante.

On peut penser que la police est faite pour enquêter et le juge d'instruction pour instruire tant à charge qu'à décharge. Mais bah ! Dès l'instant où les gendarmes font la police en civil dans la capitale, pourquoi les juges directeurs d'enquête ne s'y mettraient-il pas ? Il ne manque plus que de voir les policiers se mettre à faire, hors leurs villes, le travail des gendarmes et les particuliers se faire justice eux-mêmes en ville et en campagne, pour mettre à son comble la plus aimable confusion.

Pour en revenir à Jean Mustafa, il est déféré le 30 octobre à 10 heures devant le juge qui l'inculpe d'infraction à la législation sur les stupéfiants et de proxénétisme. Il est naturellement placé en détention et au secret.

Sa compagne Wadad Fadiam a été libérée le 29 octobre au soir. De toute évidence, elle est en dehors de toutes les combinaisons réelles ou supposées de son « mari ». En revanche, elle est mère d'un enfant de deux ans qui a lui aussi passé deux jours dans une sorte de garde à vue clandestine puisque sa présence n'est mentionnée nulle part, si ce n'est dans le procès-verbal d'arrestation de ses parents. A croire qu'il avait dès lors cessé d'exister. Même le docteur Boulan, le médecin légiste qui instrumente à la gendarmerie de Versailles, ne semble pas l'avoir vu. Pourtant il examine à tour de bras et dans les formes légales tous les détenus de cette affaire. Il a visité quatre fois la mère qui se plaint depuis son arrestation de troubles divers et qui n'est pas, que l'on sache, séparée de son enfant. *État compatible avec la garde à vue en chambre de sûreté*, a décrété en dernier lieu le docteur Boulan à propos de Wadad Fadiam, le 29 octobre, requis une fois de plus par le maréchal des logis Corbel.

Pourtant il existe le petit Omar et, suivant les règles en vigueur, il n'aurait pas dû être escamoté. Il aurait dû être placé durant tout ce temps dans une structure médico-sociale appropriée ou, à tout le moins, visité par le médecin.

Le résultat le plus clair en est qu'examiné à sa libération, le 28 octobre, une journée avant sa mère, il présente *une bronchite fébrile avec un état anorexique et de terreur pendant le sommeil, secondaire à un traumatisme psychique important.*

L'enfant sera d'ailleurs hospitalisé puis médicalement traité pendant plusieurs mois et son père, Jean Mustafa, aura beau jeu de soutenir que, pendant sa garde à vue, ses maigres aveux sur un misérable marché de quelques grammes de haschisch et de cocaïne lui ont été extorqués par une sorte de torture morale où son fils était utilisé.

La mère, une fois libre, ne se privera pas d'ajouter à l'affaire tous les détails possibles. Elle précisera notamment que son fils avait été laissé sans change, ni manger, ni boire autre chose qu'un biberon froid sitôt vomi. Le but poursuivi par les gendarmes aurait été d'user les nerfs et la résistance des parents pour les amener à avouer qu'ils avaient payé les commissaires Jobic et Venere.

La grand-mère, Louise Mustafa, ajoutera qu'ayant voulu apporter ce qu'il fallait lors de sa visite à la gendarmerie, elle avait été purement et simplement « virée ».

France-Soir, le 3 décembre suivant, révélera les accusations de Wadad et de sa belle-mère, au vu de deux attestations sur l'honneur, rédigées en arabe, dès le 4 novembre.

Les deux textes sont traduits avec quelques différences par l'expert désigné par Hayat et celui que choisira plus tard Jobic, mais l'essentiel n'est pas là. Le juge est suffisamment alarmé par la publicité donnée à l'incident pour entendre, dès le 7 décembre, Mme Ghislaine Huvenne, vingt-deux ans, épouse du maréchal des logis Huvenne dont on connaît le rôle important pendant ces derniers jours d'octobre.

Mme Huvenne, qui a le privilège de loger dans les locaux de la gendarmerie de Versailles, a vu l'enfant et sa mère. Elle a, assure-t-elle, proposé à cette dernière de faire dormir Omar avec ses trois propres enfants, ce que Wadad Fadiam a refusé. A la demande de son mari, Ghislaine Huvenne lui a apporté un petit pot de légumes, un yaourt, des biscuits. Le lendemain elle a encore confié à son mari des petits suisses, de la compote et d'autres biscuits. Elle a bien remarqué que l'enfant était un peu nerveux, mais sans plus.

Pour le juge Hayat, l'incident est clos.

L'interrogation demeure après cette opportune déposition de quelques lignes, qui ne sera jamais renouvelée, ni confirmée.

Les procédés de pression que l'on peut imaginer sont évidemment indignes et l'on a peine à croire qu'ils puissent être utilisés dans notre pays et à notre époque. Il existe bien ici ou là, en police ou en gendarmerie, quelques errements, mais de là à penser qu'il soit possible, dans l'Arme, d'utiliser de telles méthodes, il y a une marge. Elle serait infranchissable s'il n'y avait « l'oubli » de la présence de l'enfant et son hospitalisation ultérieure.

Aujourd'hui encore, Jean Mustafa et sa compagne maintiennent fermement leurs accusations, comme ils les ont maintenues pendant les dix-huit mois de procédure qui vont suivre. Ils estiment que le témoignage de Mme Huvenne est un faux, une complaisance extorquée à l'épouse de l'un des sous-officiers mis en cause. Ils s'étonneront aussi, plus tard, que Mme Huvenne ait disparu ensuite de la procédure.

Quoi qu'il en soit, Jean Mustafa, dès son premier interrogatoire par le juge d'instruction, reviendra en bloc sur ses maigres déclarations à l'issue de ses quatre jours de garde à vue. En outre, de sa prison, il déposera plainte auprès du procureur de la République d'Évry.

Une autre chose déconcerte encore dans cette affaire où les surprises abondent. La plainte de Jean Mustafa sera confiée pour enquête à la gendarmerie !

C'est le gendarme Éric Olivier de la compagnie de Corbeil-Essonnes, laquelle dépend de Versailles, qui recueillera à Fleury-

Mérogis les accusations de Jean Mustafa. Celui-ci précisera que c'est seulement après ses aveux extorqués par l'adjudant Félix sur une revente de haschisch que son fils a été reconduit chez ses grands-parents. Étrange, cette allusion à l'adjudant Félix qui n'apparaît nulle part dans les vingt-cinq heures d'interrogatoire de Mustafa ! Une présence occultée par le gendarme Émorine ? Charitable, Mustafa ne met pas en cause la bonne foi du juge, les gendarmes lui ayant fait croire que l'épouse de l'un d'eux s'occupait de l'enfant.

On reste quand même étonné qu'il n'y ait pas, dans la gendarmerie comme dans la police, une sorte d'Inspection Générale. Il est vrai que celle de la police nationale étant suspecte aux yeux de Hayat, mieux valait opérer en circuit fermé.

Une dernière surprise enfin, le procès-verbal du gendarme Olivier à Fleury-Mérogis porte dans son en-tête cette mention imprimée : *Le soussigné Olivier Éric, gendarme, agent de police judiciaire,*

Rapportons les opérations suivantes que nous avons effectuées, agissant en uniforme et conformément aux ordres de nos chefs.

Le malheureux avait dû tomber sur un imprimé périmé. C'est bien le seul, dans cette affaire, où il soit encore question d'uniforme.

13. CONFIDENCES À LA PELLE

Après avoir incarcéré Jean Mustafa et Rachid Mecheri, le juge Hayat estime que leurs dépositions et surtout celle de Nadjia Khabir, ainsi que certaines écoutes téléphoniques, mettent suffisamment en cause le commissaire Yves Jobic pour que, conformément à la loi, la chambre criminelle de la cour de cassation soit priée de désigner la juridiction compétente pour poursuivre l'instruction à l'égard de cet officier de police judiciaire parisien.

Le 2 novembre, il communique son dossier au procureur de la République qui transmet à son tour la requête à la cour de cassation.

Comme il ne peut préjuger de la décision que prendra la chambre criminelle, ni de la juridiction qu'elle désignera éventuellement, Jean-Michel Hayat devait, juridiquement, attendre cette décision. Mais la fructueuse audition de Nadjia Khabir a fait surgir une idée géniale dans sa simplicité : celle des prisons dans lesquelles, en moins de quatre ans, Jobic et ses hommes ont envoyé quelque onze cents délinquants. Beaucoup y sont encore, suivent les nouvelles et les commentent. Certains y reçoivent des visites et communiquent avec l'extérieur et leur milieu. La plupart ont pour objectif majeur de retrouver le plus vite possible la liberté, soit par une réduction de peine en cour d'appel, soit par une libération conditionnelle. Beaucoup enfin, les étrangers, sont prêts à tout pour éviter, à leur libération, une reconduite coercitive dans leur pays d'origine où les autorités locales ont souvent des comptes à leur demander. L'air de Paris est infiniment plus agréable.

Il y a là toute une gamme de possibilités pour des entretiens utiles avec des gens qui, par définition, ont de solides raisons de ne pas aimer le commissaire. Les gendarmes, avec célérité, vont s'y employer dès les premiers jours de novembre.

Au cours de ces auditions, *les témoins entendus ont désiré faire des révélations sur les agissements du commissaire Jobic.*

C'est la jolie formule qu'utilise le commandant Morel en communiquant la première synthèse de ses travaux au juge Hayat.

Les auditions de Mabrouka Lazar, cueillie à sa sortie de la Santé, de Zoulikha Zenati à « Buda », des Nadjia Khabir, Fodeya Ben Bachir, Samira Kheri et autres Kamel Bentifour entendus dans leurs prisons respectives, sont riches d'enseignement.

Il en résulte en résumé :

— d'une part que Jean Mustafa est depuis toujours le « mari », c'est-à-dire le souteneur, de Halima El Bordji ;

— d'autre part que ladite Halima a recueilli, pour le compte de Mustafa, les loyers hebdomadaires de quelques studios sordides du 3 bis rue de Budapest ;

— enfin, ces divers témoins accusent le commissaire Jobic de vols au cours des perquisitions, de corruption par la protection payante de certains établissements, de proxénétisme au préjudice de prostituées dont certaines sont accessoirement sans doute ses maîtresses et de participation à des trafics de stupéfiants.

Quelques prostituées se tiennent à l'écart de ce festival d'accusations. Elles ne connaissent pas Jobic, elles ne l'ont jamais vu dans « Buda » et elles n'ont jamais entendu dire qu'il « taxait » qui que ce soit. Mais ces silences prudents doivent sans doute être mis au compte d'une circonspection bien compréhensible dans un métier exposé à d'éventuelles représailles.

Le 23 novembre, Jobic, qui continue à faire normalement son travail de police tout en surveillant du coin de l'œil le clapot inquiétant qui agite les eaux glauques de « Buda », rend compte par rapport à son patron, Philippe Venere, de ce qu'il a appris à propos des investigations des gendarmes sur le secteur :

Il m'a été indiqué par plusieurs personnes que des gendarmes de Versailles se sont transportés rue de Budapest pour y interpeller plusieurs prostituées. Conduites à Versailles, elles y ont été entendues sur la personne de Jean Mustafa actuellement détenu et sur le fait de savoir si des sommes d'argent m'étaient remises par des prostituées.

Selon nos renseignements, plusieurs d'entre elles, soumises à un chantage leur laissant le choix entre la liberté moyennant leurs déclarations et la reconduite à la frontière de leur pays, auraient répondu par l'affirmative.

Curieusement, parmi ces prostituées, certaines ont eu affaire avec notre service, d'autres sont leurs amies intimes.

Le samedi 21 novembre en soirée, l'une d'elles, Zoulikha Zenati dont le souteneur a été arrêté par notre service et condamné à trois ans de prison fermes, a déclaré devant témoin dans le bar situé 106 rue Nollet qu'elle avait préféré mentir que de perdre sa liberté et que de toute façon elle préférait voir pleurer la mère d'un commissaire que la sienne...

On reparlera souvent de Zoulikha Zenati dite Zouzou et de son indéfectible affection pour sa pauvre maman.

Avant de nous engager plus avant dans la tempête qui se lève sur « Buda », arrêtons-nous un instant sur quelques aspects pratiques et juridiques de l'action policière.

Ce n'est sans doute pas par une quelconque fantaisie du législateur qu'elle a été enfermée dans les règles de la procédure pénale, tout comme celle des magistrats du parquet et de l'instruction.

L'une de ces règles est qu'aucun service de police ne peut instrumenter sur le territoire de l'autre sans que les responsables locaux en soient avisés. Les services locaux ne manquent pas à Paris qui dispose même d'un état-major et d'un préfet de police dont nul ne méconnaît l'importance et aussi d'une inspection générale des services dont personne encore n'a sérieusement mis en cause ni l'objectivité ni la volonté répressive dans tout ce qui touche à l'honneur et à la probité des policiers parisiens.

Il y avait donc divers moyens discrets d'éviter à la gendarmerie l'espèce de clandestinité dans laquelle elle a entrepris son action. Il est hors de doute que ces procédés, qui ont partout tendance à se généraliser, ne peuvent que faire naître des situations conflictuelles, voire des bavures dramatiques.

C'est un fait aussi que les gendarmes, en copiant depuis une quinzaine d'années les structures de la police judiciaire, en créant des brigades de recherches départementales et des sections de recherches régionales, et en transgressant délibérément le décret du 20 mai 1903 qui constitue leur code, par l'abandon de plus en plus fréquent de l'uniforme pour la tenue civile, ont encore ajouté à la confusion et allumé une guerre dont on ne voit pas la fin.

Un certain nombre d'incidents ont ainsi opposé, l'arme au poing, des policiers et des gendarmes travaillant, sans se le dire, sur la même enquête, ceci pour la plus grande joie, naturellement, du gibier qu'ils traquaient.

Rien n'y a fait. Les choses ont continué avec des explications embarrassées à chaque fois que surgissait un conflit, la plus utilisée étant que le gendarme devait avoir le plein exercice, en tous lieux, de sa qualité d'OPJ.

Bien. Dans ces conditions, il fallait changer la loi et modifier le décret de 1903. Mais ce décret, tout poussiéreux qu'il soit, comporte d'autres dispositions auxquelles la gendarmerie tient beaucoup. Par exemple, le droit de tirer sur une voiture qui s'enfuit, ce qui pour les policiers est une scandaleuse bavure.

On a esquivé les difficultés d'une réforme de fond par une circulaire signée le 11 mai 1987 par le directeur général de la gendarmerie, laquelle autorise, dans certaines conditions, le port par les gendarmes de la tenue civile. On a donc, par ce tour de passe-passe, modifié un décret par une simple circulaire.

Il faut tout de même reconnaître que d'après cette circulaire, le gendarme en civil doit rester l'exception. Les hypothèses sont limitativement énumérées et l'intéressé a l'obligation *d'exhiber un brassard gendarmerie pour toute intervention.* Enfin ses procès-verbaux doivent préciser qu'il agissait en tenue civile, conformément aux ordres reçus...

Ce formalisme apparent n'était sans doute destiné qu'à rassurer, car de fait aucune des obligations n'a été respectée dans les milliers de procès-verbaux et les dizaines d'interpellations du commandant Morel et de ses hommes pendant l'exécution, sur deux années, des quarante-huit commissions rogatoires du juge Hayat. Nul ne s'en est ému, ni la direction de la gendarmerie ni la chancellerie.

Ghislaine Piat, dont le souteneur est « tombé » en août, « tient » à parler au chef Corbel. Jobic l'a regardée un jour d'un air menaçant à « Buda » alors que dans le bar *L'Ambiance* elle refusait de lui offrir le champagne !

Zoulikha Zenati dite Zouzou a des griefs autrement sérieux. Son souteneur, Abdehramane Merabet, a été arrêté par Jobic et ses hommes le 2 décembre 1986. Zouzou travaille au 3 bis à « Buda » et elle loge depuis quelque temps à l'hôtel de Nice, rue Truffaut, cette rue où se trouvent précisément le centre de police du XVIIe et le siège de l'UR de l'arrondissement. Merabet, surnommé « Dash », cohabite épisodiquement avec sa protégée qu'il surveille à « Buda » et lui rapporte deux mille francs par jour, ce qui représente vingt passes à cent francs.

Zouzou, qui a trente-quatre ans, ne pourrait guère, même si elle le souhaitait, dissimuler sa profession. Elle en garde, même en dehors de ses heures de service, tous les attributs. Le comportement et le langage vulgaires, les tenues vestimentaires également, avec ses talons aiguilles, ses vastes décolletés, son dos dénudé et son maquillage outrancier. Pour tout arranger, elle mâche inlassablement de la gomme, ce qui ne donne aucun agrément supplémentaire à un visage maigre et ingrat. Vingt passes à cent francs, le prix « plancher », ce n'est pas si mal avec si peu d'atouts. Cela n'empêche pas Dash de battre comme plâtre sa maîtresse pour tenter d'améliorer sa productivité. C'est une thérapeutique qui donne parfois des résultats. Mais dans le cas présent, elle provoque surtout une incapacité de travail, une ITT[1] de quinze jours et, un peu plus tard, le retrait pour trois ans du souteneur trop violent. Il avait jugé inconvenant que sa pute vienne lui faire une scène parce qu'il avait engrossé sa femme légitime et il avait vainement tenté de la guérir, par les coups, de cette jalousie intempestive. Le jugement était sévère sans doute, mais Dash avait aussi un passeport falsifié, de faux bulletins de salaire et également des antécédents pour vol et escroqueries aux chèques volés. Un personnage bien intéressant mais, à moins qu'elle ne soit un peu masochiste, on voit mal pourquoi Zouzou, après l'avoir balancé, viendrait à son secours.

Quelques semaines après son arrestation, Dash d'ailleurs a été remplacé dans le cœur et la gestion des finances de Zouzou par un certain Omar-la-Chapelle qui ne vaut guère mieux puisqu'il ira jusqu'à lui voler ses bijoux. En réalité, Zouzou court de malheur en malheur. Elle a cinq enfants qui sont à la charge de leur père en Algérie et la validité du visa sur le passeport qu'elle présente expire en janvier 1988. Elle a perdu ses autres papiers, du moins le dit-elle, ce qui l'a obligée à une déclaration de perte au consulat d'Algérie. Tiens ! Ce n'est donc pas Jobic, comme le prétendait Nadjia Khabir, qui lui aurait fait une attestation de complaisance ! Qu'importe ce détail, ce qui est vrai c'est qu'elle est dans une situation précaire au possible. Le juge Hayat y mettra bon ordre en obtenant du ministère de l'Intérieur une régularisation qui lui permettra de garder sous la main un témoin qui va se révéler en or.

Le 16 novembre en effet, Zouzou, que Nadjia Khabir a dénoncée comme étant la « protégée » de Jobic, est entendue par les chefs Corbel et Huvenne. Elle commence par reconnaître que, pour l'utilisation pluraliste d'un studio du 3 bis, elle paye mille francs par semaine à Halima El Bordji, laquelle reverse les loyers encaissés à son

1. ITT : Incapacité de Travail Temporaire.

amant Boukhit, c'est-à-dire à Jean Mustafa. Elle confirme aussi que Nadjet, qui est en prison pour vol, travaillait bien pour Rachid Mecheri.

Contre Jobic, dans un premier temps, elle ne dit rien, assurant ne plus l'avoir revu depuis l'arrestation de son souteneur et n'être protégée par personne.

Le même jour à 17 heures, ce sont les gendarmes Camille et Émorine qui la reprennent en main. Ils ont sans doute une meilleure technique car en deux heures, au cours de sa quatrième audition, Zouzou va devenir une accusatrice féroce du commissaire.

D'abord elle annonce que sa collègue Lahouaria Nacel et elle-même ont invité Jobic et l'un de ses inspecteurs au restaurant. On saura plus tard que la chose se serait passée *Chez Charlot,* place Clichy, et qu'elle aurait coûté quatre cents francs selon Zouzou, mille francs selon Lahouaria, pour les quatre couverts. Un prix d'ami dans les deux cas sans aucun doute pour qui connaît l'établissement, avec un menu comprenant l'apéritif, le plateau de fruits de mer et du vin fin ! A l'issue de ce repas, Jobic lui avait demandé de « l'honorer » de quelque argent pour la protéger des représailles possibles de la famille du souteneur qu'elle avait dénoncé. Les détails affluent. Elle avait ainsi remis six mille francs à Jobic qui la convoquait dans son bureau en lui téléphonant à son hôtel. Elle avait remis cette somme en trois versements dont un en présence de son amie Lahouaria, laquelle, pour l'heure, est détenue pour vol à Fleury-Mérogis et ne demandera qu'à confirmer.

Jobic d'ailleurs était tous les jours à « Buda », au café *L'Ambiance,* et il faisait tomber les « julots » pour « maquer » ensuite leurs filles. Il venait sur les lieux à pied ou dans une voiture blanche.

Dans la foulée, outre le témoignage de son amie Lahouaria, Zouzou invoque ceux d'autres filles « maquées » par le commissaire : Fathi-la-Grande dont Jobic a fait tomber le « mari », et aussi « Puce » qui tapine au numéro 10, et encore Amel qui travaille au 3 bis et que Jobic a « décrochée » d'un vol à l'entôlage.

Immédiatement communiqué à Hayat, ce témoignage-canon entraîne la convocation d'urgence de son auteur chez le juge. Zouzou confirme. Elle en ajoute même. Jobic lui a proposé des papiers pour dix mille francs. Elle a refusé. Jobic protège aussi Mustafa et il allait souvent à *La Palmeraie*. Enfin il est très ami avec Leïla-Canard qui tient un bar dans le XVIIe. Toutes les filles ont peur de lui. Zouzou ne veut pas être confrontée, elle a peur d'être tuée !

Ce témoignage présente bien quelques invraisemblances troublantes : le juge sait déjà que Jobic n'a jamais mis les pieds à *La Palmeraie*. Il y a aussi ce repas *Chez Charlot*, les visites au commissariat... Dans une enquête sérieuse, on aurait vérifié. On aurait appris ainsi que Jobic ne venait qu'exceptionnellement rue de Budapest et toujours accompagné d'inspecteurs. Bah ! Pourquoi aller ainsi risquer d'ébranler le béton d'une si belle accusation ?

Mieux vaut chercher au contraire quelques autres habituées de « Buda » en veine de confidences utiles.

14. DES TÉMOIGNAGES AU-DESSUS DE TOUT SOUPÇON !

Un personnage étonnant que Mabrouka Lazar. Née en 1952, cette femme surnommée « Bani » a commencé très tôt sa carrière de tapin à Alger. Elle y avait pour ami un policier avec qui elle se trouvait en 1969 au cabaret *Le Santa Monica* lorsqu'elle avait provoqué une rixe avec des voyous locaux. Le policier, pour se défendre, avait tiré. Mal d'ailleurs puisque, se trompant de cible, il avait tué le serveur.

Fichée comme prostituée et vagabonde dans son pays, Mabrouka monte à Paris en 1977 avec de faux papiers qui lui coûtent d'emblée un court séjour en prison. Elle « exerce » ensuite en compagnie d'une amie, Fodeya Ben Bachir dite Teresa, aux abords de la gare de l'Est et emmène ses clients dans un hôtel de la rue Jarry. Elle monte ensuite vers la Goutte d'Or et va passer entre les mains de divers souteneurs dont le premier, Abderahmane Belloum, écopera de quinze ans de réclusion pour tentative de meurtre sur un certain Hamzaoui.

En 1978, les hôtels de la Goutte d'Or ayant cessé leur activité, Mabrouka Lazar quitte sa chambre de bonne de la rue Pouchet et descend à Marseille. Elle a maintenant une carte de résidente, ayant, dans l'intervalle, fait un enfant né en France. Elle vit en concubinage officiel avec un certain Kamel Bentifour, cambrioleur-escaladeur de son état, déjà condamné au Maroc et homosexuel par nature au point qu'on le surnomme « Mireille Mathieu ». La chose n'est étonnante qu'en apparence puisque Mabrouka, de son côté, est à la fois prostituée et lesbienne.

Bentifour fait un séjour en prison et Mabrouka revient tapiner à Paris jusqu'à ce qu'il la rejoigne. Du coup elle se recycle et se met au vol à la tire pendant que Kamel retourne à ses « casses ». En 1985, rechute de Kamel, ce qui n'a rien d'anormal pour un escaladeur de balcons, et Bani de son côté retourne « aux asperges » à « Buda » cette fois. Elle bricole aussi dans le vol à l'entôlage, puis montant en grade, devient tenancière de studios. Mais la malchance la poursuit et alors qu'elle est confortablement installée avec Kamel Bentifour, à nouveau libre, dans un appartement du square Frédéric-Valois dans le XVᵉ arrondissement, ce couple exemplaire est arrêté, le 9 juillet 1986, au pied de son immeuble par Jobic et les policiers du son UR. Il est vrai que Bentifour, déjà connu sous sept identités différentes, est encore en possession de faux documents. Surtout, la perquisition révèle la présence d'un lot important de bijoux et de manteaux de loup et de vison. Trois pages d'inventaire et une estimation chiffrée à deux cent soixante-dix mille francs. L'enquête de Jobic établira qu'une partie de ce butin provient de trois cambriolages commis, l'un à Paris, l'autre dans le Var et le troisième à Séville. Bentifour, à part quelques petits vols qu'il admettra, prétendra que l'essentiel vient d'achats faits « en affaire » avec des inconnus. Bani, pour sa part, invoquera des cadeaux de son mari et aussi des achats divers.

C'est à sa sortie de prison que Bani pourra faire part aux gendarmes de ses griefs contre Jobic. Bentifour, quant à lui, ne demande qu'à les conforter de la cellule où il s'ennuie ferme.

Au physique, Bani qui est assez forte et paraît plus que ses trente-cinq ans — quoi d'étonnant après une vie si agitée — a un visage quelconque avec une peau très mate sous ses cheveux noirs et lisses. Bien qu'analphabète, elle exerce une ascendance certaine sur ses consœurs, le syndrome de Lesbos sans doute, et peut-être aussi les allures de grande dame qu'elle aime emprunter. Manteau et toque de vison, gants bleu pétrole et chaussures assorties acquises place Blanche chez Miller, ou encore riche ensemble de soie. Contrairement à Zouzou, Bani sait s'habiller. Elle aime aussi sortir, fréquenter bars et cabarets, exhiber ses nombreux bijoux et « faire briller sa monnaie » en montrant des liasses de billets. Enfin, elle a un penchant marqué pour le whisky, une boisson d'homme, du JB de préférence, et aussi une réputation de « grande gueule ».

Elle va commencer, le 16 novembre, par confirmer aux gendarmes que Jean Mustafa est le proxénète de Halima El Bordji, laquelle exerce dans les studios du 3 bis. Elle sait aussi que Mustafa a une autre fille, Dany, qui travaille vers les Champs-Elysées. Enfin Rachid Mecheri est bien le mari de Nadjia Khabir. Celle-ci, qui est très bavarde, le lui a dit et l'a même invitée à *La Palmeraie* que tenait Rachid.

Sa garde à vue se prolongeant, Bani, vers 23 heures, devient plus causante encore.

En fait, Halima El Bordji encaisse les loyers du 3 bis à « Buda » pour le compte de Mustafa. Une concurrente en somme. Et puis surtout, Bani parle de Jobic. Elle l'a rencontré au bar de Leïla, rue Lantiez, et par la suite elle lui a offert un stylo en or de chez Dior et une boîte de foie gras pour la nouvelle année. Mais Jobic étant, plus tard, sur une enquête, à la recherche de Teresa (Fodeya Ben Bachir), témoin important dans une affaire criminelle, Bani lui a refusé sa collaboration. C'est en représailles de ce refus que le commissaire, vindicatif et oublieux des petits cadeaux, l'avait arrêtée quelque temps après, de même que son compagnon. Outre la mesquinerie de cette vengeance, ce que Bani reproche surtout à Jobic, c'est la disparition, au cours de la perquisition, de chaînes, gourmettes, montres et briquets qui ont donc été volés, la chose est claire, même si son juge d'instruction dans l'affaire n'a pas semblé intéressé par son accusation.

Bani, enfin, sait que Jobic et Jean Mustafa sont très amis au point que Jobic a « décroché » Halima, la maîtresse de Boukhit, dans un vol à l'entôlage.

Ce témoin est rendu à la liberté le soir même à Versailles, à 1 h 30. Ce n'est pas très gai, Versailles, par une froide nuit de novembre. Bani y revient pourtant d'elle-même quelques jours plus tard, le 27, pour informer les mêmes gendarmes que Jobic et ses inspecteurs sont venus traîner, quatre jours auparavant, à « Buda ». Ils ont consommé à *L'Ambiance* et cherchaient les filles que les gendarmes avaient interrogées, en particulier Zouzou.

Bani faisait part aussi de ses craintes et de la peur de Zouzou quant à des représailles éventuelles. Elle était certes mieux placée que quiconque pour savoir que la présence des policiers était pour elle malsaine, puisque deux semaines plus tard la BSP[1] l'arrêtait pour proxénétisme de studios. Espérait-elle que la bienveillance de la gendarmerie constituerait une protection ?

On se souvient que Nadjia Khabir, la protégée de Rachid Mecheri, avait été la première à lancer contre Jobic un certain nombre d'accusations graves, depuis la prison de Fleury-Mérogis où l'avait conduite son dernier vol à l'entôlage. Le 6 novembre, elle a d'autres confidences à faire au gendarme Camille qui l'extrait de sa cellule.

Il est vrai qu'elle a retrouvé en prison Fodeya Ben Bachir, cette Teresa amie des débuts parisiens de Bani, laquelle lui a confié que

1. BSP : Brigade des Stupéfiants et du Proxénétisme.

Jobic rackettait le café de Leïla, rue Lantiez et aussi celui de Malika, dite Dalila, rue Nollet.

Nadjet confie encore aux gendarmes que Bentifour, l'ami de Bani, partageait avec Jobic le produit de ses casses et que c'est à cause d'un différend sur un partage que Jobic a arrêté Kamel et Bani.

Enfin il est évident pour Nadjet que Zouzou se prostitue pour le compte de Jobic.

Il y a là encore un certain nombre de révélations qu'il est urgent d'exploiter.

Kamel Bentifour extrait, le 26 novembre, de la prison de la Santé après les déclarations de sa concubine Bani et de Nadjia Khabir, va faire ce qu'il peut, lui aussi, pour aider les gendarmes. Il confirme en particulier les disparitions relatées par Bani et qu'ils ont constatées après la perquisition par l'équipe de Jobic dans leur appartement. D'après lui, il ne manquait toutefois qu'une montre, un briquet, une bague et une ou deux chaînes. A cette estimation très approximative, il ajoute toutefois une précision capitale. Jobic, après l'arrestation, *n'avait pas assisté à la perquisition.* Par contre, le commissaire mangeait et buvait sans payer, aussi bien au bar de Leïla, rue Lantiez, que chez Malika, rue Nollet. Il « couvrait » ces deux établissements ainsi qu'une « tireuse » prénommée Nado. Il abusait tellement de ses fonctions de policier *qu'il était plus voyou qu'un voyou.* Une fois même, il était entré seul dans le bar de Malika rue Nollet, armé d'un fusil à pompe avec lequel il avait braqué tout le monde, simplement pour faire peur, puis il était reparti sans rien dire.

Pour son compte personnel cependant, Kamel Bentifour assure, contrairement à ce qu'a dit Nadjia Khabir, n'avoir jamais partagé un quelconque butin de ses casses avec Jobic, ni lui avoir jamais servi d'indic.

Il sait en revanche, par ouï-dire seulement, que le commissaire protège au moins trois filles à « Buda ». Dash lui-même, l'ex-souteneur de Zouzou, lui a confié, à la Santé, que son ex-protégée travaillait maintenant pour Jobic, comme le dit par ailleurs Nadjet.

Fodeya Ben Bachir elle aussi a d'excellentes raisons d'apporter son eau au moulin et son entrevue en prison, avec Nadjia Khabir, lui permet d'espérer que sa collaboration sera payée de retour. C'est aussi un personnage peu ordinaire avec un long passé complexe, bien qu'elle ne soit née qu'en 1954 à Alger.

Elle a porté, au fil de ses démêlés judiciaires internationaux, plusieurs identités. En réalité, disons-le tout de suite, son véritable état civil est Kerraz Khouda, multirécidiviste de nationalité algérienne, plus connue sous le simple prénom de Teresa, voleuse à la tire internationale après une brève carrière de prostituée en compagnie de Bani.

A défaut de la vérification élémentaire qui aurait permis aux gendarmes de l'entendre sous son vrai nom, elle témoignera plusieurs mois sous celui de Fodeya Ben Bachir en se prétendant française, alors qu'à la faveur de ses multiples condamnations elle fait l'objet de plusieurs dossiers d'éloignement, d'un arrêté ministériel d'expulsion et de plusieurs années d'interdiction du territoire.

Sa dernière arrestation remonte au 24 mars 1986, par l'équipe Jobic, pour divers vols, recels et naturellement faux et usage, usurpation d'état civil, etc. Condamnée à trente mois de prison le 17 février 1987, elle doit donc être expulsée vers l'Algérie à sa libération. On comprend qu'elle n'y tienne guère, car une condamnation à deux autres années dans les geôles algériennes l'attend pour vol, racolage et vagabondage.

Lorsqu'elle est arrêtée par Jobic, elle vit avec un personnage prétendant s'appeler Madaoui mais qui est en réalité Hocine Tahir, cinq fois condamné sous des identités diverses. La perquisition chez Teresa, appelons-la ainsi pour simplifier, est fructueuse : fausses cartes d'identité, travellers volés, argent français et étranger, sacs Vuitton et autres, vêtements de luxe, bijoux, briquets, c'est le butin habituel des « tireuses » et des « voleuses à la détourne ». Elle reconnaît, d'ailleurs, le vol mais prétend aussi se prostituer, afin de sauver au moins de la confiscation l'argent liquide. Son terrain d'activité est très étendu. Elle « fait » les aéroports, les magasins de luxe et les grands hôtels dans la plupart des capitales européennes.

Telle est la femme dont les gendarmes et le juge vont accueillir, à partir du 10 novembre 1987 et pendant près d'un an, les déclarations. Elle y gagnera ce qu'elle espérait, sa libération le 17 juin 1988. Elle en profitera pour disparaître en novembre et se réfugier en Italie.

Revenons, après ce rapide survol de sa vie mouvementée, à son intéressante contribution à l'enquête.

Elle connaît toute la famille Mustafa, Jean-Claude qui fait dans la drogue et Jean dit Boukhit, souteneur de Halima, proxénète de studios à « Buda ». Elle connaît aussi Nadjia Khabir et son « mari » Rachid et encore Safwat « l'Égyptien » qui trafique du « shit ». Elle sait que Jean Mustafa est protégé par Jobic moyennant finances.

Tout cela n'est pas nouveau. Il suffit d'ouvrir ses oreilles en prison pour récupérer toutes ces accusations qui roulent comme boule de neige et s'amplifient. Le grief personnel de Teresa est que Jobic et ses hommes, après la perquisition qui a suivi son arrestation, ont gardé pour eux des manteaux en renard, en daim, en vison, des costumes, trois briquets Cartier et Dupont ainsi que des bijoux, colliers, bagues, boucles, gourmettes, le tout dont on devine l'origine pour une valeur de cent à cent cinquante mille francs.

Pour le reste, Teresa a du mal à retenir ce qu'elle a appris car elle accorde à Bani des rapports amicaux avec Jobic jusqu'à ce que Leïla-Canard du bar de la rue Lantiez, jalouse de Bani, fasse en sorte que Jobic arrête le couple Bani-Bentifour. Les choses deviennent ici un tel embrouillamini que seul un gendarme d'élite peut s'y retrouver.

Il eût été aussi logique et facile de détruire les nouvelles accusations de vol lancées contre Jobic que d'établir la véritable identité de Teresa. La simple lecture des procès-verbaux de perquisition établis le 24 mars 1986 y suffisait. On y trouve tous les vêtements, bijoux et objets *volés* et on pouvait aussi les retrouver matériellement sous scellés au greffe, où ils avaient été réglementairement déposés.

Il faudra attendre les résultats de l'enquête de l'inspection générale des services en novembre 1988, pour que ces vérifications soient faites. Quelle explication donner à cette incroyable carence ? On pourrait se contenter d'y voir une grave faute professionnelle. Sachant que Jobic, au cours de ses innombrables interrogatoires, demandera vainement pendant des mois ces vérifications fondamentales, cette explication est insuffisante. On dépasse largement ici le seuil de la faute professionnelle quand on sait les conséquences qui en résulteront pour le commissaire Jobic.

Il y a encore Samira Kheri, l'amie de Zouzou que celle-ci appelle d'ailleurs Lahouaria Nacel. Samira ne veut pas de ce dernier nom. Elle se veut Samira Kheri, de nationalité marocaine, plutôt que Lahouaria Nacel, Algérienne. Elle a pour cela de bonnes raisons.

C'est pourtant sous le nom de Nacel, née le 30 octobre 1962 à Sba (Algérie) qu'elle a été arrêtée le 25 juin 1986 par Jobic, avec son souteneur Mohammed Smaïni dit Momo. Ils vivaient ensemble à l'hôtel *Le Home Montmartrois*, rue du Chevalier de la Barre. Smaïni, ancien patron de bar et qui rêvait d'en acheter un plus grand et plus beau, voit du même coup ses espoirs ruinés et la fille se dirige vers la prison pour cause de séjour illégal, avec son passeport falsifié orné de faux tampons administratifs et sa fausse carte d'embarquement qui lui donnaient un faux air de touriste. Comme elle a aussi une vraie carte de consultation à l'hôpital Saint-Louis où elle fait soigner les conséquences d'un métier très exposé, il est aisé de voir qu'elle ne pouvait être simultanément à ses soins à Saint-Louis et en Algérie comme le prétend son passeport. Elle récoltera quatre mois de prison, une interdiction du territoire français ainsi que deux dossiers d'éloignement, l'un sous son pseudo de Samira Kheri, l'autre sous son vrai nom de Nacel.

Tout cela ne l'empêchera pas de témoigner chez les gendarmes et le juge Hayat sous son faux état civil pendant plusieurs mois.

Elle « tapinait » aussi au 3 bis à « Buda » et se trouve depuis deux jours, comme beaucoup d'autres, à Fleury-Mérogis, où les langues vont bon train, lorsque les gendarmes vont l'inviter à se confier. Elle restera, on le comprend, très évasive sur ses titres de séjour. Ceux-ci ont été saisis. Mieux vaut évoquer des formalités administratives, des démarches qu'elle n'a pas faites et un passeport qu'elle a perdu, alors qu'il a été saisi et se trouve sous scellé !

On pourrait cette fois encore supposer qu'avant de l'entendre les gendarmes auraient fait à son sujet quelques recherches d'archives. Il n'en est rien. La seule chose importante est son témoignage. Elle confirme une fois de plus ce que les autres ont déjà dit à propos de Jean Mustafa et de Halima El Bordji. Elle confirme aussi avoir déjeuné au restaurant avec Zouzou, Jobic et un inspecteur barbu. Elle est retournée ensuite plusieurs fois avec Zouzou dans le bureau du commissaire. Une fois, elle a vu sa collègue donner à Jobic plusieurs billets de cent et deux cents francs. En revanche, Jobic ne lui a jamais demandé d'argent à elle et elle ne lui en a jamais donné.

Omeïr Lemouton dite Sonia, trente-sept ans, ne va rien apporter de plus au dossier. Ex-prostituée, elle a épousé en justes noces une « figure » dont on reparlera. Elle a aussi quitté le trottoir pour « tenir » quelques studios au 3 bis à « Buda », ce qui, avec son mariage, constitue une sorte de promotion mais lui vaudra d'être arrêtée avec son mari, Bernard Lemouton, pour proxénétisme en octobre 1986, par la brigade des stupéfiants et du proxénétisme.

Sonia a été libérée sous caution alors que son mari est toujours incarcéré.

Entendue le 16 novembre par les chefs Corbel et Halart, elle se contentera d'admettre qu'elle connaît Jean Mustafa qui a un studio squatté près du sien. Il est utilisé par des Africaines ainsi que par Halima, la « femme » de Boured.

Il y a bien aussi « la Puce », c'est-à-dire Jeannine Morisseau, trente-huit ans, dénoncée par Zouzou comme « maquée » par Jobic. Elle est entendue le 10 octobre par le gendarme Émorine. « La Puce » a dix ans de service ininterrompu à « Buda », de quoi mériter une médaille ne serait-ce que pour sa survie ! Elle est française, sans condamnation et mère d'un fils de vingt ans qui vit en province dans la famille. Elle connaît bien sûr toutes les filles de « Buda » y compris Zouzou, mais elle n'a jamais eu affaire au commissaire Jobic et ne le connaît même pas physiquement. Elle sait seulement *qu'il a la réputation de faire tomber beaucoup de julots.* Elle n'a en revanche jamais entendu dire que des filles lui donnaient de l'argent et pourtant elle habite dans la rue au numéro 10.

Une déposition sans intérêt qui introduit une note discordante dans l'unisson jusque-là réalisé.

Les enquêteurs mettront un an pour retrouver Fathia Irid dite Amel que Zouzou donnait également comme « soutenue » par Jobic. Elle sera entendue en octobre 1988 et n'en dira pas davantage que « la Puce ». Elle non plus n'a jamais eu affaire à Jobic. Elle l'a simplement vu deux fois dont une alors qu'il payait son verre dans un des bars qu'on l'accuse de protéger.

Ce témoignage négatif et tardif ne figurera pas dans la nouvelle requête que le juge Hayat, qui continue imperturbablement d'instrumenter sans y être légalement autorisé, adresse le 18 novembre 1987, via le parquet de Nanterre et le procureur général, à la chambre criminelle de la cour de cassation. Il y fait bien figurer pourtant toutes les accusations, y compris celles de Zouzou, avec les noms des filles qu'elle dit « maquées » par le commissaire, dont « la Puce » qui a contesté le fait et Amel qui n'a pas été entendue.

Car pour Hayat maintenant, le sort de Jobic est scellé.

Le juge se sent suffisamment édifié par les quelques dépositions-torpilles que les gendarmes versaillais lui ont transmises.

Il est vrai que tout cela à première vue laisse perplexe. Les choses concordent si bien :

— l'intervention de Jobic pour Jean-Claude Mustafa en 1986 ;

— les relations certaines entre le commissaire et Jean Mustafa, frère du précédent. Nul ne peut les contester, même pas Jobic ;

— la « qualité » de souteneur du même Mustafa à l'égard de

Halima El Bordji et sans doute de proxénète de studios via la même Halima ;

— les accusations convergentes contre Jobic d'une demi-douzaine de prostituées qui l'accusent à la fois de racket, de vol, de corruption, de protection d'établissements mal famés et même d'avoir une amie voleuse professionnelle et sans doute quelques maîtresses prostituées.

Le 25 novembre 1987, la chambre criminelle, faisant droit simultanément à la requête du 2 novembre restée sans réponse et à celle du 18 sans doute plus impressionnante, désigne le tribunal de Nanterre pour continuer à instruire le dossier.

Il est évident que nul autre que Hayat lui-même ne saurait être commis à la poursuite de l'œuvre entreprise avec un dossier qui atteint maintenant quelque trois mille pages.

Le 26 novembre, dûment mandaté cette fois par son institution et sans perdre un instant, il va lancer l'opération Jobic en confiant naturellement son arrestation, en urgence, à la section de recherches de la gendarmerie de Versailles.

Par une ultime précaution, le 27 novembre dans l'après-midi, Mabrouka Lazar (Bani) et Zoulikha Zenati (Zouzou), réitèrent leurs accusations par procès-verbal. Leur discours n'a pas changé. Elles y ajoutent d'obscures manœuvres d'intimidation, auxquelles Jobic se serait livré quatre jours auparavant rue de Budapest, envers les filles qui avaient témoigné contre lui auprès des gendarmes. Une telle attitude ne peut naturellement être interprétée que comme une présomption supplémentaire de culpabilité.

Hayat a déjà dans son dossier aux innombrables tiroirs vingt-six inculpés dont deux seulement, les Mustafa, connaissent Jobic. Qu'importe, les vingt-quatre autres peuvent attendre avec leurs avocats et leurs affaires de drogue. La chasse au commissaire ripoux lui paraît plus importante.

15. OPÉRATION JOBIC

Ils étaient bien une quinzaine à l'attendre, quelques minutes après minuit, planqués dans des autos ou sous des porches, dans cette nuit noire et froide du vendredi 27 au samedi 28 novembre 1987, près de son domicile. Il y en avait même à moto, anonymes sous le cuir et le casque. Comme sa rue est habituellement déserte à cette heure-là, une vague agitation l'avait alerté, ainsi que des silhouettes immobiles dans une voiture garée à l'angle de la voie. Mais après tout, en ce début de week-end, la chose pouvait s'expliquer par quelque festivité locale.

Comme d'habitude, Jobic rentre seul de son travail après une longue journée consacrée, en compagnie de son patron et de ses inspecteurs, à une affaire de fausses factures mettant en cause un parti politique. Il a garé sa Renault 9 de service sur le trottoir large de trois mètres contre le terrain de sport, presque en face de son immeuble. C'est en la quittant qu'il a compris. Simultanément, d'un peu partout, des ombres ont surgi de l'ombre. Un réflexe, la main sur le Manurhin 357 magnum. Elle est vite retombée. Il y a des uniformes qu'il connaît bien parmi les civils.

— Vous êtes le commissaire Yves Jobic ?

Il aurait dû s'en douter. Voilà des jours, voire des semaines que des gendarmes en blousons et baskets balisent « Buda » et ratissent les témoignages. Lorsqu'il en a eu connaissance, il en a informé par rapport sa hiérarchie. Des voisins l'ont prévenu que des étrangers à l'immeuble avaient été vus dans les escaliers et l'idée l'avait effleuré qu'on le surveillait. Mais de là à penser qu'en pleine nuit la gendarmerie allait envoyer une armée pour l'arrêter !

« Les cons ! Ils ont pris pour de l'or ce qui n'est que de la merde ! »

Il a gardé pour lui cette réflexion amère.

Il n'est pas certain que l'adjudant Félix de la brigade territoriale de

Villeneuve-la-Garenne soit spécialement enthousiasmé par la mission qui lui échoit. Après tout, arrêter un commissaire était plutôt dans les attributions d'un « quatre galons ». Mais le commandant Morel a tout un dispositif militaire sous ses ordres. Il ne peut être partout à la fois.

Sa respectable corpulence sanglée dans l'uniforme, Félix, à la lumière d'une torche, a présenté à Jobic la justification de son action.

— Nous agissons en vertu de la présente commission rogatoire délivrée hier par le juge Hayat de Nanterre qui nous ordonne de procéder en urgence à votre interpellation et de vous placer en garde à vue.

Il n'a pas perdu de temps, le juge Hayat. Habilité le 25 novembre à poursuivre son information, il lance dès le lendemain son opération Jobic. La gendarmerie, toutes affaires cessantes, s'est mise en planque à son domicile dès le 27 à 18 heures.

— Vous êtes armé ?

Naturellement qu'il est armé. Le monde dans lequel son métier le fait évoluer n'est pas celui des patronages. Il sait que l'on y a parlé de « contrat » sur sa tête en raison de son efficacité.

— Remettez-moi votre arme !

Jobic a eu un instant de révolte.

— Certainement pas ici, dans la rue.

Il est monté dans leur voiture, à l'arrière, entre deux militaires.

La radio déjà a fonctionné : *Mission accomplie.* C'est le signal pour le commandant Morel qui va fondre, dès 1 h 20, sur les autres objectifs qu'il s'est assignés, ces bars suspects avec lesquels Jobic entretient des rapports jugés équivoques.

C'est à la caserne des Minimes que Jobic se voit transporter, au milieu d'un cortège de gyrophares. Grand branle-bas pour un tout petit parcours. Les gendarmes comme leur prisonnier sont voisins de la place des Vosges, mais leur bâtiment austère et leurs locaux vétustes n'ont rien de commun avec les hôtels particuliers tout proches.

Le colonel Recordon, en blouson d'aviateur bleu marine, grand maître des lieux et des sections de recherches de Paris et de Versailles, l'y accueille avec une froideur marmoréenne. Peut-être ne se sent-il pas tellement concerné par cette affaire qui se déroule en dehors de lui. C'est au commandant Jacques Morel lui-même qu'il revient de notifier officiellement au commissaire son arrestation et sa garde à vue, en attendant l'arrivée du juge Hayat. Celui-ci ne tarde pas. Il n'est pas seul. Sa greffière aussi a droit à sa nuit blanche ainsi qu'un jeune stagiaire. Il est très sûr de lui, le juge !

— Monsieur Jobic, vous faites un métier difficile mais lorsqu'un indic tombe, il faut le jeter comme un kleenex usagé, le contraire est une erreur !

Il a au moins le mérite d'abattre d'entrée ses cartes, mais le commissaire est loin de faire sienne son éthique.

— Nous n'avons pas, Monsieur le Juge, la même conception de notre métier et de notre honneur. Je demande que vous préveniez ma hiérarchie, mon supérieur M. Venere et mon sous-directeur M. Foll qui sont parfaitement informés de toutes mes actions.

Jobic a déjà formulé sans succès cette demande au sous-officier qui l'a arrêté et le juge lui-même n'est pas pressé de déclencher le branle-bas policier. Même en novembre, la première nuit du week-end est une belle excuse. Les services tournent partout au ralenti avec des permanences. D'ailleurs, magistrature oblige, ce n'est pas l'état-major du quai des Orfèvres — lequel est en alerte jour et nuit — qu'il va prévenir, mais le substitut de permanence au parquet de Paris. Il lui faudra, paraît-il, quelques heures pour le trouver. Le standard du palais ne sait pas où le joindre. A 2 h 50, lorsque le contact sera établi avec Mme Gouineau, il ne l'informera que du bout des dents et sans préciser le nom et la qualité de l'OPJ concerné.

C'est par la radio, le lendemain dimanche soir, que Laurent Davenas, premier substitut et chef de la 8e section du parquet de Paris, apprendra l'arrestation d'un de ses commissaires qu'il connaît bien. Il en sera furieux.

Dans l'immédiat il est tranquille pour un moment, le juge Hayat, avec sa douzaine de gendarmes figés par le respect et par son audace, pour un premier interrogatoire de son prisonnier. Simple interrogatoire d'identité d'ailleurs, sur l'état civil du détenu, sur ses parents, sur ses frères. Le temps s'écoule lentement jusqu'à 6 heures, l'heure légale — c'est ainsi qu'on la désigne — qui permet au magistrat le dessert de sa nuit blanche : la perquisition au domicile naturellement gardé depuis l'arrestation de son occupant.

Il ne faut pas moins de quatre véhicules pour cette opération. Le convoi panaché de civils et de militaires est sous les ordres du commandant Jacques Morel revenu de ses investigations nocturnes.

La quarantaine, une grosse chaîne en or autour du cou, en tenue civile, bien sûr, une allure de boy-scout ; dans quelques mois, ce chef d'escadron sera lieutenant-colonel. Une belle carrière en vérité. Il est passionné par la police judiciaire.

Patron, depuis plusieurs années, de cette section de recherches de Versailles, il a eu le temps d'apprendre. D'ailleurs, il est très ami avec le commandant Beau et avec Prouteau, des spécialistes. Ces deux officiers se sont illustrés dans la ténébreuse affaire des Irlandais de Vincennes dans laquelle ils sont encore inculpés. Ce qui fut présenté d'abord par un communiqué élyséen comme une réussite spectaculaire de la gendarmerie était devenu très vite une sombre magouille où les armes et les explosifs n'étaient, semble-t-il, pas arrivés par hasard chez Plunkett and Co. La justice dans cette affaire suit un cours tellement lent, avec tellement de blocages politiques, que le commandant Beau, lassé d'attendre qu'on lui reconnaisse d'avoir, pour l'honneur de l'Arme, porté un chapeau trop grand pour lui, vient de confier à un livre [1] le calvaire qu'il a subi en tant que chef de la SR de Paris.

Notre commandant Morel, empressons-nous de le dire, n'était pour rien dans cette enquête malodorante qui n'a pas empêché son homologue Jean-Michel Beau de prendre sa retraite anticipée avec le grade de lieutenant-colonel et l'ex-commandant Prouteau de devenir préfet après qu'un vibrant hommage télévisé lui eut été rendu par le président de la République lui-même pour d'autres réussites antérieures et indiscutables. Le commandant Morel affectionne le beau matériel, les voitures puissantes et rapides, le radio téléphone, les hélicoptères et même la moto.

Dans l'immédiat point n'est besoin de cette débauche de moyens, et quatre voitures ce n'est déjà pas si mal pour la perquisition chez le commissaire. Si le juge ne mentionne dans son procès-verbal que la présence du sous-officier de Paris territorialement compétent, ils sont quand même onze au total dans le modeste cinquante mètres carrés que loue Jobic.

Rendu un peu perplexe par ce qu'il sait de quelques affaires, dont celle des Irlandais de Vincennes, le policier en arrive à éprouver la crainte que l'on trouve chez lui des « choses » qu'il n'avait jamais vues. Il aurait sans doute été plus inquiet encore s'il avait su que dans l'escouade qui avait procédé à son arrestation, se trouvait précisément l'un des sous-officiers de Paris ayant participé à la « " Ballade "

1. *L'Honneur d'un gendarme*, Éditions Sand.

Irlandaise ». On ne maîtrise pas toujours ses craintes dans un moment pareil. Dieu merci, elles étaient vaines. Il ne faudra pas moins de deux heures et demie pour passer au peigne fin, très fin, le petit appartement et sa cave. Tout le monde s'y est mis, y compris le juge qui repasse derrière les gendarmes au cas où..., à quatre pattes sous les rares meubles, sa courte barbe bouclée au ras de la moquette, devant ses assistants médusés.

Enfin, oh joie ! on trouve un petit livre signé par J. G. Mancini dans la collection « Que Sais-je », traitant, voici vingt ans, de la prostitution et du proxénétisme. Jobic, en lecteur sérieux, en a souligné des passages.

— Ce livre est révélateur de votre mentalité de proxénète ! décrète le juge en l'agitant à bout de bras, le regard étincelant derrière ses lunettes.

Dieu du Ciel ! Tous les policiers qui s'occupent de ces problèmes ont lu ce livre et quelques autres.

Morel, de son côté, s'est occupé du courrier de Jobic et l'a jeté, dans le désordre après lecture, sur la table.

— Vous voulez bien, Commandant, remettre ce courrier à sa place ?

Il ne va tout de même pas laisser ce militaire en civil se conduire en soldat d'occupation !

Les gendarmes, quant à eux, s'étonnent bruyamment que le commissaire possède quelques cassettes de musique arabe d'Oum Kalthoum, de Fairouz et de raï. Ils ignorent sans doute tout de cette musique orientale qui connaît depuis quelques années beaucoup de succès auprès de la jeunesse.

Jobic est tellement abasourdi qu'il ne réagit qu'à peine lorsque Hayat fait mine de s'extasier devant les quatre costumes de sa garde-robe :

— Vous avez une garde-robe de ministre !

A croire qu'il n'en sait pas davantage sur les garde-robes ministérielles que sur la documentation livresque des commissaires.

Pour finir, dans la salle de séjour, Hayat va saisir tout ce qui se présente : photos, coupures de presse, relevés bancaires, papiers personnels et professionnels, factures, fiches de paie.

Bien maigre butin, pour un tel déploiement d'efforts et de troupe. Il n'y a rien en fait chez Jobic que d'ordinaire, à moins de considérer comme un luxe extravagant son canapé de cuir payé par chèque après un prélèvement sur son livret de caisse d'épargne.

— Naturellement, Monsieur Jobic, vous êtes intelligent, vous avez fait le ménage avant notre arrivée.

— Je le fais une fois par semaine, Monsieur le Juge, moi-même ! a répondu le commissaire.

Il fait grand jour à 9 heures lorsque le juge, sa perquisition terminée, quitte les lieux. Sur le trottoir, près de l'immeuble, sa modeste Renault 9 de service, abandonnée, a lancé à Jobic comme un appel. Le juge lui-même a dû l'entendre car il a aussitôt donné l'ordre de la faire conduire à la gendarmerie où elle ne sera fouillée que beaucoup plus tard.

De retour aux « Minimes », Jobic a retrouvé, dans un bureau, vers 9 h 30, sa garde panachée de militaires et de civils. Quant à Hayat, il lui reste encore à son programme immédiat une importante opération : la perquisition dans le bureau de Jobic, au siège de la 1re DPJ. Il ne peut pas en la circonstance et malgré sa méfiance à l'égard de la police parisienne se dispenser sans scandale de l'inspection générale des services.

On a vu plusieurs fois la gendarmerie s'opposer manu militari à l'intrusion des policiers, même armés de toutes les commissions rogatoires du monde, dans leurs lieux saints. L'inverse ne s'est encore jamais produit et le contrôleur général Le Doussal de l'IGS ne voit aucune raison légale de refuser au juge l'assistance qu'il demande.

16. UNE NUIT MOUVEMENTÉE

Dès que la nouvelle de l'arrestation de Jobic leur a été communiquée à la radio par l'adjudant Félix, le commandant Morel et ses hommes ne sont pas restés inactifs.

Ils planquaient depuis quelques heures sur *La Crêperie Bretonne*, le bar-restaurant que tient 4 rue Lantiez Louisa Benhadjoudja dite Leïla. Dans ce quartier des Épinettes près de l'avenue de Saint-Ouen, les ruelles sont étroites, la plupart à sens unique. Ce n'est pas facile de tenir une planque. Le signal de l'offensive est le bienvenu. Louisa a encore du monde cette nuit-là à 1 h 20. C'est une ancienne danseuse orientale qui a exercé ses talents à Alger, en Afrique noire et en France avant d'ouvrir un restaurant. On la surnomme Leïla-Braka (canard) en raison d'une démarche sans doute héritée de son ancien métier. Elle n'est pas peu fière de la photo sur laquelle elle figure, derrière son comptoir, en compagnie d'Omar Sharif. C'était il y a vingt ans. A un peu plus de quarante maintenant, elle est une petite femme forte, à l'air malicieux sous ses cheveux éclaircis au henné et tirés en arrière. On la voit le plus souvent vêtue d'un jogging car elle a du mal à loger sa corpulence dans des vêtements de confection. L'homme qui partage sa vie actuellement, Salah, est un ancien « casseur » algérien. C'est chez elle que, après l'heure du dîner des gens ordinaires, se retrouvent quelques prostitués des deux sexes, travestis ou artistes transformistes, ainsi qu'une clientèle de délinquants de tout poil. Les uns et les autres viennent chez Leïla manger ou boire ou écouter ses cassettes de musique raï, de flamenco, ou les romances d'Aznavour. C'est un monde qu'elle connaît bien, comme elle connaît toute la faune de « Buda ».

Ses relations avec Jobic n'ont pas toujours été bonnes, non sans raison puisque le commissaire lui a fait fermer son établissement pendant un mois en 1984, par décision préfectorale. Un Nord-Africain avait balafré profondément au cutter la joue d'une jeune prostituée arabe et Leïla avait « omis » de prévenir la police. Jobic ayant quand même arrêté l'auteur, Leïla s'était vu très justement reprocher sa carence. Elle ne lui en veut pas pour autant car ses visites inopinées, depuis la réouverture, ont éloigné de son bar les malfrats trop violents et quelques indésirables qui le fréquentaient et lui posaient parfois des problèmes. Ainsi de tendues, les relations sont devenues cordiales et il arrive à Jobic certains soirs de venir dîner chez Leïla avec l'un ou l'autre de ses inspecteurs. A l'occasion des fêtes musulmanes, Leïla leur offre parfois leur repas. Elle est très bonne cuisinière en spécialités orientales. Jobic, de son côté, lui a offert un jour, pour sa fille, un petit village breton miniaturisé, en pierre. Comme elle est devenue coopérative, le commissaire a fait en sorte qu'elle n'ait pas d'histoire en trichant avec la sacro-sainte heure de fermeture. Lorsqu'elle prévoit une fête un peu prolongée, elle demande et obtient une autorisation ponctuelle pour sa soirée. De fait, Leïla est devenue un regard et une oreille sur le monde mouvant et marginal qui fréquente son établissement. Elle a payé dans le passé pour savoir que cela ne va pas toujours sans risques. Leïla-la-Balance a eu un soir de 1981 la poitrine et les fesses lacérées au couteau par des voyous skikdi[1] qui voulaient la mettre à l'amende. Finalement, tout bien pesé, elle préfère avoir la police pour alliée.

Le chef d'escadron Morel a peut-être été surpris de trouver un bar spécifiquement algérien à l'enseigne de *La Crêperie Bretonne* car s'il reste sur les murs, sous forme de gravures de dolmens, quelques souvenirs de l'ancienne destination des lieux, ce sont bien les seuls qui rappellent l'Armorique.

La perquisition dans les lieux est tristement négative, comme le sera celle du domicile de Leïla et le commando de Morel, qui ne compte pas moins de douze hommes des casernes des Minimes, d'Exelmans, de Versailles et de Villeneuve-la-Garenne, en sera quitte pour embarquer la tenancière et ses clients en vue d'interrogatoires ultérieurs. Oublions tout de suite la dizaine de consommateurs, prostituées, travestis ou musiciens. Ils n'ont rien à dire, ne connaissent pas Jobic et ne savent pas si Leïla bénéficie ou non d'une protection quelconque.

---

1. Originaires de Skikda ex-Philippeville, en Algérie.

Leïla, en revanche, connaît à peu près tous les personnages qui sont déjà entrés en scène : Zouzou, Bani, Amel ainsi que Jean Mustafa et sa maîtresse Halima et Rachid Mecheri. Elle ne voit plus Bani (Mabrouka Lazar) depuis que Jobic l'a arrêtée en 1986 avec son concubin Kamel Bentifour, car Bani a supposé que c'était Leïla ou un de ses proches qui avait balancé son compagnon.

En ce qui concerne Jobic envers qui elle revendique clairement sa qualité d'informatrice, elle affirme non moins catégoriquement qu'elle ne lui a jamais donné ni argent ni cadeaux, qu'il ne lui en a jamais demandé et que tout ce qu'il voulait, c'étaient des « tuyaux » sur les affaires. Elle n'a jamais non plus entendu les filles arabes de « Buda » dire qu'elles payaient le commissaire.

— Dans le quartier on me surnomme « la Balance ». De temps en temps, il m'arrive de lui donner des renseignements sur des affaires permettant l'arrestation de malfrats et, en contrepartie, mon bar reste ouvert tard la nuit... Je n'ai jamais donné d'argent au commissaire Jobic.

L'adjudant Félix, qui interroge Leïla avec une louable ténacité, va pourtant, un peu avant la fin de sa garde à vue, obtenir une confidence intéressante.

Leïla avait entendu dire que cinq ou six délinquants arrêtés avaient retrouvé la liberté en faisant remettre certaines sommes d'argent à des policiers de la 1e DPJ, par l'intermédiaire de Dalila, la restauratrice de la rue Nollet.

Voilà qui est intéressant. Il ne reste plus qu'à retrouver ces bénéficiaires d'une liberté monnayée.

En fait, nous pouvons les oublier immédiatement. On n'en trouvera aucun et il n'apparaît pas que beaucoup d'efforts aient été faits dans ce but.

Il faut noter que Dalila, l'intermédiaire ainsi dénoncée par Leïla, est en réalité son ennemie intime. Peut-être est-ce là la cause d'une accusation qui visait davantage, dans l'esprit de son auteur, son adversaire personnelle que le commissaire Jobic. Les deux femmes ne s'aiment pas et la première considère que l'installation de la seconde à proximité de chez elle constitue un geste de concurrence déloyale. Dalila se nomme en réalité Malika Djennadi. Elle est la compagne de Mahfoud Bouchama. Tous deux exploitent, 106 rue Nollet dans le XVIIe arrondissement, le bar à l'enseigne *Le Bon Accueil.*

Par malchance, Dalila a été arrêtée trois jours plus tôt par la brigade de répression du banditisme pour un vol à la tire en compagnie de son concubin et d'une complice, Nadia Aïssa-Abdi dite Nado, qui est précisément l'une des amies, voleuse de profession, que l'on prête à Jobic.

Le commandant Morel, dans l'opération qu'il mène tambour battant au *Bon Accueil* le 28 novembre au matin, ne trouve donc sur place que Mahfoud Bouchama tout juste libéré lui aussi en échange d'une caution de trente mille francs, étant inculpé de recel. La perquisition dans le bar et le logement de Bouchama n'apporte, ici non plus, aucune découverte et son interrogatoire par le maréchal des logis chef Corbel ne sera guère plus fructueux.

Bouchama connaît certes Jobic depuis trois ans, un peu trop même à son goût :

— Il faut que vous sachiez que le système veut que les patrons de bars deviennent des « indics » ou « coulent » parce que trop contrôlés par la police.

Mahfoud a préféré prendre le risque de « couler ». Il précise, bien que la chose aille de soi dans un tel contexte, qu'il n'a jamais donné d'argent à Jobic et que celui-ci n'est jamais venu manger dans son bar.

Il n'y a manifestement rien à tirer d'intéressant de ce Mahfoud Bouchama. Il est rendu à une liberté qu'il venait à peine de regagner.

17. « J'AI UNE CONCEPTION OFFENSIVE DE MON MÉTIER »

Jobic, pendant cette matinée du 28 novembre, ne sait pas encore si sa direction a été avisée de son arrestation. Seul dans un bureau avec des gardes qui se relaient, vaguement somnolent après sa nuit blanche, il n'a aucune idée de ce qui se passe à l'extérieur. La conversation téléphonique d'un gendarme, surprise par une porte entrebâillée sur un bureau voisin, le met soudain en alerte :

— Je ne rentre pas déjeuner. Je pars en hélico à Saint-Brieuc chez la mère du commissaire.

Jobic n'a fait qu'un bond de sa chaise jusqu'au bureau voisin où il interpelle le gendarme. Très embarrassé, celui-ci nie. Le prisonnier a mal entendu, mal compris. Jobic lui demande sa parole de militaire.

— Je vous donne ma parole !

Curieux serment en vérité, car le juge Hayat, dont Jobic furieux exige la présence, confesse qu'il a bien donné l'ordre d'une perquisition immédiate chez Mme Jobic mère.

Jobic bouillonne.

— Ce que vous faites, Monsieur le Juge, nous ne le faisons pas avec le dernier des voyous.

A quoi le magistrat a répliqué :

— C'est moi qui décide. J'ai une conception offensive de mon métier.

Sur ce point-là au moins il a raison et il assume ses responsabilités.

On peut se demander aujourd'hui encore pourquoi, lorsque l'affaire a éclaté, la gendarmerie a nié l'utilisation de l'hélicoptère pour aller surprendre Mme Veuve Jobic dans sa retraite briochine. Sauf à être doué d'un pouvoir surnaturel, on ne s'explique pas autrement comment l'adjudant Félix, responsable aux « Minimes », à Paris, de la garde à vue de Louisa Benhadjoudja, ait pu le rester jusqu'à 11 heures et se trouver à 15 h 15 chez le substitut de Saint-Brieuc à quatre cents kilomètres de là !

Peut-être est-ce la crainte de se voir reprocher une débauche de moyens et de dépenses hors de proportion avec le sujet. Dans le bilan, compte tenu du personnel et des moyens utilisés pendant deux ans, ce n'est pourtant qu'une goutte d'eau. Une goutte qui en dit long, il est vrai.

Plus que sa propre arrestation, plus que la perquisition dans son domaine personnel et sa vie privée, c'est l'intrusion brutale de la maréchaussée dans la vie de sa mère qui bouleverse Jobic. Il les a prévenus, elle est âgée, de santé fragile et elle a perdu son mari quelques mois auparavant.

Ils sont quatre gendarmes parisiens pour cette importante mission dont deux en civil, plus un de Saint-Brieuc, l'indispensable officier de police judiciaire territorialement compétent.

Mme Jobic est absente lors de leur arrivée. Elle est allée au cimetière, prier sur la tombe de son mari. Qu'à cela ne tienne, les enquêteurs vont en profiter pour questionner le voisinage sur la mère et sur son fils le commissaire. L'adjudant Félix s'inquiète de savoir si elle ne serait pas partie précipitamment le matin avec des bagages, une valise. Qui sait, elle aurait pu prendre la fuite après l'arrestation de son fils et emporter ailleurs, en Suisse peut-être, des pièces à conviction ou le magot d'Yves Jobic !

Il n'y a naturellement rien d'intéressant pour l'enquête dans la maison d'Yvonne Jobic, non plus que dans ses déclarations en onze lignes. Elle n'a pas revu son fils depuis les vacances du mois d'août et il ne lui a pas fait part, au téléphone, deux jours avant, de quelque problème que ce soit.

Lorsque les gendarmes se retireront à 19 h 30, ils n'informeront même pas la vieille dame des raisons de leur visite ni de l'arrestation de son fils et ce n'est que le dimanche soir, par les informations télévisées, qu'elle apprendra ce qui lui est arrivé. Elle avait auparavant téléphoné en vain à ses deux autres fils. Eux non plus ne savaient rien.

Quelques jours plus tard, dans un courrier à l'avocat de son fils, elle dira ce qu'elle pense du comportement de ses visiteurs.

A peine entrés, les quatre gendarmes de Versailles, sans me demander l'autorisation, se sont assis dans la salle à manger et ont commencé à rédiger des procès-verbaux...

Toutes les pièces ont été visitées, les objets personnels de mon mari disparu, notamment ses médailles militaires, manipulés avec la plus grande légèreté. Je pense que l'on n'aurait pas agi différemment au domicile d'un grand criminel.

Les gendarmes sont allés voir plusieurs voisins. Il leur a été demandé mon emploi du temps et si je n'avais pas quitté ce jour-là mon logement avec une valise.

Je suis profondément touchée et choquée de voir ce qui s'est passé à Saint-Brieuc et à Paris sur la personne de mon fils Yves dont le seul but est de servir l'État et le bien public.

Depuis samedi, je ne peux plus dormir, j'ai d'importants maux de tête et une crise de rhumatisme s'est déclenchée à la suite des événements. Je dois consulter mon médecin.

Mme Jobic précisera aussi que : « *seul le gendarme de Saint-Brieuc est resté d'une parfaite correction, tentant de me rassurer* ».

18. GARDE A VUE

Pendant que sa mère voit sa maison envahie, c'est le bureau de Jobic qui constitue l'actuel objectif du juge Hayat.

Le commissaire, au hasard des portes qui s'ouvrent et des propos qui s'échangent, entend quelques gendarmes de Paris-Minimes se demander si tout cela n'est pas du cinéma. Cette hypothèse reçoit un commencement de confirmation lorsque les Versaillais lui disent clairement :

— Cela fait plusieurs affaires où la police met la gendarmerie en difficulté. Ne vous étonnez pas de ce qui vous arrive.

Allons, la guerre police-gendarmerie a maintenant un nouveau champ de bataille. La capitale elle-même. Après tout, pourquoi pas ? Jobic regrette seulement d'en être la première victime.

A 16 heures, les choses se mettent à bouger. En convoi à nouveau, avec gyrophares et sirènes deux tons, les gendarmes, ayant embarqué Jobic, prennent la route du commissariat central du XVIIe arrondissement qui abrite aussi les locaux de l'UR de la 1re DPJ. Le parcours qu'ils empruntent, même s'ils s'y livrent à un inutile et spectaculaire gymkhana, n'est pas pour autant le plus court. A croire qu'il leur est nécessaire de montrer sa « gueule » de flic prisonnier dans la plupart des endroits où il sévit habituellement, à Barbès et Pigalle notamment, où la circulation très dense en ce samedi permet de bien le voir. L'ivresse de la victoire sans doute.

Petite blessure à leur amour-propre lorsque, au pied de l'hôtel de police, ils ont dû l'abandonner aux mains des fonctionnaires de l'inspection générale des services. Ce sont le commissaire principal Leconte et ses adjoints Rieux et Rivière qui assurent maintenant sa garde.

Hayat est arrivé au volant d'une voiture avec sa greffière. Direction le bureau de Jobic au quatrième étage de l'immeuble, siège de l'unité de recherches.

S'il n'avait pas prévu son arrestation, Jobic avait quand même anticipé sur une éventuelle enquête, à la suite des déclarations faites aux gendarmes et dont il avait eu suffisamment connaissance pour en informer, par rapport, ses supérieurs. Il a donc préparé des copies de procédures qu'il a dressées contre « Buda » et ses accusatrices. Il va priver Hayat du plaisir de leur découverte en les lui remettant. Il lui donne aussi, pour son information, les photos des six kilos d'héroïne et des sept cent mille francs récemment saisis dans l'affaire du réseau Laignel.

Le juge ne va pas se contenter d'un tel butin somme toute négatif. Il saisit donc les répertoires d'adresses et de numéros de téléphone de son détenu ainsi que toutes les copies des rapports de Jobic et de son chef, le commissaire divisionnaire Venere, évoquant son action de juge. Il emporte également la copie d'une correspondance personnelle adressée par le même Venere au secrétaire général de son syndicat.

Cela n'a pas grand-chose à voir, a priori, avec son information, mais une étude ultérieure, à tête reposée, n'est pas inutile.

Le plus important va être la découverte dans un tiroir du bureau du commissaire, à l'intérieur d'une boîte en plastique transparent, de quelques échantillons de haschisch et d'héroïne blanche, grise et beige. De la drogue dans le bureau d'un commissaire !

N'importe quel juge, surtout un peu spécialisé comme Hayat, sait que les chefs de service qui ont à traiter ces problèmes de stupéfiants doivent au moins connaître les formes, en perpétuelle évolution, des divers produits. Magistrats et policiers savent aussi que pour la formation des personnels et pour l'information qu'ils dispensent au cours d'innombrables conférences et colloques, ils sont légalement autorisés à la détention et à la présentation de tels échantillons. Qu'importe, il rôde autour de Jobic tant d'accusations de corruption, de proxénétisme et de trafic de stupéfiants que cette boîte transparente a, tout à coup, valeur de preuve.

C'est d'ailleurs comme telle que *Le Nouvel Observateur,* bien informé du contenu pourtant secret de l'instruction, pourra, quelque temps plus tard, faire une bonne place dans un article à « La drogue découverte dans le bureau du commissaire Jobic ». Comme la découverte est déjà ancienne, on caviardera la date pour lui donner un « honnête » parfum d'actualité.

Dans l'immédiat, la découverte excite le juge suffisamment pour qu'il en oublie de visiter plusieurs tiroirs du bureau...

Opération terminée.

Ce sont les fonctionnaires de l'IGS qui, au grand dam des gendarmes, conservent la garde du commissaire pour assurer son retour, plus discret que l'aller, à la caserne des Minimes, Hayat et sa maréchaussée suivant de leur côté.

Le juge, dans l'immédiat, en a fini avec ses investigations parisiennes. Il tentera bien, par respect pour les règles du droit, d'en informer le parquet de Paris. Pas de chance : une fois encore, il n'arrive pas à joindre les substituts de permanence en ce samedi soir.

Les fonctionnaires de l'IGS sont partis. Jobic est resté seul aux « Minimes » avec son juge et ses gendarmes. Il fait nuit. En prêtant l'oreille, il entend, à côté, le juge évoquer avec ses militaires l'exécution d'un mandat d'amener pour le lendemain. Ainsi sa décision est prise, sans même avoir interrogé son témoin sur les charges qui pèsent sur lui ! Jobic a forcé le barrage de ses gardes.

— Monsieur le Juge, je vous prie instamment de prévenir de mon arrestation l'avocat du syndicat des commissaires.

Allez donc savoir ce qui se passe sur le visage d'un homme qui se cache derrière sa barbe.

— Nous sommes le week-end, Monsieur Jobic. Je ne sais pas du tout si la chose est possible.

Pourtant, le syndicat de la magistrature dans lequel milite le juge voudrait imposer d'office un avocat dans les bureaux de police, auprès de tout individu arrêté.

Jobic insiste une fois de plus pour que sa direction au moins soit informée. En fait elle l'est, non pas par le juge, mais par l'IGS qui a très logiquement rendu compte de sa mission d'assistance dans un local de police. Le directeur de la police judiciaire à son tour a avisé le secrétaire général du syndicat qui a alerté son avocat habituel, Me Varaut.

Vers 23 heures, sous bonne escorte et tous gyrophares en action, Jobic quitte enfin la gendarmerie des Minimes pour celle de Nanterre. Le juge l'aura ainsi à portée de la main le lendemain dimanche.

Le capitaine qui commande la compagnie de Nanterre, aussi correct qu'embarrassé par un tel détenu, ne peut lui offrir pour sa seconde nuit de captivité que la banquette en ciment de ses locaux de détention. Quarante-huit heures se sont écoulées depuis qu'il est parti de chez lui. Quarante-huit heures sans se laver, se raser ni se changer.

Il a pu voir, en passant devant un morceau de glace, qu'il commence réellement à avoir, l'absence de sommeil et la tension nerveuse aidant, une vraie gueule de malfaiteur. N'importe quel sondage populaire, sur cette image, l'enverrait aux galères.

Le dimanche matin pourtant, après son inconfortable repos, les gendarmes de Nanterre lui ont fait bonne figure.

— Nous ne sommes pas tous des cow-boys comme ceux de Versailles.

Cela, il le savait, mais il est rassurant de l'entendre dire.

Ils lui ont offert l'apéritif pour lui remonter le moral.

C'est en fin de matinée que l'horizon a commencé à s'éclaircir avec la venue de son sous-directeur, Olivier Foll, qui a auparavant rendu visite au juge qu'il n'avait pas revu depuis leur rencontre du 27 août pleine de « non-dits ». Jobic sait maintenant que sa hiérarchie est informée et qu'elle va bouger. Olivier Foll le lui dit. Il lui assure qu'il lui garde sa confiance et que Me Varaut sera présent pour l'assister chez le juge.

A 16 h 30, les gendarmes de Versailles sont revenus prendre possession de leur prisonnier dont la combativité s'est réveillée. Il refuse tout net la prise d'empreintes et la photographie anthropométrique qu'ils veulent lui imposer. C'est vraiment trop, ce traitement de voyou, sans compter la gueule que ses quarante-huit heures de détention lui ont faite.

Puis est venue l'heure de vérité, du moins il l'espère, et le départ sous la pluie pour le palais de justice et le long cheminement dans ce bunker moderne et désert, plus sinistre encore en ce dimanche soir de novembre.

Olivier Foll, Daniel Dugléry, le secrétaire général du syndicat des commissaires, son patron Philippe Venere et deux de ses inspecteurs sont venus dans la galerie d'instruction, au troisième étage, le réconfortant par leur présence, même s'il ne peut échanger avec eux qu'un regard avant d'être introduit par ses gardes dans le cabinet du juge.

Il est là, Hayat, derrière son bureau. Jobic voit aussi pour la première fois son avocat Me Varaut ainsi que le premier substitut Renaut qui représente le procureur de la République.

— Je vous inculpe de proxénétisme aggravé, faits prévus et réprimés par l'article 334-1, cinquième paragraphe du code pénal.

C'est ce que l'on appelle l'interrogatoire de première comparution. Jobic pourrait simplement se taire, mais il bout de s'expliquer enfin et avec force sur toutes ces accusations qu'il avait pressenties mais qu'on lui révèle seulement aujourd'hui et à propos desquelles personne ne lui a encore rien demandé.

Il ne peut pas ne pas dire au juge que ceux qui l'accusent sont ceux qu'il a fait condamner. Il ne peut pas ne pas dire qu'il est victime d'une manœuvre concertée visant à nuire à l'action de la police judiciaire dans son ensemble. Il demande, il veut une confrontation avec ses accusatrices et accusateurs contre lesquels il entend déposer immédiatement plainte pour faux témoignage, dénonciation calomnieuse et subornation de témoin. Il s'étonne enfin que d'autres fonctionnaires aient pu participer à une telle machination et il compte bien ne pas se laisser intimider par de tels procédés.

Bref, si le juge en doutait encore, son inculpé est loin d'être K.O.

Ce que ne sait pas encore Jobic, mais il va le savoir bientôt, c'est que dans sa requête à la chambre criminelle de la cour de cassation, Hayat ne visait rien moins qu'une inculpation de proxénétisme, de corruption, de vol et de recel. Il va apprendre aussi que le procureur de la République s'est opposé le jour même à son inculpation, estimant les présomptions réunies insuffisantes. Le juge a donc dû renoncer à la quadruple inculpation qu'il mijotait ainsi qu'à celle de corruption de fonctionnaire pourtant retenue dans son mandat d'amener du même jour. Il ajoute en revanche à celle de proxénétisme, la seule qu'il retient, un contrôle judiciaire qui interdira à Jobic de se rendre rue de Budapest pendant toute la durée de l'information, ainsi que de rencontrer l'une ou l'autre des personnes inculpées ou témoins dans son affaire.

Après l'accomplissement des inévitables formalités, le commissaire Yves Jobic est enfin sorti libre du cabinet de l'homme en qui il voit dorénavant un ennemi.

Une visite immédiate s'impose à sa direction au quai des Orfèvres d'où il peut, avant toute chose, appeler sa mère à Saint-Brieuc et la rassurer. Depuis la visite des gendarmes et les informations télévisées, elle vivait dans une insupportable angoisse.

Jobic apprend aussi de son directeur que, malgré son inculpation, il garde ses fonctions et son poste. Le ministre de l'Intérieur a donné pour cela son accord.

Il gardera aussi, ce qui est encore plus exceptionnel, sa qualité d'officier de police judiciaire. Ce ne sera pourtant pas faute, pour le juge et le syndicat de la magistrature, d'avoir essayé de l'en priver. Mais les pressions sur la chancellerie resteront sans effet.

Pour Jobic, pourtant, le plus dur reste à faire : démontrer son innocence, le caractère diffamatoire des accusations portées contre lui et la complaisance qui les a transformées en traquenard.

Le juge Hayat, de son côté, n'entend pas rester sur sa fragile demi-victoire. Il s'est, sans aucun doute, forgé une conviction. Une conviction ne suffit pas ; il faut l'étayer par des preuves.

La section de recherches de la gendarmerie de Versailles va vaillamment s'atteler à la tâche.

La recherche de la vérité passe parfois par des chemins bien obscurs.

DEUXIÈME PARTIE

AUTOPSIE D'UNE « INSTRUCTION »

19. L'ORAGE GRONDE

Le lundi 30 novembre 1987, l'affaire éclate dans la presse. Un commissaire arrêté n'est pas chose courante et un commissaire ripoux et proxénète, cela l'est encore moins. Il ne peut laisser indifférent aucun journal quelles que soient ses options politiques.

L'Humanité se contente d'un sobre et prudent POLICIER ARRÊTÉ ; *Le Quotidien de Paris* précise : LES GENDARMES ARRÊTENT LE COMMISSAIRE, et *France-Soir* ajoute que *les gendarmes étaient en civil.* Le titre le plus venimeux revient sans conteste à *Libération* avec : UN COMMISSAIRE RIPOUX INTERPELLÉ, même si le contenu du papier laisse un peu le lecteur sur sa faim. La plupart des journaux soulignent également que la nouvelle de l'interpellation de Jobic par les gendarmes a suscité une intense émotion dans les milieux policiers.

La preuve de cette émotion est donnée le jour même par la réaction très vive du syndicat des commissaires de police *particulièrement inquiets du crédit complaisamment accordé aux déclarations mensongères de prostituées et de proxénètes.* Le même communiqué à l'AFP souligne que *l'ensemble des commissaires de police de Paris et de province sont également préoccupés des procédés inqualifiables utilisés pour réaliser ce que l'insuffisance d'un dossier vide ne peut atteindre.*

Les commissaires ne s'en tiendront pas à ce vigoureux communiqué. La réputation de Jobic est assez solidement établie chez ses collègues et dans sa hiérarchie pour que d'emblée, l'erreur au mieux, la machination au pire, apparaissent comme certaines.

Dès le 1er décembre, le syndicat réunit en urgence un congrès extraordinaire. Outre le fait que l'on y évoque une fois de plus le problème difficile des informateurs et la fragilité des témoignages des prostituées et malfaiteurs en délicatesse avec la justice, ce congrès, avec l'accord du ministère, se termine place Beauvau par une

« manif » de la colère. Les commissaires n'y sont pas seuls. Ils ont reçu le renfort de nombreux inspecteurs et enquêteurs de la police judiciaire parisienne. Plusieurs syndicats des personnels de tous grades et de tendances politiques différentes font chorus.

Ce qui révolte certes le plus les amis de Jobic est l'atteinte grave portée à son honneur, mais les syndicats s'indignent tout autant de la méthode utilisée pour discréditer un des leurs.

La motion du syndicat des commissaires souligne, le 2 décembre, que : *exacerbant la rivalité police-gendarmerie, M. Hayat a confié une commission rogatoire aux gendarmes de Versailles qui ont obtenu des témoignages contre Yves Jobic dans des conditions discutables.*

Le syndicat national unitaire des inspecteurs de police, que l'on ne peut suspecter d'une sympathie excessive pour celui des commissaires, s'étonne lui aussi, sous le titre « LA JUSTICE S'EMMÊLE », que *la gendarmerie, d'essence militaire, soit devenue le contrôleur de l'action policière d'essence civile.*

La FASP [1] rappelle encore un événement tragique qui s'est déroulé quelques jours avant l'interpellation du commissaire Jobic. A Montbrison en effet, un commerçant accompagné d'un enfant de dix-huit mois avait essuyé une fusillade de la part de six gendarmes en civil qui l'avaient pris pour le terroriste Max Frérot. Cette intervention s'était déroulée sans information des services locaux de la police nationale.

Le syndicat CGC [2] de la police, après avoir dès le 1er décembre apporté par télégramme son total soutien à Yves Jobic, critique violemment à son tour dans son journal la connivence entre le juge et les gendarmes.

Quant au journal *CFTC* [3] *Police*, il insiste sur la fragilité de la protection accordée aux policiers contre les prostituées dont ils ont arrêté les souteneurs, ajoutant : *On pourrait conseiller aux émules de M. Hayat de prospecter les maisons d'arrêt. Ils y trouveraient matière à inculper tout policier qui ne confond pas son métier avec l'attente d'une fiche de paie.*

Dans son numéro de janvier 1988 enfin, après que l'émotion initiale se fut un peu apaisée, le syndicat des commissaires rappelait une affaire qui s'était déroulée à Marseille. En janvier 1986, le commissaire, chef de la brigade des mœurs de la sûreté urbaine,

---

1. FASP : Fédération Autonome des Syndicats de Police.
2. CGC : Confédération Générale des Cadres.
3. CFTC : Confédération Française des Travailleurs Chrétiens.

transmettait au parquet de sa ville une enquête préliminaire établissant le « commerce » nocturne d'une prostituée surnommée « la Vipère » et de quatre de ses compagnes dans le même appartement. Une information était ouverte et un juge d'instruction désigné. Contre toute logique, ce magistrat chargeait la section de recherches de la gendarmerie d'Aix de la poursuite des investigations. Neuf mois plus tard, ces militaires arrêtaient la tenancière en question à l'issue d'une opération à grand spectacle menée dans le plus pur style « gendarmesque », avec plusieurs dizaines d'hommes et de voitures et après avoir bouclé le quartier tout entier.

D'abord contrariés puis vaguement goguenards devant ce déploiement de force ahurissant et ridicule, le commissaire et son chef de service n'allaient pas tarder à être complètement abasourdis par la suite des événements.

En échange d'une promesse d'indulgence pour ses coupables activités, la bordelière allait en effet déclarer et soutenir qu'elle avait donné quatre millions de francs aux deux policiers. Les filles qui travaillaient pour elle confirmaient. Elles payaient aussi !

Les deux commissaires étaient sans plus attendre inculpés de proxénétisme, placés sous contrôle judiciaire et relevés de leur habilitation d'officiers de police judiciaire. Ils allaient avoir un défenseur inattendu en la personne de l'ami de la maquerelle qui, du fond de la prison des Baumettes, écrivait au procureur de la République pour dénoncer le procédé machiavélique de sa compagne. Les accusatrices des policiers, finalement, revenaient aussi sur leurs déclarations. L'enquête financière et fiscale très minutieuse, effectuée sur les biens et le train de vie des deux inculpés, restait rigoureusement négative.

Il fallut attendre trois ans, malgré une innocence reconnue par tout le monde, pour que ces deux policiers soient judiciairement lavés de tout soupçon, le juge d'instruction, qui avait d'ailleurs changé dans l'intervalle, retardant indéfiniment la clôture de son information.

Dans les jours qui vont suivre l'interpellation et l'inculpation de Jobic, les policiers ne sont plus les seuls à se poser des questions sur le déroulement insolite de cette enquête.

QUI VEUT LA PEAU DU COMMISSAIRE ? va se demander *Le Quotidien de Paris*.

PAROLE DE PROSTITUÉE CONTRE PAROLE DE FLIC, observe *Libération*, plus réservé qu'initialement.

PROXÉNÈTE OU BON FLIC ? questionne *L'Humanité* qui indique que le commissaire justifie ses liens avec le « Milieu » par la nécessité d'obtenir des informations.

Toute la presse, d'autre part, s'étend largement sur la néfaste contribution apportée par l'affaire au vieux conflit opposant police et gendarmerie.

L'agitation est assez grande pour que MM. Charles Pasqua, ministre de l'Intérieur, André Giraud, ministre de la Défense (et à ce titre grand patron des gendarmes), Robert Pandraud, ministre délégué à la Sécurité et patron des policiers, et Albin Chalandon, ministre de la Justice, tiennent colloque.

Objectif : arriver à une meilleure complémentarité des forces et des actions de la police et de la gendarmerie et relancer, dans ce but, les travaux de la commission dirigée par M. Jean Cabannes, premier avocat général à la cour de cassation et créée à cet effet depuis plusieurs mois.

Si la bonne volonté apparente des ministres concernés n'est pas en cause ponctuellement pour l'affaire qui nous intéresse, elle correspond davantage au souci de calmer le jeu dans l'immédiat qu'à un véritable choix pour l'avenir. Pour que la commission Cabannes soit réellement efficace, il faudrait un véritable accord et une véritable décision gouvernementale.

Il n'y a pas d'ailleurs que la police et la gendarmerie en conflit. Si Daniel Dugléry, secrétaire général du syndicat des commissaires, estime, dans une interview au journal *La Croix*, que l'on organise la guerre des polices, le syndicat de la magistrature, de son côté, déclare que les pressions et déclarations policières *mettent l'état de droit en danger*. Il considère en effet que les commissaires injurient un magistrat et tentent ainsi de l'empêcher d'exercer la mission que lui confère la loi. *Dire et faire savoir que cette inculpation relève d'un comportement déloyal revient à jeter le discrédit sur une institution dont l'indépendance est constitutionnellement garantie.*

En réalité, si la police nationale dans son ensemble et les commissaires en particulier ont déterré la hache de guerre contre le juge Hayat, ce n'est pas un hasard. Ils savent que le juge Hayat est un membre militant du syndicat de la magistrature dont la présidente est son épouse.

Les policiers ne peuvent oublier non plus cette proclamation, restée célèbre, du substitut de Marseille Oswald Baudot, membre du SM, qui, s'adressant en 1974 aux jeunes recrues de l'école nationale de la magistrature, s'écriait :

Soyez partiaux, ayez un préjugé favorable pour la femme contre le mari, pour l'enfant contre le père, pour l'ouvrier contre le patron, pour l'écrasé contre la compagnie d'assurances de l'écraseur, pour le voleur contre la police, pour le plaideur contre la justice, pour maintenir la balance entre le fort et le faible, le riche et le pauvre qui ne pèsent pas d'un même poids.

Ceux que l'on avait alors appelés les « juges rouges » avaient fait de ces singulières doctrines, délibérément, certaines applications fracassantes en incarcérant notamment quelques patrons considérés, à tort ou à raison, comme responsables d'accidents de travail survenus à des ouvriers.

Ces mêmes policiers ont également en mémoire une autre déclaration faite l'année précédente à la même école de Bordeaux par une autre tête pensante du même syndicat :

Le problème est de savoir si les avocats et les magistrats auront le courage de saborder leurs professions pour faire place à cette justice spontanée qui a surgi dans les favellas du Chili ou dans certains grands ensembles de nos régions. Il y a dans les arrière-salles des cafés de Bobigny ou de Nanterre des juges populaires qui se lèvent pour rendre la justice dans leur propre milieu. Ce devrait être cela, la magistrature de demain !

D'autres, à d'autres postes, s'étaient, à l'inverse, signalés par des libérations de malfaiteurs dont certains profitaient de cette liberté inespérée pour assassiner de nouveau.

Rien d'étonnant, dans ces conditions, à ce que le juge Hayat soit puissamment soutenu par son syndicat dans ce nouveau coup d'audace que constitue l'arrestation d'un commissaire. Que pèse dans une telle épreuve de force le secret de l'instruction ? *Le Monde*, dès le 1er décembre, puis encore *Le Parisien libéré* le 4 décembre 1987, publient force détails sur les écoutes des conversations enregistrées entre Jobic et Jean Mustafa. Le journal du soir reproduit mot pour mot une partie du rapport adressé le 23 novembre par Jobic à son supérieur hiérarchique, le commissaire Venere, ainsi que la lettre personnelle du même Venere alertant son syndicat le 3 novembre, documents dont les copies ont été saisies au cours de sa perquisition par le juge Hayat. Cette violation du secret de l'instruction ne sera pas la seule.

Pendant ces quelques jours d'agitation, de gesticulations et de turbulences diverses, le juge Hayat, lui, ne bouge pas. Estime-t-il que tout ce tapage peut avoir pour résultat de délier de nouvelles langues, d'alimenter des rancunes, de provoquer de nouveaux espoirs et de nouveaux appétits ? Il n'a pas tort. Pourtant, les premières réactions ne sont pas celles qu'il espérait.

C'est d'abord l'épouse de Jean Mustafa qui, par la voie d'une presse avide de nouveaux rebondissements, rappelle les mauvais traitements, ou plutôt l'absence de tout traitement à l'égard de son fils de deux ans, pendant qu'à Versailles les gendarmes tentaient de lui faire dire, ainsi qu'à son mari, qu'ils payaient Jobic.

La seconde révélation, autrement plus inquiétante, va venir de Patricia Boschetto.

20. LA CASSETTE DE PATRICIA

Nous avons vu la surprise scandalisée de Patricia Boschetto lorsque le juge Hayat, en juin 1987, lui demande son aide pour faire tomber le commissaire Jobic qu'elle ne connaît pas. On a vu aussi l'incrédulité des commissaires Monera et Lafille quand elle leur fait part de cette proposition et finalement leur décision, en août, d'enregistrer, à son insu sur une cassette, des déclarations qui n'ont pas changé.

Son indignation est plus grande encore lorsque, fin novembre, Patricia apprend l'inculpation de Jobic. Bien qu'elle soit toujours sous le coup d'un sursis révoqué qui la menace d'au moins un an de prison et qu'elle ne connaisse pas davantage Jobic que précédemment, elle reste prête à dire sa vérité. Elle veut la dire.

A l'inspection générale des services où elle se rend, sa proposition sème la panique. Personne ne peut ou ne veut l'entendre. Une information judiciaire est en cours et un policier inculpé. C'est au juge qu'il faudrait s'adresser. Oui, mais c'est précisément ce juge qu'elle met en cause...

Patricia est dirigée sur la 8e section du parquet, celle des flagrants délits, où elle est reçue par le premier substitut, Laurent Davenas, celui-là même qui n'était pas très heureux que les gendarmes viennent chasser le flic sur ses terres sans l'en aviser.

Davenas, en présence d'un autre magistrat, l'écoute, la questionne pour jauger la confiance qu'on peut lui accorder, mais pour finir, lui non plus ne peut rien pour elle. Il faut qu'elle aille raconter son histoire au parquet de Nanterre.

Elle est désemparée, Patricia, par tant d'incompréhension. Il lui reste encore l'avocat de Jobic, Me Varaut. Celui-ci a bien sûr encore moins de pouvoir que les autres mais il a une idée. Il l'adresse à un huissier qui va recueillir sa déclaration par procès-verbal. C'est quand même un officier ministériel à défaut d'être officier de police judiciaire.

Dans le même temps, Marc Monera, le patron du SDPJ 92, que l'inculpation de son collègue a contrarié plus qu'aucun autre puisque l'affaire est née de l'inutile démarche tentée par Jobic lors de l'arrestation de Jean-Claude Mustafa, Monera donc ouvre son coffre et adresse, le 30 novembre 1987, à son directeur de la PJ, au quai des Orfèvres, la cassette enregistrée à l'insu de Patricia par Lafille, accompagnée d'un bref rapport rappelant que la conversation dont il s'agit a été enregistrée le 15 août précédent.

Après l'avoir écoutée et par précaution en avoir pris copie, le sous-directeur Olivier Foll l'adresse à son tour au procureur de la République de Nanterre. Il l'accompagne d'un second rapport, très bref lui aussi, précisant toutefois, au cas sans doute où personne ne prendrait la peine de l'écouter, que les déclarations qu'elle contient viennent d'une prostituée qui expose les méthodes envisagées selon elle par le juge Hayat pour piéger le commissaire Jobic.

On connaît le contenu de cette cassette. La nouveauté est que, dès le 2 décembre, l'affaire est dans la presse. Scandale, complot, machination !

SELON UNE PROSTITUÉE, LE JUGE VOULAIT FAIRE TOMBER LE COMMISSAIRE (*France Soir*, 2 décembre).

AFFAIRE JOBIC : LA MACHINATION (*Le Figaro*, 11 décembre).

UN TÉMOIGNAGE QUI PEUT TOUT CHANGER (*Le Quotidien*, 10 décembre).

LE CURIEUX TÉMOIGNAGE D'UNE PROSTITUÉE (*Le Monde*, 11 décembre).

COMMENT LE MAGISTRAT DE NANTERRE A TENDU UN PIÈGE AU COMMISSAIRE JOBIC (*Minute*, 23/29 mars 1988).

Et cette cassette qui fait autant de bruit que si elle était bourrée de décibels et le nouveau témoignage fracassant de Patricia, que deviennent-ils ? Rien. Aussi surprenant que cela puisse paraître, ils ne sont nulle part.

Le parquet de Paris dément totalement l'existence d'une quelconque déposition de la Boschetto à son service. Même son de cloche à l'inspection générale des services. Normal puisque Patricia a été éconduite et non entendue. Le plus étonnant est que le parquet de Nanterre, lui non plus, ne sait rien. Comme chez le commissaire Monera précédemment, la cassette ira dormir dans un tiroir. Elle n'en sortira qu'un an plus tard, en novembre 1988, lors de la clôture de l'information.

Un autre silence étrange est celui du juge Hayat. Il lit forcément les journaux. Il sait maintenant qu'une cassette explosive se promène. Il pourrait s'en inquiéter. Il pourrait surtout éprouver le besoin de convoquer ce témoin qui l'outrage si elle ment ou qui le discrédite si elle dit vrai.

Cette double inertie du procureur et du juge ne laisse pas d'inquiéter.

En réalité, le juge Hayat a trouvé une procédure inédite pour contrecarrer l'effet Boschetto.

Le 3 décembre en effet, soit le lendemain des premières révélations de la presse, il se fait à lui-même un procès-verbal qu'il intègre illico dans sa procédure. C'est qu'il lui est revenu subitement en mémoire une conversation informelle qu'il avait eue, dit-il, sans doute le 17 juin précédent, avec ladite Boschetto. Cette conversation se déroulait dans son cabinet après que Patricia eut été appelée à déposer dans deux affaires en cours contre deux Maghrébins qu'elle accusait. C'est alors qu'elle signait sa déposition que la Boschetto avait signalé au juge qu'elle venait de « faire une affaire » avec la 1re DPJ, mais qu'elle préférait « travailler » avec le SDPJ 92. Hayat lui ayant demandé les raisons de cette préférence, Patricia lui avait alors fait part de ses réticences vis-à-vis du commissaire Jobic, lequel, selon elle, touchait des enveloppes de prostituées du XVIIe arrondissement, dans le quartier Maillot et celui des Ternes.

Bien qu'intrigué par de telles révélations, le juge avait conclu l'entretien en disant simplement à son témoin que *ses propos étaient fort intéressants.*

On imagine combien ils pouvaient l'être, ce 17 juin 1987, alors que Hayat avait sur le cœur les démarches intempestives de Jobic après l'arrestation de Jean-Claude Mustafa. Il n'avait pas digéré non plus l'extraction de sa prison du même Mustafa par Jobic, le 11 mai 1987. Enfin depuis le 10 juin, soit une semaine avant cette « conversation informelle », il avait fait installer une surveillance vidéo sur *La Palmeraie,* l'établissement de Jean Mustafa et de Mecheri. Il avait donc le commissaire Jobic dans son collimateur. Personne ne peut croire, dans ces conditions, qu'il n'ait pas sauté, dès ce 17 juin, sur un procès-verbal — il n'en est pas avare, il en fera des milliers sur des sujets moins passionnants — pour mettre noir sur blanc cette déclaration qui va dans le sens de ses soupçons ; d'autant qu'elle émane, ainsi qu'il l'écrit lui-même le 3 décembre, *d'une personne dont aucun témoignage n'avait pu être pris en défaut.*

Au plan du droit, Me Gilbert Collard, qui viendra plus tard participer à la défense de Jobic, demandera au magistrat de transmettre ce singulier procès-verbal du 3 décembre à la chambre d'accusation en vue de son annulation, motif pris que le juge ne peut après coup devenir témoin dans une affaire qu'il instruit et, qu'en tout état de cause, le code de procédure pénale lui faisait obligation de porter à la connaissance du procureur l'accusation ainsi portée par Patricia Boschetto contre le commissaire Jobic.

Cette demande de nullité, comme bien d'autres, restera lettre morte.

Nous savons aussi qu'au mois d'août 1987, le juge Hayat s'était rendu quai des Orfèvres pour une conversation avec le sous-directeur Olivier Foll au sujet des inquiétudes qu'il éprouvait quant au comportement de Jobic. La moindre des choses eût été qu'il évoquât avec Foll les accusations de Patricia. Elles étaient, à ce moment-là, plus graves que les quelques présomptions nées des relations de Jobic avec Mustafa. Eh bien non, il n'en parle pas, et la mémoire ne lui reviendra que le 3 décembre lorsque Patricia et la presse la réveilleront en donnant la version que l'on connaît de l'entretien du 17 juin.

Bien plus tard, à la barre du tribunal, Hayat soutiendra en avoir parlé à Foll. Celui-ci, scandalisé d'être pour la première fois de sa vie professionnelle accusé de mensonge, répliquera vigoureusement en affirmant le contraire d'une façon catégorique.

Bien évidemment, Jobic et ses défenseurs vont réagir brutalement, tant aux révélations de Patricia Boschetto qu'aux troubles de mémoire du juge d'instruction et à sa façon d'y remédier.

Jobic dépose donc plainte auprès du procureur de la République pour subornation de témoin, crime contre la liberté, forfaiture, dénonciation calomnieuse et faux témoignages. Bien que cette plainte soit dirigée contre X., les cibles en sont évidemment transparentes. Ce sont les gendarmes, les accusateurs-accusatrices et, bien sûr, le magistrat instructeur. Cela ne va pas arranger les choses.

C'est dorénavant le bras de fer entre le juge et le commissaire.

21. LES MALHEURS D'UNE PUTAIN

Patricia Boschetto va rapidement avoir de bonnes et nombreuses raisons de penser que la loyauté et l'honnêteté ne trouvent pas forcément leur juste récompense.

Sa première malchance va se présenter sous les traits de Harrag Benmertazza, son ancien souteneur qu'elle avait fait condamner. Accompagné d'un certain Hocine Zazouh, contre lequel elle avait également déposé devant le juge Hayat dans une affaire de trafic de drogue, il la surprend dans la nuit du 23 au 24 janvier porte Maillot, sur son lieu de prostitution. Les deux hommes l'enlèvent dans la Renault 5 que conduit Benmertazza, la frappent et l'injurient pour finalement l'emmener dans un bar de Colombes. Là, sous la dictée de son ancien souteneur, elle se voit contrainte d'écrire au juge Hayat. L'orthographe, le style, l'écriture hachée et tremblante et le contenu extravagant ne laissent guère de doutes sur l'indépendance du scripteur et sur les conditions de fabrication du document. Du *Bibiche chéri* au *Harrag que j'aimerai toujours et pour la vie*, tout y passe. Si elle a dénoncé son souteneur et ses frères, tous innocents, c'est sous la pression du commissaire Lafille et des hommes de sa brigade, tous proxénètes et corrompus. Ce sont les mêmes d'ailleurs qui l'ont obligée à faire la cassette *pour sortir Jobic de la merde*. Elle ajoute : *Pardon, Monsieur Hayat, j'avais peur. J'ai trop de prison à faire*. Et pour finir : *La prostituée qui a dénoncé Jobic a raison à cent pour cent.*

De fait, une partie de la lettre a été écrite dans le bar de Colombes et la suite dans la voiture de Harrag, après que l'aubergiste alarmé par ce conciliabule inquiétant entre une prostituée et son ex-souteneur les eut invités, ne voulant pas d'histoire, à quitter les lieux.

Le « papier » étant finalement achevé, Harrag Benmertazza, pour ne pas perdre de temps, se propose de le déposer directement au commissariat de Nanterre, à l'intention du juge Hayat. Pendant qu'il s'absente du bar, Patricia, trompant la vigilance de Zazouh son gardien et profitant du passage d'une voiture de police, saute sur la chaussée et s'enfuit.

Un peu plus loin, un automobiliste la voyant courir, s'arrête et s'inquiète de ce qui lui arrive. Par une coïncidence qui aurait pu être heureuse, l'homme est brigadier de police à Nanterre et regagne son domicile.

« Elle m'a dit, tu me ramènes chez ma mère à Asnières et je serai gentille avec toi.

« Au genre de cette jeune fille, j'ai compris que j'avais affaire à une prostituée. J'ai remarqué également qu'elle présentait des traces de coups à une joue et qu'elle avait pleuré.

« Elle m'a raconté son histoire et j'ai fait demi-tour pour passer derrière la Renault 5 et noter son numéro. Puis j'ai voulu conduire cette femme au poste. Comprenant ma manœuvre, elle s'est sauvée immédiatement quand j'ai dû ralentir sur un bateau.

« Je me suis rendu au poste pour rédiger une main-courante. J'y ai trouvé un jeune Maghrébin qui voulait lui aussi faire enregistrer une main-courante. J'ai décidé d'alerter l'inspecteur divisionnaire de permanence. Ceci a pris quelques minutes. A mon retour, l'homme était parti et la Renault 5 avait disparu. »

Tout cela est bien vrai. Voyant la voiture de Benmertazza devant le poste de police, Patricia n'avait nulle envie de le retrouver. Elle se sauve de nouveau dans Nanterre et, à un feu rouge voisin de la préfecture, interpelle un autre automobiliste. Elle pleure et a un œil bleui de coups. L'homme, un menuisier qui rentre chez lui à la Celle-Saint-Cloud, la prend en pitié et sur ses indications la conduit au SDPJ 92 où elle sonne en vain pendant dix minutes. Obligeant, l'automobiliste lui propose de l'emmener à l'hôpital. Patricia refuse et préfère se faire déposer près de la porte d'Asnières, à proximité de son domicile.

Auparavant, elle a aussi, chemin faisant, expliqué à cet homme les coups qu'elle avait reçus de son ancien souteneur et les « papiers importants » qu'il l'avait obligée à signer.

C'est le lendemain que Patricia Boschetto se présentera d'abord à l'hôpital Beaujon où elle se fait délivrer un certificat constatant ses blessures, puis au SDPJ 92 où elle raconte ses malheurs et dépose plainte contre Benmertazza et son complice.

Dès le 27 janvier, cette plainte sera transmise au procureur de Nanterre sur sa demande puis confiée par lui pour enquête à l'inspection générale des services.

Bien que le dossier constitué ne laisse guère de doute sur la réalité des faits, il sera classé sans suite. A croire que l'enlèvement de nuit, en réunion, le passage à tabac et l'extorsion de documents par la force, la menace et la violence, ne tombent pas sous le coup de la loi pénale quand la victime est une prostituée et l'auteur, son ex-souteneur.

Harrag Benmertazza s'est présenté au poste de police et en est reparti sans demander son reste quand le brigadier David s'est inquiété de sa présence. Il avait eu le temps cependant de déclarer au policier Nagy, de service à ce moment-là, qu'il voulait faire une main-courante parce que le juge Hayat le lui avait demandé s'il se produisait des faits nouveaux. Le policier souhaitant des précisions, l'homme avait sorti de sa poche une enveloppe ouverte sur laquelle était indiqué comme destinataire : *Juge d'instruction Hayat.* Elle contenait quelques feuillets dont le policier a pris connaissance.

L'arrivée du brigadier David et son propre récit de sa rencontre avec Patricia Boschetto alertaient suffisamment Benmertazza pour qu'il abrège son séjour, laissant sa lettre aux mains des policiers. Il disparaissait au volant de sa Renault 5.

Sans doute Benmertazza, dit « Branco » dans le milieu, avait-il ses raisons pour ne pas prolonger l'hospitalité policière. Les mêmes peut-être qui lui font craindre que sa « correspondance » ne parvienne pas à son destinataire. Il a tort. Elle sera bien acheminée mais « Branco » préfère quand même, dès le lendemain, en déposer une copie à la greffière du juge, ce qui provoque naturellement son audition immédiate le surlendemain 26 janvier. C'est pain béni pour le juge que ce contre-feu allumé par Benmertazza, en riposte à la plainte en enlèvement, coups et blessures et extorsion de signature que vient de déposer Boschetto et que son Parquet va confier à l'IGS. Il ruisselle de sincérité « Branco » :

— C'est elle qui m'a demandé d'écrire une lettre pour dire toute la vérité.

Pourquoi n'a-t-elle pas écrit elle-même ? Son courrier eût sans doute été plus cohérent ? « Branco » jure sur le Coran.

— Elle souhaite venir à votre cabinet, mais elle a peur d'être incarcérée. Elle a peur parce qu'elle a dit des conneries sur la cassette.

Bien entendu, « Branco » a des témoins : le patron du bar de Colombes et un de ses amis.

Le jour même, la gendarmerie de Versailles — toujours elle — faisant preuve d'une exceptionnelle diligence, le patron du bar de

Colombes et un de ses amis seront entendus. Ils confirmeront les dires de « Branco ». Ils n'ont assisté à aucune violence. C'était une conversation amicale !

On ne peut guère s'étonner de l'intervention de Benmertazza à ce stade de l'affaire. Il a lui-même dit au policier Nagy que le juge lui avait dit de faire une main-courante s'il survenait des faits nouveaux. Le meilleur moyen d'avoir des faits nouveaux est bien de les provoquer, n'est-il pas vrai ?

D'ailleurs, les 14, 15 et 16 décembre de l'année qui vient de s'achever, soit quelques jours après le coup de tonnerre provoqué par la révélation dans la presse de la cassette de Patricia, les trois frères Benmertazza, c'est-à-dire « Branco » le souteneur, Nordine qui est en appel après avoir été condamné à quatre ans de prison et à l'interdiction définitive du territoire français pour trafic de drogue sur dénonciation de Patricia, et Mustapha également accusé par elle, allaient « demander » à être entendus par le juge Hayat. Quand ils ne sont pas en prison ils habitent une cité bien connue des policiers, rue de Sartrouville à Nanterre.

Oh ! leurs auditions ne font guère progresser l'instruction. Il en résulte simplement, mais avec une belle unanimité, que *Patricia Boschetto est une menteuse qui donnerait sa mère* et qu'elle est complètement manipulée par le SDPJ 92 qui a essayé également de faire des frères Benmertazza des indics. Inutile de préciser qu'ils se sont refusés à ce déshonneur, ce qui leur vaut d'être persécutés par ces policiers alors qu'ils sont, bien sûr, tous innocents.

Harrag Benmertazza a sans doute estimé que cette contribution était insuffisante. Il a voulu faire davantage en faisant écrire Patricia elle-même.

Patricia Boschetto ne va pas avoir longtemps l'occasion de souffler sur les braises qu'elle a ravivées, car c'est en prison que les enquêteurs de l'IGS devront aller recueillir la suite de ses déclarations, dans l'enquête dont ils sont chargés à la suite des violences subies par elle.

C'est son deuxième coup de malchance en cette année 1988 qui vient pourtant à peine de commencer. Ce ne sera pas le dernier.

22. UN MALHEUR NE VIENT JAMAIS SEUL

Un certain Christian Thierret a été arrêté par la sécurité publique boulevard de Clichy, à côté de Pigalle, le 8 janvier 1988, puis transféré à la brigade des stupéfiants et du proxénétisme dont les enquêteurs découvrent, en perquisition, dans son véhicule et à son domicile, quelques petites sommes d'argent, une balance de précision, des traces d'héroïne et quelques emballages caractéristiques. Il dénonce bien vite comme fournisseur Patricia Boschetto qui ne peut être découverte dans l'immédiat. Après sa fâcheuse rencontre avec son ex-souteneur, elle s'est en effet mise au vert.

L'affaire serait banale si Mme le juge Sebire du tribunal de Paris, saisie d'une enquête de la BSP de Paris, n'envoyait sa commission rogatoire à la section de recherches de la gendarmerie de Versailles. Procédé étonnant, quel que soit le point de vue juridique ou géographique auquel on se place. Peut-être Mme Sebire avait-elle des raisons d'en vouloir à la BSP de ses diligences dans une autre affaire ? Mais il restait d'autres services parisiens parfaitement compétents. Le choix des gendarmes devient encore plus inquiétant quand on apprend que c'est l'adjudant Félix, déjà très actif dans l'affaire Jobic, qui va livrer Patricia quelque temps plus tard à Mme Sebire.

— J'étais chez moi lorsque les gendarmes ont frappé à la porte. Je ne comprenais pas pourquoi. J'ai appelé le commissaire Lafille au SDPJ 92. Il n'en savait pas plus que moi. Il m'a envoyé aussitôt ses inspecteurs pour voir si ce n'était pas un piège. Finalement, j'ai accompagné les gendarmes. Ils m'ont même offert un coup de rouge à la brigade de recherches de Villeneuve-la-Garenne.

Mme le juge Sebire, aussi offensive que son collègue et ami Hayat, fait derechef écrouer Patricia. Elle raconte :

— En prison, j'ai retrouvé Teresa (Kerraz Khouda, alias Fodeya

Ben Bachir), ainsi que Ferdouze (Younes Zohra), autre prostituée de « Buda ». Elles m'ont menacée et couverte d'injures : « Faut te rétracter, salope ! » J'ai été obligée de renoncer à la promenade pour être à peu près tranquille. Cela ne les a pas empêchées de mettre un papier sur ma cellule avec le mot BALANCE. J'ai su après que la plupart de celles qui allaient voir Hayat étaient libérées.

Patricia ne sera même plus surprise d'entendre un jour un gendarme vanter les vertus du juge Hayat dans le bureau de Mme Sebire et lui demander si elle lui avait téléphoné :

« Oui, oui. D'ailleurs je vais le rappeler », a encore entendu Patricia dans le couloir.

Patricia Boschetto va rester en prison près de deux mois malgré un bilan de santé terrifiant. Il lui a fallu attendre le retour de Mme Sebire qui se soignait à la montagne et l'intervention énergique de son nouvel avocat pour retrouver la liberté le 15 mars 1988.

Dans l'intervalle, son avocat précédent lui avait proposé, au parloir, d'obtenir sa liberté en échange d'une rétractation signée. Elle l'avait aussitôt « viré » et remplacé.

« Parole de pute », rétorquera-t-on encore une fois. Soit. Pourtant, le tribunal devant lequel Mme Sebire renverra sa cliente relaxera Patricia Boschetto et condamnera le dealer qui l'avait, à tort, mise en cause. Il faut croire que les charges retenues contre elle étaient sans consistance.

Cette affaire fourmille de sujets d'étonnement.

Ainsi, le juge Hayat dans la commission rogatoire qu'il donne aux gendarmes de Versailles le 26 janvier 1988 pour entendre le bistrotier témoin de la « conversation amicale » entre « Branco » et Patricia, précise bien : *Ne pas interpeller Patricia Boschetto !*

C'est sans doute qu'il veut l'entendre lui-même. Eh bien, non. A aucun moment il n'éprouvera le besoin d'une telle audition.

Il se contente, dans l'immédiat, de faire vérifier sa situation pénale pour s'assurer que son sursis est bien révoqué. Il l'est effectivement mais nul ne lui en a parlé lorsqu'elle a été relaxée par le tribunal correctionnel de Paris et ce n'est sans doute plus le moment opportun pour l'arrêter sous ce prétexte, alors que ses révélations sur l'affaire Hayat-Jobic continuent d'alimenter la presse.

Patricia Boschetto, si elle est libre, n'en a pas pour autant fini avec ceux qui veulent absolument lui faire rétracter ses accusations contre le juge.

Le 26 février 1988, c'est sa sœur Martine, qui n'a rien à voir avec le milieu que côtoie Patricia, que l'on tente d'écraser rue Montmartre, en plein Paris. Elle est au courant des problèmes de sa sœur et aussi du fait que le domicile familial est sur écoute, mais elle n'éprouve aucune crainte pour elle-même.

C'est grâce au réflexe d'un autre piéton qu'elle n'est pas renversée par une BMW jusque-là arrêtée au feu rouge et qui bondit vers elle lorsqu'elle s'engage sur la chaussée. Le chauffard, un Maghrébin, avec lequel se trouvent quelques compatriotes, disparaît naturellement au plus vite.

Martine, bien que contusionnée par le choc du rétroviseur, refuse l'hôpital et se dirige vers le métro. Un homme l'y attend, un Nord-Africain encore. Elle est éclairée sur-le-champ :

— Il faut que ta sœur revienne sur ce qu'elle a dit, qu'elle écrive ou qu'elle dise que le juge Hayat ne lui a rien demandé.

La plainte que dépose Martine Boschetto sera transmise en l'état à M. Davenas, chef de la 8e section du parquet de Paris sur sa demande. Elle restera sans suite elle aussi.

La vraie question qui se pose au sujet de cette affaire est de savoir comment, sinon par les écoutes, « ON » pouvait savoir que Martine Boschetto serait à cet endroit, à cette heure-là. Elle revenait d'une agence de travail par intérim.

Une deuxième question se pose évidemment : Qui est ce « ON » ?

Le 19 août, Patricia, pour sa part, recevra une nouvelle raclée, vers 5 heures du matin porte Maillot, par un Maghrébin inconnu qui accompagne ses coups d'explications adéquates :

— C'est toi qui défends cet enculé de Jobic. Tu vas tout stopper ! Si c'est un problème d'argent on a ce qu'il faut !

Elle est arrachée à son agresseur par Zina, une consœur, qui se met à hurler. L'homme disparaît dans une 205. Il ne sera jamais identifé. Patricia en sera quitte pour une nouvelle visite à l'hôpital en vue de faire soigner ses plaies, ses bosses. Nouvelle plainte sans plus de résultat que précédemment.

La troisième question rejoint les précédentes :

Qui peut bien avoir un intérêt suffisamment puissant et assez peu de scrupules pour utiliser de tels moyens, dans le but de faire revenir Patricia Boschetto sur ses déclarations ?

L'intérêt des frères Benmertazza paraît en vérité bien mince. Leurs affaires, jugées ou en cours, sont hors d'atteinte d'une quelconque mesure de bienveillance.

Il est possible aussi d'envisager une succession de vengeances anonymes pour le simple plaisir de punir une « balance ». Bien sûr, mais pourquoi ces anonymes insisteraient-ils tous avec une telle violence sur la nécessité pour Patricia de retirer ses accusations ? L'hypothèse paraît peu crédible.

Alors qui ?

Le 2 décembre 1988 — et l'incident se situe hors du contexte précédent —, Patricia Boschetto sera de nouveau agressée à la porte Maillot, mais cette fois par deux travestis dont l'un, noir, est armé d'un cutter. Ils la reconnaissent comme étant « la balance de l'affaire Jobic qui travaille avec les flics » et l'envoient une nouvelle fois à l'hôpital, couverte de plaies et d'hématomes.

Encore une affaire sans suite.

Malgré toutes ces avanies, elle tiendra bon, Patricia Boschetto. Il faudra bien qu'un jour ou l'autre la fameuse cassette apparaisse. Ce Monsieur « ON » sortira-t-il enfin de l'ombre ?

23. COFFRE FANTÔME ET ÉCOUTES IMAGINAIRES

L'inculpation d'Yves Jobic n'apporte pas à Hayat que des déconvenues de ce genre. Elle réveille aussi des revanchards et des opportunistes.

On apprend ainsi successivement, de sources anonymes, que les affaires réussies par Yves Jobic sont en réalité des règlements de comptes personnels pour protéger ses amis, ou encore qu'il est une « grande crapule » capable d'envoyer n'importe quel innocent en prison pour cinq mille francs, « en lui mettant de la drogue dans ses affaires » et d'oublier de vrais coupables qui lui donnent des « enveloppes ».

Nombreux aussi ceux qui, détenus, n'ont rien à voir avec Jobic mais qui semblent préférer l'aide des gendarmes à celle de leur avocat, comme celui qui écrit :

Bonjour chef Huvenne. Je suis très content que vous avez eu Zobic et je suis toujours innocent. Mais la justice veule rien savoir....

D'autres encore accusent le commissaire de diriger le marché de la drogue en plus de celui de la prostitution et même de faire effectuer des transferts de devises vers l'Algérie par l'intermédiaire de banques arabes sur Paris.

La dénonciation bat son plein, entraînant pour la SR de Versailles et la brigade de Villeneuve-la-Garenne une débauche d'efforts, de descentes inopinées dans des bars parisiens et bien sûr de comptes rendus au juge Hayat.

L'on pourrait en arriver finalement à penser qu'Yves Jobic, *el capo di tutti capi*, offre à la fois sa bénédiction payante rue Biot, rue Laghouat, rue Oberkampf, aux Champs-Élysées, avenue Marceau, etc., aussi bien dans le racket et la drogue que dans la prostitution.

Naturellement, il a aussi des maîtresses prostituées, bordelières ou voleuses avec lesquelles il part en vacances ou en week-end à Nice ou en Italie. C'est bien le moins pour un patron de la Mafia.

Tout cela ne donne rien si ce n'est du travail stérile. Le magistrat n'en obtient pas davantage en se faisant communiquer par l'inspection générale des services les affaires, toutes classées sans suite, dans lesquelles Jobic a été mis en cause par des individus arrêtés par ses soins.

Preuve une fois de plus, si besoin en était, que le seul moyen pour un policier d'éviter des ennuis est bien de garder son fauteuil au chaud huit heures par jour en se servant d'un téléphone et d'une machine à écrire et en espérant un avancement planifié, plutôt que d'aller stupidement essayer d'arrêter des malfrats de tous acabits qui n'auront aucune raison de chanter ses louanges ensuite.

Dans le domaine des pas inutiles et des histoires qui seraient drôles en d'autres circonstances, il faut aussi narrer celle du juge et du coffre.

La conviction de Jean-Michel Hayat est faite que Jobic a nécessairement amassé en trois années environ une véritable fortune par le racket, le proxénétisme, voire le trafic de stupéfiants. MM. Garnier et Saada, experts, le premier près la cour d'appel de Versailles, le second agréé par la cour de cassation, vont donc recevoir du juge, le 26 janvier 1988, mission de rechercher et d'évaluer l'ensemble du patrimoine du commissaire, de contrôler tous les mouvements de ses comptes bancaires et de signaler toute irrégularité éventuelle.

Las ! à l'issue de quatre mois d'investigations minutieuses et d'un rapport de cinquante-six pages, les deux experts ne peuvent que constater la parfaite limpidité du train de vie de Jobic, la transparence de ses comptes bancaires, Codévi, épargne logement et autres et la modestie d'un patrimoine aux origines purement familiales.

Pas la moindre trace de ressources occultes ou de dépenses suspectes, ni dans sa vie personnelle, ni dans sa vie professionnelle.

Le juge en conclut fort logiquement que Jobic est un habile gredin qui a trouvé d'autres moyens de dissimuler ses profits illicites.

Le premier d'entre eux pourrait être leur transfert vers l'étranger. L'idée était déjà dans l'air lorsque l'adjudant Félix, planquant à Saint-Brieuc sur le domicile de Mme Jobic mère, s'inquiétait auprès du voisinage de savoir si elle n'avait pas disparu avec des valises. Et dans les dénonciations, anonymes ou non, l'hypothèse de transferts de fonds vers l'Algérie à destination des services secrets est également apparue. Le juge cherchera en vain auprès de banques arabes à Paris la moindre trace de telles opérations.

Une seconde explication, la première ne tenant pas, pourrait être que Jobic possède tout simplement un coffre dans lequel, tel Harpagon, il engrange ses recettes.

Mais Jobic soutient qu'il n'a jamais eu de coffre. Les premières recherches le confirment. Aucune banque n'a loué de coffre à son nom. Une deuxième rafale de vérifications va viser plus largement tous les « Jobic » possibles. Il va s'en trouver un, cette fois, un presque homonyme prénommé Jean-Yves, à qui va être donnée l'occasion de prouver qu'il n'a aucun lien, à part son patronyme, avec le commissaire.

Encore une piste qui s'effondre mais on connaît assez, maintenant, la pugnacité de Jean-Michel Hayat pour supposer qu'il ne va pas en rester là. C'est en bonne logique qu'il déduit de son échec précédent la conclusion que le coffre, si coffre il y a, est au nom de quelqu'un d'autre.

L'hypothèse prend corps avec un appel anonyme reçu par les gendarmes de Versailles et qui signale qu'un témoin actuellement retenu à l'hôpital Sainte-Anne souhaite faire des révélations. Le correspondant ajoute que l'argent du proxénète se trouve dans un coffre ouvert au nom de Ben Younes à l'agence du Crédit Lyonnais de l'avenue Ledru-Rollin.

Le témoin dont il s'agit est en fait un enquêteur de police, qui à la suite de problèmes administratifs a été convoqué chez le médecin-chef de l'infirmerie psychiatrique. Il tombe des nues lorsque Hayat, le jour même, le fait amener dans son bureau. Il n'est au courant de rien. Il ne sait pas qui a pu raconter de telles âneries.

Heureusement, le correspondant anonyme avait pour sa part donné assez de détails. Sus au coffre de Ben Younes ! Hélas, pas de Ben Younes malgré une pluie de réquisitions au Crédit Lyonnais. Une bouffée d'espoir pourtant lorsque l'on découvre à un nom voisin, dans l'agence de l'avenue Ledru-Rollin, un coffre numéro 22. C'est peut-être un signe ! Dûment requis, un spécialiste de chez Fichet ouvrira le coffre en question dont le titulaire a depuis longtemps disparu avec sa clé. Rien, le coffre est vide et son locataire n'a rien à voir avec Jobic.

Mais là n'est pas le plus beau de l'affaire !

Dans l'agenda du commissaire, saisi lors de son interpellation et de sa garde à vue, le juge Hayat va tomber un jour en arrêt sur le chiffre 238 qui ne semble correspondre à rien. Cela l'intrigue jusqu'au moment où la lumière se fait. Aveuglant ! Mais c'est bien sûr ! Le voilà le numéro du fameux coffre !

Le magistrat est tellement heureux de sa découverte qu'il s'en ouvre à Me Terquem, l'avocat de l'une des parties civiles qui vont devenir les pièces maîtresses du dispositif anti-Jobic. L'avocat, à son tour, promet en août 1988 une bonne surprise à un journaliste rencontré dans un aéroport.

Nouvelle réquisition au Crédit Lyonnais, nouvelle ouverture et nouveau « bide ». Ce coffre est loué par un couple totalement étranger à l'affaire. L'échec prend toute sa dimension lorsque Hayat apprend enfin que le numéro 238 correspond bien à un coffre. C'est la combinaison de celui qui trône dans le bureau du commissaire divisionnaire Venere à la 1re DPJ.

Un certain nombre de gesticulations inutiles auraient pu sans peine être évitées si le magistrat avait tout simplement demandé à son inculpé la signification de ce numéro suspect.

Le 1er décembre 1987, le lendemain de la mise en liberté contrôlée de Jobic, une rumeur inquiétante se répand à la section de recherches de la gendarmerie de Versailles :

« Nous sommes écoutés ! Le juge également et aussi la brigade de recherches de Villeneuve-la-Garenne. »

La chose est certaine. Différentes sources « dignes de foi » l'affirment. On ne saura jamais lesquelles.

C'est l'alerte générale et le juge Hayat, toutes affaires cessantes, se précipite à Versailles où d'ailleurs, dans le même temps, Zoulikha Zenati l'a littéralement convoqué.

Une nouvelle commission rogatoire aux gendarmes et une nouvelle rafale de réquisitions vont mobiliser sur-le-champ les Télécommunications et quelques entreprises privées qui en dépendent.

Le résultat tiendra en quelques lignes dans un courrier du 11 décembre, de la direction des Télécom d'Ile-de-France :

En réponse à votre réquisition, je vous informe qu'aucun branchement téléphonique clandestin n'a été constaté sur les cinq lignes téléphoniques visées, à savoir :

— gendarmerie de Versailles, section de recherches,
— brigade territoriale de Villeneuve-la-Garenne,
— domicile de Monsieur le juge Hayat,

— *tribunal de grande instance de Nanterre,*
— *brigade territoriale de Vélizy.*

Les intéressés ont-ils été rassurés ou déçus par cette réponse négative ? Toujours est-il que la crédibilité de « leurs différentes sources dignes de confiance » en prend une fois de plus un sérieux coup.

24. MENACES SUR MADAME ZOUZOU ?

Dans la nuit du 29 au 30 novembre et encore la nuit suivante, la 2e DPJ, assistée de policiers en uniforme, effectue des rafles rue de Budapest. Rechercher la prostituée auteur d'un vol à la tire au préjudice d'un citoyen russe, voilà l'argument officiellement avancé et la base juridique de l'intervention. Le motif prêtera longtemps à discussion. Le vol, bien réel, n'était pas récent. L'inculpation de Jobic en revanche était encore toute chaude et il n'est pas exclu, comme le rapporteront quelques filles, que certains policiers aient laissé entendre qu'il y avait là quelque mesure de représailles contre les accusatrices du commissaire de la 1re DPJ. Pour la direction de la police judiciaire en revanche, il était clair que l'interdiction faite à Jobic de revenir sur les lieux de ses présumés forfaits ne devait à aucun prix donner à la faune de « Buda » le sentiment qu'elle était désormais à l'abri des lois.

Mais Zoulikha Zenati, la seule jusqu'à présent à dire : « J'ai payé Jobic », ne se sent pas rassurée. Elle a échappé aux deux rafles et le 2 décembre, à l'abri des murs de la section de recherches de Versailles, confie sa frayeur au juge Hayat qui a fait, une fois de plus, le déplacement :

— Les policiers me recherchent... Je me suis cachée pendant une heure dans les toilettes en attendant la fin de la rafle... Le lendemain une nouvelle rafle a eu lieu. J'étais dans une chambre et une fois de plus j'ai pu échapper aux recherches... J'ai peur de Jobic et je demande officiellement la protection de ma personne car j'ai peur pour ma vie...

Les rafles en question ne devaient pas avoir un caractère bien agressif. On néglige rarement les toilettes des cafés lorqu'on y fait une descente...

Ajouté au fantasme des gendarmes quant aux écoutes téléphoniques, cet appel de son témoin principal ne peut laisser le juge indifférent. D'ailleurs Zouzou s'est fait accompagner à Versailles par Mabrouka Lazar et Omeïr Lemouton qui confirment les rafles. Bani, elle non plus, n'a pas été « emballée ». Elle est pourtant aussi l'une des accusatrices de Jobic. Si représailles il y avait, elles étaient bien mal conduites. Plus important est sans doute le fait qu'elle a entendu des policiers dire que « c'était pour l'affaire Jobic ». Bani cependant ne demande pas de protection. Omeïr Lemouton dite Sonia n'en souhaite pas non plus. Elle n'a pas peur bien qu'elle ait eu moins de chance, ayant été « embarquée » pour un contrôle d'identité. Elle aussi a entendu, au commissariat, un policier dire : « On fait ça contre les filles qui ont déposé contre Jobic. » Si cela était, on ne peut pas dire que l'opération ait atteint son objectif.

Quoi qu'il en soit, le juge Hayat accorde à Zouzou la protection rapprochée qu'elle demande et la confie à la SR de Versailles.

On peut se demander si les craintes de Zouzou n'étaient pas en réalité un prétexte, car elle est confrontée par ailleurs à un vrai problème. C'est qu'à travers sa fausse déclaration de perte de papiers et son passeport enrichi de faux cachets, elle est en réalité en séjour irrégulier et expulsable. Le concours qu'elle apporte à la justice mérite bien un renvoi d'ascenseur, d'autant que le 18 décembre elle va se constituer partie civile. Elle a une certaine instruction, Zouzou, malgré son métier et son étrange dégaine.

Ses avocats sont Me Terquem et Me Bourdon, tous deux associés dans le même cabinet. Me Francis Terquem est d'autre part responsable de l'atelier *Justice* du groupe des experts du parti socialiste. Il est aussi l'inspirateur et l'avocat de SOS Racisme.

Le premier geste du tandem Bourdon-Terquem, conjointement avec le juge, est de demander, le 26 décembre 1987 à M. Pasqua, ministre de l'Intérieur, l'autorisation pour Mlle Zenati de prolonger son séjour en France, aussi longtemps qu'il en sera besoin, autorisation accordée dès le 6 janvier suivant par M. Pandraud, ministre délégué à la Sécurité.

Le lendemain, les gendarmes vont récupérer pour elle ses affaires professionnelles et personnelles sur son lieu de travail et à son dernier domicile, à l'hôtel Louvain, rue de Budapest.

Zouzou, on l'a dit, n'est pas sotte et comme cette affaire se conduit depuis l'arrestation de Jobic au son des tambours médiatiques, elle n'a aucun raison, bien au contraire, dans son nouveau statut de vedette, de refuser une interview à un journaliste qui entretient les meilleurs rapports avec ses nouveaux anges gardiens, les gendarmes. Pour le journaliste, c'est aussi un « scoop » que cet entretien exclusif.

Pour la circonstance elle a abandonné ses décolletés ravageurs et ses talons de dix-sept centimètres. Il est vrai qu'en décembre et dans un « bois de la région parisienne » mal fréquenté la nuit, il fait plutôt frais. Quoi qu'elle fasse pourtant pour changer son « look », son visage anguleux, son maquillage agressif, son allure et son parler n'entretiennent guère d'illusions sur sa condition. Elle s'en fiche d'ailleurs et mâche comme d'habitude son chewing-gum : *Ils me cherchent, j'ai vraiment très peur,* affirme-t-elle d'une voix angoissée. *En fait, c'est moi qu'ils recherchent. j'ai échappé à la rafle en me jetant dans les bras d'un consommateur* (*Le Parisien* du 3.12.87). Tiens ! Elle avait dit au juge qu'elle s'était réfugiée dans les cabinets ! Et Zouzou assure à nouveau au journaliste qu'elle a bien remis au commissaire Jobic, en trois fois, une somme de six mille francs à son bureau où il la faisait venir en lui téléphonant à son hôtel.

Une autorisation de séjour méritait bien cette confirmation par voie de presse.

Parmi ceux qui vont, comme Zouzou, aider le juge Hayat à consolider l'inculpation d'Yves Jobic, il nous faut reparler de Rachid Mecheri, dont le séjour en prison depuis la fin du mois d'octobre a, conformément aux espérances du juge, réveillé la mémoire.

C'est ainsi que le 2 décembre 1987, il lui revient que Safwat « l'Égyptien » lui avait appris que l'extraction de Jean-Claude Mustafa au mois de mai précédent n'avait nullement l'intérêt professionnel que Jobic avait allégué. Il s'agissait en réalité de permettre à Jean-Claude de passer une journée avec sa mère Louise et pour prix de sa complaisance Jobic avait reçu vingt-cinq mille francs de la famille Mustafa qui avait emprunté la somme à Safwat.

Il est maintenant hors de doute pour Mecheri que le commissaire touche aussi régulièrement de l'argent de Jean Mustafa.

Rachid confirmera ces nouvelles accusations le 8 février et le 23 mars 1988. Mais Safwat, arrêté à son tour le 18 février, niera absolument non seulement avoir fait cet aveu à Mecheri mais aussi le fait lui-même. Il ignore tout de cette affaire. Tout juste reconnaît-il pour son propre compte avoir négocié pour mille cinq cents francs dc haschisch à Jean-Claude Mustafa.

La confrontation ultérieure laissera les deux hommes sur leurs positions. Il ne restera de cette accusation que des propos que Mecheri prétend avoir entendus.

Notons à propos de Mecheri un petit fait qui explique peut-être son obstination.

Dans la demande de remise en liberté que son avocate, Me Cotta, rédige pour lui le 10 juin 1988 après sept mois de détention, on trouve une singulière promesse de Mecheri : *Je m'engage à ne pas me rétracter de mes déclarations, même sous la pression !*

Il y a là comme un vague parfum de protocole d'accord. Rachid Mecheri est d'ailleurs remis en liberté quatre jours plus tard, ce qui ressemble à une faveur pour un proxénète également inculpé de détention d'arme. Il y aura mieux encore lorsqu'il sera amené à confesser publiquement : *J'ai fait ces déclarations pour gagner ma liberté.*

Un autre personnage, extraordinaire celui-ci, va dans le même temps faire irruption d'une manière inattendue dans le dossier Jobic et apporter au juge Hayat un concours qui, s'il n'est pas désintéressé, n'en est pas moins spectaculaire et bruyant.

25. MONSIEUR PEDRO

C'est une figure que Monsieur Pedro, de son vrai nom Pierre Villalonga, une carrure aussi malgré ses quarante-sept ans, avec son mètre quatre-vingt-cinq, ses quatre-vingt-quinze kilos et son abondante chevelure ondulée, jadis noire, mais où le sel l'emporte maintenant sur le poivre. Une belle gueule en somme, comme on dit dans le « Milieu » car malgré son nom de grand d'Espagne et ses lointains cousinages, il est un malfaiteur chevronné dont les exploits rempliraient un annuaire.

Il exerce le métier de proxénète, comme d'autres sont chefs d'entreprise. Il n'est pas de ces minables maquereaux qui, à coups de pied, de ceinture ou de poing, s'efforcent de soutenir le moral et d'améliorer la rentabilité de leurs « gagneuses ». Non. On est seigneur ou on ne l'est pas. Pedro lui, à sa manière, est un seigneur.

Ses femmes travaillent en semaine. Elles sont quatre, parfois cinq, sous le contrôle permanent de la sous-maîtresse et la surveillance épisodique et nonchalante du « maître » qui vient jeter un œil de temps en temps au volant d'une voiture de luxe, une Oldsmobile grise immatriculée au Luxembourg.

Ce petit cheptel s'active dans les beaux quartiers de Paris, boulevard Suchet, square Tolstoï et square Henri-Bataille de 19 heures environ à 2 heures. Elles « travaillent » essentiellement avec les automobilistes en manque d'affection, grâce à leur fourgon Toyota. Deux studios situés rue Jean-Pierre Timbaud et boulevard de Charonne ne restent pas non plus inoccupés.

Bref, une affaire qui tourne rond, et Monsieur Pedro, qui n'est pas un barbare, rassemble tout son monde, y compris les enfants de ces dames pour le week-end, dans une propriété qu'il a louée dans l'Oise, à Cuise-la-Motte exactement, où chacun et chacune peut se reposer des fatigues et des risques de la semaine.

Car des risques il y en a et l'inspecteur divisionnaire Alain Caugant de l'unité de recherches du XVIe arrondissement a depuis plusieurs semaines en surveillance les filles et leur discret maquereau. Il identifie ainsi successivement les travailleuses : Marie-Claire Pollette, Évelyne Ferté dite Kelly, Marie-Line Barbier, Valérie Lehir, Annick Rousset et surtout la sous-maîtresse Nadia Mazière, laquelle, le service terminé, ramasse en semaine son personnel et l'emmène dormir dans les studios de la rue Jean-Pierre-Timbaud et du boulevard de Charonne.

Caugant et ses inspecteurs auront le privilège, après avoir identifié à son tour Monsieur Pedro, d'assister en direct à l'hôpital Ambroise-Paré à Boulogne puis à l'église Notre-Dame des Champs, à la levée du corps et à la cérémonie religieuse consécutives au décès à quatre-vingt un ans de Sébastien Villalonga, père de Monsieur Pedro. Ce dernier se faisait, pour la circonstance, accompagner par quelques-unes de ses femmes.

Les écoutes téléphoniques ordonnées par la commission rogatoire de M. Corneloup, juge d'instruction à Paris, permettront à l'inspecteur divisionnaire Caugant de constater la présence de Monsieur Pedro dans les deux studios de ses « filles » et d'enregistrer ses instructions précises, ses commentaires sur leurs gains, ses suggestions quant aux tarifs en fonction des goûts particuliers du consommateur et ses recommandations pour déjouer les recherches éventuelles.

Le 13 janvier 1987, Caugant et son équipe sont suffisamment édifiés pour rendre compte de leurs résultats à leur patron Philippe Venere, chef de la 1re DPJ. Celui-ci, après en avoir avisé le juge et compte tenu de l'importance de la villa de Cuise-la-Motte, du terrain qui l'entoure et des chiens qui la gardent, choisit une quinzaine d'hommes et se fait assister par Yves Jobic. A 6 heures, ayant informé les autorités locales, il investit le gîte de Monsieur Pedro et en neutralise les occupants dont le maître des lieux qui, couché avec Nadia Mazière, avait à portée de main un fusil pour se défendre le cas échéant.

C'est une réussite complète. Quelques-unes des filles sont présentes, leurs enfants aussi. L'Oldsmobile et le Toyota sont là également ainsi qu'une Ford transit et une Mazda. Tout le parc automobile de l'organisation, en fait.

Incarcéré pour proxénétisme aggravé, Pedro qui se faisait passer à Cuise-la-Motte pour un certain Criville, animateur de club, ce qui justifiait la présence de jeunes femmes à son domicile, sera également inculpé de falsification de documents administratifs, usurpation d'état civil et infraction à la législation sur les chèques. Une affaire qui va être bien ficelée par le juge Corneloup d'abord, puis par le juge Humetz et enfin par le juge Laroche.

Mais cela demande du temps. Monsieur Pedro, qui a fait du droit en prison, est un procédurier qui ne se laisse pas faire et voudrait bien d'une manière ou d'une autre atténuer les effets dévastateurs de son dossier avant qu'il arrive devant un tribunal. L'affaire Jobic va immédiatement lui apparaître comme un extraordinaire tremplin pour son système de défense.

Villalonga n'avait pourtant pas manifesté d'animosité particulière contre les policiers auxquels il devait sa chute. Bien au contraire. Le 19 mai 1987, soit quatre mois après son arrestation, il écrivait au commissaire Venere pour lui dénoncer avec force détails ceux qui, d'après lui, avaient pris sa succession dans la protection et l'exploitation de ses « filles » :

Cher Monsieur Venere,
Je viens d'apprendre qui sont les gens qui s'occupent de Marie-Claire Pollette et d'Évelyne Ferté dite Kelly. Tenez-vous bien, elles sont sous la coupe de Jean-Michel Faure et de deux de ses employés au Night-Club *dont voici l'adresse :*

Suivaient les indications nécessaires pour parvenir au lieudit :

Sortir de l'autoroute A4 direction Crécy-la-Chapelle, ensuite prendre Coulommiers, La Ferté-Gaucher, Esternay et suivre la RN4 sur 1 km. Ensuite prendre à droite la direction de Romilly et regarder les pancartes jusqu'à Bethon et Le Cellier-Saint-Vincent.

Suivaient aussi quelques commentaires personnels sur le comportement du spoliateur et sur son avenir :

Enculé pour enculé, cette tapette, de toutes manières aura de mes nouvelles... je suis écœuré, je l'ai dépanné cette salope de mec... de toutes manières à ma sortie... je compte sur vous pour me faire parvenir ce gros con ici. Je l'attends !

Il terminait sur un mode beaucoup plus civil :

Je vous remercie encore cent mille fois pour tout.
Bien amicalement, sincèrement.

Signé : *P. Villalonga*
Ce n'est pas son premier courrier car Pedro est indiscutablement

un graphomane. Il y aura des douzaines de lettres, parfois longues de dix pages, au procureur, au juge Corneloup, au juge Humetz, à d'autres encore.

Mais à partir du 30 novembre, jour de l'inculpation de Jobic, ce sont le juge Jean-Michel Gaston Hayat et les sous-officiers de la section de recherches de Versailles qui vont devenir ses correspondants favoris ; les seuls aussi d'ailleurs à accorder de l'intérêt, voire du crédit à sa délirante correspondance. On va comprendre aisément pourquoi.

Le 30 novembre, apprenant l'inculpation d'Yves Jobic, Pedro « saute sur son stylo » qui ne refroidit guère et apprend à Hayat qu'il a *un dossier d'enfer* contre ce policier *caca tenia* et aussi contre son patron Philippe Venere, *chef des salopards* et également contre Caugant, *le 3e parrain*, tous trois évoluant dans le *caca de la corruption.*

Le 2 décembre, il affine ses accusations dans une lettre au chef Corbel :

Ma femme (lire Nadia Mazière) *paye 3 000 F par semaine à Jobic, Venere et Caugant pour pouvoir travailler tranquillement. Ça me gonfle !*

Mais déjà le juge Hayat a lui aussi sauté sur son stylo pour faire recueillir par ses gendarmes les déclarations de ce témoin providentiel.

C'est chose faite une première fois le 8 décembre, par le chef Corbel qui l'extrait de sa prison et l'entend à Versailles. On y est bien plus à l'aise que dans un parloir.

Pedro devient grandiose. Non seulement sa femme Nadia est maintenant « maquée » par Jobic mais elle doit, pour le compte de Venere, envoyer des mandats à un de ses codétenus, un certain Tagliaferi, condamné pour homicide et qui n'est autre que le beau-frère du commissaire. Nadia a même été agressée par trois hommes, dépouillée, frappée, sans doute violée, et attachée à un arbre du bois de Boulogne en représailles d'une échéance manquée. Jobic enfin ne se contente pas de couvrir « Buda ». Il maque aussi des filles avenue Marceau, avenue George-V et il fait fifty-fifty avec quelques autres souteneurs qu'il tolère. Il lui arrive également de fournir de faux papiers.

Quant au commissaire divisionnaire Venere il participe naturellement aux profits. Il a d'ailleurs plusieurs chevaux de concours hippiques en pension dans deux haras, l'un dans l'Oise, l'autre dans l'Yonne.

Les gendarmes ont à peine le temps de transporter cette bombe chez le juge Hayat que celui-ci reçoit deux autres courriers. Pedro suit l'actualité et il a appris le scandale des révélations de Patricia Boschetto. Alors forcément, il ne connaît qu'elle. Elle est maquée par Jobic depuis longtemps. Il « habillera » plus tard cette révélation de quelques détails pour faire plus vrai. Comme cette explication qu'il aurait eue, plusieurs années avant, avec le commissaire-maquereau pour régler un conflit entre sa propre protégée et celle de Jobic qui était justement Patricia.

Dans l'immédiat, il se contente de confirmer « avec acharnement » tout ce qu'il a dit aux gendarmes de Versailles sur Jobic et ses complices et assure le juge qu'il *saura tenir sa place en confrontation avec ces individus.*

Accessoirement il distribue aussi quelques accusations contre les policiers de l'inspection générale des services qui sont *tenus par des obligations gouvernementales !* et même contre son juge M. Corneloup qui se fâche quand Pedro aborde le problème des policiers corrompus.

Il s'envoie enfin quelques fleurs en concluant *qu'il faudrait de nombreux Villalonga pour dénoncer les ripoux.*

Il faut dire que Pedro, dont le stylo est décidément infatigable, a arrosé dans la même période de ses révélations les juges Corneloup et Humetz en y ajoutant quelques considérations personnelles sur l'affaire de Broglie, sur l'assassinat du général Oufkir, etc. Une vraie mine de renseignements que ce Monsieur Pedro.

On devine aisément l'objectif de Pedro : démontrer que la malheureuse affaire dans laquelle il est tombé n'est qu'une monstrueuse machination destinée à le neutraliser pour permettre aux policiers d'exploiter à leur compte les charmes de ses protégées. Accessoirement, il lui arrivera d'avancer que son but à lui, Pedro, était d'aboutir à la réinsertion de ces malheureuses envers qui il se conduisait comme un père et non comme un souteneur.

Son propre juge ne croit pas un mot de tout cela. Le mieux est donc de monter dans le train des accusateurs de Jobic. En aidant à démontrer les turpitudes de celui-ci, il diminuera d'autant le poids des siennes.

Pedro peut très vite se féliciter de son initiative car sa littérature intéresse beaucoup le juge Hayat qui va intégrer à son dossier Jobic toute cette correspondance, y compris la copie de la procédure dressée contre Monsieur Pedro par la 1re DPJ.

Les accusations de celui-ci se retrouvent aussi dans la presse (*Libération* du 18 décembre et *Le Canard enchaîné* du 24 février 1988 notamment). Ce dossier d'instruction souffre vraiment d'une fâcheuse incontinence.

Le 21 janvier 1988, le juge Hayat aura droit à sept nouvelles pages dans lesquelles Pedro, cette fois, se plaint du juge Humetz, lequel a *dessaisi son défenseur pour des raisons extra-terrestres*. Il dénonce aussi certaines activités d'un procureur général et de son neveu et annonce son intention d'en référer au conseil supérieur de la magistrature !

Le 8 février, il a *le ventre plein de colère* car le juge Humetz a suspendu les « parloirs » de deux de ses visiteuses. Il n'a plus confiance non plus en ses défenseurs et lance à Hayat un appel quasi désespéré : *Appelez-moi !*

Le juge va l'appeler effectivement le 26 du même mois pour l'entendre dénoncer une certaine Jennifer qui se prostitue pour le compte de Bernard Lemouton, lequel fait « tourner » des studios à « Buda » avec sa femme et avec la protection de Jobic.

Il faut, à partir de cette information, banale au point où nous en sommes, beaucoup de sang-froid et une imagination agile pour suivre Pedro dans l'histoire qu'il articule. Pour lui, en revanche, tout est clair. Jennifer était maquée par un petit « julot » accessoirement serveur à *La Chope*, gare de l'Est. La 1re DPJ (Venere, Jobic et consorts) lui a gentiment fait comprendre de s'écarter de cette fille. L'imbécile n'ayant rien compris, Tagliaferi a été chargé par son beau-frère le commissaire divisionnaire Venere de le liquider, ce qui a été fait et a valu au meurtrier ses quinze ans de réclusion.

Le magistrat instructeur et la cour d'assises n'ont naturellement jamais rien compris à cette histoire savamment déguisée en crime passionnel par Tagliaferi qui avait mis des slips de sa femme dans les poches du mort, sans doute pour éviter d'avoir à reconnaître son rôle de tueur aux gages de Philippe Venere, chef de la 1re DPJ.

Ensuite, cela coule de source. La 1re DPJ a récupéré Jennifer et l'a placée à « Buda » chez un ami, en l'occurrence Bernard Lemouton.

Lui, Pedro, qui détient la vérité, doit également être exécuté ou plutôt *fumé* comme il le dit. C'est le seul moyen de le faire taire.

En fait, l'affaire jugée en cour d'assises ne présentait aucune obscurité. S'il est vrai que le commissaire divisionnaire Philippe Venere s'est intéressé au sort de Tagliaferi, c'est par pure charité pour un être fruste qu'il avait lui-même arrêté et fait condamner précédemment mais qui lui paraissait mériter une main secourable. Les flics ont parfois de ces faiblesses ! Quant au reste, il n'y a jamais eu le moindre rapport équivoque entre le commissaire et la sœur du meurtrier. Pour ce qui concerne les chevaux de concours hippiques, ils n'existent aussi que dans l'imagination délirante de Pedro. Ils se limitent à la possession d'un cheval récupéré aux abattoirs et que Philippe Venere garde dans sa famille et monte pour le plaisir quand il en a le loisir.

Villalonga va encore, ce 26 février, nourrir le dossier du juge Hayat de quelques autres « vérités » intéressantes.

D'abord, Patricia Boschetto qui est, comme il l'a déjà révélé, la « pute » de Jobic, fait équipe maintenant pour le compte de son souteneur, avec Marie-Claire Pollette et Évelyne Ferté, les deux anciennes protégées de Pedro qui sont aussi, c'est un comble, les maîtresses du commissaire ! Sans doute Pedro a-t-il oublié qu'en mai précédent, il avait écrit à Philippe Venere pour lui balancer avec beaucoup de détails les nouveaux « julots » de ses filles !

Quant aux Mustafa, il tient de l'un de leurs frères que l'extraction de Jean-Claude par Jobic en mai 1987 avait coûté « cinquante plaques » à la famille. Lire bien entendu cinquante millions de centimes, soit cinq cent mille francs. Pedro peut préciser que ces cinquante plaques ont été partagées entre Venere à qui son écurie coûte trente mille francs par mois et par tête de cheval, et le RPR pour sa campagne électorale. On voit poindre ici le bout de l'oreille d'un lièvre qui intéressera fort le juge d'instruction. Avec ces cinquante plaques on est loin des vingt-cinq mille francs évoqués par Rachid Mecheri. Pour une journée hors de prison, cela met la permission hors de prix. C'est même un peu dévalorisant pour Pedro qui, dans sa lettre au procureur, va préciser que sa propre tête n'a été mise à prix par Venere et Jobic que pour la modeste somme de « vingt bâtons » !

C'est extraordinaire tout ce que peut apprendre Villalonga derrière ses barreaux, sur des faits et des gens qu'il ne connaissait pas avant d'y entrer. Il est vrai qu'il y rencontre beaucoup de monde, comme Kamel Bentifour et sa compagne Mabrouka Lazar. Il a aussi ses parloirs, un moment suspendus, où ses visiteuses complètent ses informations journalistiques et reçoivent la bonne parole pour confirmer, même en dépit du simple bon sens, ses accusations. Pour que cela fasse plus sérieux, il va épouser en prison sa « première », Nadia Mazière.

Malgré leur incohérence, dont nous n'avons ici qu'un modeste aperçu — il y manque le style et les obscénités de l'auteur —, tous les délires de Pedro vont se transformer chez M. Hayat en procès-verbaux et en commissions rogatoires.

Encouragé par l'oreille attentive qu'il a trouvée, Villalonga va multiplier ses efforts et ses lettres au juge Hayat. Trois pages le 1er mars, sept le 16, six le 20, quatre le 27.

On y relève que Jobic, confirmant sa volonté de *faire fumer* Pedro, en a parlé, en l'arrêtant, à un voyou du nom de Roland Ralahy. Quel imprudent vraiment, ce Jobic ! Il est de nouveau question aussi des caisses noires du RPR alimentées par tous les trafics de Jobic and Co. Pedro s'insurge, c'est bien normal, contre le refus obstiné auquel se heurtent toutes ses demandes de liberté provisoire. Jobic, inculpé comme lui de proxénétisme aggravé, est bien en liberté, lui ! Pedro fonde apparemment quelques espérances — c'est l'habitude chez les détenus — sur les résultats de la future consultation électorale. Le 27 mars, il confie au juge Hayat : *Vivement que les élections soient arrivées et que vous soyez épaulé par des gens compréhensifs à vos idées, à nos idées... !*

Le 12 avril, le magistrat décide de confronter Jobic avec son accusateur. Le commissaire n'a rencontré Villalonga qu'une seule fois dans sa vie, lors de l'assistance qu'il a prêtée à son patron Philippe Venere le 13 janvier dans l'opération de Cuise-la-Motte. Il l'a vu deux heures en tout et pour tout avant de retourner à ses occupations de chef des unités de recherches.

Il en faut plus pour démonter Monsieur Pedro. Il connaît Jobic depuis 1985 quand ils ont eu un litige entre souteneurs à propos du secteur de tapin de leurs filles respectives, Patricia Boschetto pour Jobic et Marie-Line Barbier pour lui.

Pedro sait aussi maintenant que le commissaire vend de la drogue en prélevant une partie des saisies. La lecture du *Nouvel Observateur* et du procès-verbal de perquisition du juge Hayat dont la date a été caviardée n'est sans doute pas étrangère à cette nouvelle révélation.

Jobic ne peut guère qu'opposer sa bonne foi à de telles accusations en observant que Pedro a recueilli à la Santé tous les ragots du couple Kamel Bentifour-Mabrouka Lazar.

Villalonga, qui est un impulsif, passe à la vitesse supérieure, c'est-à-dire à l'injure. Il ne faut quand même pas trop en faire : le juge, après un premier torrent d'obscénités et les protestations des avocats de Jobic, le rappelle quand même à l'ordre.

Il sera finalement désarçonné en se montrant incapable de reconnaître sur photo la fameuse Jennifer qu'il présentait comme étant au cœur du sombre complot ourdi par la 1re DPJ pour faire exécuter son souteneur par Tagliaferi. Il s'en tirera par une pirouette : *Une femme, ça change d'aspect.* Sa dernière flèche empoisonnée sera d'avancer que

Jobic s'était vanté, dans « des bars à putes », d'alimenter les caisses du RPR.

Ce n'est plus de l'imprudence de la part de Jobic, c'est de la stupidité. De toute façon, l'on ne voit guère en quoi cette confrontation a pu faire progresser la recherche de sa vérité.

Quelques jours plus tard, le 26 avril, Hayat entendra Marie-Line Barbier qui sera conduite dans son cabinet par le maréchal chef des logis Huvenne.

Marie-Line, qui se dit agent commercial en publicité sans autre précision, prétend s'être fait « déficher » en tant que prostituée. A croire qu'elle ignore, ainsi que le juge, la suppression de cette formalité depuis que la France a ratifié la convention internationale de Genève de 1960. Dans la foulée, elle blanchit Monsieur Pedro qui n'a jamais été son souteneur. Certes elle s'est prostituée mais n'a jamais été maquée. C'est en bon vieux camarade que Villalonga avait pris sa défense, fin 1984, début 1985, lorsqu'elle était entrée en conflit, pour une question d'occupation de territoire au square Tolstoï, avec Patricia Boschetto. Celle-ci était venue au rendez-vous du cessez-le-feu, au *Café des Sports* à la porte de Saint-Cloud, escortée de son souteneur, le commissaire Jobic, qu'elle a reconnu depuis sur les photos de presse.

En baissant pudiquement les yeux, Marie-Line admet du bout des lèvres connaître Évelyne Ferté dite Kelly et Nadia Mazière, mais, attention, sans les fréquenter.

Le juge n'estime pas utile d'effaroucher son témoin en lui rappelant qu'elle était titulaire de la ligne téléphonique et locataire en titre du studio du boulevard de Charonne où Monsieur Pedro abritait une partie des amours vénales de ses protégées. Ce n'est pas son affaire après tout.

Marie-Line en sait quand même suffisamment sur Évelyne Ferté pour révéler que celle-ci, quand elle ne tapine pas square Tolstoï, est en rendez-vous avec Alain et Yves, c'est-à-dire Yves Jobic et son inspecteur Alain Caugant.

Cette déposition mérite que l'on s'y arrête un instant.

La première observation est que Marie-Line Barbier était présente à Cuise-la-Motte, dans l'ex-phalanstère de Pedro, lorsque le maréchal des logis chef Huvenne est allé la quérir pour la conduire chez Hayat. Serait-ce le siège de son agence de publicité ?

La deuxième remarque est que dans une première déposition chez les gendarmes, le 16 décembre 1987, elle avait d'abord situé son prétendu conflit avec Patricia et du même coup sa rencontre avec Jobic en 1980/1981. A cette époque-là, Jobic n'était pas encore en fonction à Paris. Après réflexion, elle avait avancé son calendrier de quatre ans.

Troisième contre-vérité énoncée par Marie-Line Barbier : « Je n'ai jamais été maquée par qui que ce soit. »

Malgré les demandes réitérées de Jobic il faudra plusieurs mois à M. Hayat et le concours de l'IGS pour se convaincre que Monsieur Pedro avait été arrêté le 8 octobre 1981 alors qu'il cohabitait à Gentilly, avec Marie-Line. Elle se prostituait à l'époque rue Saint-Denis.

Le 2 mai 1988, dans une lettre de sept pages au maréchal des logis chef Huvenne, Villalonga exprime d'abord courtoisement ses remerciements pour le transport *en toute amabilité* de Marie-Line Barbier chez le juge. Pour le reste, il est surtout furieux contre lui-même et *contre cette salope de Jobic* de n'avoir pas reconnu Jennifer lors de la confrontation du 12 avril. La suite ne vaut que par le style vigoureux, obscène ou scatologique qu'affectionne Villalonga. Il mélange allégrement dans son exécration Chirac, Pasqua, les policiers et aussi ses anciennes protégées, qu'il accuse d'avoir « michetonné » et ruiné son père pendant que lui, pauvre Pedro, faisait festoyer la famille...

Les accusations de Villalonga, suffisamment filtrées et dépouillées de leur extravagance, de leur délire et de leurs obscénités pour garder un minimum de crédibilité, vont trouver des échos dans la presse d'information. Il est vrai que le personnage est, pour les journalistes, d'un pittoresque rare.

Il y aurait bien une quatrième observation à formuler. Pourquoi diable, après cette nouvelle mise en cause de Patricia Boschetto, le juge Hayat qui n'en est plus à quelques invitations près, persiste-t-il à ne pas l'entendre ?

26. L'ÉTRANGE MONSIEUR VICTOR

Le Nouvel Observateur, toujours bien informé, évoque le 19 février 1988 ce nouveau témoin sous la plume de Henri Guirchoun qui écrit : *Le commissaire Jobic est aussi accusé par le responsable d'un centre de réinsertion au profil beaucoup plus respectable.* Sous-entendu : que Villalonga.

Voyons ce qu'il en est du personnage et de ses accusations.

Le 4 décembre 1987, soit quatre jours après l'inculpation de Jobic, le juge Hayat dresse un procès-verbal d'entretien téléphonique avec le commissaire du Kremlin-Bicêtre, qui l'informe qu'un certain M. Victor Bourth a des révélations à faire sur des policiers qui toucheraient des enveloppes de prostituées de la rue de Budapest.

Il doit y avoir quelque anomalie dans la chronologie des actes du juge car c'est le 2 décembre, quarante-huit heures avant d'être informé lui-même, qu'il fait entendre Victor Bourth par Corbel et son adjoint Camille.

Victor Bourth a soixante-dix-sept ans. Il a été pilote civil et pilote de guerre. Il a ensuite dirigé une fabrique de machines-outils et d'armes. Il est maintenant retraité et habite un coquet pavillon à Clamart. Bref, un monsieur respectable comme le dit *Le Nouvel Observateur*. Il déposera, pour preuve, toute une documentation sur ses brevets d'invention et un certificat de bonne conduite délivré par la brigade départementale des mineurs du Val-de-Marne.

Ce que raconte M. Bourth à Corbel d'abord, puis le surlendemain au juge Hayat ne manque pas d'intérêt.

Depuis qu'il est retraité, il tente de réinsérer les prostituées de Paris et plus particulièrement celles de la rue de Budapest. Ambitieux programme lorsque l'on connaît le secteur et celles qui le hantent, surtout quand on est seul. Car Monsieur Victor n'est ni responsable, ni membre d'aucun centre ni d'aucune organisation œuvrant dans ce domaine. C'est un individualiste. Ses louables intentions le mettent évidemment en rapport avec ces dames de « Buda » qui bavardent gentiment avec lui dans les bars et poursuivent parfois leurs entretiens dans leurs studios.

Les articles de presse consécutifs à l'interpellation et à l'inculpation du commissaire Jobic ont naturellement attiré l'attention de M. Bourth. Ils lui ont aussi remis en mémoire les confidences d'une certaine Claudie. Cette dernière lui avait, trois mois auparavant, parlé du commissaire Jobic, lequel prenait des enveloppes auprès de certaines prostituées arabes de la rue de Budapest. Claudie avait, à l'époque, suggéré à M. Bourth d'alerter l'IGS. Ce qu'il avait fait. L'inspecteur principal Brisset l'avait accompagné et avait pu bavarder avec Claudie dans un café. Toujours d'après M. Bourth, ce fonctionnaire, tout en jugeant l'entretien intéressant, avait estimé les renseignements de Claudie insuffisants pour engager une enquête.

Au chef Corbel d'abord, puis au juge Hayat, Victor Bourth précisait que, selon Claudie, les enveloppes étaient déposées au café *L'Ambiance* où elles étaient récupérées par une autre prostituée surnommée Jennifer et portées par elle dans un bar de la rue Lantiez à l'intention du commissaire.

Monsieur Victor, à l'appui de ses dires, remettait à Corbel un morceau de papier sur lequel Claudie avait indiqué le nom du policier : *JAUBIC 1er et 2e rue des Lantiers !*

Venant tout juste après l'inculpation du commissaire et dans le même temps que *le dossier d'enfer* de Pedro Villalonga, cette déposition d'un homme « respectable » ne pouvait que séduire le juge Hayat et le conforter dans ses certitudes.

Monsieur Victor proposait d'ailleurs un autre témoignage, celui d'une prostituée, Pierrette Hornebeck, *une Belge qui sort véritablement de sa campagne*, et qui pourrait confirmer les révélations de Claudie.

Revenons au mois de septembre 1987 et voyons ce qui s'est réellement passé lors des premières révélations faites par Monsieur Victor à l'IGS.

L'inspecteur principal Brisset avait effectivement été chargé par son chef de groupe de rencontrer M. Bourth, lequel disait avoir reçu des confidences des prostituées au sujet des agissements d'un fonctionnaire de la brigade des stupéfiants et du proxénétisme. Il ne s'agissait pas encore de Jobic ni de la 1re DPJ.

En compagnie de Monsieur Victor, Brisset rencontrait donc une première fois Pierrette Hornebeck et une seconde fois Claudie. Loin de confirmer les remises d'enveloppes évoquées par Victor Bourth, elles se plaignaient simplement de la fréquence et parfois de la brutalité des interventions policières sur « Buda », interventions qui nuisaient naturellement à leur travail.

L'inspecteur Brisset n'avait évidemment rien trouvé dans de tels propos qui puisse justifier une enquête. Il avait simplement dit à Claudie de reprendre contact si elle avait un jour d'autres informations et il avait renvoyé M. Bourth à ses œuvres de rédempteur.

M. Hayat, compte tenu de la largeur du fossé séparant les déclarations du policier de celles de Monsieur Victor, ordonnait sans plus attendre à l'IGS, par commission rogatoire, une enquête complète sur le sujet.

L'affaire allait être rondement menée et Jennifer, Claudie et Pierrette, qui n'est pas belge, rapidement retrouvées, identifiées et entendues.

Le résultat est clair. Aucune d'elles n'a jamais donné le moindre argent à quelque policier que ce soit. Elles n'ont jamais entendu dire que cela se pratiquait à « Buda ». Claudie n'a rien dit de la sorte à Monsieur Victor. Quant à Jennifer, elle ne fréquente plus depuis plusieurs années le café *L'Ambiance* où elle est censée ramasser les enveloppes. Elle ne connaît pas davantage la rue Lantiez. Claudie se dit écœurée par le comportement d'un vieillard qui n'appartient, sauf dans son imagination, à aucun organisme de réinsertion. Il a monté un scénario qui n'a rien à voir avec ce qu'elle a dit. D'ailleurs ce papier sur lequel est écrit : *JAUBIC 1er et 2e rue des Lantiers*, elle ne le connaît pas, elle ne l'a jamais vu et encore moins écrit.

Finalement, Monsieur Victor devra admettre qu'il a écrit lui-même ces quelques mots sur son propre ticket de billetterie du Crédit Agricole.

A l'issue d'une confrontation avec les trois femmes, il se déclarera incapable de dire qui lui a rapporté les rumeurs de « Buda ». Il ne sait pas non plus pourquoi il a pu dire au juge Hayat que Claudie avait écrit les fameuses inscriptions.

Une déception, donc, pour le juge Hayat. Mais dans son esprit ainsi que dans celui de Me Terquem, l'avocat de Zoulikha Zenati, tous les services de police, IGS comprise, ont partie liée. Il va donc renvoyer à la charge le gendarme Camille qui, entendant de nouveau, à Versailles cette fois, l'étrange Monsieur Victor, pourra à travers des demi-aveux et des rétractations de rétractations, maintenir de fragiles demi-accusations. Bourth assurera cependant, cette fois, ignorer pour le compte de qui Jennifer ramassait des enveloppes au café *L'Ambiance*.

Or, Jennifer ne fréquente pas cet établissement et Bourth habitué de la rue de Budapest n'y a jamais vu le commissaire Jobic.

Point final de l'intervention du « spécialiste de la réinsertion » dont on peut raisonnablement penser que son passé respectable ne le prédisposait guère à évoluer dans un milieu où il avait toutes les chances d'être manipulé.

Un dernier mot encore à propos de Jennifer. On ne saura jamais si celle qu'a évoquée Monsieur Pedro et qui serait devenue veuve sur ordre du commissaire Venere, est la même que la prostituée que Bourth présentait comme collectrice de fonds pour le compte de Jobic. Personne apparemment ne s'est soucié de le savoir. C'est dire le crédit accordé en leur âme et conscience par les enquêteurs et le juge aux déclarations de l'un et de l'autre.

27. DASH

A côté des dénonciations anonymes, des accusations délirantes d'un Pedro Villalonga ou de quelques dérangés excités par les médias, ou encore celles d'un vieillard fragile, il y a quand même, pour étayer le dossier du juge Hayat, les dépositions de gens dont on peut supposer qu'ils savent de quoi ils parlent.

Ainsi pour Abdehramane Merabet dit Dash, ex-« julot » de Zoulikha Zenati et arrêté à ce titre par Jobic le 2 décembre 1986 dans le cadre de ses occupations quotidiennes.

Zouzou travaillait au 3 bis à « Buda » et Dash, sans emploi par vocation, cohabitait précautionneusement avec elle à l'hôtel de Nice, rue Truffaut, à deux pas du siège des UR dirigées par le commissaire. Il la « taxait » de deux mille francs par jour. Il fallait bien qu'il fasse vivre sa famille. Son erreur avait été de frapper trop fort. Quinze jours d'incapacité de travail donnent de l'amertume à la victime, sans compter le manque à gagner pour le « julot ».

Jobic aurait peut-être pu régler le sort de Dash plus tôt car le couple occupait déjà une chambre dans l'hôtel de la rue du Chevalier-de-la-Barre à Montmartre lorsque le commissaire y avait arrêté Lahouaria Nacel, alias Samira Kheri, et son souteneur Smaïni. Mais on ne peut tout faire à la fois.

En août la coupe débordait lorsque Zouzou apprenait que son amant à deux mille francs par jour avait engrossé son épouse légitime avec laquelle il passait, en bon père de famille, le temps qu'il ne consacrait pas à sa « gagneuse ».

En septembre, Zouzou changeait d'hôtel et venait s'installer à l'hôtel de Nice.

Lors de son interpellation, Abdehramane Merabet, déjà connu pour vol et escroqueries à l'aide de chèques volés, était en possession d'un passeport falsifié. Une affaire carrée en somme. Dash prenait une fois de plus le chemin de la prison.

Les déclarations fracassantes de Zoulikha Zenati et ses accusations contre le commissaire Jobic qui avait pris, selon elle, la succession de son souteneur, jetaient pourtant assez d'ombre sur la régularité de l'affaire Dash pour que celui-ci soit extrait de la Santé le soir de Noël et longuement entendu par le chef Corbel.

L'occasion était fournie à Merabet, en aidant la justice, de bénéficier de sa clémence. Il se dit innocent et victime d'une embuscade de Jobic, lequel est depuis longtemps l'ami de Zouzou. Après l'arrestation de Lahouaria Nacel et de Smaïni, n'est-elle pas venue s'installer rue Truffaut, près du bureau de Jobic ?

Merabet a d'autres griefs : il a avoué et a signé ses procès-verbaux d'interrogatoire parce que les « Jobic's men » l'ont frappé durant toute la première journée de sa garde à vue. L'argument est aussi ancien que le métier de souteneur, mais Dash a déposé une plainte à ce sujet. Il l'a d'ailleurs retirée par la suite sur le conseil d'amis. Mais il reste qu'il n'est pas souteneur. La preuve, ici encore, est qu'il a une femme légitime enceinte de sept mois et deux autres enfants.

On ne voit pas en quoi ce lien matrimonial et cette triple paternité pourraient constituer un brevet d'honorabilité. Comment fait Merabet, chômeur non déclaré, parasite social par nature, pour faire vivre tout ce monde ?

Question sans intérêt apparemment pour Corbel. Son problème n'est pas là. Pourtant, malgré toute sa bonne volonté, Merabet, qui ne s'intéresse qu'à son propre sort, peut seulement dire au gendarme que Zouzou travaillait au 3 bis, dans un studio exploité par Halima El Bordji, la maîtresse de Jean Mustafa. Ce n'est plus une révélation. Il ajoute aussi que Zouzou circulait avec un certificat de perte de documents administratifs qu'elle devait à la complaisance d'amis policiers. Il signale enfin un petit fait qui intrigue : sa femme légitime, Farida Rabah, a reçu la semaine précédente à son domicile la visite de trois hommes en civil dont un, « moustachu », semblait être le chef et qui se sont prétendus policiers. Ils ont fouillé l'appartement et sont partis sans faire de procès-verbal, mais en emportant des photographies.

Gendarmes en civil ou policiers sans uniforme ? Le doute habituel né de la confusion des genres pourrait subsister. Cependant, un indice permet peut-être de le dissiper. A qui Farida Rabah téléphonera-t-elle pour s'inquiéter de ses mystérieux visiteurs anonymes ? A Jobic ! Lequel, supposant qu'il peut s'agir de gendarmes clandestins, lui conseillera de déposer plainte, ce qu'elle ne fera d'ailleurs pas.

Bien qu'elle ait déclaré être en mesure de reconnaître ses visiteurs, on ne lui présentera jamais les enquêteurs de la section de recherches. C'était sans doute sans intérêt dans l'affaire contre Jobic.

Bien que le chef Corbel, qui entend la dame Rabah, ait fait la preuve de ses qualités d'enquêteur, il ne pousse pas plus loin ses recherches à ce sujet.

In fine, Abdehramane n'apporte guère de blé à moudre aux meules conjuguées du juge et des gendarmes. Comme il disparaît ensuite de notre histoire, finissons-en avec la sienne en indiquant que le cher homme sera libéré assez tôt pour « replonger » le 7 novembre 1988, arrêté cette fois par la 5e DPJ comme souteneur d'une certaine Djamila Nedjar dit Mina, marchande d'amour rue Saint-Denis. Farida Rabah, la mère de ses enfants, sera également arrêtée pour détention d'un chéquier et d'un passeport volés. Merabet et sa femme seront déférés au parquet de Bobigny le 8 novembre 1988.

Il y a ainsi des couples sans histoire qui accumulent les ennuis...

28. HALIMA

Il y a longtemps que l'on évoque Halima El Bordji, cette maîtresse prostituée de Jean Mustafa qui lui a valu en 1983 sa première condamnation comme souteneur. Elle a été présentée à diverses reprises comme collectrice, pour son compte et celui de son amant, de loyers des occupations accélérées du 3 bis rue de Budapest. Elle anime d'ailleurs l'activité des lieux par sa participation personnelle.

Halima est une fausse blonde plutôt grande, assez forte et assez jolie malgré un nez qui garde le souvenir de douloureux contacts. A 31 ans, elle a déjà derrière elle une longue carrière sur les trottoirs parisiens. Célibataire et algérienne, elle est en situation administrativement régulière lorsqu'elle est arrêtée le 24 décembre 1987 à l'aube. Elle est couchée à ce moment-là dans son studio de la rue Berzélius avec un homme qu'elle présente aux gendarmes Camille et Émorine comme un cousin de passage. « On » oubliera sur-le-champ ce personnage alors qu'un homme partageant le lit au domicile personnel d'une prostituée pourrait au moins faire l'objet de quelques vérifications. Les « dos verts »[1] tombent souvent sous le coup de l'article 334 pour ce motif.

Embarquée seule vers la section de recherches de Versailles, Halima va passer avec d'autres un triste réveillon et un peu joyeux Noël.

Les gendarmes eux non plus ne sont pas à la fête. En témoignent les interrogatoires auxquels Camille, Émorine, puis Corbel, puis Mantel et Huvenne vont, en se relayant, soumettre leur cliente les 24 et 25 décembre.

1. « Dos vert » : désignation argotique d'un souteneur.

Après de longues heures d'interrogatoire, il n'y a vraiment pas grand-chose à tirer de cette femme et la ténacité des enquêteurs est bien mal récompensée.

Halima se prostitue depuis longtemps et en dernier lieu rue de Budapest. Elle a un enfant qui est placé par la DDAS dans un centre d'éducation. Ses gains de prostituée lui permettent à peine de joindre les deux bouts. A preuve, l'électricité, le gaz et le téléphone ont été coupés dans son studio en raison de factures impayées. Ce sombre tableau mis à part, Halima connaît bien sûr beaucoup de monde, des prostituées surtout, à « Buda ». Elle connaît aussi Jean Mustafa dont elle a été la maîtresse. Il l'a quittée, dit-elle, depuis plusieurs mois parce qu'il ne supportait plus qu'elle continue à se prostituer. Elle ne lui a jamais donné d'argent et n'a pas davantage collecté pour lui les loyers des squatts du 3 bis.

Quant à Jobic, elle ne le connaît pas et n'en avait jamais entendu parler avant cette affaire.

Cette absence totale d'esprit coopératif ne pouvait se traduire autrement que par la menace d'une réflexion plus approfondie en prison. Le 26 décembre, malgré cela, elle n'en dit pas davantage au juge Hayat. Tant pis pour elle.

Halima prend la direction de Fleury-Mérogis.

Le 3 février, sa résistance commence à faiblir. Elle admet chez le juge être la maîtresse de Jean Mustafa mais persiste à nier, en dépit des accusations de Zouzou, de Lahouaria, de Nadjet et de quelques autres, qu'il soit son souteneur et qu'elle ramasse pour lui les loyers de quelques prostituées. Elle reconnaît en revanche avoir récemment retrouvé la liberté au parquet de Paris avec Nadjia Khabir après que leur victime « entôlée » eut été dédommagée. Mais elle ignore si Jobic a joué un rôle dans cette libération. Elle ne le connaît pas.

Le 9 février, elle craque vraiment. Elle ne supporte plus d'être en prison et de ne plus voir son enfant. Elle l'écrit au juge :

J'ai pensé que je devais avoir mon enfant près de moi. Au lieu de cacher la vérité, je suis prête à vous aider dans cette affaire. Répondez-moi vite. Je ne peux plus laisser mon enfant seul.

Le 17 février, Hayat recueille enfin les aveux tant attendus.

Oui, Mustafa est bien un proxénète qui exploite plusieurs filles en leur faisant payer les loyers des squatts de « Buda », dans lesquels elles se prostituent. Quant à elle, Halima, sa mission est bien de collecter cet argent pour le remettre à son amant. Elle a tenu ce rôle durant l'été 1987 par peur de Mustafa.

Ce n'est qu'un demi-succès pour Jean-Michel Hayat car, sur Jobic, elle n'en sait pas davantage que précédemment.

Le juge ne se montre pas ingrat car il écrit dans son procès-verbal qu'il est disposé à libérer sa prisonnière mais qu'elle devra sans hésiter faire part de tout incident ou de toute menace dont elle pourrait faire l'objet. Invitation à laquelle Halima souscrit bien entendu.

Elle est libre certes, bien qu'ayant avoué son propre rôle, mais avec, sur la gorge, quelque chose qui ressemble à un couteau. Huit jours plus tard, elle mesurera la précarité de sa situation, le juge lui refusant la restitution de ses bijoux, de son manteau de fourrure et d'une somme de mille francs saisis lors de son arrestation. Motif : « les charges se sont aggravées ».

Étonnant ce motif, puisqu'il vient de la remettre en liberté et qu'elle sort de prison avec en tout et pour tout une somme de huit francs et vingt centimes. S'agit-il là d'une nouvelle application du principe du kleenex ?

Un autre fait encore est troublant. L'avocat de Halima, Me Monique Smadja, a abandonné sa défense pour des raisons déontologiques à cause de la lettre adressée le 9 février au juge. Halima l'ayant remplacée par Me Schulman, celui-ci l'assistera dans son interrogatoire du 17 février, mais il sera absent le 10 octobre suivant lorsqu'elle confirmera son propre rôle et celui de Mustafa. Elle indiquera encore le même jour qu'elle n'avait subi ni menace ni pression. Le juge ayant sans doute admis qu'elle ne connaissait réellement pas Yves Jobic ne lui en parlera même pas. Voilà qui est bien surprenant car si quelqu'un pouvait avoir connaissance des turpitudes attribuées au commissaire, c'était bien Halima El Bordji, bordelière, de son propre aveu, au 3 bis à « Buda » et ne devant rien ignorer à ce titre des problèmes locaux.

N'y aurait-il pas quelques doutes sur la sincérité des aveux de Halima et de ses accusations contre Jean Mustafa ?

Elle a en effet été hospitalisée et opérée en février 1987. Elle a ensuite quitté Paris pour l'Algérie le 18 mars et entre cette date et le mois d'août, elle ne séjournera en France que dix jours en avril et quinze jours en juin. Il faut bien admettre que cet absentéisme est assez peu compatible avec la rigueur indispensable qu'un proxénète exige de celle qui « relève ses compteurs ».

Les fréquents voyages de Halima et les dépenses qu'ils impliquent sont aussi en contradiction avec le délabrement de sa trésorerie qu'elle expliquait par le fait que Mustafa « lui prenait tout ».

D'ailleurs, si elle maintenait ses accusations le 25 avril 1988 au cours d'une première confrontation avec Mustafa, elle se dérobait le 8 novembre au second tête-à-tête prévu par le juge.

Enfin, l'instruction s'est toujours contentée de ses déclarations en ce qui concerne l'homme qui se trouvait avec elle lors de son arrestation. « C'était un cousin. » Vite dit et promptement oublié, ce qui ne manque pas de surprendre dans un dossier où le juge et les gendarmes ont pourtant témoigné d'un culte exemplaire du détail.

En somme et bien que tout ceci ne puisse concerner qu'indirectement le commissaire Jobic, il s'agit encore là d'un témoignage comportant beaucoup d'obscurités.

29. UNE MÉMOIRE A ÉCLIPSES

Une autre prostituée a déjà largement contribué à forger la conviction du juge Hayat en confirmant, en partie du moins, les déclarations de Zoulikha Zenati. Elle va revenir sur scène avec d'autres accusations. Il s'agit de celle qui a témoigné pendant neuf mois, tant chez les gendarmes que chez le juge, sous le faux nom de Samira Kheri de nationalité marocaine alors qu'en réalité elle est algérienne et se nomme Lahouaria Nacel.

Il y a de la fouine dans son visage à la peau mate et sans doute en a-t-elle un peu la ruse à défaut d'instruction. Petite et nerveuse, avec des cheveux noirs et courts, elle tente de remédier à une allure naturellement effacée par des chaussures à hauts talons et des blousons qui ne peuvent pourtant lui donner que l'air de ce qu'elle est.

Auparavant condamnée sous ses deux identités, interdite de territoire pour plusieurs années, elle aurait dû aussi être reconduite à la frontière. Mais point de reconduite. Dérisoires, ces condamnations malgré lesquelles leurs « bénéficiaires » continuent à respirer l'air de Paris.

Pour le juge Hayat en tout cas, ce n'était pas le moment d'exhumer ces fâcheux dossiers alors que son témoin se révélait de plus en plus indispensable.

Il était important qu'elle ait conforté les accusations de Zouzou et notamment évoqué ce fameux repas si peu cher chez *Charlot* qu'elles avaient offert à Jobic et à l'un de ses inspecteurs. Était-ce un seul ou deux inspecteurs ? L'un était barbu, assurément ! non ! moustachu ! Elle se souvenait du chien. Oui. Un caniche noir et blanc. Non, marron clair !

Jobic, placide face aux contradictions des deux femmes, avait bien voulu préciser, le 18 décembre, que l'un de ses collaborateurs, l'inspecteur divisionnaire Alain Jacqueré qui l'avait assisté dans l'arrestation des souteneurs de ces dames, avait effectivement un chien. Le policier l'emmenait parfois dans ses « planques » pour se banaliser et éviter de passer pour un flic. Le problème était que ce chien était un pékinois qu'il est difficile de faire passer pour un caniche noir, blanc ou marron !

Le même jour, le commissaire tentait aussi de faire admettre au juge que la femme qui était devant lui témoignait sous une fausse identité.

— Cette femme, Monsieur le Juge, s'appelle Lahouaria Nacel et non Samira Kheri. Je le sais. Je l'ai arrêtée et j'ai saisi son passeport qui portait de faux tampons administratifs.

Peine perdue. Hayat avait pourtant, dans son bureau, la copie du dossier d'arrestation et les photocopies du passeport falsifié. Mais ce n'était pas le sujet du jour et Samira Kheri pouvait confirmer qu'elle avait bien vu Zouzou remettre un jour de l'argent à Jobic dans son bureau. « On rigolait bien d'ailleurs dans ce bureau où elle avait presque ses habitudes et on buvait du whisky avec les autres policiers »...

Le 26 février, extraite une fois de plus de Fleury-Mérogis par Corbel, elle acceptera de se souvenir qu'elle a effectivement usurpé, grâce à un faux passeport qu'elle a d'ailleurs « égaré », l'identité de Lahouaria Nacel. « Mais parole d'honneur, mon vrai nom est bien Samira Kheri. » Le même jour lui revient en mémoire qu'une autre prostituée est surnommée « Malika 36 »[1] parce qu'elle vit avec un policier de la brigade des stupéfiants et du proxénétisme dont elle a d'ailleurs un enfant. Malika peut ainsi prévenir les filles de toutes les descentes prévues par la BSP.

Voilà encore une piste intéressante. Jobic n'est peut-être pas le seul policier proxénète de « Buda ». Affaire à suivre.

Malheureusement, cet excellent témoin persiste à nier qu'elle ait donné la moindre somme d'argent à Jobic.

C'est seulement le 2 mai, alors que Samira a depuis deux semaines retrouvé la liberté, ses occupations et ses copines de « Buda », que la mémoire va lui revenir à ce sujet, toujours devant Corbel qui la convoquera à Versailles.

---

1. Allusion au 36 quai des Orfèvres.

— Lors de mes précédentes auditions, j'ai « omis » de vous dire que j'avais moi aussi remis de l'argent à Jobic.

C'est tout simple en vérité. Il s'agissait de remplacer le passeport « égaré » et Zouzou lui avait dit que Jobic pouvait régler son affaire. Elles sont allées toutes deux le voir.

— J'ai exposé mon problème au commissaire qui m'a déclaré qu'il pouvait arranger cela contre neuf mille francs. J'étais coincée, ne pouvant rester en France sans passeport. J'ai accepté. Trois jours plus tard, toujours avec Zouzou, j'ai remis à Jobic la somme demandée.

Ce Jobic est une fieffée crapule ! Non seulement il a saisi, lorsqu'il l'a arrêtée, ce passeport que la fille dit avoir égaré, mais il lui extorque de l'argent pour lui en procurer un autre et pour finir, il ne tient pas sa promesse et ne lui obtient rien du tout. Quelques jours plus tard, elle était, dit-elle, interpellée sans papiers d'identité par les policiers du 8e bureau des renseignements généraux. Heureusement, on lui permettait de prévenir Zouzou. Celle-ci alertait Jobic qui téléphonait aussitôt à son collègue et faisait libérer Samira. Coût de l'intervention : trois mille francs. Samira portait cette somme dès le lendemain à Jobic dans son bureau, toujours en compagnie de Zouzou.

Le chef Corbel ne fait qu'un bond de Versailles à Nanterre où il remet une heure plus tard à Hayat son procès-verbal tout frais ainsi que son témoin en or massif.

Le juge est sans doute un peu sceptique devant cette mémoire si longtemps défaillante et soudain si précise. Il s'en inquiète, car même la très prolixe Zouzou ne lui a jamais parlé des transactions financières de son amie avec Jobic. La fausse Samira répond logiquement :

— Si Zouzou ne vous en a jamais parlé, c'est parce qu'elle attendait que ce soit moi qui en parle la première. Quant à moi, étant en prison, j'avais peur d'aggraver ma situation.

Tout est clair désormais et le juge Hayat peut engranger ce témoignage capital et faire en sorte que son témoin n'ait plus d'ennui quant à son séjour en France qui devient aussi indispensable que celui de Zoulikha Zenati.

Les invraisemblances criantes ne manquent pourtant pas dans cette déposition et quelques heures auraient suffi à démontrer leur extravagance. En contrôlant par exemple la saisie officielle du passeport falsifié de Lahouaria Nacel que celle-ci n'avait jamais égaré, en vérifiant aussi l'absence d'intervention du 8e bureau et par conséquent l'impossibilité d'une demande de libération émanant de Jobic.

Pourquoi le magistrat instructeur n'a-t-il pas soumis cette surprenante accusation à la simple rigueur de sa réflexion ?

La fausse Samira lui offre en prime une autre piste, celle d'une consœur de « Buda » surnommé Fathi-la-Grande ou encore Fathi-Travelo dont « elle sait » qu'elle remet aussi de l'argent à Jobic.

« Malika 36 » plus Fathi-la-Grande, voilà encore du travail intéressant et constructif en perspective pour les gendarmes de Versailles.

Le juge Hayat pourtant, avant d'en apprécier le résultat, reçoit par voie postale une lettre qui le contrarie beaucoup. Cette lettre vient justement de Samira Kheri qui lui déclare tout bonnement qu'elle a menti ainsi que Zouzou. Ni l'une ni l'autre n'ont jamais remis d'argent à Jobic. Elle a menti par amitié pour Zouzou et en raison de l'arrestation de « leurs maris » par Jobic.

Le juge n'en croit pas ses yeux. Il a une bonne raison pour cela : Samira Kheri ou Lahouaria Nacel, peu importe, ne sait ni lire ni écrire. Elle a bien authentifié sa lettre par une empreinte digitale à l'encre, mais Hayat subodore sous cette rétractation quelque coup tordu.

D'ailleurs, la chambre d'accusation, sur le pourvoi de Jobic, a élagué les contraintes du contrôle judiciaire auquel le juge d'instruction l'avait soumis. Il est vrai que, restant dans ses fonctions avec sa qualité d'officier de police judiciaire, il était un peu anormal de lui interdire une partie du territoire de ses enquêtes. La chambre d'accusation a donc réformé la mesure prise par Hayat et l'a réduite à la seule interdiction d'entrer en contact avec les personnages qui le mettent en cause. Une telle mesure peut paraître symbolique et rien n'interdit de penser à des pressions éventuelles dès l'instant où Jobic a de nouveau légalement accès à la rue de Budapest.

Hayat, naturellement, convoque aussitôt son témoin téléphoniquement. Il faut qu'il en ait le cœur net. Mais Samira ne vient pas le 27 mai au rendez-vous fixé. Le 30 mai il délivre à la SR de Versailles une nouvelle commission rogatoire pour faire la lumière sur cette inquiétante rétractation.

Dès le 7 juin, le gendarme Camille va découvrir le pot aux roses en interrogeant de nouveau celle qui se prétend toujours Samira Kheri :

— C'est Bernard Lemouton qui a écrit ma lettre. Il a dit que mes accusations étaient fausses et qu'il fallait que je retire ma plainte si je ne voulais pas risquer d'être écrasée. J'ai eu peur et j'ai accepté. C'est lui qui a écrit la lettre. Puis avec son stylo, il a mis de l'encre sur mon doigt et j'ai posé mon empreinte. Cela se passait au *Bar de l'Europe*, rue de Londres. Ensuite, Lemouton a photocopié la lettre. Il a rédigé l'enveloppe et l'a postée devant moi à la gare Saint-Lazare. Tout ce qu'il a écrit est faux et je confirme toutes mes déclarations précédentes.

Et Samira-Lahouaria d'ajouter qu'avant la démarche menaçante de Lemouton, elle a également été contactée par « l'Indien » et Michel, deux autres amis de Jobic qui lui ont également fait comprendre qu'il était préférable qu'elle revienne sur ses accusations.

Tout va bien une nouvelle fois pour le magistrat instructeur. Il avait raison de flairer dans cette lettre une subornation de témoin. Les déclarations initiales de Samira Kheri n'en paraissent que plus solides et elle fait entrer en scène des personnages nouveaux. Le plus important d'entre eux, le plus extraordinaire aussi est sans conteste ce Bernard Lemouton, évoqué comme l'époux légitime d'une ex-prostituée déjà entendue par les gendarmes.

30. UN VRAI TRUAND

Bernard Lemouton est effectivement un personnage. On connaît son épouse Omeïr dite Sonia, Algérienne et ex-prostituée de « Buda ».

Elle a contribué, par ses déclarations du 15 novembre, à impliquer Halima El Bordji et Jean Mustafa dans l'exploitation des studios de la rue de Budapest. Mais de Jobic, elle n'a jamais parlé. « Connais pas ! »

A noter que dans les derniers jours d'octobre 1986, Bernard Lemouton et sa femme ont « plongé » comme proxénètes de studios, arrêtés par la BSP. Quarante-sept ans dont dix-neuf passés en prison, cela vous pose un homme déjà auréolé par ses rapports personnels et professionnels avec feu Jacques Mesrine, ex-ennemi public, et le toujours actuel Michel Ardouin, lui-même ex-lieutenant de Mesrine arrêté en avril 1986 puis encore en 1989.

Donc Lemouton et sa femme sont arrêtés. Elle est libérée quarante jours plus tard sous caution de soixante mille francs. Lui, reste un temps sous les verrous. Ils ont tous deux les honneurs de la presse le 31 octobre 1986. C'est la rançon lorsqu'on est un caïd. Et puis, au fond, c'est flatteur. Comme les gendarmes de la SR n'ont pas l'idée ou l'envie de le voir, c'est lui qui, le 28 mars 1988, libéré depuis dix jours après une peine de dix-huit mois, est entendu sur sa demande par le juge Hayat.

Il n'y va pas de main morte, Bernard Lemouton. Il n'a plus de dette envers la justice. Il a payé. Il peut parler et ne s'en prive pas :

« Oui je suis propriétaire de plusieurs studios au 3 bis rue de Budapest d'où part tout ce scandale.

« Oui, je connais cette rue colonisée par les Arabes et dont les occupants ne sont que des voyous et des menteurs.

« Non je ne connais pas le commissaire Jobic sinon par sa réputation de flic redouté et intraitable.

« Non, ce commissaire ne " touche pas ". Sinon je le saurais.

« Oui, Zouzou et les autres putes ont menti avec l'espoir de faire sortir leurs " maris " de prison.

« Quant à Malika Chabira dite " Malika 36 ", c'est elle qui m'a balancé. Elle ne vaut pas un clou. Elle n'a rien trouvé de mieux récemment que de dire qu'elle avait été remise en liberté par Pasqua. »

Voilà de quoi faire douter le juge Hayat de toutes les vérités qu'il tient pour acquises. Heureusement, Samira Kheri se plaint un peu plus tard de ce même Lemouton qui l'aurait obligée à écrire sa lettre de rétractation.

Pourquoi ne pas laisser Lemouton conter lui-même sa version de l'histoire ?

« Samira Kheri ou Lahouaria Nacel, moi je ne connaissais pas. C'est ma femme qui me dit qu'elle veut se rétracter. Je la rencontre au tabac, place de Budapest. Elle est décomposée. Je la prends en pitié et je lui dis : " Téléphone au juge et prends rendez-vous. " Elle téléphone devant moi : " Je suis Samira Kheri. Je veux un rendez-vous urgent. " Le juge dit O.K., demain à 11 heures.

« Le lendemain, cette conne me dit : " Je ne veux pas y aller, j'ai peur. " Alors je lui dit : " Écris-lui. — Oui, mais dit-elle, je ne sais pas écrire. " J'ai été naïf, j'ai écrit pour elle à la terrasse du bar en buvant un JB après qu'elle soit allée acheter du papier, une enveloppe et un timbre.

« Forcément, Hayat s'est étranglé en lisant la lettre et les gendarmes ont ramassé la fille et lui ont fait passer un mauvais quart d'heure. Finalement elle a dû inventer cette histoire et dire que je l'avais forcée.

« Alors évidemment un matin, le 20 juin, on sonne à ma porte. J'ouvre. Elle me saute à la gueule. Ils sont sept ou huit dont une gendarmette en uniforme. O.K. Perquis. O.K. Négatif. O.K. Me voilà à Versailles. Merde ! je ne le connais pas Jobic, jamais vu !

« Pendant qu'on me triture, le père Hayat téléphone tous les quarts d'heure. Furax ! Je répète ce que j'ai déjà dit.

« A la fin de ma garde à vue, prolongée bien sûr, on discute. Il y a là la gendarmette, le sous-off. Corbel et deux autres et puis ma femme et moi. On fume. Je leur dis que l'affaire Jobic c'est du pipeau.

« Un des gendarmes me dit : " Dans trois ans Paris nous appartient. "

« Je lui réponds : “ Qu’est-ce que tu veux que ça me fasse. Moi j’ai un cancer, une poche sur le côté. Mais vous, vous écoutez des conneries. ”

« Un autre m’a demandé : “ Comment on aurait dû faire pour faire marron Jobic, d’après toi ? ”

« Je me suis marré et j’ai tapé sur leur bureau : filoches, écoutes, flag et preuves. Il n’y a que ça de vrai. Mais avec votre copine Zouzou, vous vous êtes plantés car le Jobic n’est pas un ripoux !

« Ah ! j’ai vu le grand Morel aussi. Il a eu sa cinquième ficelle dans cette brillante affaire : lieutenant-colonel maintenant, mais cela ne se voit pas. Il est en boots, blouson et jean. Pas tellement le look d’un pandore dans le fond.

« Finalement avec cette connerie, Hayat furieux délivre un mandat. Me voilà au trou pour la nième fois, mais comme suborneur de témoin. C’est une première. Ce qu’il aurait voulu, c’est que je craque, que je raconte n’importe quoi. “ Je vous ai dit la vérité, Monsieur le Juge. Je suis prêt à retourner en prison, ma femme aussi. ”

« Le procureur était contre l’incarcération. Un contrôle judiciaire lui suffisait et moi, avec mon cancer, j’aurais voulu sortir quand même. Alors je me suis énervé. “ Toutes ces accusations contre Jobic, c’est un tas de merde qui va éclabousser tout le monde. Vous ne connaissez rien à ces gens-là. Ils vont vous manipuler ! ”

« C’est comme ça que je me suis retrouvé à la prison de Bois-d’Arcy, à l’isolement. Je pense que Hayat se demandait comment sortir du merdier qu’il avait fabriqué.

« Plus tard, toujours rognard, il a dit à mon avocat qui demandait ma liberté provisoire : “ Jamais je ne le sortirai ” et il a toujours refusé de me confronter avec Jobic : “ C’est inutile, vous le protégez, vous direz la même chose ! ”

« Tu parles, protéger un flic, moi ! C’est une question d’honneur. Il y a des trucs qu’un voyou ne fait pas ! »

Il est superbe Lemouton dans son indignation avec sa gueule qui se situe entre celles de Marcel Bozuffi et de Michel Constantin.

« Ça m’a valu de rester au trou jusqu’à fin août. Remarque, c’est instructif, la prison. On apprend des choses. J’apprends comme ça que Fathi-la-Grande (Fatna Kebdani dite aussi Fathi-Travelo) m’accusait de vendre de la drogue pour le compte de Jobic.

« Et puis j’ai appris aussi que Pedro Villalonga, ce rouleur mangeur de pain de fesses, se vantait d’être libéré bientôt par Hayat. Il avait fait la connaissance de Kamel Bentifour, le pédé qui julotte Bani (Lazar Mabrouka). Ils étaient ensemble à la Santé, à la 2e division et ils avaient leur promenade dans la même cour et aux mêmes heures.

Ils recrutaient les témoignages pouvant aider Hayat. D'ailleurs Bani m'a dit au parloir : " Je vais mettre dans le cul à Jobic. " En même temps, elle reconnaissait d'ailleurs qu'il ne lui avait jamais rien volé, qu'elle ne lui avait jamais rien offert et qu'il n'avait jamais mangé avec elle ! Ce qu'il y a, c'est qu'elle espérait, avec ses saloperies, sortir son pédé de Kamel de prison et elle en voulait à Jobic parce qu'elle pensait que c'était sur sa demande que le consulat d'Algérie traînait les pieds pour donner le laissez-passer qui lui aurait permis de sortir et de regagner son pays. »

Il n'y a guère de différence, sauf dans le langage, entre le récit que fait Lemouton et celui que recueille le magistrat instructeur.

Sonia, la femme de Lemouton, confirme de son côté le 28 mars à Hayat que Zouzou, avant de quitter la rue de Budapest sous la protection des gendarmes, lui avait avoué au café *Le Fox* qu'elle avait menti et qu'elle n'avait jamais donné d'argent à Jobic. Et à propos de Bani, celle-ci avait également reconnu à des filles de « Buda » que Jobic ne lui avait rien volé et qu'elle ne lui avait jamais offert de stylo en or ni de foie gras.

Mais que peut le témoignage de l'épouse d'un malfrat patenté, ex-pute retirée du trottoir, contre ceux de deux prostituées en activité ?

Le juge Hayat a d'autres raisons que la lettre vraie ou fausse de Samira Kheri pour s'intéresser de plus près à Bernard Lemouton. Celui-ci prétend ne pas connaître Jobic. Or il manque à son agenda la lettre *J*. Pour Lemouton c'est un simple hasard. Jobic de son côté a dans le sien, saisi lors de son inculpation, l'adresse et le numéro de téléphone de Lemouton, rue du Javelot dans le XIIIe arrondissement. C'est une adresse que Lemouton a quittée depuis deux ans. Il a demeuré depuis, successivement, à Aulnay et à Clichy. D'ailleurs pour lui c'est simple :

— Comme tous les poulets, Jobic essaie d'avoir les coordonnées des voyous. D'ailleurs la BSP, avant de me « faire tomber », a dû me surveiller plusieurs mois. Ils s'en seraient bien aperçus si je rencontrais Jobic.

L'observation est assez pertinente. Elle ne fait guère progresser les affaires du juge Hayat. Heureusement, il lui reste d'autres voies à exploiter. La gendarmerie ratisse large parmi ceux qui de près ou de loin ont eu affaire au commissaire Jobic. Son efficacité a dangereusement multiplié le nombre de ses ennemis. Les rumeurs et les dénonciations vont bon train. « Michel » et « l'Indien » auraient fait pression comme Lemouton sur Samira Kheri. On verra plus tard leur rôle dans l'affaire. Dans l'immédiat, tournons-nous plutôt vers Fathi-la-Grande dite encore Fathi-Travelo dont le vrai nom est Fatna Kebdani.

31. FATHI-LA-GRANDE

— Je sais que Fathi paye aussi à Jobic, a révélé au juge Samira Kheri après qu'elle eut, au fil des mois, retrouvé la mémoire sauf en ce qui concerne son véritable nom.

Fatna Kebdani âgée de trente-sept ans est marocaine. Mère de cinq enfants nés de quatre pères différents, elle se prostitue depuis plusieurs années rue de Budapest. Elle avait connu précédemment le circuit classique de « l'abattage » à Barbès et Pigalle. Grande, 1 m 72, de forte corpulence, elle est plutôt du style « grand cheval » un peu hommasse, allure qui explique ses surnoms. Fausse blonde aux cheveux longs et aux dents abîmées, elle cache sa vulgarité naturelle sous un épais maquillage et des manteaux de renard blanc ou de vison noir.

Elle est aussi une « cliente » de Jobic qui a arrêté le 28 juillet 1986 son souteneur Ahmed Khayes, connu sous deux identités différentes, pour vol, faux documents administratifs et évasion. L'affaire était claire : Fatna et son « julot » cohabitaient de manière permanente 10 rue de Clignancourt et Khayes n'invoquait comme moyen d'existence que le vol à la tire, sans doute moins grave à ses yeux que le proxénétisme.

Ni Jobic, ni Hayat, ni personne n'entend plus parler de Fathi-la-Grande. Elle travaille toujours à « Buda » et sept jours sur sept. La BSP pourtant s'intéresse à elle et le 21 mars 1988, cinq mois après le début de l'affaire Jobic, l'arrête cette fois comme proxénète. Elle ne se contente plus de se prostituer. Elle est devenue la complice d'une certain Suzette Dizy dans la récolte des loyers de deux studios utilisés à raison de mille deux cents francs par semaine — c'est le tarif — par une quarantaine de prostituées.

Pour la petite histoire, Suzette Dizy, Antillaise de cinquante-cinq ans, est devenue commerçante ambulante spécialisée dans la vente de vêtements dégriffés, de sacs, de souliers et bijoux, aux prostituées de « Buda » et de la rue Saint-Denis après avoir été contrôleur des impôts. Les filles sont une bonne clientèle pour ce genre d'articles et l'argent qu'elles gagnent leur file rapidement entre les doigts. Cette reconversion ne serait qu'insolite si son petit commerce ne l'avait conduite au proxénétisme.

Du même coup, la BSP arrête aussi le nouveau souteneur de Fathi, le jeune Lyes Bensmila, de quinze ans plus jeune qu'elle, qui coulait des jours heureux bien qu'étant sans ressources et en situation irrégulière en France. Il avait promptement remplacé Khayes dans le cœur, le lit et la trésorerie de Fathi.

Celle-ci n'avait jusque-là rien trouvé à redire à l'intervention de Jobic en 1986, vingt mois auparavant. Mais en ce mois de mars, l'affaire fait assez de bruit et les gendarmes, dans leur opération de recherche des « victimes » de Jobic, vont lui donner l'occasion de sauter dans le train en marche. Son objectif est clair : il s'agit pour elle de liquider ou d'atténuer son affaire de proxénétisme en cours d'instruction chez le juge Humetz et, surtout, d'éviter l'expulsion qui est la pire des sanctions qu'elle encourt.

Lorsque le chef Huvenne la sort de Fleury-Mérogis le 21 avril pour l'interroger à Versailles, elle hésite encore :

— Oui, elle a entendu dire que Jobic protégeait des filles en échange de « tuyaux »; parmi elles Zouzou, Lahouaria et Halima. Mais elle n'a jamais entendu parler de remise d'argent et personnellement elle n'a jamais été sollicitée.

Subitement elle renverse la vapeur.

Quelle volte-face ! Fathi-la-Grande commence par situer l'arrestation de Khayes en 1985. Ce jour-là, Jobic et deux de ses inspecteurs l'ont invitée, elle, Fathi, à manger dans une pizzeria de la place Blanche où Jobic lui a annoncé que désormais il lui prendrait la moitié de ses gains ! Après le café, Jobic l'a emmenée dans son bureau où il lui a gentiment expliqué qu'il faisait aussi des affaires avec Bernard Lemouton qui, d'une part, lui donnait des informations et, d'autre part, revendait une partie des saisies de drogue réalisées.

Dès le lendemain matin, Jobic et ses deux mêmes inspecteurs accentuaient leur pression en venant la voir à son hôtel. Pendant que ses deux accompagnateurs restaient dans le couloir, Jobic, en tête à tête dans sa chambre, la pressait d'accepter sa proposition. On se croirait dans une des scènes classiques d'un « polar » américain.

Prise de peur, Fathi donnait son accord et dès le lundi suivant, le 3 août 1985, remettait au commissaire une somme de huit mille francs représentant la moitié de ses gains de la semaine.

— Ensuite chaque lundi, je lui remettais à peu près la même somme, jamais moins. Quand nous ne pouvions nous rencontrer dans son bureau ou chez moi, je gardais l'argent et le lui remettais la semaine suivante. Les policiers du XVIIe arrondissement me connaissaient bien et me laissaient entrer. J'ai agi ainsi jusqu'en octobre 1987, un mois avant son arrestation par les gendarmes, car j'avais des problèmes de santé.

Fathi-la-Grande, atteinte d'une galopante fièvre délatrice, va dire encore bien d'autres choses :

« Jobic prend de l'argent à d'autres filles de " Buda " qu'il protège dont Zouzou et Lahouria. Je connais aussi Jean Mustafa. Il a des studios au 3 bis à " Buda " et trafique des stups avec Rachid Mecheri. Ce même Mustafa est l'ami de Jobic. Tous deux font aussi dans les stups et ils sont allés ensemble à Marseille, au mariage d'un inspecteur, Dany Smaïl, dont la sœur est la maîtresse d'un nommé Kadour arrêté pour un meurtre en Espagne... »

Fathi confirme d'autre part que « Malika 36 », à laquelle elle estime devoir son arrestation, est bien la maîtresse d'un policier de la BSP dont elle a un enfant. En point d'orgue, elle prétendra que Jobic a tenté de coucher avec elle, mais qu'elle a refusé...

Si l'on se dispense de le passer sous la lumière de la simple raison, à défaut du crible d'une rigueur critique, ce témoignage a tout d'une grenade dégoupillée. Ainsi que Corbel l'avait fait pour Samira Kheri, le chef Huvenne se précipite à Nanterre avec son procès-verbal et son témoin.

Fatna Kebdani, sans sourciller, confirme au juge tout ce qu'elle a dit au gendarme.

Le juge Hayat lui fait observer que « ses déclarations mettent très gravement en cause le commissaire Jobic. Est-elle bien certaine de dire la vérité et ne tente-t-elle pas de se venger ? »

Non, Fathi ne se venge pas. Cela n'a rien à voir :

— Je suis persuadée que la technique de Jobic est de faire tomber les proxénètes et de soutirer ensuite de l'argent aux prostituées.

Elle n'est pas étonnée lorsque le magistrat lui fait observer que, selon ses dires, c'est une somme de sept cent soixante-huit mille francs qu'elle a ainsi versée à Yves Jobic.

Elle réintégrera le soir même la prison de Fleury-Mérogis, le dernier salon où l'on cause et où ces dames s'entretiennent avec délectation de leurs déclarations respectives.

Voyons sérieusement ce qui ne va pas dans les déclarations extravagantes de ce témoin.

1 — Fatna situe l'arrestation de Khayes, son souteneur, en juillet 1985 alors qu'elle date en réalité du 28 juillet 1986. La chose était facile à vérifier et diminue singulièrement le montant des sommes qu'elle dit avoir versées. En fait elles seraient à diviser par deux et la différence entre quarante et quatre-vingts millions de centimes doit se sentir dans une escarcelle de prostituée. Pourquoi le juge Hayat qui a dans son énorme dossier la copie de l'enquête concernant l'arrestation de Khayes n'a-t-il pas vérifié cette date. On ne trouve nulle part de réponse à cette question !

2 — La date du 28 juillet 1986 étant formelle, toutes les autres précisions de Fathi deviennent fausses. D'une part le 3 août 1986 ne tombait pas un lundi et le 3 août Jobic était en vacances au Lavandou chez des amis qui en témoigneront.

3 — D'après ses consœurs, la réussite professionnelle de Fathi est loin de pouvoir lui permettre le paiement de huit mille francs par semaine à qui que ce soit, pour la bonne raison qu'elle ne les gagne pas. Elle prétend que cela représente la moitié de ses gains et qu'il lui arrive de « se faire » trois mille francs par jour grâce à des clients qui dépassent les dix minutes de la passe simple !

« Buda » serait à feu et à sang si les « macs » détectaient une fille d'un tel rapport. Sans vouloir la chagriner, elle ne fait partie ni des plus jeunes ni des plus séduisantes.

4 — Les « macs » de Fathi, pas plus que d'autres, ne sauraient accepter de partager avec un flic les revenus de leur « gagneuse ». On a évité de poser la question au dernier en date, Lyes Bensmila, que les enquêteurs avaient pourtant sous la main puisqu'il était en prison. Pour ne pas le peiner sans doute...

5 — L'entrée du commissariat central du XVIIe arrondissement est sévèrement filtrée par un personnel en uniforme, qui change constamment. Les visites évoquées par Fathi, par Zouzou, Bani ou la fausse Samira, auraient nécessairement éveillé l'attention, provoqué des contrôles. Quelques dates précises de ses visites, indiquées par Fathi, sans doute au hasard, correspondront, après vérifications, à des erreurs de calendrier ou des absences indiscutables de Jobic.

6 — « Malika 36 », qui est bien une « balance » ainsi que l'indique son nom, écartera radicalement toute relation autre que professionnelle avec son « correspondant » de la BSP.

7 — Démonstration sera faite également que Jobic n'était jamais

allé avec Mustafa au mariage de l'inspecteur Dany Smaïl à Marseille. Il ne connaissait pas ce policier.

Toutes ces vérifications, toutes ces invraisemblances et ces contradictions auraient nécessairement dû, dans une enquête normale, être faites et relevées dans les meilleurs délais avant que l'on tienne pour vraies des accusations que leur énormité à elle seule rend suspectes.

Mais voilà un bon moment déjà que l'enquête sur Jobic a cessé d'être normale.

32. « MALIKA 36 »

« Malika 36 », de son vrai nom Malika Chabira, est une Algérienne de quarante ans. C'est une des plus anciennes de « Buda » où elle se prostitue depuis huit ans.

Malika possède son studio qu'elle a acheté au 1 place de Budapest, en haut de la rue du même nom. Elle y fait travailler de temps en temps trois filles. A l'inverse des squatts du 3 bis, elle a l'électricité et l'eau chaude.

Le juge Hayat va faire entendre Malika une première fois les 7 et 8 mars 1988 par le commissaire principal Lecompte de l'inspection générale des services.

Par une fâcheuse coïncidence, son studio est muré le même jour à la suite d'un arrêté préfectoral. Pas de quoi mettre Malika de bonne humeur. Elle ne fait pas mystère d'être une informatrice de l'inspecteur principal Chatail de la BSP. Elle affirme, en revanche, sur l'honneur, n'avoir jamais eu avec lui d'autres rapports que professionnels. Si elle a bien une fille prénommée Arianne, elle récuse totalement à son sujet tout lien génétique avec le policier.

Sans doute a-t-elle laissé courir volontiers cette rumeur protectrice.

En ce qui concerne Jobic, elle ne le connaît que pour l'avoir vu deux ou trois fois au bar *L'Ambiance* et aussi pour avoir eu avec lui une discussion le jour où il a arrêté le souteneur de Zouzou.

Malika affirme, par ailleurs, qu'elle n'a jamais été informée par son « contact » des rafles policières. Elle n'a donc jamais pu en aviser ses collègues.

Le premier témoignage de Malika prend tout son intérêt lorsqu'elle confirme au commissaire Lecompte qu'après l'interpellation et l'inculpation d'Yves Jobic, Zouzou lui avait avoué qu'elle avait été obligée de témoigner contre le commissaire. La confidence lui avait été faite chez le coiffeur du bas de la rue. Zouzou avait précisé que Bani avait monté cette histoire. Bani voulait se venger de la saisie de ses bijoux et de son argent ainsi que de l'arrestation de son mari. Elle avait fait la leçon à Zouzou pour charger Jobic.

— Après ces révélations Zouzou pleurait et voulait que je l'amène au « 36 » pour avouer son mensonge. Je lui ai dit que c'était mieux d'aller voir les bœufs[1]. Nous avons pris rendez-vous pour le lendemain. Ce n'est pas Zouzou qui est venue mais Bani. Elle avait vu Zouzou la veille et lui avait dit que si elle avouait avoir menti, elle tomberait pour mensonge à magistrat.

« Je n'en veux pas à Zouzou car je sais qu'elle a été poussée.

Le juge Hayat auquel le commissaire Lecompte communique le résultat de son audition fait aussitôt conduire le témoin dans son cabinet.

Malika confirme ses déclarations et assure que Zouzou lui a fait très spontanément ses révélations. C'est également sans avis ni pressions de qui que ce soit qu'elle lui a proposé de la conduire à l'IGS.

Furieuse que son studio ait été muré (« J'ai assez donné à la BSP pour qu'on me foute la paix ») elle termine cependant sa déposition avec une certaine philosophie :

— Toute cette affaire a déclenché un climat pénible rue de Budapest. Tout le monde manipule tout le monde et tout le monde fait courir des faux bruits. Avant, grosso modo, malgré quelques vols et quelques descentes de police, les choses se passaient bien. maintenant tout le monde parle de la police, de la gendarmerie et de ce qui a été déclaré par les uns et les autres chez le juge ou ailleurs.

Constat assez réaliste fait là par « Malika 36 ». Elle crée par ailleurs dans le dossier du juge Hayat une situation conflictuelle eu égard aux déclarations précédemment faites par Zoulikha Zenati. Une confrontation entre les deux parties semblait s'imposer : laquelle mentait ? Laquelle disait la vérité ?

Chaque policier ou chaque juge peut, à partir des règles générales, adapter ses méthodes personnelles aux cas particuliers qui lui sont soumis. M. Hayat, quant à lui, n'estime pas urgent dans ce conflit de chercher à savoir d'où vient la lumière. Peut-être vaut-il mieux creuser davantage la piste Malika et ses rapports avec cet inspecteur de la BSP. N'y aurait-il pas entre eux autre chose qu'un banal contact

1. Bœufs : surnom donné au personnel de l'IGS.

flic-informatrice, quelque chose qui réduirait à néant ce témoignage qui remet en question la culpabilité du commissaire ?

Nacera Zitouni, une autre prostituée de « Buda » que les gendarmes sortent le 11 mai 1988 de l'incubateur de Fleury-Mérogis, semble donner raison au juge d'instruction.

Elle a été arrêtée le 8 décembre précédent en même temps que Mabrouka Lazar. Mariée en 1986, elle s'était retirée du « tapin » proprement dit pour exploiter avec une vingtaine « d'opératrices », deux des studios du 1 rue de Budapest. Elle connaît bien « Malika 36 ».

L'inspecteur de la BSP ne lui a pas seulement fait un enfant, mais deux ! Sans compter qu'il en a trois autres avec sa femme légitime. Et ce policier a essayé de la maquer elle aussi, Nacera, en lui demandant cinq mille francs par semaine. Bien sûr, elle a refusé. D'ailleurs, elle a cessé de se prostituer. Elle ne peut pas se tromper au sujet de cet inspecteur : « Il est grand, blond avec des cheveux tout bouclés et un petit peu de ventre. »

Tout ceci est répété et acté quelque temps plus tard par le juge Hayat avec quelques détails supplémentaires.

A propos, Nacera Zitouni a-t-elle eu affaire elle-même avec le commissaire Jobic ? Non ! Elle ne le verra pour la première fois que chez le juge d'instruction le 1er juillet 1988.

En fait elle sait, parce qu'il est notoire, parce qu'elle a entendu dire, parce qu'en prison elle a appris...

L'inspecteur principal Chatail n'en éprouvera pas moins, dès le 15 juin, les inconvénients des contacts avec le monde de la prostitution dans lequel c'est pourtant sa mission de travailler. Une nouvelle commission rogatoire du juge Hayat lui vaut sa mise en garde à vue, une perquisition à son domicile et un interrogatoire en règle à l'IGS.

Rien dans tout cela qui ne soit clair. Sa hiérarchie est informée de ses rapports avec Malika Chabira dont il n'a, au grand jamais, cherché à faire sa maîtresse et avec qui ses relations sont purement professionnelles. Tout le reste, pour Chatail, est « littérature de comptoir ».

Quant aux déclarations de Nacera Zitouni, elles sont tout simplement dérisoires. D'abord ce policier est physiquement à l'opposé du signalement qu'elle donne de lui. Ensuite, il n'a pas trois enfants. Il n'en a aucun et le déplore.

Pour ce qui est du commissaire Jobic, c'est bien simple. Non seulement il n'est pas un ami, ni un complice, mais il ne le connaît pas. Il ne l'a jamais vu.

33. UN TRAVAIL FORCENÉ

Un autre exemple édifiant du travail forcené auquel se livrent les enquêteurs de la gendarmerie de Versailles se trouve dans le « témoignage » de Catherine Montloin.

Elle aussi s'est prostituée à « Buda » au 3 bis, mais son protecteur Mohammed Bahri avait un associé trafiquant de stupéfiants et Catherine Montloin avait ainsi été retirée du trottoir pour être intégrée dans le réseau comme « passeur ». Cette reconversion allait malheureusement s'achever le 11 janvier 1987 par son arrestation. Le commissaire Jobic et ses collaborateurs démantelaient ce jour-là le « réseau Laignel », du nom de son chef Jean-Claude Laignel. Jobic mettait du même coup la main sur six kilos d'héroïne et sur une somme de sept cent mille francs sans compter quelques complices de l'entreprise. La plus belle réussite de l'année, on l'a vu, sur la région parisienne, d'autant que Catherine Montloin reconnaissait avoir passé en France, depuis la Hollande, plus de cent kilos de poudre. Une enquête exemplaire en somme, laissant à Jobic un bon souvenir malgré les menaces voilées, proférées par Jean-Claude Laignel lors de son départ pour la prison :

— Vous aurez de mes nouvelles avait-il dit, comme s'il avait voulu impressionner les policiers par la crainte d'une intervention éventuelle de son demi-frère, membre éminent du parti socialiste.

Les policiers ont l'habitude de ces rodomontades et ils savent aussi que les hommes d'influence se gardent bien de se compromettre, même pour leurs proches, dans des affaires de ce genre, ce qui est heureux.

L'affaire était si nette qu'elle valait à ses auteurs une belle collection d'années de prison dont treize pour Laignel, autant à Bahri et cinq à Catherine Montloin.

Or le 5 mars 1988, de la prison de la Santé, Jean-Claude Laignel alertait le juge Hayat, d'abord pour lui dire qu'il était victime d'un piège tendu par Jobic et ensuite pour lui signaler que pendant sa garde à vue dans les locaux du même Jobic, il avait entendu une conversation téléphonique entre ce commissaire et une femme qu'il supposait être une prostituée. Elle lui demandait ce qu'elle devait faire car des inspecteurs frappaient à sa porte. Laignel n'en savait pas plus mais pensait, sans doute avec de bonnes raisons, que Catherine Montloin qui se trouvait à Fleury-Mérogis en savait davantage sur le sujet.

Poussé, comme une boule vers une autre par une queue de billard, le maréchal des logis chef Corbel recueillait dès le surlendemain à Versailles une foule de précisions qui n'avaient rien à voir avec les propos elliptiques de Laignel. Catherine Montloin, baignant, elle aussi, à la maison d'arrêt des femmes, dans les ragots et les dénonciations de ce « Buda » qu'elle connaissait bien, voulait apporter au juge Hayat sa contribution pour achever de compromettre celui à qui elle devait ses cinq années d'emprisonnement.

Et Dieu sait qu'elle avait de bonnes raisons de se plaindre de ces salauds de policiers et de leur chef Jobic.

Elle le connaissait déjà lorsqu'elle se prostituait à « Buda » et les prostituées arabes se vantaient d'avoir des titres de séjour grâce à lui. Cependant, elle n'avait jamais eu affaire à lui.

En revanche, après son arrestation et son incarcération, lors de l'organisation par sa belle-sœur et ses amis du déménagement de son appartement, elle avait appris que son coffret à bijoux avait disparu ainsi que son magnétoscope, son décodeur, son téléviseur et plusieurs vêtements de cuir. En outre, elle possédait vingt-trois mille francs en espèces et il ne figurait dans la saisie qu'un scellé de dix-sept mille francs. Enfin, le commissaire Jobic avait même gardé son chien, un chihuahua nommé Aramis, pour le donner à l'une de ses amies.

La vérité est tout autre : rien n'a été volé à Catherine Montloin, du moins par les policiers qui avaient fermé la porte à clé. Quant à la belle-sœur qui avait déménagé l'appartement, elle avait trouvé sur la porte un nouveau verrou. Et Aramis le chihuahua ? Eh bien, comme la Montloin ne connaissait personne à qui le confier, ce fut la femme d'un des inspecteurs qui le prit en garde pour lui éviter un séjour à la SPA, et ce jusqu'à ce que sa maîtresse puisse ou veuille en disposer. Catherine Montloin allait d'ailleurs recevoir en prison, à trois reprises, des lettres fort aimables et rassurantes sur le sort de son animal ainsi qu'une photographie.

Le Canard enchaîné, peu suspect d'une excessive sympathie pour

Jobic et la police, ne manque pas sa cible en brocardant le 31 août 1988 : LES GENDARMES QUI ENQUÊTENT COMME DES FORCENÉS SUR LE COMMISSAIRE JOBIC et LES PANDORES QUI CONFIENT À UNE TAULARDE UNE MISSION EN PRISON.

Effectivement le 6 mai, après avoir apporté sa contribution au dossier et réintégré Fleury-Mérogis, Catherine Montloin écrivait à ses hôtes de Versailles une lettre dans laquelle *elle les remercie de leur hospitalité et de leur si bon café*. Ce ne serait que courtoisie si elle n'ajoutait :

1 — *J'ai pu joindre Florence et je lui ai fait la commission.*

2 — *J'ai discuté avec une fille qui est prête à être entendue par vous et a plusieurs révélations à faire.*

La fille en question était Nacera Zitouni que les gendarmes extrayaient dans les meilleurs délais et dont on a vu plus haut ce que valaient les « révélations ».

Une autre prostituée de « Buda » est entrée dans le champ d'investigation des gendarmes. Elle est même apparue à la télévision dans la campagne médiatique qui entretient l'affaire Jobic. Zohra Younes dite Ferdouze est originaire de Thenia en Algérie. C'est une grande brune aux cheveux noirs et longs qui, à trente ans, en paraît quarante. Il est vrai que son visage est sévèrement marqué par de grande balafres-souvenirs sur les deux joues. Comme beaucoup de ses consœurs en séjour illégal en France, elle a utilisé dans ses démêlés précédents avec la police et la justice, plusieurs états civils. Elle complète à l'occasion ses revenus de prostituée par quelques exercices de vol à la tire. Il lui arrive aussi de manier le couteau pour régler ses différends. Arrivée à « Buda » en 1985, elle travaillait auparavant rue Saint-Denis.

Son ex-protecteur, Omar Elias, n'est pas un tendre non plus. Impliqué dans plusieurs affaires de tentative d'homicide et également spécialiste de la tire, il a été arrêté par Jobic et ses hommes au début de l'année 1987. Son dernier exploit connu sera, en septembre 1989, d'être mis en cause dans la tentative d'assassinat, boulevard Mortier, d'un certain Khaoui dit Tigris. Celui-ci avait blessé, quelques jours auparavant, le gérant d'un bar. Tout le monde dans l'affaire aura la chance de survivre et Omar Elias se mettra une fois de plus en cavale.

Ceci démontre une fois encore que ce que l'on considère parfois comme le petit gibier de « Buda » compte dans ses rangs bon nombre de sanguinaires.

Revenons à Ferdouze. Amie de Zouzou, elle connaît pratiquement tous les personnages déjà entrés en scène dans l'affaire Jobic. Elle a fait devant les caméras de la télévision une intervention dont on retient que des filles payaient Jobic sans qu'elle ait toutefois avancé cette accusation pour son compte. Il y avait toutes les chances pour que les gendarmes viennent un jour demander son témoignage. Ils vont la découvrir à Fleury-Mérogis, où elle se trouve depuis son arrestation par les policiers du service de Jobic. Les motifs en sont sa situation d'étrangère sans titre de séjour et aussi une *banale affaire de recel et de vol*, comme l'écrit le 30 mai 1988 le commandant Morel. Que des policiers arrêtent des gens rue de Budapest lui paraît peut-être intolérable du fait que le contrôle judiciaire de Jobic lui interdit à ce moment d'y paraître. Sans doute eût-il fallu étendre à tous les policiers cette mesure [1].

Cette arrestation et la condamnation de Ferdouze à trois mois de prison et six nouvelles années d'interdiction du territoire feront plus de bruit qu'elles n'en méritent dès l'instant où elles seront considérées comme des mesures de représailles contre les accusatrices de Jobic. Or, en réalité, Ferdouze, interrogée le 31 mai par Corbel et plus tard chez Hayat, dira et maintiendra qu'elle n'a jamais donné d'argent à Jobic et qu'il ne lui en a jamais demandé.

En revanche, Ferdouze participera aussi à l'entrée en scène de Djilali Triki, conseiller juridique du consulat d'Algérie.

C'est une grande malchanceuse, Ferdouze ! La preuve est qu'à peine libérée, elle « retombera » pour vol à l'entôlage et une fois de plus pour sa situation irrégulière en octobre 1988. Jobic et ses hommes n'y seront, cette fois, pour rien.

Dans la faune de « Buda » il y a aussi un « Indien ». Ce n'est bien sûr qu'un surnom dont l'origine vient de ses tatouages et de l'époque où il portait ses cheveux très longs. Ahmed Benarbia est marocain. Il a derrière lui une belle carrière de pickpocket et s'est parfois laissé aller au vol à l'entôlage. Sa fréquentation trop assidue des prostituées le conduisait enfin à une brève tentative dans le métier de souteneur, interrompue en 1987 au 3 bis à « Buda » par les policiers de la 2e DPJ.

Libéré en avril 1988 après huit mois de prison, il retrouvait vite ses anciennes habitudes et ses mauvaises fréquentations.

---

1. La chambre d'accusation de la cour d'appel de Versailles, statuant quatre jours plus tard — pure coïncidence — sur le recours formé par Jobic, réformera en partie le contrôle judiciaire imposé par Hayat en supprimant précisément l'interdiction faite au commissaire de travailler sur la rue de Budapest.

Il allait être mis en cause peu de temps après par Lahouaria Nacel alias Samira Kheri et Halima El Bordji qui le désignaient comme le commissionnaire de Jobic dans des pressions exercées sur elles afin qu'elles reviennent sur leurs accusations. Pour Halima il s'agissait d'une lettre que « l'Indien » lui remettait de la part du commissaire. Après l'avoir lue, elle la rendait au porteur en lui disait que c'était un « grigri ». Pour Lahouaria, il s'agissait de deux numéros de téléphone, celui du juge et celui de Jobic, assortis d'une invitation verbale du messager à « se démerder » !

Le 22 juin, le gendarme Camille l'invitait fermement à s'expliquer et le mettait en garde à vue.

« L'Indien » confirmait qu'effectivement un soir, fin mai, Jobic l'avait appelé, dans le bas de la rue d'Amsterdam, depuis sa voiture, une Renault 9 verte précise Benarbia. Après lui avoir fait part des misères que lui faisaient les gendarmes, il lui avait demandé son aide. « L'Indien » complaisant s'était vu remettre d'une part une enveloppe cachetée destinée à Halima, d'autre part les numéros de téléphone du juge Hayat et du service de Jobic à l'intention de Lahouaria. « L'Indien » s'était, disait-il, acquitté de ses commissions. A Camille il dira que Halima, après avoir lu la lettre, l'avait mise dans son sac, mais au juge Hayat il déclarera qu'elle la lui avait rendue en disant « qu'il y avait un grigri ». Il avait, par la suite, restitué son courrier à Jobic. Quant à Lahouaria, il ne lui avait donné que le numéro du juge après avoir déchiré celui de Jobic en lui disant : « Tu te démerdes », à quoi la fille avait répondu « qu'elle ne lâcherait pas Jobic car il avait fait son malheur ». « L'Indien » en tout cas ne l'avait menacée, assurait-il, d'aucune manière. Ce n'est pas comme Lemouton, précisait-il, qui avait mis un tournevis sur la gorge de Lahouaria pour lui faire signer sa lettre de rétractation. Menace nettement plus convaincante dans l'immédiat que celle d'être écrasée par une voiture qu'avait évoquée la victime elle-même.

Les dépositions successives de Benarbia sont, comme beaucoup d'autres, riches en contradictions. La Renault de Jobic initialement verte deviendra beige pour être plus conforme à la réalité. Le plus intéressant est de loin la description qu'il donnera plus tard de « son » commissaire Jobic : un grand blond ! Mieux encore, face au vrai Jobic, il s'écriera : « Ce n'est pas lui ! »

Il n'empêche que dans l'immédiat, « l'Indien » va lui aussi peser son poids dans la balance de l'accusation. Pour le maintenir en condition, le juge Hayat l'inculpera de subornation de témoin et l'enverra, le 24 juin, réfléchir quelque temps en prison. En revanche, il oubliera de l'inculper pour infraction à son interdiction de séjour alors que, là au moins, le délit était sans bavure, « l'Indien » ayant même son carnet de « tricard ».

Les commentaires de Benarbia, qui se montre volontiers prolixe quand il ne s'agit pas de lui, vont aussi accroître l'intérêt qu'éprouvent les gendarmes pour un informateur de Jobic auquel rien n'a encore été demandé. Il s'agit de Boumedine Ouchent dit — tout est curieux dans cette affaire — Michel-le-Vosgien.

34. MICHEL-LE-VOSGIEN, « L'INDIC »

Plus connu sous le surnom pratique de Michel, Boumedine Ouchent a soixante-cinq ans. Son épouse Latifa en a vingt-neuf. Ils exploitent tous deux, au 38 rue Lemercier dans le XVIIe arrondissement, le café *Le Vosgien,* d'où son deuxième surnom.

Ancien harki, trapu et de taille moyenne il serait, avec ses cheveux blancs impeccablement coiffés, le sosie presque parfait de l'actuel président algérien Chadli Bendjedid si ce n'étaient le doigt manquant à une main et le cerne d'ombre permanent de son œil gauche. Toujours vêtu avec une certaine recherche, que ce soit dans le choix de ses costumes ou de ses blousons, il éprouve un penchant pour les bijoux, chaînes ou gourmettes et porte une bague sertie d'une pierre. Grand amateur de cigares et de jolies femmes, de préférence jeunes et marocaines, il affiche son standing au volant d'une Mercedes 190.

« Indic » par vocation, Michel connaît depuis longtemps de nombreux policiers mais il réserve ses informations à Jobic depuis que celui-ci dirige les UR de la 1re DPJ. Elles sont à l'origine d'une centaine des arrestations réalisées par le jeune commissaire et il ne s'agit pas de « voleurs de poules ». En contrepartie de ses éminents services, il a obtenu, c'est bien normal, une autorisation d'ouverture de nuit qui le met en situation meilleure encore pour renseigner Jobic.

Les deux hommes ayant éprouvé au fil du temps leur mutuelle confiance en sont venus à des rapports qui vont au-delà des relations flic-indic. En fait Michel porte au commissaire autant d'affection que d'admiration et le considère comme le fils qu'il n'a pas eu.

Très sourcilleux sur le plan de l'honneur, il ne supporte pas d'être trahi. C'est ainsi qu'en 1983, trompé par sa maîtresse de l'époque, il n'a pas hésité à braquer, seul, avec un fusil, toute la clientèle d'un bar où il pensait trouver son rival. Encore qu'il n'ait « flingué » personne, cette manifestation excessive de jalousie lui valut un petit séjour en prison. Sa rencontre avec Latifa, quelque temps plus tard, allait le guérir de sa blessure d'amour-propre.

Plus tard encore, en avril 1985, il était le témoin involontaire d'un meurtre au *Royal 17*, un bar voisin du sien tenu à l'époque par Ali Alayane dit Ali-le-Gros, à l'angle des rues Lemercier et La Condamine.

Alors qu'il consommait au bar de son collègue, un homme était entré en tenue de motard avec casque intégral. Sans dire un mot, il se dirigeait vers un autre client attablé et le revolvérisait à bout portant de quatre balles avant de disparaître. Le mort était Lahcen Aguerrous dit « Chapeau », dit aussi « Le Teigneux », un Marocain de cinquante ans. On l'appellait aussi « le Procureur manivelle » en raison du truc qu'il utilisait en feignant de téléphoner, devant ses « clients », aux hautes autorités judiciaires. « Chapeau » était ami intime d'Ali-le-Gros, le tenancier.

Les recherches de la 1re DPJ et de la brigade criminelle ne donneront rien sinon l'hypothèse selon laquelle « Chapeau » magouillait dans l'usure et les stups. Sa mort n'était par ailleurs qu'un avertissement indirect adressé à Ali-le-Gros en raison de ses trop bonnes relations avec certains policiers ou de quelque conflit à propos « d'affaires » traitées dans le milieu maghrébin. Car Ali est un personnage important. Bien qu'analphabète, il est au courant de tout. Il se fait lire les journaux chaque jour et prodigue des conseils à ses compatriotes. Il règle parfois aussi leurs différends. Une sorte de juge de paix en somme entouré de beaucoup d'amis et probablement d'autant d'ennemis. Il a su se faire des relations. Il connaît par cœur les organigrammes de la police et se tient informé des mutations importantes. Sans aucun sectarisme il reçoit aussi très cordialement la gendarmerie.

L'année suivant le meurtre, au mois de mars, à la suite de contrôles effectués par la 1re DPJ, son établissement fait pourtant l'objet d'une fermeture administrative de six mois sur décision du préfet de police.

Les relations entre Ali et la 1re DPJ, déjà un peu tendues, vont franchement se détériorer. Alayane ne digère pas la sanction et se répand en calomnies sur le compte de ce service de police.

Il n'est pas interdit de penser que les propos d'Ali-le-Gros étaient d'autant plus vindicatifs qu'il était le témoin, en voisin, des excellents rapports de Michel-le-Vosgien avec Jobic, ce qui ternissait encore un peu plus sa propre image.

Si les policiers ne supportent pas que des collègues les « doublent » auprès de leurs informateurs, ceux-ci sont également très jaloux entre eux, lorsqu'ils se connaissent, comme si chacun d'eux, en dépit de sa fonction rarement estimable, se voulait le meilleur dans le rôle et surtout le plus considéré. Il est hors de doute que la sanction frappant Ali malgré les protections dont il bénéficiait avait nui à sa réputation.

Michel, quant à lui, est parfaitement ulcéré en apprenant, fin novembre 1987, l'inculpation de Jobic pour proxénétisme et suspicion d'un certain nombre d'autres méfaits. Il le connaît trop bien pour croire un seul instant à tout ce qui se dit. Il connaît bien aussi le milieu d'où surgissent ces accusations. Ceux qui attaquent ainsi le commissaire mentent ou trichent pour se venger de lui ou obtenir leur liberté ou encore quelque traitement de faveur. Michel ne cache pas ses sentiments. Il se dit prêt à en témoigner et à aider son ami par tous les moyens.

Comme on ne lui demande rien dans l'immédiat, il entreprend un voyage en Algérie pour consulter, après un parcours de plusieurs centaines de kilomètres dans le désert du Sud, une voyante célèbre et infaillible. Il en reviendra rassuré. La pythonisse lui a garanti que tout s'arrangera pour Jobic.

Michel ignore que, depuis le début du mois de mai, les gendarmes, à la suite d'un renseignement, ont commencé à s'intéresser à lui et ont placé *Le Vosgien* sur écoutes téléphoniques.

Très vite, le rôle d'informateur de Michel apparaît clairement. Les conversations avec Jobic sont nombreuses et d'ailleurs très professionnelles. On le voit à travers une affaire d'escroquerie, une autre de trafic de drogue et mieux encore avec la participation directe de « l'indic » à des surveillances exercées à partir du « soum », abréviation désignant le sous-marin, c'est-à-dire le véhicule de police équipé pour voir sans être vu. Le but de ces planques est de localiser un racketteur dangereux et armé, connu sous le pseudo de Salim-le-Fou. On aura rapidement l'occasion de regretter que les policiers n'aient pas eu le temps de mener cette affaire à son terme et d'économiser ainsi un assassinat. Dans l'immédiat, il faut retenir seulement la qualité du gibier que Michel contribue à traquer.

Les écoutes révèlent aussi, accessoirement, l'attrait exercé sur le tenancier du *Vosgien* par Nadjia Khabir que nous connaissons. Cette maîtresse de Rachid Mecheri a, la première, « allumé la mèche » de l'affaire Jobic. Michel, aussi volage que jaloux, fréquente régulièrement la rue de Budapest et le café *L'Ambiance*. Il connaît la plupart des prostituées et des hommes qui hantent les lieux. Rien d'anormal : il faut bien s'informer si l'on veut renseigner !

Les gendarmes ont besoin précisément de renseignements sur le milieu prostitutionnel qui alimente le dossier Jobic. L'intérêt porté par Michel à Nadjet peut être une faiblesse intéressante à exploiter.

Boumedine Ouchent sera interpellé le 20 juin 1988, date capitale dans cette affaire.

Pour la petite histoire et sans que ceci ait valeur de jugement sur le système d'écoute des gendarmes ou de leurs collaborateurs habituels, retenons cet intéressant commentaire de l'interprète penché sur les cassettes du *Vosgien* et du domicile personnel de Michel :

« Votre système d'écoute est complètement nul et inefficace. Il ne lui manque plus que de dire aux gens qu'ils sont sur écoute. Il faut être complètement sourd pour ne pas remarquer les sifflets (à en crever les tympans), les coupures et les drôles de trucs qui se passent sur la ligne. Les exemples ne manquent pas... »

35. DES SONS DISCORDANTS

Si les gendarmes du commandant Morel et le juge ont réussi à rassembler dans leur dossier une collection de témoignages dont chacun peut penser ce qu'il voudra, il en est qui sont loin de les satisfaire.

Ainsi Louisa Benhadjoudja, cette Leïla-Canard qui tient *La Crêperie Bretonne* rue Lantiez. Dans les maigres confessions qu'elle avait faites à l'adjudant Félix, lors de son interpellation le même jour que Jobic. Elle avait déclaré avoir entendu dire que cinq ou six personnes avaient pu sortir de prison en faisant verser de l'argent à la 1re DPJ par l'intermédiaire de Dalila, sa concurrente du *Bon Accueil.*

Or le 11 janvier 1988, entendue par le juge Hayat qui lui donne lecture de sa déposition aux gendarmes, elle revient totalement sur cette affirmation :

— Je n'ai jamais déclaré aux gendarmes que Jobic avait la possibilité de faire sortir des personnes arrêtées moyennant une somme d'argent.

Elle reconnaît cependant avoir signé ses procès-verbaux chez les gendarmes, mais elle était si fatiguée qu'elle ne les a pas relus. Ce n'est pas totalement impossible. Cueillie à une heure avancée d'une nuit restée blanche pour elle, interrogée pendant plus de six heures, elle a été relâchée le lendemain soir.

Plus tard, elle sera reprise en main pendant plus de vingt-quatre heures, sans qu'elle en dise davantage. Non plus que chez le juge Hayat qui la fait conduire dans son cabinet directement depuis la gendarmerie à une heure du matin. N'apparaîtra guère qu'une sorte de rancune larvée contre « Dalila » et son amie Nado, avec lesquelles Jobic entretient des relations qui l'irritent.

Ce qui semble surtout intéresser le juge ce sont les repas parfois gratuits pris par Jobic et un ou deux de ses collaborateurs chez Leïla, surtout lors des dîners organisés à l'occasion des fêtes religieuses, soit une dizaine de fois en quatre ans. Il est vrai aussi qu'en général Jobic et ses amis payaient leurs repas et que Leïla leur faisait un prix d'ami. Nous ne sommes pas ici chez *Lasserre*, chez *Le Doyen* ou à *La Marée*. On mange bien pour cent francs. Si Jobic avait dû se corrompre, ce n'aurait sûrement pas été dans une gargote. On lui aurait offert de meilleures tables.

Dans le monde de la nuit et dans les relations des policiers et des informateurs, toute une psychologie du donné, du prêté et du rendu échappe manifestement au magistrat alors qu'elle est inscrite dans les mœurs. Il est à craindre que, sans elle, un mur de béton s'élèverait entre ce monde marginal et les policiers auxquels on demande de le connaître. La conviction du juge est plus simple : Jobic et ses hommes se font nourrir à l'œil, en échange de quoi ils permettent à Leïla de garder son établissement ouvert au-delà de l'heure réglementaire.

Si cela même était vrai, ce serait une petite « ripouserie » indigne du vaste projet, caressé par Hayat depuis plusieurs mois, de faire de Jobic le patron d'une sorte de mafia. Ce proxénète, racketteur, trafiquant de stupéfiants, corrompu et corrupteur au point de dicter sa loi à sa hiérarchie et à la justice, pourrait faire incarcérer ou libérer qui bon lui semble. Il y a loin des espérances aux réalités et les dernières cartouches tirées par le juge dans son entretien avec Louisa Benhadjoudja ressemblent fort à des pétards mouillés.

La meilleure preuve de l'habileté des enquêteurs de la gendarmerie réside sans doute dans l'un de ses derniers interrogatoires par le gendarme Émorine dans la nuit du 6 au 7 novembre 1988. Certes, Leïla continue d'affirmer : « Je n'ai jamais donné d'argent à Jobic », mais elle dit aussi :

— Je n'ai jamais fourni de renseignements au commissaire sur des affaires judiciaires. Je ne suis pas une balance !

Or depuis un an, elle avait admis ce rôle. Cette dernière affirmation donne un éclairage totalement différent à ses relations avec Jobic. Si elle « renseigne », les rapports sont clairs. A l'inverse, si les visites du commissaire sont simplement aimables, pour dîner gratis et fermer les yeux sur des fermetures tardives, il devient un corrompu. Petit ripoux certes, mais ripoux quand même.

Nier son rôle « d'indic » après l'avoir si longtemps revendiqué ne s'explique pas à moins d'admettre que, une fois encore, Leïla dit n'importe quoi sous le coup de la fatigue, de quelque pression ou de quelque marché.

Rappelons-nous le 11 janvier chez le juge Hayat, ses déclarations étaient très nettes :

« J'entretiens de bonnes relations avec le commissaire Jobic, qui vient souvent dans mon bar me présenter des photos de travestis, de maquereaux ou de voyous recherchés... »

Elle avait ajouté aussi :

« Je n'ai jamais remis la moindre somme au commissaire Jobic. Je n'ai jamais entendu parler de faits de ce genre. »

Comme il ne s'agit là que de généralités, pourquoi ne pas donner un bon et solide exemple de ces « tuyaux d'indics », un exemple d'ailleurs qui n'est pas sans intérêt pour expliquer rétroactivement quelques-unes des accusations délirantes de M. Pedro Villalonga.

Un braqueur marocain surnommé Tony, accessoirement souteneur d'une prostituée de l'avenue Foch, était recherché pour un vol à main armée commis avec la collaboration d'un nommé Kiki et surtout de Roland Ralahy. Tony allait être arrêté près du boulevard périphérique à la porte de Clignancourt en novembre 1987, par les inspecteurs Guérin et Thyrault, deux des collaborateurs de Jobic, alors qu'il venait de quitter, cinq minutes auparavant, le bar de Leïla-Canard. Preuve que les policiers bénéficiaient, pour cette arrestation, de « bons tuyaux » tout chauds. Ralahy et son complice étaient inculpés par deux juges d'instruction parisiens de tentative de vol à main armée, infraction à la législation sur les armes, infraction à la législation sur les stupéfiants, vol à main armée et tentative d'homicide volontaire.

Ralahy n'est pas n'importe qui. Il sait parfaitement concilier les exigences du métier de braqueur avec celles de l'informaticien pervers. Il est titulaire, en effet, d'un certificat universitaire d'informatique méritoirement obtenu au cours d'une précédente incarcération d'une dizaine d'années. Aux dernières nouvelles, il proposait, tout en préparant une licence de mathématiques et une autre de physique, de prendre en main l'informatisation de la prison qui l'héberge. Mais tout cela nous éloigne de l'affaire Jobic.

Ralahy nous ramène à elle par les courriers qu'il va rédiger à partir de mars 1988.

Rappelons-nous que c'est par lui que M. Pedro Villalonga va apprendre que Jobic a mis sa tête à prix pour « vingt bâtons ». Les deux hommes se sont rencontrés dans la cour de promenade de la Santé et tous deux poursuivent le même but : « s'arracher à la détention par tous les moyens ». Ralahy n'en fait pas mystère au juge Hayat :

— Il va sans dire que je suis innocent et que je ne désespère pas de faire établir mon innocence.

Aux autres juges d'instruction qui l'ont sous leur responsabilité, il propose d'apporter toutes sortes d'informations sur « l'algorithme de production des codes de cartes de crédit bancaires » qui lui auraient permis, « par son seul savoir, des profits colossaux » auxquels ses scrupules seuls le font renoncer. Ceci pour dire qu'avec de telles possibilités, il est dérisoire de vouloir l'accuser de vulgaires braquages.

L'affaire Ralahy, comme d'ailleurs celle de Monsieur Pedro, fera long feu dans le dossier Jobic. Toutes deux témoignent du marécage dans lequel ont été puisées les accusations dont fait l'objet le commissaire. L'arrestation du complice de Ralahy témoigne aussi des contradictions qui peuvent être obtenues d'un témoin vulnérable, en la circonstance Louisa Benhadjoudja dite Leïla-Canard.

36. LE MEURTRE

Il est temps de revenir, après Leïla, à Mahfoud Bouchama et à sa concubine Malika Djennadi dite Dalila, qui tiennent *Le Bon Accueil* 106 rue Nollet.

Lorsque l'opération du commandant Morel, le 28 novembre 1987, conduit les gendarmes à ce bar, Mahfoud Bouchama s'y trouve seul. Malika a été arrêtée deux jours auparavant par la brigade de répression du banditisme en compagnie de son amie Nadia Aïssa-Abdi. Mahfoud, quant à lui, a eu la chance d'être libéré sous caution.

C'étaient les déclarations d'une autre « tireuse », Teresa alias Fodeya Ben Bachir et de son vrai nom Kerraz Khouda, qui valaient à Mahfoud cette descente de gendarmes. Il s'était vigoureusement défendu d'être un « indic » de Jobic dont il avait plutôt à se plaindre du fait de ses descentes et de ses contrôles qui faisaient fuir la clientèle. Il détestait ce commissaire, qui n'avait jamais accepté de prendre un verre dans son bar.

On ne savait encore rien de Malika Djennadi. Née à Alger en 1950, petite, bien faite. Malika, appelée Dalila par tout le monde, a connu de nombreux problèmes pendant dix ans, dans une carrière consacrée au vol à la tire et à l'étalage jusqu'à sa rencontre avec Mahfoud en 1983. Mais la vie commune ne l'a pas exemptée d'accidents. Ainsi le 4 mai 1984, dans son bar, elle est blessée au sein et au genou gauches de deux balles de revolver qui ne lui étaient pas destinées. Le tireur, Khelfallah Nacer dit Smaïn Douglas, sera arrêté quelques jours plus tard par la 1re DPJ. Les personnes qu'il visait ne perdront rien pour attendre : Houdane El Hadi, proxénète, sera tué un an après à la sortie du cabaret *El Djazaïr* et Djamel Guidera, dit « le Fou » perdra une jambe en 1986 dans un règlement de comptes à Clichy. Quatre ans plus tard ce sont quatre balles de revolver qu'il recevra sans toutefois y perdre la vie. C'est un coriace Djamel Guidera. Ce n'est pas un monde de quiétude que les bars-restaurants maghrébins, la nuit à Paris. Les policiers, lorsqu'ils s'y hasardent et quelles que soient leurs raisons, ont intérêt à ne pas perdre la porte d'entrée du regard.

Dalila, reprise par son ancien démon de « tireuse », va donc « retomber » le 25 novembre 1987 avec son amie Nado. Quelque deux cent mille francs seront découverts dans son coffre du Crédit Lyonnais et, à son domicile, divers objets et bijoux d'origine indéterminée. L'instruction, menée sans faiblesse par Mlle Perdrix, aboutira à une condamnation exemplaire : deux ans fermes.

Le plus étonnant est qu'après l'opération négative au *Bon Accueil* et l'audition tout aussi inutile de Mahfoud Bouchama, ni les gendarmes, ni le juge n'aient estimé utile d'interroger Dalila dans sa prison. On savait où la trouver et d'importantes questions pouvaient lui être posées.

Or, c'est le 13 juillet 1988 seulement que le chef Corbel l'extraira de Fleury-Mérogis. Dans l'intervalle, un événement dramatique est survenu : le meurtre de son concubin Mahfoud Bouchama.

Mahfoud a été interrogé pour la seconde fois le 29 juin par le chef Huvenne sur ses relations avec Jobic. Il n'en dit guère davantage qu'au mois de novembre précédent. Il rapporte cependant au gendarme une scène dont il a été le témoin ce même mois de novembre dans son restaurant. Une prostituée qu'il connaît comme étant Ferdouze (Zohra Younes) était venue dîner avec l'une de ses collègues qu'elle a présentée sous le nom de Zouzou.

— Cette jeune femme pleurait en parlant de l'affaire du commissaire Jobic et disait qu'il valait mieux que ce soit la mère du commissaire qui pleure plutôt que la sienne. Il y avait beaucoup de monde, je les ai fait passer dans la salle derrière le comptoir et j'ai demandé à Ferdouze d'emmener sa copine pleurer ailleurs...

« D'après ce que j'ai compris, elle disait que Jobic lui avait fait du mal et qu'à son tour elle lui faisait du mal en témoignant contre lui devant les gendarmes...

Sur quoi Mahfoud avait ajouté :

— A aucun moment elle n'a dit avoir menti aux gendarmes, mais elle avait peur d'être expulsée...

Ce témoignage nouveau était de nature à jeter le trouble dans l'esprit du juge d'instruction et à justifier une de ces auditions urgentes qu'il affectionnait. Pourtant, apparemment, rien ne pressait.

Dommage car Mahfoud Bouchama allait être assassiné le lendemain de sa déposition au chef Huvenne.

Quelques heures auparavant, la chambre d'accusation de la cour d'appel de Versailles venait de remettre en liberté Jean-Claude Mustafa, l'un des premiers inculpés de cet énorme dossier, ce qui ne pouvait qu'ajouter dans l'immédiat au trouble des esprits.

Jean-Claude Mustafa dit Aziz étant celui pour qui Jobic était intervenu en 1986, déclenchant ainsi le soupçon initial du juge Hayat, il était évident que les deux événements constituaient une coïncidence inquiétante. La presse ne manquait pas de relever le fait et de poser des questions. Il était séduisant d'imaginer qu'un ami de Jobic, miraculeusement libéré, s'était empressé d'aller supprimer un témoin qui risquait peut-être de devenir gênant pour le commissaire.

Mais revenons un peu sur les faits.

En juin 1985, soit trois ans auparavant, Mahfoud Bouchama, en butte aux tentatives réitérées de racket dont il était l'objet, avait un soir désarmé et tué celui qui le menaçait. La légitime défense ayant été reconnue, il n'avait pas été inquiété. Il s'était fait cependant un solide ennemi en la personne de Salim-le-Fou, ami intime du mort Hachimi Kamel dit Kamel-Hippopotame. Bouchama ne l'ignorait pas, mais Salim-le-Fou, de son vrai nom Slimane Diffalah, savait aussi que la 1re DPJ et en particulier Jobic le recherchaient.

Salim avait déjà derrière lui de sérieuses références. Condamné en 1982, 1983 et 1985 pour racket, menaces de mort et infractions à la législation sur les étrangers, il était aussi sous le coup d'un arrêté ministériel d'expulsion. Lors de sa dernière sortie des Fresnes le 2 janvier 1988, il avait même été remis à l'escorte de gendarmerie de L'Hay-les-Roses en vue d'un embarquement d'office vers l'Algérie. Mais d'office ne signifie pas de force et Salim, refusant obstinément de rejoindre la mère patrie, s'était retrouvé libre, parisien, en séjour illicite mais prêt à reprendre ses activités criminelles et son projet de venger son ami Kamel.

Au mois de juin 1988, Jobic et ses hommes, aidés activement, comme on l'a vu, par Michel-le-Vosgien, s'apprêtaient à le retrouver et à l'arrêter pour de nouveaux rackets. Ils avaient établi que Salim était le propriétaire de fait du bar *Le Paris-Club*, au 19 de la rue Lambert dans le XVIIIe arrondissement, et qu'il fréquentait certains établissements désignés par Michel-le-Vosgien.

Les derniers problèmes survenus dans la vie et la carrière de

Jobic en cette fin de juin et la démobilisation brutale de son équipe allaient laisser le champ libre à Salim-le-Fou.

En transmettant, le 22 juillet, au procureur de la République, les résultats d'enquête de ses collaborateurs, le commissaire divisionnaire Venere en exposait clairement les raisons :

« ... Des événements étrangers à l'affaire et touchant le fonctionnement du service, et plus particulièrement de l'UR du XVIIe arrondissement, n'ont pas permis de donner aux investigations le " suivi " voulu. *L'absence du fonctionnaire* faisant le lien avec les personnes susceptibles de nous renseigner nous a empêchés d'avoir connaissance en temps utile du retour du mis en cause... »

Ce n'était pas seulement l'enquête de racket commencée par Jobic qui se terminait en impasse ; la vie de Bouchama aussi.

Quelques instants avant une heure, dans la nuit du 30 juin au 1er juillet, un homme masqué entrait revolver au poing dans son restaurant. Il l'entraînait aussitôt, sous la menace de son arme, dans l'arrière-salle où il l'abattait de trois balles.

Malgré les soins prodigués sur place par les médecins du SAMU, Bouchama succombait presque aussitôt à ses blessures.

Chargée de l'enquête, la brigade criminelle identifiait d'abord le véhicule qui avait amené l'assassin sur les lieux. Il avait été emprunté par Salim-le-Fou à un de ses amis.

Salim était arrêté quelques jours plus tard dans un hôtel de Saclay. Le compatriote qui lui avait servi de chauffeur connaissait le même sort peu de temps après.

Salim avait eu le temps, durant sa « cavale », de prendre connaissance des rumeurs qui avaient suivi le meurtre. Il commencera par prétendre n'être pour rien dans l'affaire et attribuera l'exécution de Bouchama à la police qui s'était ainsi débarrassée d'un témoin de l'affaire Jobic. Pourquoi pas ? La confusion est extrême à ce moment-là. Il y a cette libération inattendue de Jean-Claude Mustafa avec son étiquette d'indic de Jobic. Il y a aussi une nouvelle et grave décision prise par le juge Hayat au sujet du commissaire. Et puis quand bien même Salim-le-Fou serait le meurtrier, son bras n'a-t-il pas été armé par quelqu'un d'autre ? Cette hypothèse du « contrat », comme la précédente, fera long feu. Toutes deux nourriront cependant assez longtemps les imaginations pour rendre plus obscur encore un dossier qui se surcharge chaque jour davantage d'invraisemblances et de fausses notes.

37. FAUSSES NOTES

L'audition tardive de Dalila, pleurant à Fleury-Mérogis la mort de celui qu'elle considère comme son mari, n'ajoutera rien aux déclarations de son défunt concubin, malgré toutes les rumeurs qui agitent la prison des femmes.

Un « emmerdeur », voilà qui était Jobic avec ses « descentes » incessantes. Elle avait repéré leurs heures habituelles pour éliminer, à ce moment-là, de son bar-restaurant tous les clients douteux. Elle avait quand même écopé en 1985 d'une fermeture administrative. Depuis juillet 1987, tout récemment donc, Jobic avait cessé de l'importuner mais ce n'était pas pour autant qu'ils étaient devenus amis. Ni Mahfoud ni elle n'avaient jamais accepté de jouer les « indics » comme le commissaire le leur avait proposé.

Autre sujet de surprise dans cette audition ainsi que dans celles qui suivront : jamais personne, ni gendarme, ni juge, ne posera à Malika Djennadi la moindre question au sujet des délinquants qui « finançaient », grâce à elle, leur libération par la 1re DPJ. Pourtant Corbel l'a questionnée sur Leïla. Dalila lui confirme bien que leur concurrence commerciale a transformé en animosité une vieille amitié née en Algérie. Les choses ne vont pas plus loin !

Dalila n'apporte guère non plus de clarté supplémentaire sur cette intéressante visite rendue à son restaurant, en novembre, par Ferdouze et Zouzou. En fait, elle en sait moins sur le sujet que feu Bouchama. Elle se souvient bien que Zouzou pleurait mais, occupée à la cuisine, elle n'a pas entendu la conversation que les deux filles avaient avec Mahfoud. Elle a seulement retenu que Zouzou avait été arrêtée par les gendarmes.

Ferdouze, pour sa part, restera tellement vague sur le contenu de l'entretien que l'on pourrait croire qu'elle n'y assistait pas.

Encore d'autres témoignages singuliers : celui de Fifi Benkenouche par exemple. Comme les autres, Fifi tapine à « Buda ». Petite, édentée, ronde de partout, avec une poitrine énorme, elle justifie amplement son surnom de Fifi-la-Grosse. Elle est sûrement la seule du lot à faire venir ses enfants dans la rue lorsqu'elle travaille. Peut-être pour mieux les surveiller, encore que la méthode éducative paraisse un peu douteuse.

Fifi connaît toutes les figures de « Buda » et en particulier Zouzou qu'elle pense « protégée par Jobic » sans pouvoir dire si elle le renseigne ou si elle le paye. Déposition sans intérêt, en fait, que recueillent les gendarmes le 20 mai 1988.

Fifi va faire parler d'elle un mois plus tard, le 20 juin, en adressant au juge Hayat une lettre de rétractation qu'elle déclare lui avoir été dictée par Jobic dans son bureau, le tout après que Boumedine Ouchent (Michel-le-Vosgien) lui eut conseillé de rendre visite au commissaire.

Le problème auquel Fifi n'a pas pensé est que, par un malencontreux hasard, Jobic était absent de son bureau le jour où elle prétend être allée le voir. Il était retenu au siège de la brigade, rue de Courcelles, par une des réunions non-stop organisées périodiquement par le divisionnaire Philippe Venere.

Un faux témoignage s'étudie si l'on veut qu'il tienne la route. D'autre part, on distingue mal l'intérêt pour Jobic de cette lettre de rétraction. Fifi, n'ayant rien révélé à sa charge, n'avait rien à rétracter.

Il est facile de comprendre, en revanche, qu'elle ait voulu elle aussi exercer une vengeance. C'est Jobic qui, grâce à une information fournie par Michel-le-Vosgien, permettait à la brigade criminelle d'arrêter le concubin de Fifi-la-Grosse. Il était recherché pour un meurtre commis en Espagne. Kaddour Belmedhi, c'est son vrai nom, sera extrait de Fresnes par le chef Corbel le 20 mai 1988, le jour même où son amie Fifi est également convoquée à Versailles. Un petit plaisir offert aux amants séparés par la malchance, dont les retrouvailles, même à la gendarmerie, pouvaient être génératrices de révélations intéressantes. Point de révélations, mais Kaddour permettra de confirmer une fois pour toutes que, contrairement à certains témoignages, Jobic n'avait pas accompagné Jean Mustafa à Marseille au mariage de l'inspecteur Dany Smaïl. Il n'était pas non plus présent aux fiançailles. Belmedhi parle en connaissance de cause, car il était lui-même témoin au mariage de Smaïl et avait même failli devenir son beau-frère en fréquentant sa sœur sans pour autant quitter Fifi-la-Grosse...

Belmedhi, d'autre part, n'a jamais eu affaire à Jobic qu'il a simplement vu plusieurs fois chez Michel-le-Vosgien et il ne sait rien des rapports de Jobic avec les prostituées de la rue de Budapest.

Le témoignage de Mohammed Safwat, dit « l'Égyptien », ne sera pas plus utile au dossier. Il était recherché depuis le début de l'enquête initiale de trafic de stupéfiants, en décembre 1986, époque à laquelle il avait été remis en liberté par erreur sous le faux nom de Driss.

Il est arrêté de nouveau le 18 février 1988 par les gendarmes, à la sortie d'une boîte de nuit au Palais des Congrès, cette fois sous son vrai nom. C'est par lui que Rachid Mecheri, l'associé de Jean Mustafa, prétendait avoir appris que l'extraction de Jean-Claude Mustafa avait rapporté vingt-cinq mille francs à Jobic, somme avancée, d'après Mecheri, par « l'Égyptien ».

Safwat est loin d'être un saint. Il a sur lui un peu de coke et huit liasses de cinq billets de deux cents francs et derrière lui quelques condamnations sous des identités diverses et une interdiction définitive du territoire français. Mais il réfute fermement les propos que lui prête Mecheri. Mieux il ne connaît même pas Jean Mustafa. Quant à Jean-Claude, il veut tout juste admettre la négociation avec lui un jour, de mille cinq cents francs de haschisch.

« L'Égyptien » ne reviendra jamais sur ses déclarations et si sa moralité n'incite pas à accorder une foi aveugle à ses propos, celle de Mecheri ne vaut guère mieux et aucun élément concret ne vient les départager, au sujet de Jobic tout au moins.

Safwat est, en revanche, sévèrement « mouillé » comme trafiquant de drogue par l'un des premiers inculpés de l'affaire, Kamel Zeghdana.

Bien que celui-ci n'ait jamais eu, lui non plus, affaire au commissaire Jobic et que leurs dossiers ne soient liés que par leur singulière jonction dans l'instruction du juge Hayat, Kamel Zeghdana va apporter aussi sa contribution à l'offensive menée contre le commissaire.

Pour faire avancer son enquête le juge Hayat n'hésite pas à présenter à Kamel Zeghdana la liste que lui avait déposée Jobic de certaines affaires réalisées grâce à ses informateurs.

Le métier « d'indic » n'est pas très estimable mais il est utile et plein de risques. Peu de ses praticiens, lorsqu'ils sont efficaces, atteignent l'âge de la retraite malgré les précautions normalement prises pour dissimuler leur rôle. Le meilleur moyen de faire abréger davantage encore leur existence est bien la communication à d'autres malfaiteurs des résultats de leur action. La transmission par Jobic à Hayat de sa liste d'affaires réalisées représentait un geste de confiance à caractère confidentiel. Sa présentation à un autre malfrat était lourde de risques.

Kamel Zeghdana en tout cas, après la communication de cette liste, n'est pas avare de confidences :

— Jean Mustafa est un proxénète disposant d'un fric fou.

On peut se demander, s'il est si riche, pourquoi il aurait emprunté vingt-cinq mille francs à Safwat pour payer à Jobic l'extraction de son frère.

Quant à Jean-Claude, il est bien, d'après Zeghdana, le ravitailleur en héroïne des dealers de Gennevilliers et cela en toute impunité grâce à la protection que lui assure Jobic moyennant finances. Le commissaire a plusieurs fois sorti Jean-Claude des liens de la garde à vue.

Il ne sera trouvé aucune trace d'une quelconque mise en garde à vue des Mustafa hormis celles qui furent normalement suivies d'effets, ni aucune trace d'intervention de Jobic en dehors de celle que le juge Hayat connaît, et pour cause. Mais bien qu'il ne s'appuie finalement sur aucun élément concret, le témoignage de Kamel Zeghdana, présenté brut de fonderie, pouvait paraître assez meurtrier.

Il existe pourtant quelques raisons de douter de sa sincérité car, lorsqu'il sera lassé de voir son séjour en prison se prolonger malgré toute sa bonne volonté, il fera une grosse colère en écrivant au juge Hayat le 9 juin 1988 :

Je tiens à m'expliquer pourquoi j'ai mis en cause Jean-Claude Mustafa et Safouet et tous ce que j'ai pu dire sur leur compte que si j'ai dit cela, c'est vous qui m'aviez dit de dire tout cela car vous n'êtes pas un juge d'instruction impartial. Vous êtes en train de régler des comptes avec ma famille et je vous prouverais cela...

Et un peu plus loin :

Je vais m'expliquer sur procès-verbal toutes vos magouilles et tous ce qui c'est passer à la gendarmerie de Villeneuve la Garenne et expliquer que vous vouliez que je mette le commissaire Jobic et Venere en cause comme quoi je leur donnais de l'argent pour ne pas avoir des histoires.

Suivaient quelques menaces, de s'adresser, si on ne l'entendait pas, aux avocats de Jobic, de Mustafa et même au procureur général et à la presse.

Hayat reçoit ce « poulet » le 16 juin et en est assez alarmé pour faire extraire d'urgence le signataire dès le 20 juin, après avoir avisé téléphoniquement son avocat. Il lui manquait le temps nécessaire pour agir dans les formes légales de la procédure.

Là, renversement de situation : Kamel Zeghdana regrette son courrier. Il a écrit n'importe quoi sous le coup du désespoir. Il maintient intégralement ses déclarations précédentes.

Zeghdana a-t-il succombé à quelque sortilège ? Est-il tout simplement dérangé ? Quand dit-il vrai ? Quand ment-il ? Difficile de répondre à ces questions. Mais ce contexte malsain jette une ombre supplémentaire sur un dossier qui en comporte déjà beaucoup trop. Zeghdana aura le privilège de comparaître libre le jour de son jugement. Cela ne lui portera pas chance.

38. MANŒUVRES OBSCURES ET ANONYMES

On sait ce que valent le plus souvent les dénonciations anonymes. Quelques-unes ont pourtant fait saliver les enquêteurs de l'affaire Jobic par les espoirs qu'elles faisaient naître. Il y avait de quoi.

Ainsi, celle que recevaient les gendarmes et selon laquelle Jobic fournissait à un restaurant accueillant de la rue des Martyrs des femmes de mœurs légères à l'usage de la clientèle.

Le bar-restaurant *Chez Sorlut* a effectivement la réputation ancienne de recevoir des couples de clients qui ne répugnent pas à faire plus ample connaissance après dîner. Chacun peut avoir sa conception personnelle de cette convivialité dont on parle tant... Mais Sorlut, qui n'est pas tombé de la dernière pluie, est bien trop avisé pour accepter des prostituées et encore moins des « bas de gamme » pour une clientèle généralement huppée. Il n'empêche, son établissement et son domicile seront placés plusieurs mois sur écoute.

Il était séduisant d'imaginer que Jobic, proxénète d'un petit cheptel, l'utilisait pour agrémenter ses soirées.

Mais, si cette mise aux écoutes est parfaitement officielle, le contenu des enregistrements n'apparaîtra jamais au dossier. Cette singulière absence qui cache peut-être quelques entretiens inopportuns (pour d'autres que Jobic ?) prouve néanmoins que les rapports du commissaire avec cet établissement ne correspondaient pas aux espérances. Bien que l'information se soit révélée dénuée de tout fondement, le commandant Morel ira s'en assurer *de visu* à plusieurs reprises. Il devait pourtant bien avoir entendu parler de cet établissement par ses services.

Une autre aventure, plus singulière encore, mystérieuse même, est celle qui va arriver à Mohammed Kacimi, un cuisinier de l'avenue de Clichy. Il vient la raconter à l'inspecteur divisionnaire Yves Beauvois.

Kacimi a vécu un temps avec une prostituée de la porte Dauphine qui lui a donné un enfant prénommé Mourad. Elle a cessé son activité dès qu'elle a su qu'elle était enceinte. Mais depuis quelques mois, elle a repris son « travail ». Kacimi a tenté de l'en empêcher. Il l'a même conduite au « Nid », cet organisme de réinsertion bien connu. Rien n'y a fait. Du coup, Kacimi l'a quittée et a gardé son fils.

Il a reçu une lettre datée du 15 juin 1988 par laquelle Mlle Laurency, assistante, lui demande de se présenter au service social de l'enfance, à la cité administrative de Nanterre, dans le cadre d'une enquête demandée par Mme Bobin, juge des enfants de la même ville.

Sans méfiance, Kacimi est allé au rendez-vous fixé le 21 juin, où il a eu la surprise d'être reçu par deux femmes et un homme. Après une brève conversation à propos de Mourad, ils l'ont entrepris sur le commissaire Jobic et sur les protections qu'il accordait.

Kacimi, ayant raconté sa vie et précisé qu'il connaissait à peine Jobic, et seulement du fait de son travail dans le XVIIe arrondissement, s'est vu menacer d'être poursuivi comme souteneur par un juge d'instruction de Nanterre.

Pour compléter cette déclaration, Kacimi donnait le signalement des deux femmes et de l'homme à qui il avait eu affaire. Il indiquait pour finir qu'il avait, par la suite, reçu la visite de policiers dont il ignorait la qualité. Ils étaient venus vérifier son domicile et circulaient dans une 4 L bleue.

Informé de l'affaire, le juge Hayat lançait aussitôt deux séries de questions, l'une adressée au lieutenant-colonel Morel — il vient en effet d'être promu à ce grade —, l'autre à Mme Bobin, juge des enfants.

Le jour même de sa demande, Morel lui répondra que sa SR n'a jamais entendu Kacimi dans les diverses commissions rogatoires du juge. C'est une réponse de Normand, car ne pas l'avoir entendu ne signifie pas qu'il n'ait pas été questionné.

Quant à l'enquête sociale sur le jeune Mourad Kacimi, elle a été effectivement ordonnée par Mme Bobin, juge des enfants et Mlle Laurency jure ses Grands Dieux qu'elle a reçu Kacimi seule et que tout ce qu'il raconte est fantaisiste.

Les vérifications ultérieures vont pourtant démontrer au juge Hayat que l'affaire est loin d'être claire. *Le Canard enchaîné* et *Le Journal du Dimanche* s'en emparent et il apparaît que la 4 L bleue des hommes venus vérifier le domicile de Kacimi appartient bien à la légion de gendarmerie de l'Ile-de-France. Quant au rapport initial de Mlle Laurency après la visite de Kacimi, il comportait une phrase sur ses éventuels rapports privilégiés avec Jobic, phrase qui a disparu, jugée inopportune, dans une deuxième et officielle mouture.

Dans leurs recherches de nouveaux témoignages, les gendarmes vont encore ratisser les avenues Foch et Victor-Hugo et *mouiller leur chemise dans les rues chaudes* comme l'écrit *Le Canard enchaîné* en juillet 1988. Ils vont faire chou blanc. Pas la moindre accusation de ces « gagneuses » contre Jobic.

L'inspection générale des services, elle aussi, à la suite des rafles effectuées après l'inculpation de Jobic va, à la demande du magistrat instructeur, ratisser large parmi les « victimes ». C'est son rôle. Ses enquêteurs vont interroger dix-neuf des professionnelles de « Buda » sans davantage de succès. La plupart ne connaissent pas Jobic et ne l'ont jamais vu sur leur secteur. Toutes affirment n'avoir jamais donné d'argent à un policier et n'avoir jamais été sollicitées dans ce but.

Les enquêteurs n'auront pas plus de réussite avec le personnel du bar *L'Ambiance*, quartier général des prostituées de « Buda », décrit par certaines des accusatrices comme l'endroit où se déposaient les enveloppes, voire même où les policiers festoyaient le jour de la « comptée ». Las ! Ni le patron ni les barmen ne connaissent Jobic. Bien sûr, il vient des policiers dans l'établissement pour des opérations de contrôle de la clientèle, cela se conçoit aisément.

C'est tout ce qu'ils peuvent dire. « Rachid Méditerranée », le patron, n'a pourtant aucune raison de protéger Jobic ; celui-ci a arrêté quelques mois auparavant son frère Carlos pour proxénétisme.

Enfin, puisque les gendarmes et le juge ont « mouillé leur chemise » sur les accusations les plus abracadabrantes, pourquoi ne pas jeter un regard sur une lettre anonyme adressée au procureur de la République de Versailles le 27 juin 1988 :

Je suis une de celles qui ont accusé le commissaire Jobic... Tout ce qu'on a raconté c'était des mensonges car on a voulu se venger de ce commissaire et on était poussé par nos hommes car c'est lui qui les a fait rentrer en prison, et par le juge lui-même et c'est vrai qu'on devait le foncer (?) et qu'il doit faire la prison pour qu'il sent un peu ce qu'est la prison. C'est vrai qu'il nous a fait du mal mais question d'argent ce n'est pas vrai c'est le juge lui-même qui nous a dit il faut se débarrasser de ce commissaire car il n'aime pas les Arabes.

C'est un comble alors que l'on accuse couramment Jobic d'avoir trois, quatre, six, huit maîtresses algériennes !

La suite du courrier est du même tonneau.

« *On était poussé par nos avocats partie civile et cette lettre on est trois filles à la faire malheureusement on ne peut pas dire ça devant le juge sinon c'est nous qui vont faire la prison...* »

Cette lettre, qui ignore résolument la syntaxe et la ponctuation, cette fantaisie de la langue française, n'a jamais vu son auteur identifié. Quelle importance d'ailleurs !

39. LE BRAS DE FER

Depuis qu'il a inculpé le commissaire Jobic le 29 novembre 1987, le juge Hayat l'a longuement interrogé à plusieurs reprises :

— le 18 décembre de 14 heures à 18 heures, puis en confrontation de 18 à 21 heures,

— le 29 janvier 1988, de 15 à 20 heures,

— le 16 février de 15 h 20 à 17 h 30,

— le 12 avril de 14 h 45 à 20 heures, en pittoresque confrontation avec M. Pedro Villalonga extrait pour la circonstance de sa cellule de la Santé.

Il n'a rien obtenu de lui si ce n'est une réfutation systématique et solidement argumentée de tous les témoignages qui l'accusent.

En outre, les deux experts qu'il a commis n'ont rien trouvé que de très ordinaire dans son train de vie tout à fait moyen et dans son patrimoine familial. Rien nulle part qui puisse témoigner d'un quelconque profit frauduleux. Le canapé de cuir et les quatre costumes ne sont pas suspects. C'est agaçant à la fin.

Il n'y a plus qu'un moyen de faire exploser sa défense. C'est de l'incarcérer et de libérer du même coup les dénonciateurs encore inhibés par la vague crainte de sa présence. Car ni son inculpation, obtenue contre le gré du procureur, ni les campagnes de presse soigneusement alimentées par de judicieuses fuites, ni l'action du juge Hayat, ni celle du syndicat de la magistrature, n'ont réussi à le déboulonner de son poste ni à lui faire retirer sa qualité d'OPJ. La chambre d'accusation lui a même rendu le pouvoir d'instrumenter sur « Buda ». Situation proprement intolérable.

La décision de Hayat est donc prise et il la cache si peu que les journalistes déjà sont informés et en avisent Me Jehanne Collard, qui le dit à Jobic, son client.

Tout est prêt pour le grand spectacle médiatisé du 21 juin 1988.

Tous les journaux annoncent la nouvelle :

JOBIC DU QUAI DES ORFÈVRES CONTRE ZOUZOU DE BUDAPEST, titre *Libération*.

AFFAIRE JOBIC : CONFRONTATION GÉNÉRALE, annonce *Le Parisien libéré*.

L'AFFAIRE JOBIC TOURNE À L'AIGRE, prévoit *Le Figaro*.

On ne retient pas encore ses places par Minitel, secret de l'instruction oblige, mais on n'en est pas loin.

Le juge a fait le tour de son dispositif d'attaque, il s'est assuré que ses témoins clés, « celles qui ont donné des sous », ne viendront pas à lui manquer. Zoulikha Zenati, Samira Kheri (sous sa fausse identité) et Fatna Kebdani sont, en effet, devenues parties civiles contre le commissaire qu'elles accusent d'être leur « maquereau ».

Là encore, les choses ne sont pas allées toutes seules. La première des constitutions de partie civile, celle de Zouzou, a été frappée par les défenseurs de Jobic d'un recours devant la chambre d'accusation qui va, le 18 mars 1988, la déclarer irrecevable. Les avocats de Zouzou, Maîtres Bourdon et Terquem, vont se pourvoir à leur tour en cassation, ce qui suspend les effets de l'arrêt précédent. Zouzou reste donc partie civile. Par mesure de sécurité supplémentaire, Hayat prend néanmoins une nouvelle ordonnance de recevabilité en dépit de l'avis du procureur, qui l'estime sans objet. Le juge est en fait rarement d'accord avec son parquet dans cette affaire.

Samira Kheri, quant à elle, ne peut se porter partie civile que sous sa fausse identité puisque, malgré les preuves multiples et flagrantes de cette usurpation, le juge n'a pas estimé utile d'en savoir davantage et qu'il n'a de comptes à rendre à personne à ce sujet.

Quant à Fatna Kebdani, dernière venue, mais non la moindre, dans le bataillon des « victimes » de Jobic, elle prend pour défenseur Me Levy-Forster.

La machine étant au point, le juge Hayat est en mesure de lancer contre le commissaire Jobic l'offensive qu'il veut décisive.

A bien y réfléchir, il n'a plus guère d'autre moyen de se sortir de ce que le pittoresque et réaliste Bernard Lemouton, proxo de son état, appelait « un dossier de merde ».

Jobic de son côté, déjà assisté de Nathalie Carrère, collaboratrice de Me Varaut, et de Me Jehanne Collard, s'est adjoint en outre, sur les conseils de cette dernière, les services de Me Salah Seddik, avocat réputé au barreau d'Alger. Quelques esprits mal intentionnés ont voulu voir là une nouvelle présomption des liens secrets que l'on soupçonne entre le commissaire et Alger. En réalité, l'explication est simple. Depuis sa première arrestation en novembre 1987, Jobic a été plusieurs fois interrogé et confronté avec plusieurs accusatrices s'épaulant mutuellement dans leurs déclarations en parlant en arabe, ce qui laissait le juge indifférent.

Pour éviter dorénavant ce danger, Me Seddik a été appelé à la rescousse par Jehanne Collard et il vient d'arriver à Paris. Au moins ainsi, ces ententes illicites cesseront-elles. La meilleure preuve que l'idée était bonne est que sa présence va sembler beaucoup gêner Me Terquem, le plus virulent des avocats de ces dames.

Tout est donc prêt pour la confrontation-fleuve que se promet Hayat. Il a mis en alerte le dépôt de Nanterre et la prison de Bois-d'Arcy. La presse, la radio et la télévision sont présentes.

Jobic, de son côté, a déjeuné avec Jehanne Collard et le secrétaire général de son syndicat.

Il a rédigé, le matin même pour son avocate, une lettre de quatre pages pour lui faire part de ce qu'il pense des intentions du juge Hayat.

J'ai appris il y a une semaine que M. Hayat me mettrait, à l'issue de la confrontation prévue ce jour, sous mandat de dépôt.

D'ailleurs le 20 juin, plusieurs journalistes m'ont appelé et appelé mes conseils pour leur confirmer ce fait.

Depuis plusieurs mois, mes avocats ont demandé l'audition de différentes personnes, en particulier les inspecteurs de mon service mis en cause comme complices. Ces personnes dont le témoignage est capital, n'ont jamais été entendues par le juge. M. Philippe Venere chef de mon service a, à plusieurs reprises, demandé son audition. Elle nous a été refusée.

Jobic sait donc à quoi s'en tenir. Son sort est scellé. En ultime mesure défensive et pour déséquilibrer le plan du juge, il prend quand même, avec ses défenseurs, la décision de refuser la confrontation collective qui équivaut à le jeter dans la fosse aux lions. Il a déjà vécu cette ambiance hystérique après sa première arrestation, lors de la confrontation de trois heures, le 18 décembre 1987.

Avant le début des hostilités, ses avocats vont donc tenter de convaincre le magistrat d'organiser des confrontations individuelles dans l'intérêt même de la justice. Hayat s'y refuse, appuyé en cela par les avocats des parties civiles dont la connivence est, pour Jobic, nettement perceptible.

Terquem d'ailleurs lui avait dit, la première fois où il l'a vu : « Ce n'est pas votre procès que nous voulons faire, c'est celui de la police ! »

Jobic persiste néanmoins dans son refus de cette corrida générale et se retire pour réfléchir avec ses avocats, laissant le juge avec ses témoins.

Trente minutes plus tard, Hayat, estimant ne pouvoir attendre davantage, délivre contre lui un mandat d'amener et charge l'IGS de le mettre à exécution.

Dans l'intervalle, le commissaire a été rejoint par son sous-directeur, Olivier Foll, qui lui conseille d'accepter la confrontation quels que soient les risques.

— J'ai senti qu'en m'entêtant, je risquais ma suspension par le ministre de l'Intérieur. J'ai traversé là des instants angoissants avec des idées folles comme celle de m'enfuir. Finalement, je me suis ressaisi et à 17 h 30, j'ai regagné le bureau de Hayat sans que l'IGS ait eu à me notifier son mandat. Bien sûr la tension a encore monté, entretenue par Terquem et Bourdon auprès de la presse. Hayat a fait sortir tout le monde de son cabinet. Il y avait dans le couloir une dizaine de gendarmes, les uns en civil, d'autres en uniforme, tutoyant amicalement les prostituées.

On s'est souvent bruyamment étonné, dans cette affaire et dans d'autres, du tutoiement policier dans certains milieux. Les gendarmes, en se mettant à la PJ, auraient-ils attrapé les mêmes mauvaises manières ?

Le juge aurait pu faire à ce moment cette confrontation générale à laquelle il tenait tant. Pourtant il ne l'estime plus utile. Son plan a sans doute été perturbé et l'obstruction de Jobic, qui s'est refusé à un acte d'instruction, est un argument supplémentaire pour justifier la décision qu'il a déjà prise.

Hayat va alors renvoyer tous ses témoins, les parties civiles et leurs avocats et entendre Jobic seul, sans l'interrompre ni le questionner.

Auparavant, il l'a informé de la mise en garde à vue simultanée à la SR de Versailles, de Boumedine Ouchent, ce Michel-le-Vosgien, informateur quasi patenté.

L'audition de Jobic va durer de 18 heures à 2 heures. Il a retrouvé toute son énergie pour démontrer durant ces huit heures non-stop que les accusations dont il est la cible émanent d'individus le plus souvent largement connus des services de police et de justice, pour la plupart sous de fausses identités ou en situation irrégulière sur le territoire français et, pour beaucoup, arrêtés par lui-même et son service. Il a repris une par une les accusations en question pour en démontrer la fausseté et l'outrage à magistrat que constituent les déclarations de certaines prostituées témoignant sous de faux noms et avec des papiers falsifiés. Il demande également pourquoi plusieurs auditions importantes, par exemple celles de ses collaborateurs (notamment Creissac pour l'extraction de Jean-Claude Mustafa) et plusieurs autres vérifications essentielles n'ont pas été faites par le juge ? Il démontre enfin de nouveau l'extravagance des calomnies de Villalonga et de son cheptel de prostituées ainsi que de celles de Victor Bourth.

Rien n'y fait. Jobic sait qu'il a perdu et, si ses déclarations sont bien enregistrées sans qu'il soit interrompu, il devine que son destin est arrêté. Plusieurs fois dans la nuit qui s'avance, Hayat en termes elliptiques a fait comprendre au dépôt et à la prison, qui s'impatientent, qu'ils doivent attendre et prévoir une escorte.

Le substitut Daniel Renaut, présent et vigilant depuis le début des hostilités, n'est pourtant pas d'accord. Il le fait savoir à Hayat lorsque celui-ci, conformément à la loi, lui communique son dossier et ses intentions. Il estime que la mise en détention n'est pas justifiée et que le contrôle judiciaire existant apparaît comme suffisant.

Les avocats de Jobic de leur côté vont plaider l'inconsistance d'un dossier qui n'a pour lui que son volume et abrite trop de carences.

Hayat, une fois de plus, va passer outre et aller au bout de sa décision. C'est la prison ! A la réflexion, il ne pouvait plus, sauf à se déjuger de manière spectaculaire, faire autrement. Dans cette partie de bras de fer, il fallait un vainqueur et un vaincu.

Et il détenait l'arme suprême : le mandat de dépôt.

TROISIÈME PARTIE

LE DÉSAVEU D'UN JUGE

40. UN TÉMOIN A BASCULE

Michel-le-Vosgien est lui aussi en garde à vue à la gendarmerie de Versailles pendant que Jobic se débat à Nanterre contre le piège qui se referme sur lui. Il était préparé à cet interrogatoire. Il avait dit et répété autour de lui qu'il ferait l'impossible pour faire éclater l'innocence de son ami le commissaire.

Les communications téléphoniques enregistrées sur son bar et son domicile ne laissent aucun doute aux gendarmes, malgré les défaillances techniques signalées par l'interprète, sur les rapports professionnels et d'amitié entre les deux hommes. Michel n'en fait aucun mystère devant l'adjudant Mantel qui va longuement l'interroger à partir du 20 juin au matin jusqu'au milieu de l'après-midi du lendemain :

— J'estime que Jobic est un bon flic car il arrête tous les truands. De temps en temps, je l'appelle au téléphone pour lui donner une affaire. Je rends service à chaque fois que l'occasion m'en est donnée... par sympathie et pour rendre service à la société.

Il est tout aussi catégorique lorsque Mantel lui demande s'il a jamais remis de l'argent, des chèques ou procuré une largesse quelconque à Jobic ou à un autre policier, sous forme de cadeaux, de voyages, de vacances ou d'appartement.

— Non, je n'ai jamais remis d'argent ni aucun cadeau sous aucune forme à Jobic ou à quelqu'un d'autre.

Michel va encore s'expliquer sur quelques-unes des « affaires » données à Jobic et sur sa participation directe à certaines investigations, notamment à propos du racketteur Salim-le-Fou. Il justifie son rôle par la nécessité dans laquelle il se trouve de collaborer avec la police pour ne pas perdre le bénéfice de son autorisation d'ouverture de nuit.

Dans un autre ordre d'idées, il admet aussi sa fréquentation assidue de la rue de Budapest et l'attirance qu'il éprouve pour Nadjia Khabir :

— Je l'ai contactée plusieurs fois car j'avais envie de la « sauter ».

Michel a même été surpris un jour dans sa cour empressée à Nadjet par sa femme Latifa qui, furieuse, lui a craché dessus dans la rue. En revanche, il conteste absolument avoir servi d'intermédiaire à Jobic pour exercer des pressions sur les prostituées de « Buda » et en particulier sur Lahouaria Nacel ou sur Nadjet.

L'adjudant Mantel semblant douter que sa virilité soit suffisante pour expliquer ses rapports avec les prostituées et notamment avec Nadjet, Michel va le remettre sèchement en place.

— Je vais pour la « sauter » car le fait de souffrir de la prostate ne m'empêche pas d'avoir des relations avec des filles. D'ailleurs ma femme est enceinte de deux mois et j'ai une fille de quatre ans.

Cette incursion du gendarme dans la vie très privée de Michel préparait le terrain à une allusion plus inquiétante :

— Savez-vous s'il existe des relations particulières entre votre femme Latifa et Jobic ?

Ici encore la réponse du Vosgien a été parfaitement candide :

— Latifa connaît Jobic. Ils se téléphonent de temps en temps surtout quand je ne suis pas là. Elle ne connaît rien à mes affaires avec le commissaire.

Il n'en est pas dit davantage dans le procès-verbal mais le sous-entendu est clair et on sait déjà jusqu'où peut aller le tempérament jaloux de Michel-le-Vosgien.

Latifa, en cette soirée du 20 juin, a été remise en liberté. Elle avait été interpellée en même temps que son concubin le matin à 7 heures. Elle a fait croire, comme le dit Michel, qu'elle était enceinte. C'était un mensonge ou pour le moins une anticipation puisqu'elle n'accouchera de son deuxième enfant que treize mois plus tard.

La nuit du 20 au 21 juin va ainsi s'écouler en interrogatoires à peu près ininterrompus. C'est encore l'adjudant Mantel, qui, après une courte nuit, revient à la charge le lendemain matin 21 juin, sans que les procès-verbaux qui s'entassent apportent de lumière supplémentaire.

C'est seulement à 17 h 30 que, tout à coup, pris en main cette fois par le major Jeanne, Boumedine Ouchent va basculer brutalement et passer de son rôle de défenseur de Jobic à celui d'accusateur féroce.

Les seules qualités d'interrogateur du major Jeanne ne suffisent sans doute pas à expliquer un revirement aussi spectaculaire. Dans le même temps le sort de Jobic a été arrêté par le juge Hayat et presque proclamé *urbi et orbi,* ce qui doit bien aller jusqu'à Versailles et jusqu'au major Jeanne. Nul doute que pour briser la résistance de Michel, il n'ait sorti cette arme secrète : Jobic part en prison.

Le ciel tombe sur la tête de Boumedine Ouchent. Il le croyait invincible, son commissaire, plus fort que le juge, plus fort que les gendarmes. La voyante d'Algérie le lui avait confirmé. Il l'appelait son fils et lui vouait une véritable adoration. Et voilà que son idole s'écroule ! Ce sont donc les autres les plus forts. Michel est humilié, terrifié aussi, car il est allé très loin dans sa collaboration avec la police, trop loin peut-être... Maintenant qu'il n'est plus protégé, ses ennemis vont relever la tête, se venger, qui sait. Trotte aussi sûrement dans sa tête ce que les gendarmes lui ont dit à propos de Jobic et de sa femme. Tout devient possible maintenant puisqu'il s'est trompé sur son ami.

C'est, sans doute, le mélange complexe de ces sentiments qui aboutit à une idée toute simple et fait subitement craquer Boumedine Ouchent. En enfonçant Jobic, il peut tout à la fois se venger et se débarrasser de sa dangereuse tunique d'indicateur. Et puisque les gendarmes sont plus forts que toute la PJ, c'est avec eux qu'il lui faut s'allier pour sauver ce qu'il lui reste d'avenir. Est-ce vraiment par hasard qu'il s'installera plus tard hors de Paris ?

En trente minutes et un seul feuillet, le major Jeanne va en avoir pour son argent et obtenir les réponses qu'il souhaite à ses questions jusque-là inutiles.

Michel, après avoir demandé à bénéficier du secret de l'instruction parce que sa vie est en jeu, dénonce les exigence de Jobic vis-à-vis de « l'Indien ».

Oui, Jobic s'est servi de lui pour remettre à Lahouaria un brouillon de lettre de rétractation qui a été ensuite écrite par Lemouton. Oui « l'Indien » a répété la manœuvre auprès de Halima qui a refusé la lettre parce qu'elle était ensorcelée. « L'Indien » devait aussi contacter Fifi Benkenouche dans le même but et Malika voulait elle aussi rencontrer Jobic et sans doute téléphoner au juge Hayat.

Inutile pour le gendarme d'aller plus loin. Son témoin est sur la bonne voie. Le reste, il le dira au juge. Hayat informé de si bonnes dispositions ne peut être que conforté dans la décision qu'il a prise d'envoyer son commissaire en prison.

Pour éviter à Ouchent de fâcheux contacts extérieurs qui pourraient l'influencer, Hayat le fait conduire aussitôt à Nanterre où, dès le lendemain, débarrassé de Jobic et après une courte nuit, il reçoit la confirmation de ses aveux. Michel-le-Vosgien accepte de s'expliquer immédiatement et sans avocat. Pourquoi en aurait-il besoin ? Maintenant il n'est plus un indic du policier. Il est sa victime. Il est racketté lui aussi et contraint de « donner des affaires », de plus en plus d'affaires, sous peine de voir fermer son bar. Il réitère son histoire complexe de brouillons de lettres de rétractation préparées par Jobic et distribuées par le facteur Benarbia. Naturellement lui, Michel, n'a joué aucun rôle dans ces subornations. Comment diable alors en est-il si bien informé ?

Qu'importe pour le juge Hayat, c'est un témoin à garder au frais. Comme il souhaite la protection de la justice, le magistrat va la lui accorder En récompense de ses bons et « loyaux » services, Boumedine Ouchent dit Michel, dit « le Vosgien », est inculpé et écroué. La mesure a déjà fait ses preuves.

Elle va les faire une fois de plus. Dès le 24 juin, Michel en rajoute :

— Jobic, c'est la Mafia organisée ! On peut me mettre de la drogue dans mon café pour me faire fermer ! Heureusement qu'il y a des juges corrects comme vous !

Mais après cette flatterie, il s'étonne que des filles qui payaient Jobic soient libres alors que lui qui payait aussi à sa manière est en prison. D'ailleurs si c'est une question d'argent il en a donné lui aussi à Jobic pour dépanner la femme de Jean Mustafa lorsque celui-ci a été emprisonné :

— Moi, je veux être dehors, j'ai une femme et un gosse. Je suis un honnête commerçant.

Les supplications de Michel resteront dans l'immédiat sans effet sur Hayat ; il le renvoie dans sa prison.

Il se produit alors un changement curieux dans le comportement de ce témoin maintenant inculpé. Il avait pris pour avocat Me Guy Nicolas, qui lui avait été recommandé en 1983 par Ali-le-Gros, son voisin dans la rue Lemercier. C'était à l'occasion du braquage passionnel et sans résultat commis par Ouchent pour venger son honneur bafoué par la belle Marocaine qui le trompait. Ouchent n'avait pas eu à se plaindre de son défenseur puisqu'il s'était sorti de cette affaire avec quelques mois de prison avec sursis. Il avait quand même goûté un mois aux inconvénients de la détention.

Or, il annonce subitement au juge qu'il retire sa défense à Me Nicolas pour la confier à Me Thierry Herzog, dont un voisin de cellule lui a donné la carte. Dans les explications de cette décision qu'il donnera au magistrat le 12 juillet, Michel dira que Me Nicolas l'avait pressé de se rétracter en prétendant qu'il ne *s'était mis à table* que parce que les gendarmes lui avaient dit que sa femme Latifa était enceinte de Jobic.

— Tout ce qu'on a essayé de me faire croire par le truchement de Me Nicolas est un tissu de conneries... Je me suis demandé s'il était l'avocat de Jobic ou mon avocat.

Cette déclaration va bien sûr être soigneusement enregistrée par le juge qui a eu par ailleurs une autre raison de se plaindre du comportement de Me Nicolas.

Ce que le juge ne sait pas, c'est que Latifa a pu faire passer à son mari en prison du courrier dans lequel elle lui dit entre autres : *Je ne comprend pas ce qui t'a pris de raconté des connerie pareille sur ton ami. Il faut absolument que tu dis la vérité. Tu était comme son père. Aie le courage de démentir ce que tu as racontée. Fais le je t'en prie t'a était forcé de raconté des conneries...*

Et encore : *As tu le courage de le regardé en face et de mentir sur lui en disant que c'est vrai ? Toi même tu disait que la prison c'est fait pour les hommes et que je ferai la prison pour mon ami. Le jour de la confrontation toutes les putes vont te crachée à la figure en disant que tu as trahi ton meilleur ami... C'est vrai que c'était ton ami mais il n'y avait rien de ce que tu dis... il n'a jamais pris d'argent à personne... La prison ça passe mais la trahision ça reste... Michel fais ce que je te dis car sinon tu vas gaché notre vie notre avenir et celui de Sabrina... Il y a un dieu au-dessus de tous et sa justice c'est la plus juste. La vie ne dure pas.*

On peut supposer qu'elle sait de quoi elle parle, Latifa. Mais rien n'y fait.

Cramponné à sa nouvelle version des événements, Ouchent au contraire, à chacune de ses auditions, va accabler davantage Jobic. De fait, il confirme toutes les accusations déjà recueillies ici et là par Hayat.

Sur les Mustafa par exemple :

— Aziz est un type que je n'ai jamais vu mais je suis bien placé pour savoir que c'est un trafiquant d'héroïne et que Boured est un proxénète de Budapest. Quant à Louise, leur mère, c'est une vieille qui ne fait que voler. C'est une famille de truands de la pire espèce.

Sur Lemouton aussi, Michel a ses certitudes :

— J'affirme sans la moindre hésitation que Lemouton connaît parfaitement Jobic. Lemouton a été interpellé pour détention de haschisch. Quelques heures après, il a été décroché par Jobic et, pendant sa garde à vue, Jobic l'a amené dans mon restaurant pour dîner.

Ouchent a même des révélations à faire sur la sœur de Nado, cette amie de Jobic arrêtée pour vol avec Dalila par la brigade de répression du banditisme :

— Nado a une sœur, Rhatiba, qui détenait dix mille dollars volés. Cinq mille ont été cachés par elle derrière une armoire et Jobic a récupéré l'autre moitié qu'il a planquée chez lui et qu'il a rendue peu à peu.

« Je ne peux pas affirmer que Jobic cachait son argent chez Nado ou chez Dalila. Ce qui est certain, c'est que Nado et sa sœur allaient de temps en temps en Algérie.

On voit réapparaître ici cette piste algérienne de l'argent semblable au monstre du Loch Ness dont on croit apercevoir périodiquement la tête ou la queue.

Boumedine Ouchent cependant dit tant de choses, encore qu'il ne le sache que par ouï-dire, que le juge parfois s'étonne :

— Êtes-vous sûr de ce que vous affirmez ?

La réponse est lumineuse :

— C'est évident !

Il sait même que Mahfoud Bouchama devait venir témoigner que Zoulikha Zenati avait menti. Cette affirmation venant après le meurtre de Bouchama ne risque pas d'être démentie. Il n'en est nul besoin d'ailleurs puisque Ouchent se contredira lui-même plus tard en octobre, en prétendant que Bouchama a été « descendu » parce que sa déposition ne correspondait pas à ce qu'en attendait Jobic. Peu importe que le meurtrier ait été arrêté et les vrais mobiles révélés.

Son nouvel avocat s'est éclipsé à plusieurs reprises au début des épanchements de son client.

Peut-être cette attitude n'est-elle pas sans rapport avec les propos tenus par Ouchent à son ancien défenseur, Me Guy Nicolas, lorsqu'il l'avait renvoyé :

— Tous ceux qui ont dit qu'ils payaient à Jobic sont libres. Je vais faire comme eux.

L'avocat lui avait conseillé de n'en rien faire. En vain :

— Je veux sortir, je dirai n'importe quoi. J'ai honte mais après je te reprends et je dénonce le juge !

Son mois de prison, après sa première fureur d'amant trahi, lui avait ôté toute envie de prolonger son expérience carcérale.

La situation conflictuelle entre Me Nicolas et le juge Hayat était née lorsque le premier, qui est aussi l'avocat de Patricia Boschetto — ce qui chez Hayat ne plaide plus, peut-on dire, en sa faveur —, avait poussé un jour la porte du cabinet du second.

D'après le juge, l'avocat était venu lui proposer un marché honteux, à savoir l'abandon des poursuites contre le commissaire Jobic en échange du retrait de la plainte en forfaiture déposée par ce dernier.

Pour l'avocat, en revanche, sa visite était surtout motivée par une autre affaire en cours, concernant précisément Patricia Boschetto. Sans doute ne constituait-elle pas le meilleur argument pour prendre le juge dans le sens du poil. Mais après tout, dans les palais de justice entre gens de robe, les oppositions de principe sont dans la nature même des relations quotidiennes et dans le code non écrit qui les gouverne. Il ne pensait pas en tout cas offenser le juge en lui lâchant accessoirement à propos de l'affaire Jobic :

— Vous êtes en train de scier la branche sur laquelle vous êtes assis.

Et Me Nicolas de s'indigner à son tour qu'à partir de ce propos banal le magistrat en ait conclu à quelque ignoble proposition.

Quoi qu'il en soit, Hayat, saisissait le président de la République, en sa qualité de président du conseil supérieur de la magistrature, de ce qu'il considérait comme un outrage. Me Nicolas était appelé le 17 juin 1988 à fournir des explications au premier président de la cour d'appel de Dijon désigné pour faire la lumière sur ce conflit.

Ce n'est sans doute pas l'habitude de ce haut magistrat, non plus que l'usage du conseil supérieur de la magistrature, d'envoyer les gendarmes enquêter sur les avocats. Or, dans le cas présent, il en est venu pour surveiller le voisinage du cabinet de Me Nicolas. Ils y ont mis assez peu de discrétion puisqu'ils se sont fait repérer au bar voisin, avenue de Villiers. La surveillance n'a sans doute eu aucun succès puisque l'impressionnant dossier de l'instruction n'en porte, semble-t-il, aucune trace.

Pour Latifa, la jeune femme de Boumedine Ouchent, c'est bien la jalousie qui a fait dire n'importe quoi à « son homme ». Me Nicolas lui-même était persuadé qu'elle avait couché avec Jobic pendant que son mari, en Algérie, allait se rassurer chez sa voyante.

En y réfléchissant bien, l'avocat ne pouvait avoir inventé cette accusation d'adultère. De qui pouvait-il la tenir, sinon de son client, lui-même informé pendant sa garde à vue ?

Même si cela ne servait pas nécessairement avec objectivité la recherche de la vérité, c'était quand même, compte tenu de la jalousie quasi maladive de Ouchent, un bel exercice de psychologie appliquée de la part des gendarmes.

Ses déclarations vaudront à Boumedine Ouchent, dans le courant du mois de juillet, de quitter la prison de Bois-d'Arcy. Benarbia, dit « l'Indien », bénéficiera du même sort par décision du juge Hayat.

Leur rôle n'en sera pas terminé pour autant.

41. BOIS-D'ARCY, 22 JUIN 1988

Il n'avait vu sa prison que de nuit, par les souterrains, les ascenseurs et les couloirs. Jobic a fait, de jour et très vite, le tour de son univers limité à sa cellule et à sa cour de promenade. Il en voit moins, c'est certain, que « l'auxi » qui lui apporte ses repas.

Encore heureux que, pressentant le pire, il ait pensé à se munir d'un peu d'argent. Deux mille cinq cent cinquante francs et quatre-vingt-dix centimes, déposés au greffe dès son arrivée, vont lui permettre de cantiner. La chose consiste à cocher, quatre jours à l'avance, ses modestes désirs sur des liasses multicolores dont chaque feuillet correspond à un jour donné. Cela va des abonnements hebdomadaires à la presse, aux infusions, en passant par les kleenex, le bœuf bourguignon en boîte, la crème à raser ou le papier à dessin, étant exclu tout matériel ou produit supposant un récipient en verre. Tant pis pour sa mousse à raser et son eau de toilette habituelles.

Dès le 22 juin au matin, après sa première visite aux murs de béton de sa « cour de promenade », il a reçu celles plus réconfortantes de Nathalie Carrère et Jehanne Collard, ses avocates, qui ont déjà déposé une demande de remise en liberté. Elles lui ont appris que ses amis de la police ne l'abandonnaient pas. L'affaire fait de nouveau les titres de la presse et, l'après-midi, le syndicat des commissaires a convoqué les journalistes pour une conférence de presse.

LE COMMISSAIRE JOBIC PLACÉ SOUS MANDAT DE DÉPÔT *(Le Parisien).*

LE COMMISSAIRE JOBIC EN PRISON — GROGNE AU SYNDICAT DES COMMISSAIRES *(France-Soir).*

L'ÉTRANGE CHUTE DU COMMISSAIRE JOBIC *(Le Quotidien de Paris).*

TUMULTUEUSE ÉPREUVE DE FORCE ENTRE UN MAGISTRAT ET UN POLICIER *(Le Monde).*

JOBIC, UN COMMISSAIRE SOUS LES VERROUS. COMMENT LE POLICIER EST TOMBÉ *(Libération).*

Le lendemain, Jobic a pu récupérer le dossier de sa défense qu'il avait dû laisser au greffe. Il a également reçu les baskets et les cigarettes qu'il avait demandées. Il ne fume guère, mais, à situation exceptionnelle remède exceptionnel et les baskets sont plus confortables que les souliers pour lire tout ce qui s'écrit.

AFFAIRE JOBIC : LE COMMISSAIRE AVAIT PRÉVU SON ARRESTATION (*Le Parisien*).

TOUT A ÉTÉ DÉCIDÉ D'AVANCE PAR LE JUGE ET LES PARTIES CIVILES, rapporte *France-Soir* après avoir rencontré les défenseurs du commissaire.

Sous le titre : LE TRIANGLE POLICE-MILIEU-INDICS, *Le Quotidien de Paris* se pose deux questions : *Les flics sont-ils tous ripoux et les p... sont-elles respectueuses ?*

L'AFFAIRE JOBIC DÉCHAÎNE LA COLÈRE DES POLICIERS, annonce *Le Figaro*.

POLICE-MAGISTRATS : C'EST LA GUERRE ! renchérit *France-Soir*.

Le fait est que, malgré les propos tempérés du *Monde : Les protestations des syndicats policiers se montrent modérées pour le juge Hayat,* c'est une véritable tempête qui s'est levée sur le monde policier et judiciaire.

C'est une décision qui consacre la victoire du milieu, tonne Daniel Dugléry, le secrétaire général du syndicat des commissaires. *Les proxénètes qui se sont ligués contre Jobic ont trouvé quelques oreilles complaisantes,* ajoute-t-il, tout en admettant qu'il *croit le juge Hayat sincère et de bonne foi bien que rien n'indique dans son dossier que Jobic soit coupable.*

La plupart des autres syndicats des divers personnels, qu'ils soient de droite ou de gauche, se déclarent profondément choqués par l'arrestation du commissaire. Le SNAPC (de gauche) évoque la notion de sous-citoyen du policier en général, mal protégé par la loi et la FPIP (de droite), dénonce *la machination anti-policière ourdie par le milieu et le syndicat de la magistrature.* Le syndicat CFTC des corps en civil parle, quant à lui, *d'une décision gravissime dont les policiers en civil sauront tirer les leçons,* et l'union des syndicats catégoriels s'alarme en se demandant *comment à l'avenir les policiers vont-ils pouvoir se défendre si la parole des délinquants suffit à les rendre suspects à la justice ?*

C'est la même inquiétude qui transparaît sous le communiqué prudent de la CFDT-Police, pour qui *les démêlés du commissaire Jobic avec la justice s'apparentent davantage à un écheveau d'intrigues et de pressions qu'à une procédure judiciaire normale.*

Ce qui paraît le plus inquiétant est la suite de cette lettre remise par Jobic à ses avocates et publiée dans la presse, par laquelle il annonçait à l'avance la décision du juge.

M. Hayat ne se cache pas de faire de ce procès un procès politique. Il a déclaré à plusieurs reprises que la police de notre pays était pourrie... Il n'a jamais caché ses convictions politiques mais les a malheureusement fait passer dans ce dossier.

Que le magistrat ait pu décider, faire savoir et laisser s'organiser médiatiquement l'incarcération du commissaire avant même une confrontation qu'il estimait capitale, ne ressemble pas à l'idée que l'on peut se faire d'un acte d'instruction. Il y a de quoi se sentir terrifié par l'immense pouvoir d'un homme seul et tout-puissant.

Pendant que la police dans son ensemble s'insurge contre la décision du magistrat, le juge, de son côté, a vite trouvé des défenseurs.

L'association française des magistrats instructeurs, dont le secrétaire général Marro est, à Nanterre, le voisin de palier et l'ami du juge Hayat, lui a apporté son soutien en constatant *avec stupeur que le juge d'instruction est mis en cause dès lors qu'il gêne en accomplissant sa tâche d'investigations et en utilisant les moyens que lui donne le code de procédure pénale.*

Le 23 juin, Jobic a reçu une nouvelle visite de Nathalie Carrère. L'avocate est optimiste. Le juge, jusqu'à présent, a été presque systématiquement désavoué par le parquet et la chambre d'accusation. Il lui sera difficile de refuser la remise en liberté qui a été demandée.

Dans le long couloir, en allant des quartiers de détention au parloir avec son escorte et en marchant, comme sur une route, à droite de la ligne blanche continue qui sépare les deux sens de la circulation, le commissaire a croisé quelques détenus et surpris des regards curieux. Toute la population de Bois-d'Arcy sait qu'il partage son sort. Jobic a été intrigué aussi par le coup de tampon sec et invisible apposé sur sa main. C'est en fait une empreinte qui ne réagit qu'aux rayons ultraviolets et qui permet aux surveillants de s'assurer que le prisonnier qu'ils ramènent à son quartier est bien le même que celui qui a été conduit au parloir. C'est une technique instaurée en 1983 pour éviter le renouvellement d'évasions réussies par la substitution au vrai condamné d'un sosie ou d'un jumeau.

L'après-midi, Jobic a reçu la visite de l'aumônier. Ils ont prié ensemble. Le soir même, le prêtre lui a fait apporter quelques livres dont *Le Nouveau Testament* et *Sainte Thérèse d'Avila.* Il a aussi commandé à la biliothèque quelques ouvrages de sociologie, d'histoire, de mythologie ainsi que *Les Ritals* de Cavanna. Il n'y a guère que la lecture pour résister à cette envie qui le prend par moments de se cogner la tête contre le mur et à l'obsession de l'abus du droit dont il se sent la victime impuissante.

Pour deux cent cinquante francs — c'est le tarif hebdomadaire —, il a eu droit à un téléviseur et aux dernières nouvelles du soir. Naturellement, « son » affaire fait encore l'actualité.

Le lendemain matin il a pu goûter aux délices de la douche chaude. C'est un bonheur relatif dominé par la sensation de laver son corps de toutes ses souillures. Ont suivi les vingt minutes d'exercice dans sa cour individuelle. Mais son moral ainsi requinqué s'est de nouveau effondré avec la nouvelle visite de Me Collard et la révélation des accusations de Michel-le-Vosgien. Comment Ouchent a-t-il pu en arriver là ? De tous ceux qui l'aidaient, il était à ses yeux le plus sûr, le plus loyal et maintenant qu'il est à terre, le voilà qui se joint aux autres pour le piétiner. Dure leçon.

De plus, le déjeuner est froid pour cause de travaux en cuisine et la promenade d'après-midi n'a pas apaisé l'inquiétude qui le ronge. Il en oublie les exercices physiques qu'il s'était promis.

Mauvaise journée, en vérité, suivie d'une mauvaise soirée. Les détenus s'agitent. C'est un feu d'artifice d'injures qui se propage à tous les niveaux du bâtiment C. *Jobic, pédé, enculé, fils de pute, pédé de flic, Hayat ! envoie tous les flics au trou !* Seul son propre étage, celui des isolés, reste silencieux.

Alphonse Boudard — il y a bien longtemps — avait déjà observé le phénomène et la différence entre *les criminels et aigrefins de qualité supérieure et la racaille pique-clops qui gueule aux fenêtres, se menaçant les uns les autres de se trucider, de s'enculer, de te crever un œil parole d'homme* [1].

Vers minuit, les vociférations ont enfin cessé. Jobic s'est couché l'angoisse au cœur.

Le samedi 25 juin lui a redonné un peu de sérénité. Il s'est d'abord surpris à sourire de l'évasion de deux détenus qui ont réussi « la belle » dans une palette de matériaux enveloppée de plastique qui a quitté la prison sur un camion. En d'autres temps et en d'autres lieux,

1. Boudard : *Ma vie pleine de trous.* Éditions Plon.

il aurait grogné contre les évadés. Aujourd'hui, dans ce monde hostile, il les féliciterait presque.

Mais ce qui l'a surtout réconforté a été la visite inespérée de son sous-directeur Olivier Foll, à qui la direction de la prison a généreusement accordé un parloir d'avocat.

Situés à deux niveaux différents dans le grand bâtiment central de l'administration pénitentiaire, les parloirs d'avocats se singularisent de ceux des familles tout à la fois par leurs dimensions et la liberté relative qu'ils donnent aux visiteurs et aux visites.

Pour les familles, appellation globale qui regroupe aussi les amis, il s'agit de doubles cages de quatre-vingts centimètres carrés, chacune possédant son accès, qui ne communiquent que par une étroite ouverture, le prisonnier restant surveillé à partir du noyau central. Comme il n'existe qu'une trentaine de parloirs-familles pour mille cinq cents détenus, chaque visiteur doit nécessairement, une fois autorisé par le juge, prendre rendez-vous avec l'administration de la prison.

Pour les avocats qui, à l'inverse des familles, ne sont pas fouillés, les parloirs sont des pièces aux dimensions raisonnables où prennent place aisément une table et plusieurs chaises. Il n'y a pas de séparation entre le défenseur et son client ni d'autre surveillance que celle que permet la face entièrement vitrée du parloir sur la rotonde. Autant dire, sans parler de véritable intimité, que les échanges y sont d'une autre qualité.

— Monsieur le Directeur, je suis commissaire de police. Je suis innocent et je suis au trou !

C'est tout ce qu'il a pu articuler. C'est la première fois, depuis le début de ses malheurs, que Jobic, jusque-là granitique même dans son désespoir, se laisse aller.

L'émotion apaisée, les nouvelles sont plutôt bonnes du côté de la « grande maison ». Malgré son incarcération, le ministre de l'Intérieur a accepté de ne pas le suspendre de ses fonctions et le parquet général lui conserve son habilitation d'officier de police judiciaire. C'est un cas à peu près unique qui démontre bien les doutes entretenus dans les plus hautes sphères sur le dossier et la démarche du juge malgré le syndicat de la magistrature qui pèse de tout son poids pour son militant.

D'autre part, les commissaires font bloc, la direction de la police judiciaire aussi, et la presse elle-même se montre globalement assez sceptique sur le bien-fondé de l'incarcération et sur le crédit qu'il convient d'accorder aux accusateurs.

Le relatif optimisme du prisonnier ne va durer que deux petits jours. Le 27 juin, c'est de nouveau la déprime. Hayat, contre l'avis du procureur une fois de plus, a rejeté la demande de mise en liberté. Il est évident que les aveux renouvelés et améliorés de Michel-le-Vosgien sur les tentatives de subornations de témoins l'ont conforté dans sa décision. Comment pourrait-il relâcher un inculpé qui va, sans nul doute, utiliser sa liberté pour d'autres manœuvres et d'autres pressions ?

Les avocats de Jobic ont fait immédiatement appel de la décision du juge. Mais quand la chambre d'accusation de Versailles se réunira-t-elle ? Quand rendra-t-elle sa décision et que sera cette décision ?

Surmontant son abattement, il a finalement décidé d'organiser son enfermement le mieux possible. L'abondant courrier qu'il reçoit le réconforte. Il y a les amis et les collègues qui lui restent fidèles. Ils le connaissent. Et puis aussi beaucoup d'inconnus qui expriment leur indignation et l'encouragent à lutter. Répondre aux uns et aux autres prend du temps. La lecture aussi, et ses avocats qui lui rendent tous les jours visite pour travailler leur dossier meublent encore quelques heures. Il s'applique enfin à se garder physiquement en forme par ses petites courses et ses exercices de gymnastique dans les vingt-huit mètres carrés de sa « cour ».

La vie s'écoule lentement, rythmée par les bruits maintenant familiers du « C4 », par les visites de « l'auxi » précédées du roulement de son chariot aux heures des repas, par le spectacle du nettoyage matinal des cours communes jonchées d'ordures d'où s'envolent en croassant les corbeaux mécontents.

Il a eu aussi la bienfaisante visite d'une amie, autorisée sans enthousiasme par le juge. Lorsque lui a été annoncé « parloir-famille », Jobic a redouté un instant la venue de sa mère. Il ne veut pas la voir ici, en prison.

Jobic a désormais le sentiment que tout dépend pour lui du 1er juillet, date fixée par Hayat pour cette vaste confrontation à laquelle le commissaire s'est dérobé un moment le 21 juin. Cette fois, de gré ou de force, il faudra bien qu'il vienne affronter ses accusatrices, les trois prostituées parties civiles et la dizaine de leurs consœurs qui les soutiennent.

42. ENTRÉE EN MATIÈRE

Par une étrange coïncidence, dans le même temps où Hayat maintient Jobic en détention, la chambre d'accusion de Versailles, quant à elle, a remis en liberté Jean-Claude Mustafa, celui-là même que Hayat tenait pour « l'émir de la poudre » et par qui tout a commencé. Cette décision, contraire une fois encore à ses vœux, n'a cependant plus pour le juge beaucoup d'importance. Son affaire initiale de trafic de stupéfiants et ses deux douzaines d'inculpés ne pèsent plus guère face au dossier du commissaire proxénète, corrompu-corrupteur et suborneur.

Le 29 juin Claude Cancès, le second sous-directeur du quai des Orfèvres récemment promu, est venu à son tour regonfler le moral de Jobic. Le même soir, comme pour le conditionner en vue de l'épreuve du surlendemain, *Antenne 2* lui offre un débat sur la justice...

Le 30 juin au matin, ses avocates ont rendu à Jobic une ultime visite. Il a pensé avec un sourire amer aux derniers préparatifs des épreuves orales en fac de droit. Elles lui ont aussi apporté le numéro tout frais de *L'Événement du Jeudi* dans lequel Frédéric Ploquin et Bernard Veillet-Lavallée signent un grand « papier » de quatre pages, lucide et documenté, sur le cloaque de « Buda » et les inévitables impératifs policiers. Ils y soulignent l'incurie des pouvoirs publics face à un chancre qui déshonore la capitale et la crédulité du juge et des gendarmes qui, se voulant purs et durs, n'en sont pas moins naïfs. Un bon article en vérité, compte tenu de ce que ne savent pas ses auteurs.

Malgré son inquiétude du lendemain, Jobic n'a pu retenir un sourire en suivant, au moment de quitter ses jeunes et jolies avocates, le regard allumé et vaguement jaloux que portent sur elles quelques autres détenus à travers les portes vitrées de leurs boxes.

Vendredi 1er juillet. C'est le grand jour. Au propre comme au figuré d'ailleurs car, pour la circonstance, c'est à 6 heures que l'on a déverrouillé sa cellule et dehors le soleil brille déjà. Après la fouille habituelle, il a été pris en charge par quatre gendarmes. Est-ce l'heure trop matinale, est-ce la routine de l'opération ? Aucun d'entre eux ne semble très cordial. Comme lors de sa venue le 22 juin, la radio annonce régulièrement la progression du fourgon vers Nanterre.

Jobic a à peine aperçu les sombres bâtiments de la cité judiciaire qu'il est déjà à la « souricière ». A travers le bâtiment, son escorte l'a conduit au dépôt et remis aux gardes du palais. Encore une fouille avant de donner quitus du prisonnier aux gendarmes et le voici transféré au troisième étage, dans la galerie de l'instruction où l'attendent ses trois avocats.

Encore quelques minutes et le voici de nouveau face à son juge. Il est presque surpris, Jobic, de se sentir calme, en possession de tous ses moyens, face à son adversaire qui derrière sa barbe en paraît surpris et agacé.

Pour la matinée, Hayat a seulement prévu une nouvelle audition de son inculpé. Le substitut Renaut lui aussi est présent, silencieux comme à l'accoutumée. En fait ce n'est pas Jobic qui va subir un interrogatoire, c'est le juge. Le commissaire a préparé toute une série de questions restées jusque-là sans réponse sur les anomalies qu'il a relevées avec ses avocats depuis sa première arrestation.

N'y revenons pas, elles ont été évoquées au fur et à mesure qu'elles se posaient à travers les personnages entrés en scène. Il en est ainsi de la troublante convocation de M. Kacimi au service social de l'enfance de Nanterre. Il en est ainsi également de la curieuse rétractation supposée dictée par Jobic à Fifi Benkenouche un jour où il était absent et des pressions subies à Versailles par le couple Mustafa après que leur enfant eut été escamoté de la procédure. Jobic n'a garde non plus de souligner les incongruités aveuglantes des divers témoignages de Pedro Villalonga et de ses femmes.

Il se trouve d'ailleurs, à propos du courrier de Fifi Benkenouche expédié au juge en « recommandé », que l'enveloppe de cette lettre a été jetée, à la suite, écrit le juge, *d'une regrettable erreur*. C'est bien fâcheux en effet puisque, l'expéditrice ayant elle-même jeté son récépissé, cette enveloppe à elle seule apportait la preuve de l'absence de Jobic le jour indiqué.

Le commissaire enfin, ayant reçu communication de la déposition faite deux jours auparavant par Mahfoud Bouchama, estime que le juge pourrait l'entendre une fois de plus, ses déclarations sur les pleurs et les confidences de Zouzou étant du plus grand intérêt.

Ce que ne savent encore ni Jobic ni le juge, c'est que Mahfoud Bouchama a été assassiné dans le courant de la nuit précédente par Salim-le-Fou. Le juge aura connaissance du meurtre dans le courant de la journée et la demande de Jobic s'avérera sans objet.

Le juge n'a pas cru utile de mentionner les heures de début et de fin de ce nouvel interrogatoire à Jobic. Ce sont là de vulgaires motifs de nullité pour les procès-verbaux des policiers, lesquels, comme chacun le sait, trichent sur le temps de la garde à vue pour passer leurs détenus à la question. Jobic estime pour sa part que son audition a duré environ deux heures. Les procès-verbaux relus et signés, ses gardes l'ont redescendu au poste de police où il a eu le droit de déjeuner en compagnie des gardiens qui lui ont témoigné de la sympathie. Il y a aussi reçu l'amicale visite du directeur départemental des polices urbaines. Il était malheureusement porteur d'une mauvaise nouvelle : celle de l'assassinat de Mahfoud Bouchama.

Jobic est consterné. Par la mort de l'homme d'abord, mais aussi par la disparition d'un témoin qui aurait pu l'aider à confondre sa principale accusatrice. Dans un second temps, une idée plus terrifiante encore lui est venue. Si ce meurtre était d'une façon ou d'une autre liée à son affaire ?

Il ne sera pas le seul à envisager cette hypothèse : Villalonga et Michel-le-Vosgien n'hésiteront pas à faire du commissaire l'instigateur de cet assassinat. La brigade criminelle, en arrêtant Salim-le-Fou, coupera court en quelques jours à toutes ces supputations délirantes.

Jobic ne mesurera que plus tard le danger auquel l'action de la « crim » lui aura permis d'échapper car les gendarmes ne sont pas restés inactifs après la mort de Bouchama. Eux aussi subodorent dans l'affaire une ténébreuse et mortelle intervention policière.

Le juge Hayat recevra le 5 juillet une dénonciation, naturellement anonyme, désignant le patron d'un bar de la rue Laghouat comme étant, d'une part, l'homme lige de Jobic et son intermédiaire dans ses pressions sur les prostituées, d'autre part, ce qui est nettement plus grave, le commanditaire du meurtre de Bouchama et le conducteur de la voiture de l'assassin. Il n'y avait qu'un tout petit pas à franchir pour faire de Jobic, même en prison, le cerveau de l'exécution. Pourquoi n'y aurait-il pas en France des « escadrons de la mort » ?

On pouvait même trouver des mobiles. Ce témoin qui paraissait, malgré ses réticences, en faveur de Jobic, savait peut-être beaucoup d'autres choses. Comme Michel-le-Vosgien, aurait-il été amené à craquer et à passer de la défense à l'accusation ?

Sadaoui, le patron du bar de la rue Laghouat, mis en cause sera interrogé sans plus attendre par les gendarmes, bien que la brigade criminelle soit *seule* chargée de l'enquête de meurtre. Il tombera des nues. Il ne connaît pas le commissaire Jobic.

Imaginons quand même un instant que les enquêteurs de Versailles lancés sur de meilleures pistes aient réussi avant la « crim » à arrêter Salim-le-Fou. Quelle belle justification pour ce dernier que d'invoquer la réalisation sous la contrainte d'un contrat pour le compte des flics !

La réflexion de Jobic, heureusement, ne peut pas aller, dans l'immédiat jusqu'à cette inquiétante hypothèse. C'est tant mieux car il a besoin de toute sa lucidité. L'heure est maintenant venue d'affronter dans le bureau du juge Hayat la meute des accusatrices.

43. LA CONFRONTATION-CORRIDA

Ce sont vingt et une personnes qui sont rassemblées à 14 h 30 dans le bureau du juge Hayat. Il y a là les trois prostituées parties civiles, leurs trois avocats, sept témoins dont six prostituées, Jobic aussi, bien sûr, et ses trois avocats, ainsi que le personnel judiciaire, c'est-à-dire : le substitut Renaut, l'interprète, la greffière et, derrière son bureau, l'organisateur et l'animateur de la confrontation, Hayat lui-même. Il aurait pu faire mieux et plus encore car il manque beaucoup de monde dans le chœur accusateur. Halima El Bordji et Malika par exemple et encore Fifi Benkenouche, Mabrouka Lazar, Teresa et pourquoi pas Victor Bourth et Monsieur Pedro lui-même. Sans doute le juge a-t-il craint qu'avec une dizaine de personnes en plus, la séance devienne une foire d'empoigne car les filles ont aussi entre elles bien des comptes à régler.

Dehors, c'est une véritable cohue que Jobic, escorté par ses gardes, a dû traverser, une foule de journalistes hérissée de micros, de caméras et de projecteurs, contenue au bout du couloir. La nouvelle de l'assassinat de Mahfoud Bouchama vient d'être connue et ajoute au suspense du spectacle. Il est logique à première vue de lier l'exécution d'un témoin à l'affaire elle-même.

Une dizaine de gendarmes sont là aussi, les uns en uniforme, les autres en tenue civile.

Jobic a l'impression qu'il va être broyé par cette multitude. Il est seul contre tous dans un climat hypertendu.

Cette confrontation-marathon ne va rien apprendre à personne. Les trois parties civiles vont renouveler leurs accusations et Jobic luttera pied à pied pour en démontrer l'absurdité.

Au cours d'une dernière pause; peu après 19 heures, l'occasion lui sera donnée, une fois de plus, de voir ses accusatrices fraterniser dans le couloir avec leurs amis gendarmes en fumant et en se tutoyant.

Quelques éléments intéressants cependant vont se dégager au fil des heures. Le plus important est sans doute la remise au juge, par les avocats de Jobic, d'un télégramme émanant d'Interpol-Alger qui établit de manière irréfutable la véritable identité de Lahouaria Nacel. La fausse Samira Kheri se voit contrainte d'avouer qu'elle a menti depuis le début sur son état civil et qu'elle est bien sous le coup d'une interdiction du territoire français. Jobic et ses avocats s'étonnent de l'indifférence de la justice à l'égard de cette délinquante. Le juge Hayat ne semble guère outragé d'avoir ainsi été trompé pendant des mois. Il en sera quitte pour prendre une nouvelle ordonnance de recevabilité de partie civile sous le vrai nom de Lahouaria, tout en signalant l'usurpation d'identité au parquet. Le procureur lui non plus n'estimera pas opportun de poursuivre l'usurpatrice et le ministère de l'Intérieur autorisera son séjour sous son vrai nom, comme il l'avait fait sous le faux.

Ce télégramme d'Interpol contrarie quand même le juge Hayat. D'ailleurs, cette complaisance des autorités algériennes à venir au secours du commissaire Jobic est une présomption de plus de cette connivence qu'il pressent depuis longtemps, connivence qui expliquerait beaucoup de choses et en particulier tout cet argent volatilisé. Il y a un personnage clé dans tout cela : Triki, ce conseiller juridique du consulat d'Algérie dont plusieurs filles lui ont parlé.

S'il nourrit quelques idées qui se révéleront inexactes sur la nature des relations entre son inculpé et Alger, le juge Hayat n'a pas tort sur l'origine du télex d'Interpol-Alger. C'est bien par Triki effectivement que le divisionnaire Venere a obtenu cette confirmation de la fausse identité de Lahouria Nacel alias Samira Kheri.

Les éclaircissements à ce sujet viendront plus tard.

Pour l'heure, à mesure que se poursuit la confrontation, de nouvelles contradictions apparaissent.

Fathi-la-Grande, qui avait si bien décrit aux gendarmes les deux inspecteurs qui accompagnaient Jobic au repas qu'il lui a offert pendant sa garde à vue, ne se souvient plus de leurs signalements. Zohra Younes se dérobe aux questions précises sur les larmes et les déclarations de Zouzou lors de leur visite chez Mahfoud Bouchama au *Bon Accueil*. Il apparaît clairement aussi que d'autres accusatrices comme Nacera Zitouni voient Jobic pour la première fois, qu'elles n'ont jamais eu affaire à lui et qu'elles n'ont jamais payé aucun policier. Nadjet Khabir, elle non plus, n'a jamais versé d'argent, sauf à son souteneur bien entendu, Zohra Younes pas davantage ; leurs témoignages sont directement nourris par les rumeurs de la prison de Fleury-Mérogis.

Le petit cheptel de Villalonga de son côté, avec Nadia Mazière devenue épouse légitime, Brigitte Bracchi et Marie-Line Barbier, fait ce qu'il peut pour accréditer les délires du maître. On a vu ce que valent leurs affirmations. Elles n'en remplissent pas moins quelques nouveaux procès-verbaux avec, en contrepartie il est vrai, la réfutation argumentée de Jobic qui souligne par ailleurs d'autres brèches dans le dossier de l'affaire.

En ce 1er juillet 1988 en effet toutes les vérifications qu'il a demandées depuis plusieurs mois pour réduire à néant bon nombre des accusations dont il fait l'objet n'ont toujours pas été faites. C'est le cas pour les interventions supposées de Jobic pour libérer parfois Jean Mustafa, parfois Bernard Lemouton dans des affaires de trafic de stupéfiants. Le cas aussi pour cette imaginaire arrestation par le 8e bureau de Lahouaria Nacel qui aurait pu, des locaux mêmes de la police, s'entretenir téléphoniquement avec Jobic et obtenir, moyennant finances, sa liberté. Le cas enfin pour les visites de ces dames qui, à les entendre, formaient presque cortège pour aller au bureau du commissaire lui payer ses complaisances.

De fait, à part le télégramme d'Interpol-Alger que le juge n'avait pas demandé, rien de ce qui pouvait altérer les témoignages accusateurs n'a été abordé et ce n'est pas la confrontation de personnages qui ont déjà tout dit qui pourrait, sinon par le poids des procès-verbaux, ajouter quelque chose au dossier.

Jobic dit et redit que toutes les dépositions qui l'accusent viennent de prostituées, de proxénètes ou de voleurs qu'il a arrêtés dans l'exercice normal de ses fonctions. Il affirme à nouveau que leurs auteurs et instigateurs cherchent à se venger, à jeter le doute sur leur propre culpabilité et à terme sur toute l'action policière. Peine perdue. Le rouleau compresseur de Hayat continue de laminer du procès-verbal.

— Je regrette que d'autres fonctionnaires d'autres d'administrations participent à cette action et se comportent par là même en alliés objectifs du milieu.

Il y aurait beaucoup à dire sur cette accusation lancée à son tour par le commissaire.

— De qui s'agit-il ? questionnera le juge.

— Des gendarmes ! lâchera Jobic.

Ce n'est pas non plus Hayat mais les avocats Bourdon et Terquem qui évoqueront la cassette de Patricia Boschetto. Il n'est pas certain que le juge ait accueilli avec enthousiasme leur intervention. Cassette ? Connais pas ! Jobic lui dit pourtant qu'il croit savoir qu'une copie en a été déposée entre les mains du procureur de Nanterre par la direction de la police judiciaire. Bourdon et Terquem préfèrent quant à eux évoquer la lettre de rétractation déposée par le souteneur Harrag Benmertazza plutôt que la plainte en enlèvement et violences déposée par la Boschetto après la rédaction de ce courrier.

Jobic s'efforce de démonter point par point les accusations martelées par les avocats des parties civiles. Ce sont eux maintenant, dans la nuit qui s'avance, qui ont pris le relais de leurs clientes. Chez les filles la fatigue se fait sentir. Les maquillages et le rimmel ont coulé. Depuis longtemps déjà elles en ont assez. Leur agressivité s'est émoussée. On fume, on chahute, on rigole. La séance, à ses débuts, avait tout de la corrida. Elle tient maintenant de la cour des miracles. Me Terquem qui se frotte sans cesse le nez a tiré ses dernières cartouches. Pendant la pause, il a fait une confidence à Jobic :

— Après vous, on va faire tomber Venere et remonter jusqu'à Foll.

Le commissaire a eu le sentiment d'une entente profonde entre Terquem-Bourdon et son juge. Pas de quoi se remonter le moral dans un tel marathon.

Il est 2 h 30. Il y a douze heures que l'épreuve a commencé. Assez fier de sa « perf » Hayat : « C'est ma plus longue confrontation », avouera-t-il.

Les filles sont parties. Les avocats aussi. Ils ne sont plus que quatre dans le bureau : le juge, le substitut Renaut, la greffière, et Jobic attentif qui relit soigneusement ses déclarations et apporte ses corrections. La greffière, épouse d'un gendarme, est épuisée. On le serait à moins.

Ainsi qu'il est habituel entre gens de bonne compagnie, on bavarde. Jobic essaye encore de faire entendre à Hayat qu'il se trompe, mais le juge a ses certitudes : « Mustafa aura au moins trois ans. » Il n'a pas confié à son inculpé le sort qu'il lui réserve.

Le substitut Renaut a pris congé ainsi que la greffière. Jobic est resté seul avec son juge. Les gardes sont dans le couloir. Il est hors de doute pour le commissaire que ce tête-à-tête n'est pas un hasard. Il ne peut résulter que d'une décision délibérée de Hayat.

— Voulez-vous un sucre ?

Jobic veut bien. C'est un petit reconstituant après l'épreuve, encore qu'il trouve que le geste a tout du « susucre au bon chienchien ».

Derrière sa barbe, Hayat s'est fait amical et rassurant. Mais depuis quelques mois et surtout depuis son incarcération, il faut plus qu'un sourire et un sucre pour endormir la méfiance de Jobic.

— Je suis persuadé que vous avez « touché » mais je n'en trouve pas la trace. Je suis sûr que vous faites partie d'un réseau de policiers qui finance les caisses noires de l'opposition avec l'argent de la drogue et de la prostitution. Ce serait idiot de votre part d'être la seule victime. Si vous m'aidez, je vous libère rapidement. Réfléchissez et n'hésitez pas à me contacter n'importe quand, de jour comme de nuit.

Elle est donc là, sa vérité : une magouille politique. Jobic est tellement stupéfait de la confidence que, après ses douze heures d'épreuve non-stop, il lui faut plusieurs secondes pour retrouver la parole :

— Vous commettez une très grave erreur, Monsieur le Juge. Je ne suis inféodé à aucun parti politique, je n'ai pris d'argent à personne et je n'ai fait que mon devoir de policier.

Cet entretien en tête à tête, Hayat ne le niera pas mais il en contestera le contenu. Selon Jobic, il a pris quelque vingt minutes. C'est beaucoup pour manger un sucre et se dire au revoir. Cette durée est aisément contrôlable puisque le retour du prisonnier à Bois-d'Arcy n'a lieu qu'à 4 heures, en pleine nuit. On ne peut attribuer le temps du parcours ni à la distance ni aux embouteillages.

Jobic ne sera pas le seul à évoquer cette étrange conviction du juge. Jean-Marie Pontault, dans *Le Point* du 18 juillet, en formule aussi l'hypothèse après avoir rencontré le juge et les gendarmes. Et le commissaire divisionnaire Philippe Venere, à la même époque, en fait état, d'après les rumeurs du palais, dans un rapport explosif qui apparaîtra plus tard. Jusqu'à Jehanne Collard elle-même, avocate de Jobic, qui entendra de Hayat le même discours : « Venere et Jobic ne sont que des maillons. C'est une affaire politique, la plus grosse affaire du siècle. Vous devriez sortir de ce dossier... » L'avocate déclinera l'invitation. Elle en savait suffisamment sur les éléments dont se servait le juge pour asseoir ses convictions.

Malgré la nuit avancée déjà teintée d'aurore qui met rarement de bonne humeur, les gardiens ont accueilli leur pensionnaire avec sympathie. C'est décidément son habitude, même en prison, de rentrer à des heures impossibles.

Paradoxalement, son retour en cellule a paru à Jobic le meilleur moment de sa dure journée. Éreinté mais encore abasourdi par sa conversation avec son juge, il a pu regarder les premières émissions de la TV du matin et dérouler à l'envers, sur les images, le film de sa journée.

44. LIBRE !

Les journalistes n'étaient pas venus pour rien le 1er juillet au palais de justice de Nanterre. La confrontation est en bonne place dans toutes les émissions de radio et de télévision ainsi que dans tous les journaux :

AFFAIRE JOBIC : NOUVEAU MYSTÈRE ET CONFRONTATION-MARATHON, titre *Le Figaro* en évoquant l'assassinat de Bouchama.

UN CADAVRE TOMBE SUR LE DOSSIER JOBIC, estime *Libération* pour la même raison.

JOBIC : LE TERRIBLE HUIS-CLOS, annonce *Le Journal du Dimanche* à propos du *happening* judiciaire de douze heures et des singulières pressions exercées à la DDASS sur le cuisinier Kacimi.

LE POLICIER MAINTIENT SES DÉNÉGATIONS ET INVOQUE SES MÉTHODES DE TRAVAIL (*Le Monde*).

AFFAIRE JOBIC : LE COMMISSAIRE RETOURNE EN PRISON, constate *Le Quotidien de Paris.*

Il a effectivement retrouvé sa cellule, la 415, et, dans la prison, assoupie elle aussi pendant le week-end, il a pu se relaxer après les fatigues de la corrida du vendredi. Même les jours sans douche — donc sans eau chaude — il peut maintenant se procurer un peu d'eau tiède avec un chauffe-eau rudimentaire qu'on lui a confié. Ce n'est qu'une résistance qu'il plonge dans un bol pour en réchauffer le contenu. Mais en prison c'est déjà un petit luxe. Jobic, reposé, a repris ses occupations de détenu.

Lecture, courrier toujours aussi abondant, journaux, télévision. Petites séances de mise en forme aussi, deux fois par jour dans son « stade » de vingt-huit mètres carrés. Il n'arrive pas à comprendre comment le juge Hayat en est venu à cette conclusion d'un argent sale, récolté pour le RPR. Car en parlant de parti d'opposition, l'allusion était claire : c'était bien le RPR qu'il désignait. Il y a eu et il y a encore sans doute l'hypothèse d'une fortune dissimulée et puis celle d'une ténébreuse assistance financière aux services secrets algériens. Voilà maintenant qu'il trafique, « julotte », rackette pour le RPR ! Lui, Jobic, petit commissaire parisien, est tout à coup devenu Machiavel.

Il lit et relit le contenu de son dossier, toutes ses notes. Il n'y trouve rien qui puisse apporter le moindre commencement de justification à cette conclusion ahurissante. Mais la mode est au financement suspect des partis politiques et les réactions très vives du syndicat des commissaires politiquement aux antipodes du sien ont pu séduire son juge.

Jobic a pris le parti, faute de mieux, d'enterrer provisoirement ce nouveau problème.

Le lundi 4 juillet dès 10 heures, Jehanne Collard l'a fait appeler au parloir. Elle lui propose de faire entrer dans sa défense son propre frère, Gilbert Collard.

Le juge Hayat sera sans doute intrigué par un tel choix. Les options politiques et philosophiques de Gilbert Collard se situent en effet, comme les siennes, nettement à gauche. L'avocat est d'ailleurs l'un des responsables du MRAP et le président de l'association France-RDA.

Mais les choix et les activités politiques des uns et des autres importent peu à Jobic. Il sait surtout que Gilbert Collard est un avocat de talent et ce dossier devient d'une telle complexité qu'ils ne seront pas trop de quatre pour en déjouer tous les pièges. D'ailleurs le temps presse maintenant. La chambre d'accusation doit se réunir le 7 juillet pour statuer sur son recours contre le refus de libération opposé par Hayat.

L'après-midi a été agréablement occupé par deux visites au parloir-famille. Son amie Valérie, d'abord, qui maintient le contact avec sa mère et la rassure, et un ami d'enfance qui l'avait invité à la fête de la musique le jour même de son arrestation.

Me Salah Seddik à son tour est venu visiter son client le 5 juillet. Jobic se félicite de l'assistance de son avocat algérien, qui a très vite compris l'essentiel du dossier et bloqué les palabres des prostituées arabes. Seddik n'apprécie guère les sous-entendus du juge et de son confrère Terquem, mais il a pris sur lui de les ignorer. Il apporte lors de sa visite une curieuse nouvelle : Hayat serait devenu favorable à un arrangement qui lui permettrait de libérer son inculpé. A quarante-huit heures de la réunion de la chambre d'accusation, Jobic a le vague sentiment d'une manœuvre. Mais il ne peut pas repousser a priori l'idée d'échanger contre un non-lieu le retrait de sa propre plainte. Il faut attendre que Hayat démasque un peu plus ses batteries.

Ce sera fait dès le lendemain 6 juillet. Le juge a abandonné son projet. Bonnes ou mauvaises, les choses ont ainsi au moins le mérite d'être claires. Le seul espoir de Jobic repose désormais sur la chambre d'accusation. Mais que décidera-t-elle et quand rendra-t-elle son arrêt ? L'usage est le plus souvent dans un délibéré de plusieurs jours. Le commissaire sent son moral tomber en chute libre.

Seize jours déjà qu'il est là. Il se sent gagné par un incoercible sentiment de révolte, l'envie de hurler, de frapper. Il lui a fallu beaucoup de temps et de prières pour retrouver le calme. Il a tué le restant de la journée en écrivant à sa mère et à quelques amis.

Le ciel est clair ce 7 juillet et le soleil réussit une percée entre les hauts murs de la petite cour. Est-ce un signe ? Jobic, anxieux, ne tient plus en place. Ses avocats sont à Versailles, il le sait. C'est là-bas que son avenir immédiat se décide.

Après le déjeuner, le gradé de service a ouvert sa cellule. Il est suivi de deux surveillants :

— Jobic, on vous change de cellule !

— Pourquoi ?

Il ne sait pas pourquoi. C'est un ordre qu'il exécute.

Encore un motif d'inquiétude pour Jobic. Changer de cellule peut signifier que l'on sait déjà qu'il va rester là. A moins que ce déménagement ne soit lié à la polémique en cours à propos de l'isolement des terroristes.

Jobic a ressemblé ses affaires et les a chargées sur le chariot ad-hoc qu'on lui a apporté.

— Jobic ! Parloir avocat !

Allons bon, voici son transfert interrompu et les parloirs sont tous occupés. Assis sur son lit, il a attendu que l'un d'eux se libère et le voici poussant son chariot dans l'ascenseur et les couloirs, escorté de ses gardes jusqu'au bâtiment central, la gorge un peu serrée, appréhendant les raisons de cette visite qu'il n'attendait pas si tôt.

... Considérant que le ministère public requiert la mise en liberté provisoire de Yves Jobic sous contrôle judiciaire...

... Considérant que les accusations portées à l'encontre de Jobic, qui sont

parfois contradictoires et dénoncées par certaines prostituées ou certains proxénètes, ne sont corroborées par aucun indice matériel et sont par ailleurs contredites par d'autres dépositions, que par ailleurs les dépositions des témoins émanent de délinquants ou proches,

Considérant qu'il n'est pas établi que Yves Jobic ait ordonné une subornation de témoins,

Par ces motifs :

Ordonne la mise en liberté de Yves Jobic sous contrôle judiciaire.

La chambre d'accusation de la cour d'appel de Versailles a rendu sur-le-champ sa décision de liberté et en a immédiatement informé par télécopie Bois-d'Arcy.

Jehanne Collard et Salah Seddik, de leur côté, se sont fait transporter sans plus attendre à la prison.

Jobic qui arpente les couloirs ne sait encore rien. Une sacrée boule lui serre la gorge et lui assèche la bouche. Apercevant de loin ses avocats sur le rond-point qui dessert les parloirs, il a planté là son chariot et est allé vers eux, se retenant de courir.

— On vient vous chercher ! a lancé Jehanne.

Il n'est pas sûr d'avoir bien entendu, ou alors c'est une farce, une mauvaise farce ! Il a bougonné :

— Vous croyez que c'est le moment de faire de l'humour ?

Seddik lui aussi a souri :

— C'est vrai, tout le monde vous attend dehors.

C'est un bonheur intense qui l'inonde. Il a embrassé Jehanne avec fougue et secoue la main de Seddik à lui en arracher le bras.

Le reste s'est déroulé comme en un rêve. Le retour au greffe, la restitution de ses affaires personnelles. Tous les fonctionnaires ont l'air de partager sa joie. Costume, cravate. Il se sent redevenir le commissaire Jobic après ce petit palier de décompression et de joie fébrile. Le directeur lui-même très affable lui a souhaité bonne chance. Un couloir encore jusqu'à l'entrée, une dernière grille et c'est la grande bouffée de liberté, d'air pur et d'amitié. Embrassades et mains serrées. Ils sont tous là ceux qui n'ont jamais cessé de croire en lui, en son innocence.

Quelques journalistes avisés ont suivi le convoi depuis Versailles pour recueillir les premiers mots, les premières photos.

— En tant que citoyen honnête, en tant que policier innocent, je ne souhaite à personne de connaître l'enfer que j'ai connu pendant ces dix-sept jours de prison. Je remercie mes avocats ainsi que le syndicat des commissaires de police, tous mes collègues et tous les gens qui m'ont soutenu. Je veux aussi rendre hommage à la sagesse des magistrats de Versailles qui, déjà à deux reprises, se sont penchés sur mon dossier, rendre hommage aussi à leur objectivité et à leur respect du droit.

Mieux vaut, en la circonstance, rester prudent et avoir le triomphe modeste. Jobic sait mieux que quiconque qu'une liberté provisoire n'est pas un acquittement.

Le secrétaire général du syndicat des commissaires a le verbe plus libre :

— Il a fallu deux semaines d'incarcération de M. Jobic, au milieu des malfaiteurs qu'il appréhende, et la troisième annulation par la chambre d'accusation des actes du juge, pour que la méprise de M. Hayat éclate au grand jour et que la sérénité de la justice recouvre ses droits.

Dans la foulée d'ailleurs, le même secrétaire général annonce que son syndicat a décidé d'en appeler au président de la République pour que la collégialité des magistrats soit enfin mise en œuvre.

Le fait est que ni la loi Badinter de 1985 ni la loi Chalandon de 1987 qui prévoyaient cette collégialité, pour décider à tout le moins de la détention ou de la liberté de l'inculpé, n'ont jamais vu le jour, faute de moyens, de crédit, de concertation, de volonté véritable...

45. ENTRACTE

Dans l'immédiat, Jobic est tout à la joie de sa liberté retrouvée.

Il a rencontré pour la première fois Me Gilbert Collard, le dernier venu dans le quatuor de sa défense. Puis il est passé à la maison mère — le 36 quai des Orfèvres — où il a été accueilli avec chaleur et enfin au siège de son syndicat assiégé par les médias. Il a aussi téléphoné la bonne nouvelle à Saint-Brieuc, à sa mère.

Existe-t-il dans son cas une véritable liberté ? Le soir venu, il n'a pu refuser de partager le dîner de quelques collègues, avocats et amis. La moindre des choses est d'être avec eux dans cette victoire d'étape, eux qui ont toujours été présents dans les épreuves précédentes.

Il était déjà tard dans cette nuit tiède de juillet lorsqu'il a retrouvé le geste familier : introduire sa clé dans la porte de son logis déserté.

Il est certain que la décision de la chambre d'accusation de la cour d'appel de Versailles, malgré les précautions oratoires de l'avocat général rendant hommage au travail du juge Hayat, constitue pour celui-ci un nouveau camouflet.

Une affaire de police et de justice n'est ni pour le policier ni pour le juge un règlement de comptes personnel. Les idéologies comme les couteaux doivent rester au vestiaire et l'un et l'autre servent avec les mêmes lois la même cause : la Justice. Que le flic soit le chasseur est dans l'ordre des choses. S'il y renonce, la société s'écroule. Que le juge contrôle ses actes, rien de plus normal : il arrive que l'instinct du chasseur le conduise au-delà des lisières du droit. Mais que le juge devienne chasseur de flics et rien ne va plus.

Le commissaire Jobic ne retrouvera son juge que le 25 octobre, près de quatre mois plus tard. Est-ce à dire que la décision de la chambre d'accusation l'aurait désemparé ou tout au moins conduit à un nouvel examen critique de son dossier et des dépositions sur lesquelles il s'appuie ? Il ne le semble pas. M. Hayat reste persuadé qu'il n'est d'autre vérité que la sienne. Il faut aussi que son instruction aille à son terme, celui qu'il s'est fixé. Les deux douzaines d'autres inculpés qu'il traîne au bout de sa ligne ne sont que menu fretin. C'est le gros poisson qui lui échappe qu'il lui faut ferrer de nouveau. Quelques relations suspectes de ce policier peuvent raconter des choses.

C'est le cas de Malika Djennadi dite Dalila, la toute récente veuve de Mahfoud Bouchama. L'arrestation par la brigade criminelle de Salim-le-Fou, l'assassin, a évidemment dissipé les soupçons éventuels sur un contrat des flics. Il n'empêche que son séjour à Fleury-Mérogis et la mort de son compagnon pourraient avoir d'heureuses conséquences sur son comportement. La même chose pour sa complice, Nadia Aïssa-Abdi dite Nado arrêtée en même temps qu'elle. Le juge Hayat estime avoir dans son dossier assez d'éléments sur l'ambiguïté des rapports de ces femmes avec Jobic. Il ne désespère pas, à la faveur de la conjonction des facteurs meurtre plus détention, de les amener à d'édifiantes confidences.

Il a aussi en réserve Triki, conseiller juridique au consulat d'Algérie, en qui il croit deviner une sorte de cheville ouvrière dans la délivrance de « vrais » faux passeports et de certificats de perte de papiers permettant de lever provisoirement des interdictions de territoire. Pour Hayat, son rôle est obscur, de même que sont troubles ses rapports avec les Algériens en situation délicate. Il a surtout à son passif cette intervention qui lui a fait obtenir d'Interpol-Alger la confirmation du faux état civil de Samira Kheri. Tout cela s'articule, sans aucun doute, dans une collusion police parisienne-Alger qui expliquerait bien des choses et en particulier l'évasion des capitaux de Jobic.

Malika Djennadi, Nadia Aïssa-Abdi, Djilali Triki, voilà bien trois pistes insuffisamment explorées. Et quelques autres personnes encore pourraient apporter leur contribution.

Les médias naturellement, dès la libération du commissaire Jobic, se sont fait l'écho de l'événement :

LE COMMISSAIRE JOBIC MARQUE DES POINTS, publie *Le Figaro* qui estime que la mesure de libération ressemble à un désaveu pour le juge.

AFFAIRE JOBIC : AVANTAGE AU POLICIER, titre *Nice-Matin* sans oublier de rappeler qu'il reste sous contrôle judiciaire.

JOBIC EN LIBERTÉ. C'est dans ses « brèves » que *L'Humanité* relate la décision.

LE COMMISSAIRE JOBIC LIBÉRÉ OU JOBIC REMIS EN LIBERTÉ. *Le Parisien*, *Le Quotidien de Paris* et *France-Soir* n'ont pas fait grand effort d'imagination pour annoncer la nouvelle. En revanche, ils consacrent plusieurs colonnes à une rétrospective de l'affaire.

Edwy Plenel, dans *Le Monde* du 9 juillet, va bien au-delà de l'événement lui-même en tentant une analyse objective des circonstances qui avaient amené l'incarcération. Témoignages douteux, écoutes téléphoniques de conversations ambiguës donc suspectes, lettres de rétractation discutables, informateur retourné devenant délateur et suborneur, etc. Ce n'est bien sûr qu'un survol du dossier. Le journaliste, sans prendre parti, conclut en se demandant devant tant d'interrogations : *Pourquoi ne pas faire confiance à la justice ?*

Toute la question est là.

46. DALILA ET NADO

La veuve de Mahfoud Bouchama ne sera pas laissée longtemps en paix dans son deuil à Fleury-Mérogis. Le meurtre de son compagnon rend subitement urgent un interrogatoire dont on pouvait s'étonner qu'il n'ait pas eu lieu plus tôt. Malika Djennadi dite Dalila va être extraite une première fois de sa prison par les gendarmes dès le 13 juillet, puis le 20 septembre et encore le 20 octobre avant d'être entendue par Hayat lui-même le 4 novembre 1988.

De toute évidence, pas plus que son concubin assassiné dont elle partageait la vie depuis 1982, elle n'a été « indic », s'y étant refusée et ayant payé son refus de coopération de nombreux contrôles et descentes de police et même d'une fermeture temporaire de son établissement.

Elle a bien vu Zouzou en larmes dans son bar en compagnie de Ferdouze (Zohra Younes) qu'elle connaît depuis vingt ans, mais elle n'a pas appris la cause de ces pleurs. Elle connaît aussi Fathi-la-Grande, une amie perdue de vue, et bien sûr Leïla-Canard (Benhadjoudja), également ancienne amie devenue concurrente, qu'elle aime maintenant d'autant moins qu'elle est devenue la « balance » du commissaire Jobic. Fifi Benkenouche et « Malika 36 » ne lui sont pas non plus inconnues. Quant à Michel-le-Vosgien (Boumedine Ouchent), il s'agit d'un collègue venu un jour prendre un verre ; leurs relations ne vont pas au-delà.

Dalila connaît beaucoup mieux Nado, c'est évident. Elles ont été arrêtées ensemble par la brigade de répression du banditisme dans un délit dit flagrant de vol à la tire auquel il manquait quand même une victime. Mais ce qui intéresse les gendarmes, ce n'est pas cette sombre affaire, ce sont les relations intimes dont la rumeur a été colportée par plusieurs de leurs témoins, entre Nadia Aïssa-Abdi et le commissaire Jobic.

Pour Dalila, qui voit pourtant quotidiennement son amie, laquelle lui donne même un coup de main dans son bar, il n'y a rien de vrai dans tout cela. Elle n'a jamais vu Jobic et Nado ensemble. C'est pendant son séjour à Fleury-Mérogis que Lahouaria Nacel lui a dit qu'ils étaient amants. Or, ce jour-là précisément, Lahouaria revenait de l'une de ses nombreuses visites aux gendarmes de Versailles qui lui avaient appris la chose. Ainsi va la rumeur... Dalila, que la nouvelle laisse incrédule, a les moyens de se renseigner. Nado est sa compagne de détention. Elle s'insurge contre cette calomnie. Certes elle connaît Jobic, elle l'a même connu chez Dalila, à l'occasion d'un contrôle mais les choses en sont restées là. Elle n'a jamais été « indic ».

Dalila pourtant concédera, le 20 octobre 1988 chez les gendarmes, que pour faire cesser les « descentes » dans son bar et éviter une nouvelle fermeture, elle avait une fois « donné » des casseurs à Jobic. Elle était au terme de sa garde à vue, et quelques jours plus tard, le 4 novembre, chez le juge Hayat elle reviendra en bloc sur ses aveux :

— J'ai fait de telles déclarations car je croyais que ma sœur Nadjiba avait été arrêtée.

En fait, à ce moment-là, sa sœur était déjà libérée mais Dalila ne le savait pas.

Il est intéressant de rappeler qu'après son incarcération pour un vol qu'elle continuera de nier, Dalila avait été laissée en possession, par la brigade de répression du banditisme, de quelques bijoux dont l'origine n'avait pas paru suspecte aux enquêteurs. Certains d'entre eux se trouvaient à son domicile, d'autres dans son coffre au Crédit Lyonnais. Il en avait été de même pour Nado.

A la suite des déclarations de Teresa (alias Fodeya Ben Bachir et de son vrai nom Kerraz Khouda), les gendarmes plus soupçonneux, à moins que l'absence d'esprit coopératif de Dalila et de son amie ne les ait contrariés, vont les saisir à nouveau pour d'autres vérifications.

Sous sa fausse identité et sa fausse nationalité qui seraient apparues de façon flagrante au prix d'une simple vérification d'archives de même que sa profession de voleuse internationale, Teresa avait accusé Jobic de lui avoir dérobé, lors de son arrestation le 26 mars 1986, divers briquets et bijoux, lesquels provenaient d'ailleurs d'escroqueries à la carte de crédit réalisées par son concubin Tahir. La lumière avait été faite, par les procès-verbaux de perquisition et les dépôts au greffe, sur la fausseté de ces accusations. Qu'importe, il manquait encore des choses à Teresa dont le faux état civil ne sera révélé qu'en novembre par l'inspection générale des services.

Elle a envers Dalila une animosité qu'elle ne cache pas :

— Je la déteste.

Et elle est en liberté depuis le 17 juin 1988.

On ne s'étonnera pas, compte tenu de la complaisance que l'on accorde à sa fausse personnalité, qu'elle reconnaisse tout à coup, après la fouille de la cellule de Dalila et de Nado, quelques-uns des objets et bijoux que Jobic et ses inspecteurs lui ont volés.

La démonstration est lumineuse : Jobic, dont la cupidité se double d'une stupidité qui confine elle-même à la débilité, a volé à Teresa des bijoux qu'il a offerts ensuite à ses maîtresses !

Est-il utile de dire qu'il n'y aura jamais le moindre commencement de début de présomption de preuve dans les affabulations de Teresa. On rendra leurs bijoux aux intéressées.

Dalila a conservé de l'épreuve quelques souvenirs précis :

— Les gendarmes m'avaient dit que tout ce qu'ils voulaient, c'était « baiser » Jobic. Ils voulaient aussi que Nado et moi soyons ses maîtresses. Ils m'ont bousculée, ils m'ont enlevé ma chaise et ils m'ont collée au mur après avoir écrasé mes cigarettes. Ils ne comprenaient pas que je n'enfonce pas le commissaire. Teresa elle-même, que j'avais vue en prison, m'avait conseillé de charger Jobic parce que Hayat pouvait nous faire sortir. Le juge venait à Versailles quand on nous sortait de la prison Nado et moi. Il était dans la pièce à côté. Il est même intervenu avec le commandant Morel pour calmer les gendarmes quand ils frappaient Nado. J'entendais ses cris dans la pièce à côté. Morel jouait le gentil pour nous convaincre. Le lendemain quand j'ai vu Nado, elle marchait « cassée ».

« A côté de cela, ils mettaient ensemble les témoins coopératifs et ils les soignaient bien.

« Ils m'ont accusée aussi de centraliser l'argent de Jobic pour le compte de la sécurité militaire algérienne. Mais comme je ne vais en Algérie qu'une fois par an, ils se sont rabattus sur Rhatiba, la sœur de Nado qui voyage souvent.

« Après l'assassinat de Mahfoud, ils voulaient tous, même le juge, que ce soit Jobic qui, de sa prison, ait tout organisé. Ouchent (Michel-le-Vosgien) m'a dit la même chose en arabe quand nous avons été confrontés chez le juge. C'était idiot. Tout le monde savait que c'était Salim-le-Fou.

Il est vrai qu'Ouchent, mieux que quiconque, savait à quoi s'en tenir sur l'assassin de Mahfoud puisqu'il avait participé directement à sa traque avant le meurtre et avant de basculer dans le camp des accusateurs de Jobic.

Sans accorder d'emblée un crédit total aux propos fracassants de Dalila, il faut admettre qu'ils recoupent à bien des égards la réalité. Ainsi pour les violences subies par Nado à Versailles et qu'elle dénoncera à Hayat le 9 novembre en mettant nommément en cause comme auteurs les gendarmes Corbel et Camille.

— Je dis et je répète que je n'ai rien à voir avec l'affaire Jobic. Les gendarmes m'ont traitée comme une chienne en disant que je couchais avec Jobic, que je m'étais fait avorter. Les gendarmes m'ont frappée et massacrée. Il n'y a que le chef de la gendarmerie qui a été correct.

Nadia Aïssa-Abdi dite Nado déposera d'ailleurs plainte par l'intermédiaire de son avocat Me Metzner, après que les traces des sévices subis eurent été constatées par le médecin de la prison. Elle se constituera même partie civile au mois de février 1989. Les militaires mis en cause étant officiers de police judiciaire c'est M. Stoltz, premier juge d'instruction à Amiens, qui a été chargé de l'information. Nado a confirmé et précisé avec force détails devant ce magistrat, un an plus tard, les violences qu'elle avait subies, les rôles respectifs des gendarmes qu'elle accuse, c'est-à-dire Corbel et Camille, ainsi que le but qu'ils disaient poursuivre : faire retourner Jobic en prison !

Ces gendarmes, qui ont été interrogés, ne sont sans doute pas d'accord avec cette version des faits. Il reste à espérer que de l'enquête du juge Stoltz sortira, même tardivement, la vérité.

Pour l'heure il était certain que les déclarations de Nado aux gendarmes n'allaient pas dans le sens qu'ils espéraient. Ne dit-elle pas, le 20 septembre, que Zouzou lui a confié qu'elle n'avait formulé ses accusations contre Jobic que pour pouvoir vivre en toute tranquillité ? Elle avait ajouté, toujours selon Nado, qu'elle préférait faire pleurer la mère de Jobic que la sienne, une formule déjà plusieurs fois utilisée par Zouzou.

Nado le 9 novembre, en confrontation chez le juge, renouvellera ses déclarations, ajoutant qu'à son avis Zoulikha Zenati a cédé aux pressions des gendarmes à cause de ses cinq enfants et des risques d'expulsion qu'elle courait.

On sait que les confidences de Zouzou après la mort de Bouchama n'ont pu recevoir d'autres confirmations, Malika Djennadi et Ferdouze disant ne les avoir entendues ni au restaurant de Bouchama ni dans la voiture de Malika. Après les premières déclarations de Bouchama, les affirmations de Nado n'en sont pas moins troublantes.

Nadia Aïssa-Abdi a aussi une sœur prénommée Rhatiba. Elle se dit femme de ménage sans emploi mais est connue comme « tireuse ». Elle séjourne en France de manière irrégulière sans autre titre de séjour qu'un passeport portant la trace de fréquents voyages en Algérie et dont le dernier visa n'était valable que jusqu'au mois d'avril 1988. Elle est arrêtée le 13 juillet par les gendarmes.

Sa situation et ses occupations ne sont guère plus claires que celles de la plupart des intervenants dans cette affaire. Si elle se rend si souvent à Alger c'est pour voir son enfant qui est élevé par ses parents. Les gendarmes ayant aussi trouvé la trace de virements de fonds de Paris sur Alger, elle les expliquera en disant qu'il s'agissait d'opérations effectuées pour le compte de sa sœur Nadia.

Les sommes ne sont pas très importantes mais ce trafic Paris-Alger et le nombre insolite des voyages de Rhatiba ont de quoi exciter légitimement la curiosité de Corbel et de Camille qui l'interrogent. Rhatiba n'a que vingt-deux ans et lorsqu'elle voit sa garde à vue prolongée, le 14 juillet, elle entre dans une crise d'angoisse que le médecin constate sans l'estimer toutefois incompatible avec la prolongation de la détention. C'est à la quarante-septième heure que les gendarmes vont obtenir d'elle une déclaration étrange.

Après la dernière arrestation de son mari pour vol, elle avait découvert une somme de cinq mille dollars que les policiers n'avaient pas trouvée lors de la perquisition. Ne sachant où mettre cet argent en sécurité, elle était allée voir le commissaire Jobic à son bureau pour lui demander de le garder. Il était entendu qu'elle reprendrait cet argent au fur et à mesure de ses besoins. C'est ainsi que, par la suite, elle était revenue cinq fois pour recevoir mille dollars à chaque visite, ce qui avait épuisé son compte. Rhatiba précisait encore qu'elle échangeait ensuite son argent américain contre des francs dans un bureau de change de la place Blanche.

Manque de chance ou trouble de la mémoire ? Rhatiba ne situe le bureau de Jobic ni au bon étage ni du bon côté de l'immeuble et le 18 juillet, extraite de prison, entendue par le juge Hayat, elle revient sur la totalité de ses déclarations. Tout d'abord elle n'avait trouvé que mille dollars et non cinq mille après la perquisition de la police. Mais surtout elle ajoute :

— Je n'ai jamais demandé au commissaire Jobic de garder cet argent.

Quant au mari de Rhatiba, Mourad Abzar, il ne comprend rien à cette histoire de dollars.

Rhatiba et son mari ont-ils servi au juge la vérité toute nue ? Rien n'est moins sûr. Dans le monde des voleurs, le mensonge est souvent la règle. Mais de Jobic dans tout cela, point.

S'il lui fallait prendre en compte les multiples activités délictuelles ou seulement marginales du milieu qu'il côtoie, il faudrait plusieurs Hayat pour tenter d'y voir clair.

Mais au fait, par quel sortilège Camille et Corbel en sont-ils venus à faire évoquer par Rhatiba cette sombre histoire d'un dépôt de cinq mille dollars ?

L'explication est simple. Le 13 juillet chez le juge Hayat qui le retient toujours en prison, Michel-le-Vosgien est atteint d'une fièvre de dénonciation voisine de la logorrhée. C'est dans la masse des informations qu'il livre avec conviction que l'on apprend que « Nado a une sœur Rhatiba détenant dix mille dollars évidemment volés. Cinq mille ont été cachés par cette fille derrière une armoire et l'autre moitié récupérée par Jobic, c'est-à-dire cinq mille dollars, qu'il lui a rendus par la suite peu à peu. Il est évident que si vous effectuez une perquisition dès aujourd'hui au domicile de Rhatiba, elle est susceptible de vous aider dans la marche de l'instruction ».

Le juge Hayat avait aussitôt suivi ce conseil pertinent puisque, le soir même, Rhatiba était arrêtée.

Il n'apparaît pas pourtant que le juge ait longtemps cru à la piste de Rhatiba ni aux espoirs qu'elle pouvait entretenir sur l'ouverture de la nouvelle « filière algérienne » suggérée par Boumedine Ouchent. En effet, quelque temps après qu'elle fut revenue, chez le juge, sur ses déclarations, les gendarmes la faisaient expulser de France.

Ce n'était pas un bon témoin.

Toutes ces turbulences autour de Dalila et Nado ne leur porteront pas chance. Elles écoperont chacune, comme on le sait, de deux ans fermes.

Quant à Boumedine Ouchent décidément intarissable, il va encore apporter une nouvelle contribution à l'affaire en sautant avec empressement dans la Porsche rouge du commissaire que l'extravagant Villalonga va lui avancer.

47. L'OMBRE DE L'ASSASSINAT POLITIQUE

Lorsqu'il est entendu de nouveau le 19 juillet 1988 par le juge, Pedro Villalonga a déjà fait maintes fois la preuve de ses délires. Que ce soit par la vingtaine de longues lettres aux accusations multiples envoyées à ses correspondants favoris, assaisonnées suivant le cas d'injures obscènes ou d'obséquiosité graveleuse, ou encore par ses auditions, on sait « qu'il a tout faux ».

Il a même écrit, prétend-il, au Premier ministre, Michel Rocard, pour lui rappeler une invitation dans un cabaret espagnol avec une belle femme blonde ! Il s'est inquiété aussi de la santé de Me Varaut, l'avocat de Jobic, et des porte-jarretelles de Jehanne Collard. Il a écrit encore au président de la cour d'appel pour récuser son juge et au journal *Le Monde.* Il invoque même un certain patrimoine génétique pour expliquer sa graphomanie et sa décision d'écrire un livre :

— Avec le nom que je porte, cela devrait marcher !

Ses propres juges d'instruction ne se sont guère émus de cette fièvre épistolaire galopante. Le juge Hayat pour sa part ne néglige rien. Il a rassemblé tout ce courrier épars de « révélations » dans son dossier. Il ne faut rien négliger. Peut-être y a-t-il dans cette botte de foin l'aiguille qui pourrait clouer Jobic comme un imprudent papillon à sa planche ?

Du coup, c'est avec une conviction nouvelle qu'il s'élance sur la piste de la Porsche rouge.

Monsieur Pedro n'avait pas été convié par M. Hayat à la corrida du 1er juillet. Sage précaution sans doute. L'ambiance était suffisamment tendue. C'est donc le 19 juillet que Villalonga assène au juge sa dernière révélation : « Cela m'a amusé d'entendre que l'on n'avait rien trouvé d'anormal sur les comptes du commissaire Jobic. Je certifie qu'il a et qu'il utilise une Porsche 928 S de couleur rouge. Il va régulièrement au garage *Sonauto* à Levallois-Perret. Ce garage est l'importateur numéro un, pour la France, des véhicules Porsche. »

Boumedine Ouchent plus tard, libéré de sa prison, affinera dangereusement l'information :

« J'affirme également avoir vu Yves Jobic circuler à bord d'un véhicule Porsche. Je pense que ce véhicule ne lui appartenait pas. Il appartient à une prostituée qui est une belle fille, une Française, précisera-t-il.

« J'affirme avoir vu Jobic conduire cette Porsche. Je ne me souviens plus du nom de la prostituée... Cette jeune femme était souvent avec une copine. Elles sont allées manger une ou deux fois avec Yves Jobic et l'inspecteur Jacqueré au restaurant d'Ali Alayane. Je précise que Jobic ne m'a jamais dit que cette femme était une prostituée. C'est Ali Alayane qui me l'a dit par la suite. »

Elle est bien séduisante, cette confirmation d'Ouchent, à ceci près qu'il a vu quant à lui, non pas une Porsche rouge, mais une Porsche grise ou blanche...

Ali Alayane, le collègue et voisin de Michel-le-Vosgien et dont nous avons évoqué l'animosité à l'égard de la 1re DPJ à laquelle il doit une fermeture temporaire et humiliante, s'empresse de confirmer la chose. Et voici que la Porsche devient de couleur foncée. Il ne peut préciser davantage. Il ne s'en souvient pas, bien que l'ayant vue cinq ou six fois. Ali-le-Gros n'a jamais eu ni auto ni permis et il n'est pas certain qu'il sache distinguer une couleur ou un type de voiture. Il n'en fait pas moins, selon lui, la réflexion à Jobic que la police avait des moyens pour faire son travail puisqu'elle roule en Porsche. Jobic s'était, dit-il, contenté de rire et lui avait présenté sa compagne, propriétaire du véhicule, comme étant procureur de la République à Créteil. C'était une Européenne de trente ans aux longs cheveux bruns.

A partir de ces trois déclarations, va s'enclencher un mécanisme plus redoutable que tous les concerts des prostituées de « Buda » et que toutes les accusations portées et colportées jusque-là sur le commissaire.

Cette Porsche est, de toute évidence, la partie émergée de la fortune cachée de Jobic.

Évidemment le bon sens conduit à se dire qu'un homme assez habile pour déjouer toutes les recherches sur son patrimoine occulte ne peut pas être assez stupide pour s'exhiber au volant d'une Porsche rouge en compagnie de sa maîtresse, qu'elle soit prostituée ou procureur. Personne d'autre d'ailleurs ne l'a jamais vu autrement qu'à bord de sa modeste Renault 9 de service. Mais dès l'instant où l'on veut bien admettre qu'il a des relations intimes et fructueuses avec une demi-douzaine de « gagneuses » de « Buda », de Foch et d'ailleurs, on peut tout concevoir, y compris le fait de « s'éclater » de temps en temps avec une grosse cylindrée de luxe.

Le plus grave n'est plus là. Il est dans la surprenante identification par Ali Alayane, sur des photos qu'on lui soumet, de la fameuse Européenne, procureur de la République de Créteil, que lui a présentée Jobic. Il s'agit en fait d'une Algérienne, Fatna Beliali, âgée de trente-cinq ans, strip-teaseuse et hôtesse de cabaret de son état.

Un peu plus circonspect, Boumedine Ouchent croit reconnaître la même femme avec cette réserve « qu'elle a un peu changé » et que, selon lui, « il s'agit d'une Française » ! Détail négligeable. La vraie question est de savoir pourquoi diable la photo de cette femme se trouve sous le numéro 5 dans l'album photographique numéro 1.143/2 de sept clichés, proposé à l'examen d'Ali-le-Gros et de Michel-le-Vosgien ?

Ici, une parenthèse s'impose.

Dès le 1er juillet, lors de la confrontation-fleuve opposant Jobic à ses accusatrices, Me Terquem, avocat des parties civiles, avait glissé sans aménité à Me Salah Seddik, l'avocat algérien entré depuis peu dans la défense de Jobic :

— Je préférerais de loin Me Mecili à vous comme avocat.

On peut se demander à partir de cette réflexion s'il n'existait pas déjà quelque part, dans un recoin obscur de la pensée, la tentation pour ceux qui veulent « tomber » Jobic, de le relier d'une manière ou d'une autre, en même temps que le système qu'il représente, au meurtre de l'avocat algérien.

Me Ali Mecili, porte-parole de l'opposition algérienne, a été assassiné à Paris le 7 avril 1987, donc au début de l'affaire Jobic. Assassinat politique sans aucun doute. Dans l'enquête qui suit, la brigade criminelle aboutit en quelques semaines à l'identification d'un suspect, Abdelmalek Amelou dit Malek, que les policiers cueillent en juin 1987 à son retour d'Alger, en même temps que son amie « Mimi ». Mais Amelou sera rapidement réexpédié par le ministre de l'Intérieur vers son pays d'origine. Son amie connaîtra le même sort.

Il ne s'agit pas ici de discuter le bien-fondé de cette expulsion dans le contexte politique des relations franco-algériennes. Retenons simplement que, pour les opposants au régime d'Alger, l'impunité ainsi accordée par les autorités françaises à l'assassin présumé est tenue pour un scandale. L'affaire d'ailleurs refait actuellement surface sous la forme d'une nouvelle instruction visant les autorités qui provoquèrent à l'époque ces expulsions.

Ce qui intéresse davantage l'affaire Jobic, c'est que cette « Mimi », concubine de Malek Amelou, n'est autre que la femme représentée sur la fameuse photo numéro 5, reconnue par Alayane et Ouchent comme l'amie du commissaire.

« Mimi » est Fatna Beliali, la belle strip-teaseuse à la Porsche, divorcée d'un magicien-illusionniste nommé Patout.

Voici de quoi donner un nouvel élan aux hypothèses et suppositions. L'affaire Mecili n'a-t-elle pas été enterrée sous le règne du gouvernement précédent et l'ordre d'expulsion signé par le ministre de l'Intérieur ? Tout le monde sait — la presse en a parlé — que dans cette affaire criminelle le meurtrier présumé était en possession d'un ordre de mission des services de la sécurité militaire algérienne. Or l'une des hypothèses privilégiées par le juge Hayat quant à la destination des fonds amassés par Jobic a toujours été et reste la piste algérienne.

A partir du lien établi entre Jobic et Fatna Beliali tout s'enchaîne, intellectuellement du moins, de façon remarquable : le commissaire, par l'intermédiaire de cette femme, transfère ses fonds à la sécurité militaire algérienne, laquelle finance ainsi l'assassinat de Me Mecili par Abdelmalek Amelou !

48. LA PORSCHE ROUGE

Il reste à donner à cette Porsche, clé de voûte de toute cette spéculation intellectuelle, une consistance matérielle. Réquisitions et commissions rogatoires vont pleuvoir une fois de plus tant sur la section de recherches de Versailles que sur les concessionnaires et revendeurs de Porsche et les organismes informatisés permettant de suivre la vie des véhicules à travers leurs propriétaires successifs.

Plus de trois cents feuillets de vérifications et quelques douzaines d'auditions vont ainsi venir grossir le dossier Jobic et diverses pistes de Porsche de toutes couleurs vont être suivies.

La Providence veille et va venir au secours des enquêteurs d'une manière quasi miraculeuse. Elle prend la forme d'un appel téléphonique anonyme, reçu le 9 novembre 1988 par le maréchal des logis chef Spagnol à la SR de Versailles.

— La Porsche que vous cherchez porte le numéro 428 FBK 75. Elle est la propriété de Fatna Beliali.

Le correspondant ne veut pas en dire davantage. A quoi d'ailleurs cela servirait-il ?

Malgré « les énormes difficultés rencontrées », selon le lieutenant-colonel Morel, pour retrouver les propriétaires successifs de la Porsche en question et en dépit de leur négligence à l'égard des opérations de mutation de carte grise, les choses vont dès lors aller très vite.

La voiture avait bien été acquise à crédit en 1987 par Fatna Beliali pour la somme de deux cent vingt mille francs. Les échéances avaient cessé d'être honorées à partir du 15 juillet de la même année. En outre, des réparations consécutives à un accident avaient été réglées par un chèque sans provision de quarante-deux mille francs de la même Fatna Beliali. La société de crédit Diac faisait dès lors saisir le véhicule chez le garagiste qui le détenait et le faisait vendre aux enchères par huissier, le 8 mars 1988.

Bien qu'il ait ensuite changé trois fois de propriétaire, il était finalement retrouvé par les gendarmes le 26 novembre de la même année chez son dernier détenteur à Maisons-Alfort.

L'histoire si séduisante de la Porsche du commissaire pourrait s'arrêter là. Il ne sera jamais établi que Jobic ait circulé dans ce carrosse prestigieux, ni qu'il ait jamais connu ou même simplement rencontré la belle Fatna.

Dans le dossier du juge Hayat l'affaire, après l'énorme travail des gendarmes, finit en queue de poisson.

Cet épisode de l'affaire Jobic est infiniment plus pernicieux qu'il n'y paraît. La presse s'en empare :

Le commissaire Jobic déjeunait-il parfois avec Mimi Beliali, compagne de l'assassin présumé ? interroge *Le Canard enchaîné* le 8 mars 1989 à la suite d'un long article consacré à une rétrospective critique de l'enquête Mecili.

LE COMMISSAIRE JOBIC FAIT IRRUPTION DANS L'AFFAIRE MECILI, titre *Libération* le même jour en ajoutant : *une piste : la compagne de l'assassin présumé était une proche de Jobic.*

JOBIC : L'IMPASSE DE LA PISTE ALGÉRIENNE, annonçait *Le Figaro* dès le 31 janvier 1989. Jean-Charles Reix précise toutefois dans son texte que l'hypothèse d'une opération de « Barbouzes » du type « affaire Ben Barka », un moment envisagée, avait été écartée.

Elle n'est pourtant pas abandonnée par tout le monde puisque Hocine Aït Ahmed, l'un des chefs historiques de la révolution algérienne, devenu un opposant obstiné aux régimes qui se sont succédé depuis l'indépendance de son pays, l'évoque à son tour dans son livre *L'Affaire Mecili*[1] *en* mai 1989. *L'Événement du Jeudi,* dans son numéro du 4 mai 1989, estime cependant, en évoquant ce livre, que *de là à en déduire l'existence d'un rapport direct entre le commissaire Jobic et l'assassinat de Ali Mecili, il y a un pas que la rigueur élémentaire interdit de franchir.*

L'irruption de Jobic dans l'affaire Mecili ayant finalement au plan judiciaire conduit à une impasse, son seul résultat avait été de faire souffler les médias sur les braises d'un conflit politique. On peut se demander si ce n'était pas là précisément le but poursuivi.

---

1. *L'Affaire Mecili.* Éditions La Découverte.

On pourrait encore se poser d'autres questions.

Pourquoi, par exemple, Villalonga, qui n'est pas avare de dénonciations vengeresses, a-t-il attendu le 19 juillet 1988 pour découvrir, de la prison où il est depuis plusieurs mois, et annoncer au juge l'existence de la Porsche rouge du commissaire ?

Peut-être Monsieur Pedro a-t-il entendu des voix ! Celle de Nadia Mazière, par exemple, qui est inculpée comme lui de proxénétisme et qui vient de choisir comme défenseurs Mes Bourdon et Terquem. Mais au fait, n'est-ce pas Terquem qui le premier a cité le nom de Mecili en apostrophant son confrère Seddik le 1er juillet ?

Comment se fait-il aussi que l'intarissable Ouchent et Alayane le rancunier, qui eux connaissent bien et voient fréquemment Jobic, aient attendu cette révélation de Monsieur Pedro pour retrouver la mémoire ? Que diable, un commissaire dans une Porsche, on s'en souvient, qu'elle soit rouge, blanche, ou grise !

Quant à la recherche de la bonne Porsche, rien n'était plus simple : elle figure sous son bon numéro dès le 10 juin 1987 dans le premier interrogatoire de Fatna Beliali lors de son arrestation avec Malek Amelou par la brigade criminelle. Il suffisait au juge Hayat de se renseigner à la « crim » pour entrer de plain-pied dans l'affaire Mecili. Ce n'était sans doute pas souhaitable. Est-ce vraiment avoir l'esprit tortueux que d'imaginer que les galopades éperdues imposées aux gendarmes sur toutes les Porsche possibles et imaginables n'aient été qu'un rideau de fumée destiné à éviter cette vérification ? Puis, comme il faut bien à un moment ou à un autre aboutir, arrive ce coup de fil magique et anonyme qui sert sur un plateau le véhicule convoité.

Ensuite tout s'enchaîne tout naturellement. Ouchent et Alayane qui décrivaient une femme française ou à tout le moins européenne vont reconnaître sur photo, sans sourciller, l'Algérienne Fatna Beliali. Cela laisse un léger malaise dans l'esprit raisonneur d'un flic.

Comment enfin la photo de Fatna Beliali se trouvait-elle tout à coup présente sous le numéro 5 dans l'album numéro 1143/2 de sept clichés, soumis à l'examen d'Ouchent et d'Alayane ? La réponse est donnée par le lieutenant-colonel Morel dans son rapport de synthèse du 24 novembre 1988.

La photo de Fatna Beliali a été recueillie à la demande du juge d'instruction au service des permis de conduire de la préfecture de police.

Le juge, connaissant très officiellement depuis le 9 novembre, par le numéro de la Porsche, l'identité de Fatna Beliali, ne peut plus feindre d'ignorer son implication dans l'affaire Mecili. Ce n'est pourtant pas à la brigade criminelle qu'il s'adresse ni à sa collègue de Paris, Mme Canivet-Beuzit qui fut chargée de l'instruction. M. Hayat ne fait aucune confiance à la police judiciaire et sa démarche à la « crim » dans une affaire sensible avait peu de chance d'être tenue pour banale. Ce n'est qu'en possession de la reconnaissance assez réservée, le 22 novembre, de Fatna Beliali par Ouchent qu'il donne à l'IGS, par commission rogatoire du même jour, mission de le renseigner plus avant sur cette femme. Aucune allusion bien sûr, dans cette délégation, à l'affaire Mecili ; mais le délai de quarante-huit heures imparti au commissaire principal Lecompte implique une urgence insolite.

Ce délai sera respecté et, le 24 novembre, le juge Hayat apprend officiellement le rôle de Fatna Beliali dans l'affaire Mecili et peut relier ainsi entre eux les dossiers Jobic et Mecili. Il n'en sait pas davantage sur les relations éventuelles entre cette femme et Jobic. Peu importe, l'affaire Mecili est entrée dans son jeu.

Il pourra donc, quelques jours plus tard, en clôturant son information, mentionner dans son ordonnance de renvoi devant le tribunal que : *des connexions entre l'affaire Jobic et l'affaire Mecili paraissaient établies.* Or Hayat n'a même pas interrogé Jobic ni aucun de ses collaborateurs sur le sujet, alors que le 24 novembre il organise avec le commissaire une ultime confrontation pour d'autres causes.

Des preuves nulles, des présomptions suspectes et une démarche de l'instruction insolite font de la conclusion du juge une affirmation gratuite. Elle contribue aussi à créer pour la suite un environnement et une ambiance générale dangereux que la presse bien informée ne manquera pas d'exploiter.

Ce ne sont là sans doute que fantasmes de policiers ayant appris à ne tenir pour vrai que ce qui a été prouvé.

En matière de preuve précisément, de preuve contraire plutôt, il surgira bien plus tard un argument de poids. Ce sera le jour où M. Pedro Villalonga confessera qu'il a été manipulé.

49. LES TRIBULATIONS D'UNE ALGÉRIENNE EN ALGÉRIE

Zoulikha Zenati est l'une des principales accusatrices du commissaire Jobic. Après avoir nié toute relation avec le commissaire depuis l'arrestation de Dash son souteneur qu'elle avait « donné », elle a effectué une renversée spectaculaire. Elle est, depuis cette arrestation, sous la protection payante de Jobic.

Après avoir festoyé chez *Charlot,* place Clichy, pour une somme modique, elle lui a remis de l'argent dans son bureau à trois reprises : deux fois mille cinq cents francs et une fois trois mille francs. Plus tard elle ajoutera même que le commissaire lui avait proposé une carte de dix ans pour dix mille francs.

C'est un témoin en béton, un des piliers de l'accusation. Comme elle est en situation irrégulière en France, le ministère de l'Intérieur, sur la demande conjointe du juge Hayat et des avocats Bourdon et Terquem, a accepté, dans l'intérêt supérieur de la justice, de régulariser sa situation.

Devenu témoin privilégié, Zouzou se constitue partie civile, ce qui n'ira pas sans mal comme on l'a vu. Elle donnera aussi des interviews à la radio :

— Je buvais même des pots avec lui et tout, je prenais, ouais, des pots dans son bureau.

Le journaliste : — Quelles étaient les réactions des collègues quand vous arriviez comme ça dans le commissariat ?

Zouzou : — Ils étaient tous contents.

Le journaliste : — Ils savaient pourquoi vous veniez ?

Zouzou : — Bien sûr, bien sûr, une fois on a mangé ensemble aussi et moi, j'ai payé le manger. C'est pas rien qu'avec moi, avec même toutes les filles, donnant, donnant. Ils leur donnaient de l'enveloppe, les filles, attention !

Le journaliste : — Et comment s'est passé le premier contact ?

Zouzou : — Eh ! il a fait tomber mon maquereau, alors on se voyait de temps en temps, il me téléphonait, il me donnait des rendez-vous, voilà.

Le journaliste : — Il vous disait de vous taire ?

Zouzou : — « Il faut pas parler, si jamais il t'arrive quoi que ce soit, je suis là, je t'aiderai. »

Le journaliste : — Financièrement aussi ?

Zouzou : — Bien sûr, donnant, donnant, hein !

Après son appel au secours du 2 décembre 1987 au juge Hayat, elle est placée sous protection rapprochée, ce qui provoque le lendemain un article dans *Le Parisien* sous le titre : MAINTENANT J'AI PEUR.

Inutile de revenir sur toutes ses déclarations. Elles ont été vues précédemment.

Le 29 juillet 1988, Zouzou décide d'aller rendre visite à sa famille en Algérie. N'oublions pas en effet qu'elle a là-bas cinq enfants confiés à la garde de son mari à Alger et pour lesquels elle envoie, dit-elle, une partie de son « salaire ».

Son entrée au pays va se passer sans problème au vu de son passeport. C'est déjà étonnant. Elle avait fait, au consulat d'Algérie à Paris en octobre 1986, une déclaration de vol de ce passeport. Peut-être le voleur le lui a-t-il rendu depuis, sans qu'elle le fasse savoir aux autorités ?

Elle gagne donc Arzeu où se trouve sa famille et où elle a la surprise d'être téléphoniquement, deux semaines plus tard, convoquée au commissariat de Mostaganem pour un problème de « refus de passeport ».

« Le commissaire avait sur son bureau un article du journal *Le Point*. J'ai été questionnée sur l'affaire Jobic et le policier m'a demandé pourquoi j'avais accusé ce commissaire. J'ai ensuite été questionnée sur Fatna Kebdani, Lahouaria Nacel, les frères Mustafa, etc. Le commissaire m'a expliqué qu'il ne fallait pas témoigner contre un commissaire de police. Ça ne se fait pas. C'est pas gentil.

« Il est clair qu'il voulait que je me rétracte dans une déposition et comme je refusais, il m'a été indiqué que j'allais passer la nuit au poste.

« En fait j'ai été libérée à 19 heures grâce à l'intervention de mon père qui est haut fonctionnaire. Toutefois en quittant le commissariat, je n'avais plus mon passeport.

« Une semaine plus tard, le commissaire Kadaoui m'a prévenue par téléphone qu'une voiture avec un inspecteur allait passer à la maison pour me le rendre. Vers 23 heures, une voiture avec un chauffeur et un inspecteur sont arrivés. On m'a rendu mon passeport contre récépissé. Le lendemain, les policiers de Mostaganem m'ont fait savoir que je devais regagner tout de suite la France.

« En fait, je ne suis repartie que le 9 septembre et à ce moment-là j'ai été traitée comme une véritable princesse par les policiers de Mostaganem. Le commissaire Kadaoui m'a conduite à l'aéroport et le chef d'escale m'a permis de voyager en première classe. Le commissaire Kadaoui, avant d'embarquer, m'a bien recommandé de ne pas parler de mon séjour au commissariat. Les officiers qui l'accompagnaient m'ont également demandé de ne pas parler d'eux : " N'oublie pas qu'un jour ou l'autre tu reviendras en Algérie ", m'ont-ils dit.

« J'ai su aussi au restaurant *Belkacem* à Arzeu que le commissaire Jobic m'avait demandée au téléphone...

« J'ai appris par des filles de Saint-Lazare que Jobic avait été, au cours de l'été 1986, en Algérie, mais je ne sais pas dans quelle région. »

Pour le juge Hayat, les problèmes algériens de Zoulikha ne peuvent être que le résultat d'une collusion perverse entre policiers français et algériens. Voilà qui vient renforcer bien opportunément l'hypothèse de la piste algérienne.

Deux observations pourtant s'imposent.

La première est que la déclaration de perte de passeport faite par Zouzou au consulat d'Algérie en octobre 1986 a été obligatoirement répercutée sur les autorités ayant délivré le document. Si Zouzou n'a pas été interrogée à son arrivée, c'est parce que les vérifications n'ont été faites que plus tard à son sujet. Ce qui explique sa convocation au commissariat et la confiscation provisoire dudit passeport. C'est d'ailleurs ce que déclarera le commissaire de Mostaganem, ajoutant qu'il avait agi sur instructions des autorités d'Alger. L'intervention de ses avocats à l'ambassade d'Algérie à Paris permettra à Zouzou de récupérer son document en « grande pompe » pourrait-on dire. Quant à la conversation qu'elle a pu avoir avec le commissaire de Mostaganem, on ne peut rien y voir de surprenant. Zouzou est devenue une vedette dans son pays.

La deuxième observation que l'on peut faire est que Jobic, contrairement à ce que Zouzou « a entendu dire par les filles », n'a jamais mis les pieds en Algérie. Il n'a pas de passeport et n'a pas encore eu le loisir ou l'envie de sortir du territoire national. A moins qu'il n'ait voyagé par la valise diplomatique ou à l'aide de faux papiers...

Les tribulations de Zouzou n'en alimentent pas moins de nouveau la chronique.

On peut supposer, écrit Serge Marion dans *Le Monde* du 5 septembre 1988, *que le rôle de Zoulikha Zenati dans l'affaire Jobic n'est pas sans rapport avec ses tracas administratifs d'aujourd'hui. Le dossier comporte en effet un aspect algérien avec notamment la récente arrivée, pour la défense du commissaire Jobic, d'un avocat, Me Salah Seddik, venu spécialement d'Alger.*

Et le journaliste de conclure :

Reste à savoir si dans un dossier où les pressions sont patentes, la police algérienne agit à l'égard de Zoulikha Zenati, de sa propre initiative ou à la demande de collègues français bien intentionnés. Les rapports entre la police d'Alger et certains secteurs de la police française sont parfois suffisamment troubles pour autoriser la question.

A croire que la nostalgie de l'affaire Ben Barka torture encore quelques stylos. Ainsi naissent, grossissent et prolifèrent les rumeurs qui alimentent le dossier Jobic.

On peut supposer que Zouzou, avant d'être reconduite en triomphe à l'aéroport, a quand même connu dans son village natal quelques inquiétudes pendant que son passeport était confisqué.

Elle savait bien qu'elle en avait déclaré la perte et surtout elle savait pourquoi. Il est constellé de faux tampons de la police de l'air et des frontières, matérialisant des voyages touristiques imaginaires. Apparemment ni Hayat ni la police algérienne ne s'en sont aperçus. Il se peut aussi que personne n'ait cherché à le savoir. On pourrait alors se demander de quel côté s'exerçaient les fameuses pressions.

A son retour à Paris, Zoulikha Zenati, redevenue *persona grata,* retrouvera ses anges gardiens de la gendarmerie. Cette protection sera levée le 3 novembre 1988, conformément aux instructions du juge qui avait sans doute cessé de croire aux menaces pesant sur l'existence de son témoin.

Il est vrai que, dans l'intervalle, il avait eu lui-même dans ce domaine ses propres inquiétudes et l'on ne peut pas utiliser toute la gendarmerie comme de vulgaires gardes du corps.

50. DIFFAMATIONS

Le tintamarre déclenché dans tous les médias et dans les diverses organisations professionnelles concernées par « l'affaire » ne pouvait manquer de provoquer ici et là, de surenchère en surenchère, des excès de langage et de plume. Quand elles sont à ce point exacerbées, les passions génèrent fatalement leurs poisons. Ils n'épargneront ni le juge Hayat ni le commissaire Jobic.

Le premier incident va venir le 19 février 1988 du *Nouvel Observateur* qui, dans un sous-titre alléchant, annonce : REBONDISSEMENT DANS L'AFFAIRE JOBIC. ON A TROUVÉ PLUSIEURS PAQUETS DE DROGUE DANS SON BUREAU. Et pour illustrer son article, Henri Guirchoun propose le fac-similé d'une partie du procès-verbal dressé par le juge Hayat, de sa perquisition dans le bureau occupé par Jobic au siège de ses unités de recherches.

Cette présentation laisse entendre deux choses aux lecteurs de l'hebdomadaire :

1 — qu'il s'agit d'une découverte récente puisqu'il y a « rebondissement »,

2 — que « plusieurs paquets » impliquent une quantité relativement importante.

Or la perquisition dont il s'agit a eu lieu lors de l'interpellation de Jobic en novembre 1987, soit trois mois auparavant. Mais pour donner de la fraîcheur à sa nouvelle, le journal a caviardé sur son fac-similé la date de l'opération, ce qui est, en matière de journalisme, un procédé pour le moins douteux.

En second lieu les « plusieurs paquets » en question sont constitués en réalité par des échantillons de drogues diverses tels qu'en détiennent très réglementairement, pour leur propre édification et celle de leurs personnels ainsi que pour leurs missions d'information, la plupart des chefs de services intervenant dans la lutte contre les trafiquants.

L'article lui-même, qui fait une page entière, évacue d'ailleurs très vite le titre racoleur en trois lignes et trois questions sans réponse : *D'où provient cette drogue et surtout à qui était-elle destinée ? Simples prélèvements dans de banales affaires de stups ? Monnaie d'échange pour indics accros ou prostituées toxicos ?*

Intervenant en pleine instruction, cette présentation falsifiée des faits était singulièrement préjudiciable, au moins dans l'opinion publique, au commissaire Jobic qui pouvait à bon droit s'en plaindre et s'étonner qu'une photo de procès-verbal couvert par le secret d'une instruction en cours ait pu être communiquée à un journaliste.

Par jugement du 13 juillet suivant, la 1re chambre du tribunal de grande instance de Paris condamnait l'hebdomadaire et l'auteur de l'article à des dommages et intérêts et à la publication dans leurs colonnes de la décision judiciaire.

Plus intéressantes que le jugement lui-même sont les explications fournies par le journaliste sur la source de ses renseignements, à savoir son *enquête personnelle auprès des personnes concernées dans l'affaire, c'est-à-dire les parties intéressées au dossier, je veux dire les avocats, les enquêteurs de la gendarmerie.* Il précisera, en ce qui concerne l'origine du procès-verbal : *qu'il s'agissait d'une personne qui avait régulièrement accès au dossier.* Ayant rebondi au « pénal », l'affaire amenait l'inculpation, le 11 octobre 1988 du rédacteur de l'article ; mais fidèle à ses engagements Henri Guirchoun refusait d'en dire davantage et de citer nommément son informateur. Un an plus tard il bénéficiera d'un non-lieu.

Il n'en reste pas moins que l'aveu initial était particulièrement inquiétant quant au secret de cette instruction.

Ulcéré par ce qu'il ressent comme une manœuvre tendant à le discréditer dans l'opinion, Yves Jobic, après l'article du *Nouvel Observateur*, ne va pas tarder à réagir. Il se prête, pour *Le Figaro-Magazine* du 5 mars suivant, à une interview par Jean-Pax Mefret qui va cette fois révulser le juge Hayat.

Sous le titre A TRAVERS MOI C'EST LA PJ QU'ON VEUT DISCRÉDITER et après avoir une fois de plus rappelé les premiers épisodes de l'affaire et la personnalité particulière de ses accusatrices, Jobic n'hésite pas à attribuer au magistrat un comportement anormal, scandaleux même par les manœuvres et pressions employées pour démontrer une culpabilité inexistante. Il rappelle dans ce domaine l'article tendancieux du *Nouvel Observateur* et naturellement les accusations portées par Patricia Boschetto ainsi que les représailles subies par elle pour l'amener à se rétracter.

Le journaliste ayant agrémenté son « papier » de la reproduction d'une lettre adressée le 19 février au procureur de Nanterre par Martine Boschetto pour confirmer les déclarations de sa sœur Patricia, le juge Hayat s'estimant gravement outragé saisissait immédiatement le tribunal de Paris avant même la distribution et la mise en vente de l'hebdomadaire en vue de sa saisie. Siégeant en référé, le tribunal faisait partiellement droit à sa demande, lui accordait une provision de vingt mille francs et ordonnait au *Figaro* l'occultation de la lettre de Martine Boschetto.

Compte tenu des délais incompressibles nécessaires à la mise à plat du magazine et à sa recomposition, compte tenu aussi que cet hebdomadaire fait partie d'un « pack » distribué le samedi et dont aucune publication n'est séparable des autres ni du quotidien dont il est le supplément, la décision équivalait pour le journal à la destruction de sept cent mille exemplaires et à une perte de quatorze millions de francs. La direction du *Figaro* faisait instantanément appel et, remuant ciel et terre, obtenait dans les heures suivantes la réunion de la 1re chambre de la cour d'appel.

Il allait se jouer devant le premier président Pierre Drai et Mme Bernard représentant le parquet une partie serrée, à huis clos, de plusieurs heures, entre Me Kiejman, avocat du juge Hayat, et Me Louvet, représentant *Le Figaro.*

Atmosphère particulièrement étrange dans un palais désert où ne résonnaient plus, en pleine nuit, que les pas des gardes intrigués par cet insolite remue-ménage. Car à l'extérieur de la salle, de petits groupes anxieux attendaient. Quelques journalistes naturellement dont le représentant de l'AFP condamné à des heures supplémentaires et Jean-Pax Mefret, signataire de l'article, tournant comme un toton et qui se voyait déjà pointant à l'ANPE après la fureur de Louis Pauwels. Il y avait aussi quelques magistrats dont Mme Hazan-Hayat vêtue d'un gracieux ensemble vert.

De temps en temps, Me Kiejman surgissait de la salle pour se rendre dans un petit bureau voisin d'où il faisait par téléphone, à son client, le point des négociations en cours. Elles durent être particulièrement ardues car ce ne fut qu'après minuit que le premier président Drai rendit son arrêt. Il infirmait le premier jugement pour ce qui était de l'occultation de la lettre et la remplaçait par la publication, en première page du quotidien, d'un communiqué d'excuses et de regrets. La cour d'appel ajoutait à cette obligation, quelques jours plus tard, celle d'une publication identique d'une page entière dans *Le Figaro-Magazine* de la semaine suivante. Elle imposait aussi à la direction du journal le dépôt-séquestre d'une somme de cent mille francs à valoir sur l'indemnité définitive qui pourrait être allouée au magistrat diffamé.

L'affaire était jugée sur le fond le 8 novembre suivant et la 17e chambre correctionnelle attribuait définitivement cette somme à M. Hayat en réparation de l'outrage subi en soulignant que les méthodes imputées au juge d'instruction par la lettre de Martine Boschetto seraient, si elles avaient existé, la négation même du métier de magistrat.

Le même jour, ce tribunal condamnait pour les mêmes causes à soixante mille francs de dommages et intérêts le journal *Minute* qui, en dépit du premier jugement en référé contre *Le Figaro*, avait réitéré la diffamation.

La contre-offensive victorieuse du juge Hayat et les réparations obtenues allaient rapidement donner des idées à Zoulikha Zenati et à ses défenseurs. N'était-elle pas accusée par Jobic, dans le même article du *Figaro-Magazine*, d'avoir menti pour ne pas aller en prison et être ensuite expulsée vers l'Algérie ?

Dès le 17 mars 1988, son avocat Me Terquem assignait pour elle devant le tribunal de Paris la direction du *Figaro*, le journaliste Jean-Pax Mefret et le commissaire Jobic en demandant qu'ils soient condamnés à lui verser la somme de cent mille francs à titre de dommages et intérêts.

Le tribunal, après avoir écarté la responsabilité de l'organe de presse et de ses représentants et considéré que les propos reprochés s'inscrivaient dans une information pénale au cours, décidait de surseoir à statuer jusqu'à l'achèvement de cette procédure.

Quant aux plaintes déposées par le commissaire les 4 décembre et 19 mai 1988, pour forfaiture, attentat à la liberté et subornation de témoin, elles avaient été déclarées irrecevables par la chambre d'accusation de la cour d'appel de Paris, motif pris que le caractère illégal des actes reprochés devait préalablement avoir été constaté par une décision définitive d'une juridiction répressive.

C'était en clair une invitation faite à Jobic d'attendre d'abord le résultat de sa propre affaire avant d'attaquer son juge devant un tribunal. Il ne pouvait jusque-là que parer au mieux les coups qui lui étaient portés tout en nourrissant son dossier, pour l'avenir, de ses griefs.

On peut comprendre, certes, qu'il faille surseoir à l'instruction de plaintes déposées par un inculpé contre ceux qui le mettent en cause, tant que la justice ne s'est pas prononcée sur son cas. Ce serait, dans le cas contraire, la porte ouverte à des procédures dilatoires, sans fondement, dont le résultat le plus clair serait de fausser le cours normal de l'instruction judiciaire.

Il n'est pas douteux non plus, à l'inverse, que l'inculpé qui se sait mieux que quiconque innocent des turpitudes dont on l'accuse, a le sentiment terrifiant d'être inexorablement broyé par une machine qu'aucune force, aucun appel au secours, ne peut arrêter. Dans un article publié dans le numéro de juin 1988 de *La Tribune du Commissaire de Police*, Jean-Pierre Havrin, qui allait d'ailleurs succéder en 1989 à Daniel Dugléry à la tête du syndicat des commissaires, analyse parfaitement les différentes étapes psychologiques traversées par ceux que leur fonction et la calomnie engagent dans ce labyrinthe judiciaire. De la surprise à la révolte en passant par la colère et le désarroi, l'angoisse va s'aggravant, laissant souvent, justice enfin rendue, des séquelles physiques ou psychiques irréversibles.

Point n'est besoin dira-t-on, d'être policier pour souffrir ce martyre de l'injustice. Certes, mais Jean-Pierre Havrin fait justement observer *qu'à l'inverse de ce qui se passe pour n'importe quel inculpé réputé innocent jusqu'à son jugement, il s'est fait jour depuis quelque temps, à l'encontre du policier, une nouvelle règle de droit non écrite : la présomption de culpabilité. Telle une drogue véhiculée par les médias, elle va se répandre dans une opinion publique friande de scandales et de bavures au point que chacun en arrivera à se dire en toute bonne foi : « S'il en est là, c'est qu'il a bien quelque chose à se reprocher ! »*

La même réflexion conduisait le secrétaire général en exercice du syndicat des commissaires à écrire le 15 juillet 1988 au président de la République.

S'élevant au-dessus de l'affaire Jobic et de son train de calomnies, d'accusations et de scandales accablant tour à tour police, justice et gendarmerie, Daniel Dugléry constatait à la fois *la dangereuse désinvolture du scoop médiatique et le secret quotidiennement violé de l'instruction* et observait que *la vérité ne passait plus nécessairement par l'incontournable prudence des prétoires, mais surgissait, fantasque ou perverse, des ondes ou du petit écran.*

Le signataire formulait à l'intention du premier magistrat de la République deux suggestions. La première était que l'instauration de la collégialité inscrite dans la loi — mais dans la loi seulement —, depuis 1987, corrigerait sans doute avec bonheur la redoutable solitude du juge d'instruction confronté à l'intrusion massive des médias dans la démarche judiciaire. La seconde proposition tendait à une meilleure protection juridique des officiers de police judiciaire physiquement et moralement exposés chaque jour pour protéger notre sécurité.

Cette assistance renouvelée de son syndicat n'empêchait pas Jobic d'être confronté à des problèmes plus immédiats que la réforme éventuelle et très lointaine du statut et des pouvoirs de son juge d'instruction.

Il n'avait, par exemple, nulle envie de laisser Pierre Villalonga poursuivre plus longtemps ses divagations. On en connaît déjà le contenu :

Jobic maque ma femme avec l'aide du commissaire Venere.

Venere tire les ficelles dans toutes les affaires de proxénétisme. Il est au-dessus de Jobic. J'ai assisté à des transactions financières entre Jobic et des julots.

Jobic maque des filles qui travaillent sur le huitième arrondissement, notamment avenue Marceau, avenue George-V et au Fouquet's.

Plus grave encore, Monsieur Pedro accusait Venere de lui avoir proposé un « contrat » pour exécuter deux témoins d'un meurtre puis d'avoir recherché un tueur pour éliminer Villalonga lui-même !

En dernier lieu, il y avait enfin l'étrange et tardive révélation de Monsieur Pedro sur la Porsche rouge du commissaire.

Yves Jobic et son supérieur direct Philippe Venere déposaient, dès le 9 février 1988, plainte en dénonciation calomnieuse et se constituaient parties civiles contre ce singulier témoin. Le juge d'instruction Laroche était chargé de l'information.

Il en faudrait davantage pour désarmer Monsieur Pedro, du moins tant que son propre sort de proxénète n'est pas définitivement fixé. Il était en possession, lors de son arrestation, d'une carte d'identité et d'un permis de conduire volés en 1983 à un certain Albert Criville. Il avait déclaré les avoir reçus d'un ami dont il avait oublié le nom. Une fois lancé dans sa campagne anti-Jobic, il était bien naturel que le nom de cet ami lui revienne en mémoire. C'était Jobic en personne !

Monsieur Pedro ne pouvait pas savoir que le vol des papiers de

M. Criville avait eu lieu avant qu'Yves Jobic ne soit entré en fonction à Paris.

Cette intéressante affaire de dénonciation calomnieuse en série ne pourra malheureusement non plus être conduite à son terme avant que Jobic lui-même n'ait rendu à la justice les comptes que le juge Hayat lui demande. Il est clair en effet que les deux dossiers sont étroitement dépendants l'un de l'autre.

51. MENACES

Si Jobic se sent traqué par le flot grossissant des accusations, le juge Hayat de son côté va commencer, au mois de mars 1988, à recevoir du courrier inquiétant.

C'est d'abord une lettre modestement signée *Les prostituées de la rue de Budapest*. Elle met en cause la célèbre « Malika 36 », cette informatrice de la brigade des stupéfiants et du proxénétisme et avise le magistrat que l'inspecteur qui la protège est naturellement son « mari » et que toute sa hiérarchie partage les profits des *squatts* que Malika exploite à « Buda ». Malika aurait même un laissez-passer de Pasqua *qui bouffe également dans la gamelle.*

Mais tout cela n'est rien : *Malika dit haut et fort qu'elle est intouchable et si vous persistez à importuner les gens, vous finirez comme les juges Michel et Arnaud (!) car son mari butera tout le monde.*

Malgré l'erreur sur le nom du second juge, le sort tragique de ces deux magistrats avait de quoi donner froid dans le dos. Jean-Michel Hayat, interrompu dans une confrontation entre Kamel Zeghdana et Jean-Claude Mustafa par l'arrivée de cette lettre, part sur-le-champ à la recherche, dans le palais de justice de Nanterre, du Maghrébin qui vient de la déposer à l'hôtesse d'accueil.

Ses investigations seront vaines et il n'avait pas sa section de recherches sous la main.

Il informe néanmoins le procureur de la République de la gravité de l'incident et en dresse illico procès-verbal.

Tout cela, on le voit bien au contenu de la lettre, n'est pas très sérieux mais on peut comprendre qu'un jeune juge puisse en être effrayé. Pas pour longtemps.

Il fera comme la plupart de ses collègues et comme les policiers : il ouvrira un dossier dans lequel il engrangera avec philosophie toutes les menaces de représailles, de sodomie et de meurtre dont il sera nécessairement la cible s'il reste du moins, selon l'expression courante, sur le terrain, c'est-à-dire dans le marécage.

L'auteur de ce « poulet » vindicatif sera d'ailleurs ultérieurement identifié en la personne de la pittoresque Suzette Dizy, cette ex-contrôleur des impôts devenue marchande ambulante de fringues et de bijoux et en même temps un petit peu proxénète. En plus de ses aveux, elle servira au juge Hayat en juillet une sorte de récapitulatif de tous les ragots de « Buda ».

Cette lettre de menaces de Suzette Dizy ne surprend guère. Il est même étonnant qu'il n'y en ait pas eu d'autres. Il est vrai que la plupart des filles et de leurs « julots » sont, à « Buda », analphabètes et que faire écrire par les autres comporte des risques. On en sait quelque chose dans cette affaire Jobic. L'opération Hayat du 19 janvier 1988 aurait pourtant pu leur donner des idées sur le sujet.

Soucieux de voir de ses yeux cette cour des miracles qu'il n'entrevoyait qu'à travers les comptes rendus de ses gendarmes versaillais et les dépositions des praticiennes, il avait, ce jour-là, décidé de visiter le cloaque.

On ne saurait le lui reprocher. Il est toujours bon de voir les choses soi-même. Mais sans doute vaut-il mieux alors ne pas se faire entourer, pour sa visite, d'une garde ostensible. A l'inverse, un transport de justice — c'est ainsi que l'on nomme officiellement ce genre d'expérience — ne saurait se faire autrement. Il faut en dresser procès-verbal et décrire scrupuleusement ce que l'on voit et ignorer tout ce que l'on ne vous montre pas. Il tombe sous le sens que, du haut en bas de la rue de Budapest, la présence du juge était discrètement claironnée dès l'arrivée de celui-ci. Les filles ont trop l'habitude des flics pour se tromper sur l'identité d'une telle troupe.

L'avantage de l'opération était quand même pour Jean-Michel Hayat de pouvoir visiter sans danger ces fameux squatts du 3 bis dont ses témoins l'entretenaient depuis plusieurs semaines. Jobic et l'inspecteur Jacqueré prenaient d'autres risques lorsqu'ils arrêtaient Dash, le « julot » de Zouzou, en pleine nuit, au milieu de cette faune.

Il n'est pas impossible que Suzette Dizy ait cherché, par sa lettre, à dissuader le juge de renouveler une expérience perturbante pour tous les chiffres d'affaires du lieu.

Un mois après la réception de cette première lettre et alors qu'il n'en connaît pas encore l'auteur, le juge Hayat est ulcéré par les attaques dont il est l'objet et qu'il estime calomnieuses. Il est vrai que dans la presse ont paru plusieurs articles émettant des doutes, voire de vives critiques, sur ses méthodes de travail avec la gendarmerie et le juge est douloureusement surpris que la hiérarchie judiciaire soit en la circonstance restée sans réaction. Hayat est aussi très contrarié par la plainte en forfaiture déposée par le commissaire Jobic.

Bref, son ressentiment est tel qu'il s'en ouvre, le 14 avril, par une longue lettre adressée au président de la République en sa qualité de président du conseil supérieur de la magistrature. Il en profite pour rappeler à son éminent destinataire tous ses autres griefs. L'épisode Boschetto dont il donne sa version y est en bonne place, de même que *Le Figaro-Magazine* qu'il a fait condamner, ainsi que *Minute*, la chancellerie restant inerte face à ce nouvel outrage. Jean-Michel Hayat a aussi reçu à son domicile des coups de fil anonymes et menaçants et à son cabinet la visite de Me Nicolas, cet avocat qui lui a proposé un marché scandaleux. Ici encore, ni le parquet ni le président de son tribunal ne sont venus à son secours.

Le juge Hayat se plaint également auprès de son illustre correspondant du peu d'empressement du garde des Sceaux, pourtant sollicité directement par son syndicat, à veiller plus fermement au respect de l'ordonnance qui prévoit la protection des magistrats dans l'exercice de leurs fonctions.

En fait, se sentant un peu abandonné par la pyramide judiciaire et *en raison de la gravité et de la conjonction des menaces* dont il est l'objet, Jean-Michel Hayat a pris le parti de se faire protéger par la gendarmerie nationale. Quatre gendarmes du GIGN [1] vont dorénavant lui faire un rempart de leurs corps dans tous ses déplacements, que ce soit de son domicile au palais de justice et inversement, ou à l'intérieur même de la cité judiciaire.

Cette protection qui va durer plus d'un an alourdit encore singulièrement le bilan financier de cette affaire et grève lourdement, on suppose, le budget de la gendarmerie. Mais la vérité n'a pas de prix.

En juillet, Terquem et Bourdon, les avocats de Zouzou et de la faussaire Lahouaria Nacel font chorus. Eux aussi reçoivent à leurs numéros confidentiels des appels suspects. L'appelant raccroche sans dire un mot. Ce ne peut être, bien sûr, qu'en rapport avec « l'affaire ». On peut supposer pourtant, comme leur cabinet a des

1. GIGN : Groupement d'Intervention de la Gendarmerie Nationale.

activités multiples, qu'ils ont en charge bien d'autres dossiers sensibles.

Pour le juge Hayat, le pire en la matière est à venir. En juillet 1988, il reçoit à son cabinet un courrier manuscrit plus alarmant encore :

La justice devient folle. Vous attaquez des policiers qui défendent les Français. Vous êtes cinglé Juge Hayat. Attention à vos abattis.

L'avertissement fort désagréable est signé : *Honneur de la Police. Honneur de la France.*

D'autres correspondances de la même veine et de la même écriture large et aisée, au crayon feutre, vont suivre jusqu'en mars 1989, adressées le plus souvent à Hayat lui-même, mais parfois aussi à son épouse, en sa qualité de présidente du syndicat de la magistrature, ou encore au président du tribunal de Nanterre. Plus tard on découvrira encore d'autres destinataires de lettres aussi haineuses, du même graphisme, mais sans aucun rapport avec l'affaire Jobic.

Le plus inquiétant dans celles que reçoivent Hayat et son entourage n'est pas tant le contenu, pour inamical qu'il soit, que la signature.

Si le mouvement *Honneur de la Police* a eu ses lettres de noblesse et ses martyrs à partir de 1942 dans la résistance organisée par des policiers parisiens contre l'occupant, son nom a malheureusement été dévoyé à partir de 1979. Cette année-là, *Honneur de la Police* revendiquait d'abord la destruction à l'explosif de la voiture d'un militant de la CGT, puis l'assassinat de Pierre Goldman, intellectuel de gauche acquitté en 1976 par la cour d'assises de la Somme et assassiné par trois inconnus à Paris le 20 septembre 1976. En 1980 encore, *Honneur de la Police* signait un attentat contre l'appartement de Henri Noguères, président de la Ligue des Droits de l'homme et plusieurs lettres de menaces adressées en particulier à Gaston Defferre, ministre de l'Intérieur et à Robert Badinter, garde des Sceaux. Coluche, en décembre de la même année, se voyait reprocher par *Honneur de la Police* son rôle dans *Inspecteur la Bavure* alors que son régisseur venait d'être assassiné et que le fantaisiste venait de se déclarer candidat à la prochaine élection présidentielle.

Aucune des diverses enquêtes entreprises à l'occasion de ces événements ne devait aboutir, à l'exception de celle du meurtre du régisseur de Coluche : un assassinat crapuleux n'ayant rien à voir ni de près ni de loin avec la police. Quant aux renseignements généraux, ils penchaient, à l'issue de leurs recherches, pour l'existence d'un groupe d'anciens militaires, gendarmes et policiers proches de la défunte OAS. Mais aucune preuve de l'existence même du groupe ni de sa responsabilité dans les menaces et attentats revendiqués n'avait jamais pu être apportée.

Il n'empêche que ses dernières manifestations dans l'affaire Jobic et contre le juge Hayat pouvaient, à juste titre, inquiéter. Les options philosophiques du destinataire s'inscrivaient dans le même horizon politique que les précédents. Il y avait là de quoi pourrir un peu plus l'atmosphère déjà hypertendue de l'affaire Jobic au moment même où le juge Hayat, protégé par sa garde prétorienne, mettait les bouchées doubles pour terrasser le commissaire. Car on avait évoqué les possibles menées factieuses de certains policiers ou l'intervention d'un de leurs syndicats, de droite bien entendu !

La lumière pour une fois allait être faite sur les menaces du juge Hayat. Elle éclairait une vérité dérisoire. L'auteur des missives était un paisible commerçant, ancien combattant, blessé, évadé, décoré, devenu marchand de miel et âgé de soixante-quinze ans. Ce vieillard solitaire et obsessionnel prenait sa plume vengeresse chaque fois que l'actualité lui inspirait quelque colère. Demeurant à Herblay, René Chaussebourg avait ainsi manifesté ses fureurs depuis 1983, dans une trentaine de correspondances à divers destinataires appartenant à l'administration ou au monde politique. Il n'avait aucun lien avec l'un ou l'autre des protagonistes de l'affaire Jobic.

La 5e division de la direction centrale de la police judiciaire allait mettre un terme à ses exploits après qu'une information judiciaire eut été ouverte par le juge Alain Prache de Nanterre, voisin de palier en quelque sorte de son collègue Hayat. Il était incarcéré.

Ainsi se trouvaient réduites à leur plus simple expression des menaces qui, une fois de plus, avaient provoqué dans la presse une floraison d'articles. Forcément, un policier inculpé et un juge menacé par *Honneur de la Police*, la sérénité depuis longtemps absente des débats n'avait guère de chance d'y revenir. Malheureusement, la solution de cette affaire n'allait intervenir qu'après leur clôture.

Ce délai permettra naturellement bon nombre d'indignations corporatistes et syndicales à partir de l'amalgame affaire Jobic-*Honneur de la Police*.

Plus grave encore le 12 mars 1889, sur les ondes d'*Europe 1*, on pouvait entendre *qu'il y avait une logique, une cohérence entre les menaces reçues par le juge Hayat signées* Honneur de la Police, *entre l'assassinat, les pressions sur les témoins et la mise en cause du juge Hayat dans l'affaire Jobic.*

Comme l'écrira le 13 mars 1989 Me Varaut, avocat du commissaire, à M. Arpaillange, ministre de la Justice, *ces propos tenus par n'importe qui seraient déjà scandaleux et diffamatoires.*

Or, celui qui les tenait n'était pas n'importe qui. Il s'agissait de M. Frédéric N'Guyen, magistrat de son état sans autre fonction toutefois que celle de vice-président du syndicat de la magistrature, c'est-à-dire bras droit de Mme Hazan-Hayat et collègue de promotion de Hayat lui-même. Cette agression radiophonique constituait, d'après Me Varaut, *une inacceptable pression psychologique sur le cours d'un procès.* Car l'affaire Jobic était en effet entrée dans sa phase terminale.

Le ministre de la Justice ne jugera pas utile de répondre à l'avocat de Jobic. Peut-être à cause du syndicat indirectement mis en cause, à moins que M. Arpaillange n'ait eu connaissance ni de ce courrier ni de la personnalité du magistrat concerné. C'est un devoir, dans cette hypothèse, de l'éclairer un peu mieux sur son attitude, lorsque Jobic, en désespoir de cause, cherchera pour l'assigner en justice, à le faire joindre en personne par Me Audrant, huissier de justice.

L'officier ministériel va se faire promener de la chancellerie au tribunal de Paris, du tribunal au greffe et du greffe aux locaux syndicaux. Il réussira à joindre au téléphone M. Frédéric N'Guyen qui raccrochera son appareil chaque fois que son interlocuteur annoncera sa qualité. Il se fera « rembarrer » dans les mêmes conditions par un autre correspondant magistrat, ira à un faux rendez-vous et ne devra finalement qu'à sa persévérance et à l'obligeance d'une dame des bureaux de la CGT de pouvoir un jour délivrer son assignation.

52. PASSES D'ARMES

Un autre événement, d'ordre judiciaire celui-ci, était encore venu, après *Honneur de la Police,* contrarier la marche offensive du juge Hayat.

Le magistrat, sur sa lancée et sur la foi de quelques accusateurs et accusatrices de Jobic, avait demandé à son parquet un réquisitoire supplétif lui permettant d'élargir son information contre Jobic à des faits de subornation de témoins.

Il avait dans ce domaine recueilli, ainsi qu'on l'a vu, les dépositions, qu'il estimait accablantes, de Lahouaria Nacel, de Nadjia Khabir, de Fifi Benkenouche et de quelques autres. Il avait même déjà inculpé de subornation Boumedine Ouchent, Ahmed Benarbia et Bernard Lemouton qu'il avait mis en prison.

Après sa confrontation du 20 juillet entre ces trois derniers et les filles qui les accusaient, il lui restait à remonter jusqu'à celui qui était nécessairement le chef d'orchestre de l'entreprise, Yves Jobic lui-même.

Le procureur de la République de Nanterre, compte tenu toujours de la qualité d'officier de police judiciaire qui n'avait à aucun moment été retirée à Yves Jobic, saisissait très logiquement la chambre criminelle de la cour de cassation de la demande du juge Hayat.

Il allait se produire à cette occasion un fait rarissime. Il est d'usage en effet qu'un juge chargé d'un dossier voie sa compétence étendue à toutes les ramifications qui peuvent en découler. Or le 19 août 1988, la chambre criminelle désigne le tribunal de Paris pour ce nouvel aspect de l'affaire. C'est entre les mains du juge Bruno Laroche que Hayat devra se dessaisir de tout ce qu'il avait entrepris dans ce domaine sans en être officiellement chargé. Son syndicat, une fois de plus, donnera de la voix pour critiquer ce dessaisissement partiel.

Il se trouve que c'est le même juge Bruno Laroche qui a en compte la plainte en dénonciation calomnieuse déposée par Jobic et son chef Venere à la suite des accusations de Villalonga, ainsi que l'instruction concernant les accusations du même Villalonga à propos des faux papiers d'identité qu'il déclare lui avoir été fournis par Jobic. Ce magistrat sera, le moment venu, en mesure de mieux apprécier dans leur globalité les accusations des uns et des autres.

Cette décision de la chambre criminelle, venant après trois réformations par la chambre d'accusation de Versailles de décisions prises par le juge Hayat, témoigne une fois de plus de la clairvoyance des magistrats des instances de contrôle.

Les diligences du juge Laroche ne seront pas exactement du goût du syndicat de la magistrature. Il sera « épinglé » dans la revue *Justice* pour n'avoir inculpé le commissaire de subornation de témoin que le 21 décembre 1988 *après qu'on lui eut signalé au parquet de Paris combien il se hâtait lentement.*

La publication du syndicat de la magistrature n'oublie qu'un petit détail : Jobic avait lui-même sollicité depuis le mois de septembre son inculpation. C'était pour lui et ses défenseurs le seul moyen d'avoir accès au dossier.

C'est pour la même raison qu'en novembre 1988, il demande au juge Hayat son inculpation pour corruption passive. En droit comme en fait, c'est la moindre des choses avec toutes ces filles qui prétendent lui avoir versé tant et tant d'argent, non plus seulement parce qu'il était devenu leur « mac » mais pour obtenir des titres de séjour. L'inculpation était bien le seul moyen d'obtenir du magistrat des vérifications demandées depuis longtemps et toujours refusées.

Avant ces nouvelles passes d'armes, la vie professionnelle de Jobic a, elle aussi, essuyé les conséquences de la guerre médiatique qui bat son plein.

Lors de son retour de vacances, le 5 septembre 1988, le commissaire a en effet appris qu'il quittait son poste de chef des unités de recherches de la 1re DPJ pour les services généraux du 36 quai des Orfèvres.

La décision du nouveau préfet de police, Pierre Verbrugghe, et de Jean-Pierre Sanguy, directeur de la police judiciaire parisienne, était sans doute pleine de sagesse. La sérénité de la justice, du moins ce qu'il en restait, ne pouvait que souffrir de la présence de Jobic sur le terrain même où sévissaient dans leurs domaines respectifs ses accusateurs et accusatrices. Le contrôle judiciaire auquel il était par ailleurs soumis le privait d'une partie de ses moyens d'investigation et créait les risques de nouvelles accusations.

Sitôt connue des médias, cette décision était présentée par les uns comme une mutation-sanction, par d'autres comme une mutation-promotion. Elle s'analyse sans doute mieux comme une tentative d'apaisement.

53. LA MAIN D'ALGER?

Djilali Triki, qui a quarante-huit ans, est conseiller juridique au consulat d'Algérie situé précisément dans le domaine territorial de la 1re DPJ. Il était précédemment rédacteur à l'ambassade depuis 1971. Après avoir passé sa jeunesse au Maroc, il avait été instituteur à Alger avant de gagner la France en 1968. Il a une formation de juriste français et arabe et a présenté à la Sorbonne une thèse sur l'enseignement en Algérie. Divorcé, il vit à Paris avec une Algérienne également divorcée et mère de famille.

Djilali Triki a dans ses attributions de régler au mieux les problèmes que posent les décès et successions des ressortissants algériens à Paris ainsi que ceux découlant des arrestations et détentions de ses compatriotes. En particulier, à la demande du 8e bureau de la police des étrangers, il intervient pour la délivrance des laissez-passer qui leur permettent, à leur libération, de regagner leur pays. Ses diverses activités amènent naturellement Djilali Triki à de nombreux contacts aussi bien avec des délinquants algériens des deux sexes qu'avec les divers services de police parisiens auxquels ils sont confrontés.

Triki a ainsi connu d'abord Venere puis, tout à fait par hasard, Yves Jobic à l'occasion d'une opération de contrôle effectuée, l'arme au poing en 1986, par le commissaire, dans un cabaret oriental.

L'année suivante il a retrouvé Jobic à l'occasion de l'arrestation par celui-ci de deux Algériens condamnés à de lourdes peines en Algérie, qui s'étaient évadés du pénitencier d'Aïn-Temouchent.

Des rapports à la fois professionnels et cordiaux s'étaient ainsi établis entre les deux hommes. Leurs connaissances de la pègre algérienne pouvaient être fructueusement confrontées au profit de leurs missions respectives par des circuits plus courts que les démarches officielles des ministères. Des relations qui auraient dû enchanter le juge Hayat soucieux de ne recevoir d'informations que des « couches saines de la population ».

Seulement, il se trouve que Triki lui-même est devenu suspect du fait de ses rapports avec Jobic.

Mabrouka Lazar avait été la première, le 13 octobre 1988, chez le juge, à dénoncer une collusion entre les deux hommes. Elle avait pourtant, depuis près d'un an déjà, déposé à plusieurs reprises, tant chez les gendarmes que chez le magistrat, sans évoquer le rôle du conseiller juridique du consultat d'Algérie. Elle avait tout à coup beaucoup de choses à dire à son sujet :

— C'est un individu qui magouille et se fait remettre de l'argent pour des services divers.

Parmi les magouilles en question, Bani énumérait les blocages de dossiers pour éviter les conduites à la frontière et la délivrance de passeports de complaisance ou de faux certificats de perte de pièces d'identité. Elle se disait persuadée que dans certains cas Jobic intervenait auprès de Triki pour faire délivrer à ses protégées des titres de séjour. Elle annonçait même les noms de deux des bénéficiaires des faveurs de Triki : Fifi Benkenouche et Sonia Lemouton, cette dernière ayant remercié le conseiller juridique en lui offrant deux poufs. La chose, comme on le voit, devenait grave.

Fifi Benkenouche, rapidement récupérée par les gendarmes de Versailles, confirmait que des collègues de « Buda » lui ayant conseillé de s'adresser à Triki, celui-ci lui avait effectivement procuré un passeport pour lequel elle lui avait versé quatre mille francs. Il ne s'agissait toutefois pas d'un document de complaisance, Fifi ayant toutes les justifications nécessaires pour l'obtenir. A propos des rapports entre Jobic et Triki, Fifi ne savait rien, ayant simplement *entendu dire à Buda qu'ils étaient amis.*

Zohra Younes, dite Ferdouze, intervenait à son tour opportunément pour déclarer le 20 octobre que Triki lui avait permis d'éviter la conduite à la frontière en retardant son dossier. Il lui avait aussi établi à deux reprises des certificats de perte de papiers à de faux noms, moyennant cinq cents francs chaque fois.

Il n'y avait guère, dans toutes ces déclarations, de véritables accusations contre Yves Jobic, si ce n'est qu'il connaissait Triki, lui-même accusé à retardement et sans preuve par trois prostituées.

L'objectif du juge Hayat était sans doute tout autre. Il n'avait apprécié ni le télégramme d'Interpol-Alger qui dévoilait la véritable identité de la fausse Samira Kheri, ni les moyens utilisés pour le faire atterrir sur son bureau. Les rapports Jobic-Triki contenaient certainement l'explication de ce mystère et en devenaient éminemment suspects. Ils revigoraient la fameuse « piste algérienne » qu'il ne se résignait pas à abandonner.

S'étant assuré que l'intéressé ne bénéficiait d'aucune immunité diplomatique ou consulaire, le juge lançait le 20 octobre sur sa piste le lieutenant-colonel Morel et ses troupes.

Laissons la parole à Djilali Triki qui raconte l'opération telle qu'il l'a vécue :

« En quittant mon appartement vers 11 heures, j'ai remarqué un quidam qui s'intéressait à la porte coupe-feu de mon palier. A mon interrogation, il a répondu qu'il réparait la serrure. Ah ! bon. J'étais quand même étonné que ce soit à mains nues. A la sortie de l'immeuble, un autre civil m'a demandé du feu. Je lui en ai donné. Il m'a dévisagé : " Vous êtes bien M. Triki ? " Sur ma réponse affirmative, il en est sorti de partout, en uniforme ou en civil et parmi eux le lieutenant colonel Morel : " Vous êtes dès maintenant en garde à vue. "

« Sur le moment, j'ai pensé que le fils de ma compagne avait fait une bêtise. Nous sommes montés tous ensemble à l'appartement où ma compagne était présente ainsi que son fils. Ce n'était pas après lui qu'ils en avaient, mais après moi.

« Mon appartement est un duplex de la ville de Paris avec un séjour au premier niveau et les chambres au second. Il est confortable certes et gentiment meublé sans plus. Les gendarmes se sont mis le dos au mur :

« — Nous attendons le juge d'instruction.

« — Quel juge ?

« — Vous le saurez tout à l'heure.

« Il n'y avait rien de plus à en tirer si ce n'est l'interdiction de communiquer en arabe avec Hasnia, ma compagne ! Elle leur a quand même offert du café. Une heure et demie plus tard, Hayat est arrivé entouré de ses gorilles et le bazar a commencé. Il m'a agressé sur deux petits tableaux représentant Allah et Mahomet et sur le contenu de mon bar :

« — Vous êtes musulman et vous avez du whisky.

« Je lui ai expliqué que je suis musulman par ma naissance mais que je n'étais pas un intégriste intolérant.

« Tout y est passé avec les gendarmes et le juge lui-même qui a tombé la veste et rampé sous les meubles. Il a même fallu, sur sa demande, forcer le placard des colonnes montantes depuis longtemps soudées par la peinture.

« Avec ses gardes, l'escouade de Morel et ma famille nous étions bien une quinzaine dans l'appartement. Je ne pouvais pas avoir l'œil à tout. C'est ainsi que dans ma chambre, au moment même où le juge m'appelait après avoir trouvé la fameuse liste que m'avait remise le commissaire Venere, le grand Olivier Huvenne — j'ai su son nom par la suite — appelait aussi dans mon dos :

« — Monsieur le Juge, un revolver, là, derrière la commode.

« Il brandissait un paquet enveloppé d'un linge aux initiales de l'assistance publique. Cette découverte m'a inquiété. La commode en question, je venais de tenter de la remettre en place avec un autre gendarme après qu'elle eut été déplacée et fouillée et on m'avait interdit d'y toucher. Cela dit, il fallait vraiment le savoir qu'il s'agissait d'un flingue.

« — Ça se sent au poids, m'a rétorqué Huvenne.

« Il l'a déballé. C'était un revolver modèle 1892 bien graissé mais sans munitions. Je ne l'avais jamais vu auparavant. J'ai appris depuis que ses munitions n'existaient plus. Je me suis interposé :

« — N'y touchez pas, il y a peut-être des empreintes.

« Peine perdue. En présence du magistrat l'arme a circulé de mains en mains. Moi qui croyais encore à la magie des empreintes et de l'identité judiciaire, j'ai été d'abord déçu avant d'être inquiet.

« Le juge est ensuite tombé en arrêt sur mes vêtements qui tiennent dans une armoire à deux portes :

« — Vous avez une garde-robe de prince, Monsieur Triki !

« Il avait l'air tellement venimeux que je n'ai pas pu me retenir :

« — Si vous voulez, Monsieur le Juge, mais de prince arabe.

« Il est évident qu'après cela mon affaire s'engageait mal. Il m'a attaqué ensuite sur les émeutes qui se déroulaient à l'époque à Alger. J'ai préféré ne pas répliquer.

« Pendant ce temps-là on fouillait toujours. Hayat s'est épanoui en découvrant Yves Jobic dans mon carnet d'adresses. Il n'était pourtant qu'un des nombreux policiers que mes missions m'amenaient à contacter tant à la PJ qu'aux renseignements généraux ou à la police des étrangers. Il a trouvé aussi des tampons périmés des autorités algériennes et divers documents se rapportant à mes activités professionnelles et il était tout heureux en apercevant deux poufs couleur or qui avaient l'air d'avoir à ses yeux une valeur considérable.

« Il y avait aussi des briquets de grandes marques. C'est chez moi une petite manie de collectionneur. Ceux qui me connaissent et veulent me faire plaisir pour une fête ou un anniversaire le savent. Ils ne me donnent évidemment pas la facture. Pour Hayat, ils étaient évidemment volés. La même chose pour une fourrure et un sac Vuitton offerts à ma compagne en 1983. Heureusement que là, il y avait les factures à mon nom. Cela n'a quand même pas dû lui paraître normal. Il a saisi les factures.

« Quand le juge et ses gendarmes ont eu fini de tout bouleverser, ils nous ont emmenés tous les trois, ma compagne, son fils et moi-même. Direction gendarmerie de Versailles.

« Ce n'est qu'à mon retour, deux jours plus tard, quand il a fallu ranger les livres jetés à terre, les bibelots renversés, les meubles déplacés et les tableaux ôtés de leurs supports, que je me suis aperçu que deux de ceux-ci étaient crevés. Ils étaient trop minces pour contenir un revolver mais on aurait pu y trouver de la drogue !

« Dans le fond j'ai encore eu de la chance ! »

Djilali Triki n'en a pas pour autant digéré ses deux jours de garde à vue à la section de recherches de Versailles.

Il va être pris en main le jour même par le gendarme Camille puis par les chefs Halart et Heluin et encore par Camille Corbel et Huvenne pour toute une série d'interrogatoires serrés.

Heureusement sa compagne et son beau-fils, qui ne connaissent ni Jobic ni ses affaires professionnelles, ont été libérés le premier soir, quelques heures après leur conduite à Versailles.

Triki pour sa part va passer ses quarante-huit heures de garde à vue à réfuter les accusations dont il fait l'objet.

Certes il s'est occupé du passeport et de la carte d'identité de Fifi Benkenouche, mais elle disposait pour cela des documents nécessaires et il ne lui a pas demandé d'argent en échange.

Quant aux deux poufs couleur or saisis à son domicile, ce n'est pas Sonia Lemouton qui les lui a offerts mais Mabrouka Lazar elle-même, contrairement à ce qu'elle prétend. Elle voulait le remercier ainsi de lui avoir facilité l'obtention d'un passeport et d'une carte consulaire parfaitement réguliers. Il n'avait fait, en la circonstance, que lui épargner les attentes au guichet et les inévitables délais. Il a d'ailleurs voulu payer les poufs en question ; ils coûtaient mille francs, mais elle n'a pas voulu accepter d'argent sur le moment. Triki prouvera plus tard qu'il les a finalement payés.

Bien qu'ils prennent beaucoup de temps, les interrogatoires de Djilali Triki, les accusations dont il fait l'objet et ses justifications ne sont sans doute pas la préoccupation essentielle des enquêteurs ni du juge Hayat qui va passer à la section de recherches de Versailles une grande partie de sa journée et de sa nuit. Le plus important est dans les rapports de Triki avec le commissaire Jobic, dans cette liste de noms trouvée à son domicile et dans le fameux télex d'Interpol concernant Lahouaria Nacel alias Samira Kheri.

Une preuve supplémentaire de l'intérêt majeur que portent le juge et les gendarmes à l'affaire est donnée par les organigrammes fixés aux murs de la section de recherches. Une sorte de mots croisés fléchés en quelque sorte puisqu'ils indiquent les liens et les rôles supposés des divers personnages intervenus bon gré mal gré dans le dossier.

On sait à quoi s'en tenir sur les rapports entre le commissaire et le conseiller juridique du consulat. Qu'ils aient dîner ensemble une ou deux fois ne leur ajoute rien, même si l'un de ces dîners a eu lieu au restaurant *Sorlut,* rue des Martyrs, celui-là même que le juge Hayat a fait mettre sur écoute durant plusieurs mois. Inutilement d'ailleurs, du moins on peut le penser, puisque lesdites écoutes n'ont pas été versées au dossier de Jobic.

On peut se demander si ce n'est pas l'exploitation partielle de ces transcriptions fantômes qui a mis le juge sur la piste de Triki bien avant les déclarations tardives mais opportunes de Mabrouka Lazar.

En tout cas la découverte chez Triki de la liste de dix noms remise par le commissaire Venere est une piste hautement intéressante qui renforce Hayat dans ses soupçons. Elle comporte en effet, en plus de Kamel Zeghdana et Rachid Mecheri, la plupart des accusatrices de Jobic. Certains noms sont marqués d'une croix, d'autres reliés par une accolade. Pour Triki il n'y a là aucun mystère. Les autorités algériennes ont suivi, comme tout le monde, le déroulement de l'affaire, ne serait-ce que dans la presse et par la télévision française dont plusieurs chaînes sont reçues à Alger. Triki lui-même a parlé avec Jobic et avec son patron des ressortissants algériens concernés. Ignorant que Jobic était plus tard incarcéré, il était entré en rapport avec le commissaire divisionnaire Venere qui le lui avait appris. Il avait ensuite rencontré dans son bureau le chef de la 1re DPJ qui lui avait remis une liste de noms en lui demandant de vérifier tout à la fois les identités, les nationalités et les situations administratives des intéressés.

De retour à son service, Triki avait lancé les vérifications nécessaires et constaté que sur les dix personnes citées, six étaient connues des autorités consulaires pour des raisons diverses. Il avait appris aussi de manière certaine la véritable identité de la fausse Samira Kheri. C'est ainsi que le très fâcheux message d'Interpol-Alger était venu, en pleine corrida du 1er juillet, contrarier Jean-Michel Hayat.

Cette procédure, qui court-circuite les filières officielles et parfois interminables des chancelleries et des ministères des Affaires étrangères est peu habituelle, mais elle n'est pas non plus illégale et, en certaines matières, il est admis que l'efficacité doit bousculer la routine. En matière de stupéfiants par exemple, de tels procédés sont devenus courants.

Jean-Michel Hayat, pour sa part, ne partage pas ce point de vue. Et si c'était Jobic qui, de connivence avec Triki, avait avant son emprisonnement dressé cette liste pour organiser quelques représailles contre ses accusatrices ? Le réflexe est assez normal et Hayat est un juge offensif. Il le dit lui-même. Il organise aussitôt, assisté d'un expert et de fonctionnaires de l'IGS, une nouvelle opération dans les bureaux des unités de recherches de la 1re DPJ, rue Truffaut, et la poursuit sans désemparer au siège même du service, rue de Courcelles, afin d'identifier la machine à écrire utilisée pour la rédaction de cette liste inquiétante. L'entreprise sera couronnée de succès dans la faible mesure où la machine en cause sera découverte.

Ce n'est pas celle de Jobic, mais celle de l'inspecteur Creissac.

Le commissaire divisionnaire Venere est absent au moment de l'opération. Il est retenu à cinq cents mètres de là par le siège d'un fou furieux qui a poignardé sa concubine. Il faudra au policier deux heures de négociation, sous la menace d'un pistolet, pour amener le forcené à se rendre. Ces petites choses font partie du quotidien d'un policier, mais Venere n'en déplore pas moins de n'avoir pas été informé d'une descente de justice dans des locaux qui relèvent de sa responsabilité.

Cette responsabilité, il la revendiquera d'ailleurs avec force le lendemain lorsque, entendu à l'IGS, il déposera un mémoire explicite au commissaire principal Lecompte.

Cette liste a bien été établie sur mes instructions par M. Creissac, car un certain nombre de ces ressortissants algériens paraissaient ne pouvoir être identifiés formellement, ce qui était le cas notamment pour Lahouaria Nacel qui avait déposé sous la fausse identité de Samira Kheri se disant marocaine.

C'est ainsi que le consulat, par l'intermédiaire de M. Triki, a procédé à des vérifications et nous a transmis par un télex d'Interpol-Alger l'identification formelle de Lahouaria Nacel.

Le commissaire divisionnaire Venere va plus loin encore dans son commentaire. En revenant dans son service, son forcené maîtrisé, il a entr'aperçu le magistrat :

« Il ne m'a pas donné la raison de sa présence. Aucun acte ne m'a été soumis pour signature. En ma qualité de chef de service, je ne peux manquer de relever cette attitude désinvolte et méprisante. »

Le policier constate encore que dès le lendemain de cette opération, le 22 octobre, *Le Monde* publie une partie des déclarations de M. Triki, informations qui n'ont guère eu le temps de voyager entre la fin de garde à vue de l'intéressé le jour même et la parution du journal. Ce quotidien publie aussi un résultat d'analyse hâtif et d'ailleurs erroné attribuant à la machine à écrire de Jobic le texte incriminé.

Philippe Venere d'en conclure que la violation du secret de l'enquête est encore une fois flagrante.

54. L'ASSASSINAT POLITIQUE REFAIT SURFACE

Après et malgré l'opération-tonnerre de Hayat, il ne reste finalement pas grand-chose concrètement de l'affaire Triki, mais les doutes sont encore loin d'être dissipés dans l'esprit du juge.

Triki lui a été amené le 22 octobre au matin par les gendarmes à la fin de sa garde à vue de quarante-huit heures et alors que la presse publiait déjà ses déclarations. Le même jour, il demande au parquet de Nanterre de se saisir contre son nouveau suspect des faits de vol, recel, faux, aide à séjour irrégulier en France et facilitation d'obtention indue de documents administratifs. Une fois de plus, il prend pour argent comptant quelques accusations qui ne concernent d'ailleurs ni son instruction ni Jobic.

Le procureur de Nanterre va encore refuser de suivre Hayat sur cette voie et Djilali Triki échappera à la prison.

Quelques jours plus tard, le 2 novembre, Zoulikha Zenati volait au secours de son juge et lui apportait le renfort de son témoignage. Bien qu'elle n'ait jamais donné d'argent à Triki, elle affirmait qu'il avait voulu coucher avec elle, ce qu'elle avait refusé. On peut être une pute à cent francs et refuser l'accès de son corps à qui l'on veut ! Elle avait vu en revanche, *avec ses yeux*, Zohra Younes remettre à Triki cinq cents francs pour une attestation de perte de papiers.

Lors d'une confrontation le 9 novembre, elle le répétera en le jurant sur le Coran.

Il faut croire cependant qu'à travers ces témoignages, les véritables charges contre Djilali Triki ne pesaient guère puisqu'il ne sera à aucun moment inculpé dans l'affaire Jobic.

Mais son arrestation avait fait beaucoup de bruit dans les médias. Trop sans doute au goût des autorités algériennes qui voyaient avec irritation évoquer à tout moment directement ou non leur présence dans le dossier. La « piste algérienne » a la vie dure et la présence de Me Salah Seddik dans la défense de Jobic est toujours considérée comme intrigante chez ceux qui continuent d'y croire.

S'il sortait judiciairement indemne, Djilali Triki n'en était pas moins suspendu, à titre conservatoire, de ses fonctions au consulat.

On comprendra aisément qu'il ait éprouvé quelque amertume du traitement qui lui a été réservé, de l'exploitation qui en a été faite et des conséquences qui en ont résulté pour lui. Il en était d'autant plus ulcéré que, malgré sa vigoureuse défense et sa mise hors de cause, bien des choses n'ont pas été dites qui éclairaient mieux l'opération Triki.

Rendons-lui la parole :

« A un moment de ma garde à vue, le lieutenant-colonel Morel m'a demandé tout à trac :

« — Vous connaissez le quartier Latin ?

« Évidemment que je connais le quartier Latin. J'y ai fait en partie mes études.

« Là-dessus, il insiste.

« — Est-ce qu'il vous arrive de conduire de belles voitures ?

« Il faut dire que la mienne ressemble assez à celle de l'inspecteur Colombo, mais lorsque je reçois, pour le consulat, des personnalités, il m'arrive de louer des autos confortables pour les transporter. C'est alors qu'il a abattu son atout :

« — Comme par exemple une Porsche rouge avec Jobic à côté de vous sur le boulevard Saint-Germain ?

« Moi je suis tombé de la lune. Je ne suis jamais monté dans une Porsche. Le ton de Morel a brusquement changé :

« — Est-ce que tu connais Mecili ?

« J'ai failli lui répondre oui en confondant avec le nom d'un de mes voisins. Heureusement je me suis repris à temps. Je n'ai jamais connu feu Me Mecili. J'ai appris depuis que le seul à rouler en Porsche dans cette affaire, c'est Me Terquem, l'avocat des putes de " Buda ". Mais je ne sais pas s'il a jamais conduit Mecili dans Paris !

« Plus tard, c'était dans la nuit vers 2 h 30, j'ai encore eu affaire à Morel. Le juge venait de partir. Il était en pantalon beige, veste vert pâle et cravate marron. J'y voyais sans doute trop clair pour les gendarmes. On m'avait déjà privé de mes cigarettes. On m'a confisqué mes lunettes. Il me restait quand même assez de vision pour distinguer le colonel. Il était en boots avec un polo à col roulé, un jean et un blouson de cuir. Tout à coup, il a balancé à terre d'un violent revers de main toutes les fameuses pièces à conviction ramenées de la perquisition à mon domicile. Il était furieux :

« — Tu nous as bien fait marcher, Triki. On n'en a rien à foutre de toi et de ton pays. Tout ce qu'on veut c'est que tu nous aides à baiser Jobic et sa police !

« Il y avait déjà un moment que je l'avais compris. Le juge Hayat m'avait dit : " Cette liste, c'est celle que Jobic t'a donnée quand tu dînais avec lui chez *Sorlut.* "

« A mon avis, en voulant m'impliquer dans l'affaire Mecili, ils cherchaient plutôt l'un et l'autre, compte tenu des événements de l'époque à Alger, à nuire aux relations franco-algériennes. C'était si ridicule que le juge Rivière chargé de l'affaire Mecili ne m'a jamais convoqué. »

On notera que le commissaire Jobic, lui non plus, en dépit du battage entretenu sur son « irruption » dans l'affaire de l'avocat assassiné, n'a jamais été entendu sur le sujet. Qu'aurait-il d'ailleurs pu en dire ?

Djilali Triki, en plus des doutes qu'il éprouve sur la régularité et l'utilité de son interpellation, a aussi une certitude :

— Ce revolver, brandi par le gendarme, je ne l'avais jamais vu. Ma compagne non plus. Je n'arrive pas à croire qu'il soit tombé du ciel. Encore heureux qu'il n'ait servi auparavant à assassiner personne !

Après quelques autres affaires gendarmiques d'armes baladeuses, ce revolver modèle 92 laisse un certain malaise. Idem pour les conditions de détention et d'interrogatoire du conseiller du consultat algérien. En serions-nous arrivés au point que les conflits internes de l'Afrique du Nord et les problèmes du Moyen-Orient influencent jusqu'à l'égarement certains comportements ? L'administration de notre justice en deviendrait bien hasardeuse.

Les services algériens montés à Paris pour tenter d'y voir clair dans le rôle de Triki ne trouveront finalement rien qui lui soit reprochable. Sa signature n'existe sur aucun document douteux. Quant aux déclarations de pertes de papiers, elles sont faites sur l'honneur par les intéressés, enregistrées telles que par les employés du consulat et n'engagent que leurs auteurs, quitte à faire l'objet de vérifications ultérieures pouvant conduire à l'interpellation des intéressés à leur retour en Algérie.

Djilali Triki, après avoir, durant quelques jours, ruminé, sans les digérer, son humiliation et la campagne de presse dont il est victime, dépose plainte au parquet de Paris contre un procédé qu'il estime inqualifiable. Elle sera classée sans suite et même sans audition de l'intéressé. En revanche, Triki s'étant exprimé dans la presse, le lieutenant-colonel Morel et ses collaborateurs se plaindront à leur tour d'une dénonciation calomnieuse. Triki cette fois sera interrogé, comme mis en cause. Il en profitera pour renouveler ses accusations.

Il n'en sera pas moins traduit le 20 novembre 1990 devant la 17e chambre du tribunal correctionnel de Paris, prévenu de détention d'arme et de dénonciation calomnieuse.

55. L'INDIC DES GENDARMES

Indic, informateur, source, correspondant, balance, autant de vocables qui recouvrent la même réalité. Le choix n'est que pudeur de langage ou habitude de spécialistes. On trouve chez eux tout un éventail de motivations, de la simple — et rare — aspiration à une certaine justice, à la recherche du profit, en passant le plus souvent par le besoin d'une relative impunité, l'exercice d'une vengeance ou encore l'insolite besoin de se défouler d'une vocation policière frustrée. Permanents ou occasionnels, spontanés ou contraints, ils offrent tous au moins un trait commun, celui d'une fiabilité toujours relative. Le double jeu, l'absence de rigueur dans le choix du « tuyau », le besoin de se mettre en valeur, autant de facteurs qui exigent du « traitant » une connaissance approfondie de la situation et de la psychologie du donneur et une analyse critique de l'information qu'il colporte.

L'utilité, l'opportunité et les risques que présente le recours à de telles sources entretiennent depuis plusieurs décennies des débats passionnés. Assez curieusement d'ailleurs, ils surgissent presque toujours dans le domaine de la police judiciaire dont l'action visible et les résultats publics sont soumis aux feux de l'actualité et de la critique. On n'entend guère discuter de l'opportunité des correspondants dans les actions discrètes ou secrètes de la défense du territoire ou des renseignements généraux que lorsqu'une « bavure » suscite quelque règlement de comptes politique. Les gens avertis savent pourtant bien que le traitement des sources offre à ces spécialistes autant de pièges qu'à la police judiciaire.

Cela étant, les discussions et les débats sans cesse relancés n'ont jamais abouti à l'officialisation de ces informateurs ni à l'interdiction de leur emploi, la jurisprudence évoluant avec précaution au coup par coup dans ce *no man's land* juridique lorsque surgissent quelques problèmes.

Les détracteurs les plus virulents des indics se recrutent presque toujours parmi ceux qui, policiers, juges, avocats, journalistes, philosophes ou criminologues, ont rarement été confrontés aux difficultés de la pêche dans le cloaque de la délinquance.

M. Hamid Dali, commissaire de police de son état, est même allé, par un article signé dans un numéro récent de la revue *Justice* du syndicat de la magistrature jusqu'à écrire que *si on arrêtait tous les indics de Paris, la criminalité baisserait de 30* %.

Affirmation effarante qui conduit à supposer que le commissaire Hamid Dali, de son fauteuil de délégué syndical permanent, est à même, par on ne sait quel procédé magique, de recenser les informateurs dont chaque policier de terrain s'efforce de dissimuler l'existence.

Il est vrai que le même policier dans le même article reconnaît que, si la pratique de l'informateur est amorale, *il semble utopique d'imaginer que l'on puisse s'en passer un jour. En tout état de cause, les possibilités actuelles d'investigation de la police ne le permettent pas.*

Tout est dit. On en revient au problème de base après tous les raisonnements sinueux qui conduisent à affirmer successivement chaque chose et son contraire.

Évitons les stériles polémiques de ceux pour qui le simple et inévitable contact du policier et du délinquant est déjà une souillure, sauf à considérer ce dernier comme un déviant social, un malade à traiter. Ce n'est pas là, pas encore, ce que l'on demande au flic.

La vraie question est de savoir si le policier à huit, dix ou douze mille francs par mois peut rester pur en respirant chaque jour les miasmes des caniveaux de la société où il cherche à mains nues ceux qui en transgressent les lois essentielles, en voyant briller entre ses doigts l'or de la corruption.

La réponse est que la vertu est sans doute assez également répartie entre les hommes. Ce qui fait la différence, ce sont les tentations auxquelles on les expose. De ce point de vue, toutes les fonctions d'autorité courent infiniment plus de risques que les autres et tel qui croit être le manipulateur prend toujours celui d'être le manipulé. Il faut en ce domaine essuyer beaucoup d'échecs, se faire souvent « baiser » avant d'atteindre à ce stade d'une réputation assez solide pour que les indics se fassent rares mais bons. Il en est peu parmi ceux-ci dont la vie n'ait pas été prématurément écourtée par quelque rancunier perspicace.

Ils sont innombrables les policiers d'expérience qui, à défaut d'une colère depuis longtemps évanouie, expriment un scepticisme ironique et désabusé à l'égard de ceux qui prétendent encore sans rire, surtout à la barre d'un tribunal, « recruter leurs informateurs dans les couches saines de la population ». Que cela soit possible dans un drame passionnel, un inceste rural ou n'importe quel crime ou délit d'essence locale, on peut en convenir encore que le sens civique ne soit plus ce qu'il était. Mais une telle affirmation devient une naïveté ou un mensonge exquis à propos de la délinquance d'habitude des asociaux installés dans leur marginalité.

Il est vrai que les technologies modernes, en permettant des surveillances optiques ou auditives légales ou para légales, permettent peu ou prou quelques perceptions dans ce grouillement infâme. Mais le malfaisant a depuis toujours adopté de tels comportements, même dans son langage, qu'il faut des traducteurs à ces perceptions. Et cela nous ramène à l'informateur introduit dans le milieu lui-même, qui dénoncera leurs projets ou éclairera ce que l'on croit en deviner, ce qui permet en même temps de contrôler ses aptitudes et sa sincérité.

Un des arguments essentiels avancés par la gendarmerie dans sa démarche conquérante de la police judiciaire des grandes villes a justement été, forte qu'elle était de son expérience campagnarde et semi-urbaine, que les compromissions des grandes cités ne pouvaient l'atteindre.

Militarisée et encasernée à l'abri des pollutions morales, elle devenait pour une part de la magistrature et de l'opinion le chevalier blanc, le Bayard sans peur et sans reproche à même, par la seule vertu du droit, de résoudre tous les problèmes et de dissoudre les cristaux impurs, les coagulations infamantes nés des vies juxtaposées de cette police civile d'hommes ordinaires et du milieu délinquant.

Ce qui étonne et déçoit, c'est que dès l'instant où cette nouvelle vocation s'est affirmée, la gendarmerie a cru devoir copier les comportements de ceux qu'elle voulait supplanter. Tenues dites civiles, c'est-à-dire le plus souvent négligées, familiarités dangereuses avec le Milieu, prospections techniques, voitures banalisées, etc.

Il est hors de question d'avancer qu'un gendarme soit inférieur en qualité à un enquêteur de la police judiciaire. Un homme est un homme. L'efficacité de l'un ou de l'autre, recrutés à qualité égale, ne dépend plus que de sa formation et de ses aptitudes personnelles.

Mais nécessité faisant loi, les gendarmes des brigades et des sections de recherches se sont vite aperçus, en uniforme ou en blouson-baskets, que la connaissance et la pénétration du marécage de la délinquance des grandes villes ne se faisaient ni par la seule vertu du nom magique de « gendarmerie », ni par « les couches saines de la population ».

Comment faire autrement, dans ces conditions, que de retomber dans les travers que les uns et les autres, gendarmerie comprise, reprochent à la police judiciaire ? Comment faire autrement que de recourir, par les pressions et moyens habituels, aux services malsains et dangereux des informateurs et des délateurs ?

La réponse est forcément négative.

Le Canard enchaîné du 4 janvier 1989, puis *Libération* le lendemain, ont été les premiers à relever la piste de cet « indic de beau calibre » de la gendarmerie de Versailles.

L'affaire n'était pourtant pas récente. C'est le 9 février 1988, un an auparavant à peu de jours près, et en pleine affaire Jobic, que vers 21 heures une ronde de surveillance générale était appelée par le gérant d'une station-service afin d'y contrôler un client un peu agité. Le personnage, conducteur d'une BMW, déclarait sans ambages au brigadier de la patrouille, qu'il était un proche collaborateur de la section de recherches de la gendarmerie de Versailles. Il assurait, pour conforter son affirmation, qu'il était à l'origine de l'interpellation par ce service d'une bande de faux monnayeurs et qu'il était justement, à l'instant même, en filature sur un pourvoyeur de drogue.

Dépourvu de tout papier d'identité et de la carte grise de sa voiture, le personnage était conduit à l'hôtel de police d'Évry où il était reçu par l'officier de police judiciaire de permanence auquel il donnait à la fois son état civil et le numéro de téléphone de son « officier traitant ».

Jacques B., un homme de trente-quatre ans, n'était pas un inconnu pour la police nationale. Sa spécialité semblait même être de l'affronter, avec ou sans arme à feu, ceci à quatre reprises au cours des dix années écoulées.

Le numéro de téléphone qu'il donnait en gage de sa qualité d'indic s'avérait parfaitement exact. Le *39 49 50 50* était bien attribué à la gendarmerie de Versailles et contact pris au poste *11 50*, son rôle d'informateur était confirmé.

Deux précisions encore :

1 — Il se recommandait plus spécialement du lieutenant-colonel I. M.

2 — Il était en possession, dans sa voiture, d'un pistolet automatique 7,65.

Autant d'excuses, absolutoires sans doute, puisque Jacques B. retrouvait sur-le-champ sa liberté, son pistolet et sa BMW. Une attitude généreuse et sans doute excessivement compréhensive du policier car elle entraînait dès le lendemain un rapport furibond du chef de district à son directeur départemental.

Affaire sans suite. On en pensera ce que l'on voudra, mais envoyer un indic armé sur la piste d'un dealer paraît d'une rare imprudence.

56. VEILLÉE D'ARMES

Le juge Hayat a décidé d'organiser une nouvelle et vaste confrontation entre les parties civiles, quelques témoins accusateurs et le principal inculpé Yves Jobic qu'il n'a pas revu depuis le marathon du 1er juillet et qui a été libéré quelques jours plus tard par la chambre d'accusation, contre le gré du juge.

Il n'a pas jugé utile pour son instruction de convoquer les témoins à décharge comme Malika Djennadi (Dalila) et les sœurs Aïssa-Abdi, ce qui entraîne les protestations des défenseurs de Jobic. Il est vrai que dans toutes les confrontations Jobic se retrouve seul face à des accusateurs que personne d'autre ne peut venir contredire. Mais il se trouve que parmi les nombreux témoins espérés par le juge, deux sont absents. Fodeya Ben Bachir alias Teresa, trop heureuse sans doute que son véritable état civil de Kerraz Khouda, voleuse internationale, n'ait pas encore intégré le dossier du juge Hayat, a profité de sa liberté acquise par une délation calomnieuse pour disparaître. Elle est quelque part en Italie où l'arrière-saison touristique est douce et fructueuse.

Boumedine Ouchent, pour sa part, a quelques problèmes de santé. Il a téléphoné pour s'en excuser.

Après quelques palabres entre gens de robe, le juge Hayat décide avec leur accord de reporter au 9 novembre la confrontation prévue, après avoir assuré les parties qu'il y conviera tous les témoins, qu'ils soient à charge ou à décharge.

C'est sûrement une sage décision. Mais Jobic, qui s'était préparé une fois de plus au combat, a des choses à rappeler ou à annoncer à son juge.

Parmi les accusations que l'on avait mises à sa charge et qui se sont effondrées, il y a celle du vol dont l'accusait Teresa et celle d'un trafic de stupéfiants avec Lemouton dénoncé par Ouchent. Il y a aussi tous les mensonges de Lahouaria Nacel, tant sur son état civil que sur cette imaginaire interpellation par le 8e bureau de la préfecture de police. Il y a enfin la venimeuse et finalement pitoyable accusation de Villalonga en ce qui concerne la fameuse Porsche rouge.

Dans les nouvelles plus récentes, Jobic tient aussi à mentionner cette lettre du 4 août de Jean Mustafa au procureur de Nanterre :

Je mérite de rester en prison. Vous savez pourquoi, Monsieur le Procureur, parce que je ne me montre pas complaisant avec Monsieur le Juge. Si je dois témoigner faux contre un commissaire et mettre son honneur en jeu pour obtenir ma libération, je préfère rester en prison...

Quant à la rubrique des dénonciations non fondées, anonymes ou non — Yves Jobic en a tenu un compte précis —, que reste-t-il de celles qui faisaient de lui :

— le maître d'un trafic de drogue au bar *L'Européen* rue Biot,

— le protecteur du bar de la rue Laghouat d'où serait parti le contrat pour l'exécution de Mahfoud Bouchama,

— le fournisseur de prostituées au restaurant *Sorlut,* rue des Martyrs ?

Il n'en reste rien. Pour faire bon poids, Jobic ajoute même à la liste quelques déclarations devenues dérisoires, qui n'en ont pas moins grossi jusqu'à l'obésité, même lorsqu'elles émanaient de malades mentaux, le formidable dossier accusatoire du juge.

De cette déposition voulue par le commissaire, se dégage l'impression que c'est lui maintenant qui montre les dents.

Hayat est quand même la veille, 24 octobre, allé au bout de son raisonnement en inculpant Jean Mustafa de corruption active de fonctionnaire en se fondant sur les déclarations de Rachid Mecheri selon qui l'extraction de Jean-Claude Mustafa aurait été payée vingt-cinq mille francs à Yves Jobic. Cette nouvelle inculpation n'est cependant pas évoquée le 25 octobre lorsqu'il entend Yves Jobic. Elle constituera le hors-d'œuvre lors du nouveau grand show du 9 novembre.

Le report de l'audition laisse quelques jours au magistrat et à ses gendarmes pour tenter de rassembler encore quelques charges supplémentaires contre leur commissaire.

Louisa Benhadjoudja par exemple, cette Leïla-Canard qui tient sa *Crêperie Bretonne* rue Lantiez, sait sûrement plus de choses qu'elle n'en a dites dans ses précédentes auditions. Cette rumeur en particulier lui ayant appris que des détenus avaient obtenu leur libération moyennant des sommes d'argent versées à la 1re DPJ, son rôle de balance, les repas que prenaient parfois chez elle, gratuitement ou à prix d'ami, Jobic et ses hommes, les conversations et rumeurs que sa clientèle lui permettait d'entendre, tout cela n'avait sûrement pas été exploité suffisamment. On ne lui a rien demandé depuis le mois de janvier précédent. Il faut voir avec fermeté si l'on ne peut rien en tirer de mieux.

Le 6 novembre dans la nuit, le maréchal des logis chef Huvenne va s'en charger en effectuant une descente dans son établissement, peu après minuit. Transportée sans désemparer à Versailles, Leïla-Canard va se retrouver pour la seconde fois en garde à vue et soumise par Huvenne à un interrogatoire serré jusqu'à 5 h 30. Une heure de repos et de nouveau deux heures de questions. Sur le même rythme Leïla va ainsi passer vingt-quatre heures en tête à tête avec Huvenne.

Résultat nul : elle avait déjà dit, presque un an auparavant, tout ce qu'elle avait à dire. Elle n'a jamais prétendu que des policiers recevaient de l'argent en échange de la libération de certains détenus. Elle n'a non plus jamais ni donné la moindre somme ni offert de cadeau à Jobic. Elle n'a pas davantage reçu d'argent pour lui, de la part des prostituées de « Buda ».

Huvenne, d'après son procès-verbal du moins, la laisse libre le 7 novembre à 0 h 30. Ce serait peu sympathique d'être relâchée en pleine nuit à Versailles. En réalité, elle n'est pas libre puisque le juge Hayat qui, pour des raisons connues de lui seul, attend beaucoup de cette audition est présent cette nuit-là à la gendarmerie. Dès 1 heure, soit trente minutes après sa libération, c'est le magistrat lui-même qui fait repasser Leïla sur le gril de ses questions. Tout aussi inutilement que Huvenne d'ailleurs : Leïla n'a revu ni Jobic ni aucun policier de la 1re DPJ depuis un an.

57. ULTIMES CONFRONTATIONS

— L'inculpation de Jean Mustafa nous fait obligation de demander immédiatement l'inculpation de notre client pour corruption passive.

Il est clair en effet que si l'un est accusé d'avoir payé, il faut bien accuser l'autre d'avoir reçu. Le juge en convient et à la demande conjointe des défenseurs de Jobic, en ce début d'après-midi du 9 novembre, il ajoute aux inculpations du commissaire celle de corruption passive, fait prévu et réprimé par l'article 177 du code pénal.

L'accusation n'est pas nouvelle. Il en a été longuement parlé. Elle ne repose que sur un propos de Mecheri qui ne fait lui-même que rapporter ce qu'il prétend avoir entendu, à savoir que Jobic aurait reçu vingt-cinq mille francs pour sortir pendant une journée Jean-Claude Mustafa de sa geôle. Seul Villalonga, qui a multiplié la somme par vingt en la portant à « cinquante plaques », soit cinq cent mille francs, en a, on ne sait par quelle magie, entendu parler. En fait, il n'y a là aucune magie. Les visites qu'il reçoit lui permettent de suivre pas à pas l'enquête et d'adapter son comportement à toutes ses « découvertes ».

Jobic a beau jeu de se défendre. *Testis unus, testis nullus !* Il produit en revanche une bonne demi-douzaine de témoignages qui attestent de la régularité professionnelle de l'extraction d'Aziz et de sa réintégration en prison en mai 1987.

Cela posé, Jobic contre-attaque vigoureusement sur d'autres fronts, où les manœuvres judiciaires lui semblent avoir été nimbées d'une épaisse brume.

— Comment se fait-il, Monsieur le Juge, que Nadjia Khabir, une de mes accusatrices, ait déclaré que son seul titre de séjour avait été conservé par vous après qu'elle eut déposé contre moi ?

Cette question de Jobic appelle quelques explications.

On se souvient avec quel empressement et quelle persévérance cette Nadjet tout au long de ses auditions et confrontations a « chargé » le commissaire tout en admettant n'avoir jamais été sa « victime ». Il fallait bien une raison à cet acharnement. Il semble bien qu'elle apparaisse dans les déclarations qu'elle fait le 20 octobre 1988 au commissaire Ruiz du quartier Saint-Georges. Nadjet a été arrêtée une fois de plus, ce jour-là, en même temps que son nouveau souteneur. Elle avait déjà oublié son grand amour pour Rachid Mecheri.

Nadjet ne peut présenter aux policiers aucun titre de séjour. Questionnée à ce sujet, elle révèle au commissaire Ruiz que le seul document qu'elle possédait, un récépissé de couleur rose, est resté en possession du juge Hayat. Vérification faite, Ruiz apprend en effet que Nadjia Khebir arrêtée une fois encore au mois de mai précédent, soit un mois avant l'emprisonnement de Jobic, avait été libérée après avoir versé une caution de deux mille francs. Elle avait reçu en échange, dans les services administratifs du palais de justice de Paris, un récépissé rose qui, nanti de sa photo, valait provisoirement titre de séjour. En être privée rendait sa titulaire bien vulnérable.

— Ce document je ne l'ai plus, c'est M. le juge Hayat qui l'a en sa possession depuis le mois de juin !

La question de Jobic avant l'ultime confrontation méritait sans aucun doute une réponse claire. Elle n'en a pas reçu. Le juge s'est contenté de mordre vigoureusement son stylo. Le code ne lui fait pas obligation de se justifier devant un inculpé.

Qu'à cela ne tienne, Jobic a encore en réserve quelques autres interrogations tout aussi impertinentes :

— Pourquoi M. Kacimi, convoqué sous un faux prétexte au service social de l'enfance, pour être en réalité interrogé sur moi et menacé de poursuites par vous, n'a-t-il pas été entendu par vos soins ?

— Comment la presse a-t-elle pu faire état de l'identité complète, voire même des adresses de mes informateurs au mépris des risques que cela implique ?

— Comment se fait-il que malgré ma Porsche rouge, mes sept ou huit maîtresses et les millions perçus auprès de prostituées, vos enquêteurs n'aient trouvé aucune trace ni des unes ni des autres ?

Rendons à Jean-Michel Hayat cette justice qu'il n'a rien omis ni des déclarations ni des questions posées par son inculpé. Il est vrai qu'il ne leur a apporté aucune réponse. Rien ne l'y obligeait. Ce serait même contraire à l'ordre des choses. Tout le monde connaît cette bonne vieille réplique éculée figurant dans tous les polars : *Ici, c'est moi qui pose les questions !*

Il est clair néanmoins, avec ou sans réponse, qu'Yves Jobic, entouré de ses quatre défenseurs, se sent, ce 9 novembre, suffisamment solide pour ne pas se faire dévorer tout cru dans la confrontation qui va suivre son audition.

Ce sera le morceau de bravoure de Jean-Michel Hayat. Après une première pause à 19 heures et une seconde peu avant minuit, ce dernier marathon s'achèvera au petit matin à 4 h 30. Bien que le juge, comme à son habitude, n'en ait pas indiqué l'heure, on peut considérer qu'il a, avec Jobic, depuis 13 h 15 la veille, largement battu son récent record du 1er juillet.

Peut-on dire pour autant que cette épreuve d'endurance ait amené dans son dossier, à travers une trentaine de procès-verbaux, quelque lumière supplémentaire ? Non. Tout le monde campe sur ses positions. Djilali Triki n'est finalement mis en cause par aucun des témoins à charge. Seul Me Terquem, croit utile de lui faire observer : « On n'est pas à Alger. »

Le même avocat soulignera aussi la mauvaise impression que lui inspire le travail effectué dans cette affaire par l'inspection générale des services.

Le substitut Renaut, présent comme d'habitude et généralement silencieux, devra intervenir pour que le débat ne s'égare pas sur des querelles de personnes. Son intervention ne produira que des effets temporaires puisque plus tard dans la nuit, le même Terquem invectivera son confrère Collard à propos « d'une manœuvre grossière et d'une provocation minable de ses confrères marseillais ». L'éclat était motivé par le rappel des violences que Nadia Aïssa-Abdi déclarait avoir subies à la gendarmerie de Versailles.

On ne peut pas dire non plus que les gesticulations de Boumedine Ouchent aient eu quelque effet positif. Il se dit menacé par le monde entier, par les flics, par les voyous et surtout par Jobic. Pour son salut il lui faut dénoncer et dénoncer encore. Il aurait même donné cinq mille francs à Jobic pour que la compagne de Mustafa puisse acheter du lait à son enfant après l'arrestation de son père. Ce proxénète et trafiquant d'envergure qu'il dénonçait précédemment aurait-il eu vraiment besoin de réduire sa femme à une telle mendicité ? Le paradoxe n'embarrasse pas Michel-le-Vosgien.

Fatna Kebdani, bien que partie civile, s'était abstenue de venir à cette confrontation-fleuve du 9 novembre. Elle était souffrante. On se souvient qu'elle disait avoir versé huit mille francs par semaine à Jobic pendant deux ans, puis un an seulement, avec des précisions de dates qui, en se voulant accablantes, démontraient la fausseté de ses déclarations.

Le 15 novembre elle est suffisamment rétablie pour venir dire au juge Hayat qu'elle maintient ses accusations. N'y revenons pas. Le fait nouveau est qu'elle invoque à leur appui le témoignage de Fatima Belhacem, dite Dany-la-Gitane, à propos de laquelle Ouchent a dit en confrontation le 9 novembre qu'elle avait été manipulée par Jobic pour faire se rétracter Fatna Kebdani.

En fait, si Fathi-la-Grande a bien été accueillie à sa sortie de prison par Dany-la-Gitane, celle-ci ne lui a rien demandé et n'a pas parlé de l'affaire. Elle lui a seulement donné deux mille francs pour la dépanner.

Ce sont là les dernières cartouches de l'instruction.

Il y aura bien encore, le 24 novembre, une ultime tentative en deux épisodes. Le premier d'entre eux consistera en la confrontation de Jean Mustafa et d'Yves Jobic avec le commissaire Belveau et son brigadier chef Hulin sur les conditions dans lesquelles *La Palmeraie* avait bénéficié, un temps, de la tolérance de nuit. Il n'existe à ce sujet aucune divergence entre les déclarations des intéressés. Il est vrai que la 1re DPJ s'est intéressée durant quelques mois à *La Palmeraie* et l'a fait savoir au commissaire central du VIe arrondissement. Il est tout aussi vrai qu'elle lui a retiré son appui dès l'instant où les conditions de son exploitation par Mustafa et Mecheri mettaient la police de l'arrondissement dans l'obligation d'intervenir et de sévir. Rien là que de très normal et rien surtout qui mette en cause Yves Jobic qui le dit nettement :

— Il apparaît clairement qu'il n'y a jamais rien eu d'anormal dans ma démarche ou dans celle de M. Venere dont je regrette qu'il n'ait pas été convoqué aujourd'hui car il aurait pu vous confirmer ce que je vous déclare depuis un an. C'est lui-même qui avait pris contact avec M. Belveau. Il n'y a aucune contradiction dans notre attitude, notre souci a toujours été professionnel et la mission de la police judiciaire est de s'adapter aux événements et aux circonstances.

Ce dernier propos enfonce en fait des portes ouvertes et le commissaire Belveau, en confirmant que *c'est la pratique normale de la police jucidiaire*, ne fait que ratifier une évidence. Cet excès de clarté, destiné sans aucun doute à aveugler le juge Hayat, ne saurait l'abuser. Il a en réserve les déclarations de Rachid Mecheri sur cette somme de dix mille francs destinée par Jean Mustafa à faire bombance avec les policiers.

Malheureusement, dans le deuxième épisode de sa confrontation, Hayat sur ce sujet ne recueille de Mecheri qu'une réponse bien évasive.

Le juge : — S'agissait-il vraiment d'inviter des policiers ?

Mecheri : — Je ne peux le dire.

Cinq petits mots qui viennent ébranler plus d'une année de certitudes. Ils ne seront que les premiers dans la retraite stratégique de Rachid Mecheri.

Yves Jobic bien entendu s'en empare pour démontrer une fois de plus l'inconsistance des accusations dont il a été la cible et pour rappeler au juge que les écoutes de ses conversations avec Mustafa, si elles étaient déplaisantes à ses oreilles, ne contiennent rien qui puisse laisser supposer une quelconque prévarication.

Pour ce qui est des vingt-cinq mille francs qu'aurait perçus Jobic pour l'extraction complaisante de Jean-Claude Mustafa, Rachid Mecheri n'est guère plus à l'aise. C'est Safwat qui le lui a dit, lequel Safwat, également présent à la confrontation, s'empresse d'affirmer le contraire.

Ce sont là deux personnages dont l'immoralité est patente et la crédibilité discutable. La seule différence est que l'un d'eux, Rachid Mecheri, malgré ses inculpations, a gagné une liberté dont ses déclarations étaient le prix.

Il conteste certes ce « contrat » passé avec les gendarmes et que lui rappelle Yves Jobic. La suite des événements achèvera de nous édifier sur la sincérité de ses déclarations.

Cette confrontation du 24 novembre a été le dernier acte de l'instruction conduite par Jean-Michel Hayat qui compte maintenant près de dix mille feuillets dont près de huit mille consacrés à l'affaire Jobic. On ne peut pas dire qu'elle ait été le bouquet final d'un feu d'artifice. Le juge ne voit sans doute plus lui-même ce qu'il pourrait faire de plus ou demander à ses gendarmes.

Jobic a été interrogé par ses soins pendant cent douze heures et quinze minutes ! Une durée exceptionnelle même dans les affaires criminelles.

Il lui reste à mettre à son dossier un terme et, pour cela, le communiquer d'abord au parquet de son tribunal, lequel n'en ignore rien puisque le premier substitut Renaut en a suivi personnellement toutes les phases. S'il s'est montré d'une extrême discrétion dans son rôle, il n'en a pas moins été vigilant et il a des idées précises sur le sujet. Mais on connaît le vieil adage du droit français : *La plume est serve, la parole est libre.* Il va mettre le parquet de Nanterre dans une situation cornélienne pour faire connaître au juge Hayat son réquisitoire définitif.

58. ATERMOIEMENTS

Ce sont finalement vingt-neuf inculpés que le juge Hayat propose, le 29 novembre 1988, au procureur de la République de Nanterre, de traduire devant le tribunal correctionnel de sa ville. Vingt et un d'entre eux sont en liberté, huit en prison.

Il y a là toute la piétaille des dealers, petits ou moyens. Vingt-quatre des inculpés le sont pour infraction à la législation sur les stupéfiants et l'affaire ne pose guère de problèmes. Le dossier de l'instruction qui leur consacre moins de trois mille cotes contient contre la plupart d'entre eux assez de preuves ou de présomptions.

Vingt-trois de ces prévenus ne connaissent pas le commissaire Jobic. Le vingt-quatrième, Jean-Claude Mustafa, constitue la mince passerelle entre le dossier de ces traficoteurs de banlieue et la monstrueuse excroissance constituée par l'affaire Jobic. Dans le cadre de celle-ci, le juge propose que le commissaire soit poursuivi pour proxénétisme aggravé et corruption, de même que Jean Mustafa. Il propose aussi de traduire pour proxénétisme devant le tribunal Louise Mustafa et Halima El Bordji. Il agrémente aussi d'une détention d'armes et de trafic de stupéfiants le proxénétisme de Rachid Mecheri.

C'est évidemment le cas d'Yves Jobic qui rend le parquet perplexe. La fragilité des présomptions rassemblées par le juge, les multiples fausses pistes suivies, les moyens parfois utilisés pour obtenir des concordances douteuses, les témoignages suspects souvent contradictoires et parfois aberrants, la dérive résultant des exploitations médiatiques et politiques et l'argumentation développée par l'inculpé font que le dossier de l'affaire n'est impressionnant que par son volume. Le substitut Renaut le sait bien. Il a assisté à toutes les phases essentielles des auditions et confrontations organisées par Hayat et, sans prétendre à la connaissance de ses sentiments intimes, il est clair qu'il n'éprouve aucun enthousiasme à suivre le juge dans ses propositions. Il s'est d'ailleurs montré hostile, dès le début de l'affaire, tant à l'inculpation du commissaire en novembre 1987, qu'à son incarcération en 1988. La chambre d'accusation de la cour d'appel de Versailles et la chambre criminelle de la cour de cassation ont tour à tour elles aussi infirmé, par leurs arrêts, des décisions du magistrat instructeur.

A l'issue de ses réflexions, le procureur de Nanterre va finalement proposer à la chancellerie un non-lieu global en faveur d'Yves Jobic. Ce serait là évidemment un nouveau camouflet, le plus cinglant de tous, pour le juge Hayat et accessoirement pour ses enquêteurs de la gendarmerie.

On imagine aisément l'écho dans les médias d'un tel désaveu.

Les hésitations de la chancellerie vont finalement se traduire par de singulières instructions. Il est demandé au procureur de dresser deux réquisitoires. L'un conforme à son sentiment personnel en vue d'un non-lieu, l'autre abandonnant l'accusation de corruption mais retenant aux fins de poursuites celle de proxénétisme.

On sait qu'à l'inverse des juges, les parquets sont hiérarchisés. Il ne restait au procureur de Nanterre qu'à s'exécuter. Il était aisé dès lors de prévoir que c'était la formule de la poire coupée en deux que la place Vendôme allait retenir. Elle avait l'avantage de limiter les dégâts d'un désaveu total et d'épargner le syndicat de la magistrature. Autre avantage encore, elle renvoyait aux juges indépendants du tribunal la responsabilité de la décision définitive.

Cette procédure insolite va, une fois de plus, provoquer l'étonnement des médias et la surprise des juristes.

Les uns parlent d'attitude équivoque, d'autres de la frilosité du parquet. La plupart s'accordent à souligner que ce procédé inhabituel, pour ne pas dire rarissime, témoigne une fois de plus de la dérive politique subie par l'affaire.

Le syndicat des commissaires s'en émeut lui aussi en formant le vœu dans un communiqué *que cette pénible affaire trouve une conclusion judiciaire conforme au droit et aux éléments tangibles de ce dossier et en tout cas indépendante des scandaleuses manipulations qui jusqu'alors ont gêné la manifestation de la vérité.*

Le procureur de la République près le tribunal de grande instance de Nanterre requiert qu'il plaise à Monsieur le Juge d'instruction bien vouloir renvoyer devant le tribunal correctionnel Yves Jobic afin d'y être jugé conformément à la loi.

La position du parquet est donc enfin arrêtée le 2 janvier 1989. Le premier réquisitoire est passé à la trappe. C'est le second que va recevoir Hayat. Il abandonne la corruption et requiert des poursuites pour proxénétisme :

En définitive, les faits de proxénétisme aggravé visés dans la présente procédure et concernant Yves Jobic reposent sur les témoignages indirects de certaines prostituées et essentiellement sur les déclarations de Zoulikha Zenati, Lahouaria Nacel et Fatna Kebdani.

Celles-ci maintenaient formellement leurs accusations tout au long de la procédure.

Leurs témoignages constituent des charges suffisamment précises et concordantes pour justifier le renvoi de Yves Jobic devant le tribunal correctionnel.

La décision ultime appartient maintenant au juge Hayat. Sa détermination reste entière. Ni les atermoiements du parquet et de la chancellerie ni le demi-désaveu qu'il vient à nouveau d'encaisser après tous les autres ne vont le faire changer d'avis. Il est déjà sans nul doute fort chagrin de n'avoir pu faire de son affaire celle du siècle et de Jobic le *deus ex machina* qu'il espérait, à la fois voleur, trafiquant de stupéfiants et barbouze à la solde des services spéciaux algériens et d'un parti politique. Il ne va pas, de surcroît, abandonner une des inculpations qu'il a réussi tant bien que mal à sauver du naufrage.

Le 17 janvier 1989, au terme d'une ordonnance de renvoi de cent quatorze pages consacrées pour les deux tiers à « l'affaire », il maintient contre le commissaire ses deux inculpations de corruption et de proxénétisme :

Attendu qu'il résulte de l'information, charges suffisantes à l'encontre de Yves Jobic :

— de s'être à Paris, courant 1986 et 1987, en tout cas depuis temps non prescrit, rendu coupable de proxénétisme en recevant des subsides de plusieurs personnes se livrant habituellement à la prostitution, à savoir Zenati Zoulikha, Nacel Lahouaria, Kebdani Fatna...

— d'avoir à Paris le 11 mai 1987, en tout cas depuis temps non couvert par la prescription, étant fonctionnaire public, cédé à des sollicitations tendant à la corruption, en l'espèce s'être fait remettre par Jean Mustafa la somme de vingt-cinq mille francs en vue de l'extraction de Jean-Claude Mustafa,

— *d'avoir à Paris, au printemps 1987, en tout cas depuis temps non couvert par la prescription, étant fonctionnaire public, cédé à des sollicitations tendant à la corruption, en l'espèce s'être fait remettre par Jean Mustafa dix mille francs en vue de l'obtention d'ouverture tardive de nuit de l'établissement* La Palmeraie.

C'était donc là tout ce qui restait suffisamment établi, pour le juge lui-même, après sa laborieuse démonstration. La « piste algérienne » plus hypothétique encore que les autres y tenait, en dépit de son extravagance, une large place avec « la Porsche rouge du commissaire ». Elle permettait à Hayat d'avancer en manière de conclusion que *des connexions entre l'affaire Jobic et l'affaire Mecili paraissaient établies.*

Difficile de voir là autre chose qu'une ultime tentative de mettre l'affaire sous la lumière glauque d'une combinaison politico-barbouzarde et de justifier du même coup l'échec d'investigations souvent échevelées.

C'est au président Foulquié, assisté de Mmes Edmond et de Castellan, que va échoir la redoutable tâche d'étudier en un mois ce dossier énorme et complexe ainsi que le non moins redoutable honneur de diriger le procès-fleuve qui va se dérouler à Nanterre à partir du 2 mars 1989. Il aura lieu dans la grande salle de la cour d'assises, retenue par la 12e chambre du tribunal correctionnel en raison du nombre des inculpés et de leurs avocats, des témoins cités tant par l'accusation que la défense, du nombre aussi des assistants, magistrats, policiers, journalistes et voyous qui espèrent, à des titres divers, quelques coups de théâtre.

Ni les uns ni les autres ne seront déçus.

QUATRIÈME PARTIE

LE PROCÈS

59. HORS-D'ŒUVRE

Le juge, le flic, les voyous. Bienvenue à la Sainte Trinité et bon vent à la justice des hommes. Quand le juge s'appelle Jean-Michel Hayat, le flic Yves Jobic, quand des prostituées sont parties civiles avec dans le collimateur un jeune commissaire de trente ans sorti major de l'école supérieure de police, alors le vent promet de souffler en tempête[1].

AMUSE-GUEULE INDIGESTES, annonce *Le Monde.*

UN DOSSIER QUI POURRAIT BIEN EXPLOSER À LA FIGURE DU JUGE D'INSTRUCTION ET EMBARRASSE LE PARQUET, sous-titre *Sud-Ouest.*

L'HONNEUR D'UN COMMISSAIRE *(Le Figaro).* LE COMMISSAIRE JOBIC VEUT FAIRE ÉCLATER LA VÉRITÉ *(La Dépêche du Midi).* LE FLIC FACE À SON JUGE *(Le Midi libre).* LA JUSTICE EN SOUFFRANCE *(L'Humanité).*

Aucun quotidien, aucun hebdomadaire n'a manqué l'événement et le palais de justice de Nanterre est le rendez-vous de tous les chroniqueurs judiciaires. Ils n'ont pas si souvent l'occasion de se mettre sous le stylo le micro ou la caméra ce qu'ils appellent un « beau » procès.

Malgré le service d'ordre impressionnant et le filtrage sourcilleux, les couloirs du palais et les abords de la salle de cour d'assises sont noirs de monde, bruissant d'interpellations, d'éclats de rires parfois, de conversations chuchotées ou claironnées, striés comme une nuit d'orage par les flashes et les projecteurs.

Une soirée de générale pour les spectateurs et l'angoisse de l'entrée en scène pour les auteurs. Ici, on ne joue pas pour rire, on joue sa liberté et pour Jobic son honneur.

---

1. *Libération,* 2 mars 1989.

Ils ne sont plus que vingt-six finalement à être appelés. Hayat a renoncé à pousser devant les juges trois des sous-fifres de la Gennevilliers-Connexion. Quelques-uns, inculpés libres, ont préféré, trop heureux de leur sort, ne pas prendre le risque d'affronter le tribunal. C'est le cas de Halima El Bordji. La liberté est chose fragile.

Les vedettes sont présentes comme à l'ouverture d'un festival : D'un côté Zouzou en veste de cuir, ricanante et maquillée, auprès de Fathi-la-Grande enveloppée dans sa fourrure et de Lahouaria Nacel en vert et orange, de l'autre Yves Jobic en veston prince-de-galles, chemise bleue et cravate bleue. Les trois prostituées, après avoir sacrifié au rituel de l'inauguration, prendront d'ailleurs du champ pendant quelques jours ; les stars ne se commettent pas dans les inévitables palabres de début de procès, leurs avocats y suffisent.

Le public, filtré, a rempli la grande salle. Des curieux, des journalistes, des membres des familles et des copains loubards, quelques proxénètes qui se font discrets, des policiers aussi, non concernés par l'affaire, et des gendarmes en civil de la section de recherches de Versailles qui le sont davantage.

Par la porte latérale, les participants sont entrés à leur tour : les avocats, les témoins, les inculpés libres et les photographes auxquels quelques minutes sont accordées pour fixer, en situation, les combattants du jour.

Sur trois rangs, à leurs places numérotées, les co-inculpés se sont assis. Jobic occupe le numéro 26, le dernier à l'extrême droite de la salle, à l'extrême gauche pour le tribunal. Il a réussi à maintenir quelque distance — l'espace d'une chaise — entre lui et les autres.

« Tout le problème de Jobic, dira un journaliste, c'est de s'asseoir dans la merde sans se salir. »

Dans les éclairs des derniers flashes, les photographes, à regret, se sont laissé pousser vers la sortie. La justice entre en scène.

— Le tribunal !

Bruits de chaises, decrescendo des conversations, commentaires étouffés, silence. Les trente avocats, leurs clients, les témoins et le public se sont levés.

— L'audience est ouverte !

Le président Alain Foulquié, quarante-cinq environ, a, malgré sa robe, une allure d'officier. Mince, de taille moyenne, les cheveux bruns en brosse et le regard froid derrière les lunettes, il donne, dès son entrée, son vrai visage à la justice, celui de la dignité. Mmes Geneviève Edmond et Elisabeth de Castellan, les assesseurs, ont pris place de part et d'autre de leur président. Le substitut Renaut, de son côté, a pris position dans son box de ministère public.

— Huissier, veuillez procéder à l'appel des témoins !

Ils sont nombreux ces témoins, soixante-sept en tout. Ni les parties civiles ni les inculpés n'ont été avares de citations. Trois douzaines pour les parties civiles, deux pour Jobic. Seul dans la troupe qui défile, Villalonga déjà a donné de la voix. Il est de méchante humeur, Monsieur Pedro, entre ses gardes, égal à lui-même en somme :

— Regardez-moi bien, car je ne reviendrai pas. J'ai été agressé par Tagliaferi, le beau-frère de Venere. Les copains de Jobic ont voulu me défoncer la tête au dépôt.

Il en profite au passage pour répondre par un crachat à l'insulte d'un autre détenu, Tagliaferi justement.

Sans émotion, le président a calmé le jeu avant de passer au suivant.

Patricia Boschetto est là elle aussi, toute prête à faire venir sa sœur Martine si le tribunal le souhaite.

Il manque quand même beaucoup de monde : Nadjia Khabir, Halima El Bordji, Nacera Zitouni, Malika Chabira, Louisa Benhadjoudja et Boumedine Ouchent pour ne citer que les plus notoires, sans oublier les juges d'instruction Humetz et Perdrix et le procureur Boittiaux, chef du parquet de Nanterre, que Mes Bourdon et Terquem souhaitent faire comparaître. Ils voudraient d'ailleurs tout à la fois que le procureur Boittiaux s'exprime comme témoin tout en occupant, à la place du substitut Renaut, le siège du ministère public. Un problème insoluble.

Il faudrait sans doute autre chose que ces inutiles ferraillements préliminaires pour émouvoir le président Foulquié. Il n'a guère eu plus d'un mois, avec ses assesseurs, pour assimiler l'énorme dossier dont la clarté n'est pas la qualité essentielle, mais il en a extrait des fiches synthétiques, des « anti-sèches », des repères qui vont lui permettre d'y naviguer sans encombre. Sa maîtrise des débats, sa rigueur et sa volonté d'aller dans les interrogatoires au fond des choses désarmeront au fil des jours les effets de manches et les piaillements inutiles.

Après que les témoins présents eurent été renvoyés à leurs occupations avec la date prévue de leurs auditions, les débats, le jour suivant, vont permettre aux avocats de déposer leurs conclusions, de formuler leurs exigences.

Ceux de Jobic ont, dans ce domaine, quelques munitions en

réserve. Nullité de procédure est le maître-mot. Ils en ont déjà beaucoup soulevé, vainement, auprès du magistrat instructeur. Ils peuvent ici déployer leurs talents et à travers les exégèses juridiques, souligner les bizarreries de l'instruction.

Bien que le tribunal fasse relâche les 4 et 5 mars, après les premières escarmouches, Me Terquem aura, le samedi matin, une désagréable surprise en découvrant, au pied de son immeuble, sa Porsche aux vitres brisées. La voiture était équipée en radio et téléphone et le vandale n'y a pourtant rien volé, se contentant de bouleverser les dossiers et papiers qu'elle contenait.

Les voyous ne respectent plus rien. Cette opération « Porsche » était-elle ou non en rapport avec le procès en cours ? On ne le saura jamais.

60. PREMIÈRES CARTOUCHES

Le 6 mars, après avoir pris le parti de joindre, selon la formule, les incidents au fond, le président Foulquié peut enfin s'attaquer à l'affaire proprement dite.

Les démêlés avec la justice de la troupe des dealers de Gennevilliers ne sont pas ici l'essentiel, malgré les années de prison qui planent sur les têtes des semi-grossistes ou détaillants de mort lente ou subite de ce Bronx de banlieue. Il faut attendre le 7 mars pour percevoir les premiers craquements dans l'édifice des accusations rassemblées contre Jobic. Ils viennent de Taleb Yahia, celui-là même qui avait tendu, à la demande des policiers, un piège à Jean-Claude Mustafa.

— Pour moi et pour la police, ma commande téléphonique, c'était pour de l'héroïne. Jean-Claude ne le savait pas. Après, la police m'a forcé à dire que Jean-Claude Mustafa était mon fournisseur. J'ai tout inventé. J'ai menti à la police. Je me sens très mal dans ma peau. J'étais sous médicament, j'ai dit n'importe quoi.

Jean-Claude Mustafa dit Aziz a beau jeu alors de soutenir que la commande passée ne concernait, dans son esprit, que du haschisch. La loi répressive est certes la même pour les deux produits mais les tribunaux distinguent depuis longtemps l'un de l'autre et il y a loin de « l'épicier en haschisch » à « l'émir de la poudre ».

Le même jour, Kamel Zeghdana, autre inculpé des premières heures, l'homme du *Milord*, va encore élargir spectaculairement la brèche :

— J'ai mis Jean-Claude Mustafa en cause car le juge d'instruction me proposait de réouvrir mon restaurant... A l'instruction chacun essayait de s'en sortir, d'accuser les autres... Je pensais que Mustafa fournissait de l'héroïne à Yahia mais je n'en ai jamais vu entre eux...

Pour un peu, il sortirait la copie de la lettre furibonde qu'il avait, de la prison, envoyée à Hayat pour l'accuser de partialité et lui reprocher son maintien sous les verrous.

Rachid Mecheri, lui non plus, n'est pas très sûr qu'Aziz soit un trafiquant.

— J'ai accusé Jean-Claude Mustafa car son frère m'avait traité de tout et je me suis emporté.

De quoi mettre à l'aise Jobic pour justifier une fois de plus sa première démarche au SDPJ 92 puis chez le substitut et enfin chez Hayat lui-même :

— J'ignorais que Jean-Claude Mustafa faisait du trafic et quand il a été arrêté avec quelques grammes de haschisch, nous avons considéré que c'était une affaire mineure. C'est pourquoi nous sommes intervenus en sa faveur.

Au président, soucieux de savoir dans quelles limites indécises peut s'inscrire la protection d'un délinquant-informateur, le commissaire ne pourra qu'invoquer « le cas d'espèce » et l'usage qui consiste à en référer au magistrat directeur d'enquête. Il s'étonnera aussi que le juge Hayat n'ait pas été intéressé par la proposition qu'il lui avait faite lors de son inculpation, de l'aider à remonter au « gros bonnet », un certain Jeff qui tirait dans l'ombre les ficelles du trafic du port de Gennevilliers. Une ombre épaisse et propice sans doute puisque les gendarmes ne le découvriront pas. Ce n'est qu'un an plus tard que Hayat s'inquiétera auprès du commissaire de la possibilité de remédier à cet échec, alors qu'il l'a dans l'intervalle successivement emprisonné puis privé de « ses contacts ».

Jean Mustafa et Rachid Mecheri vont avoir, le lendemain 8 mars, à s'expliquer en détail à la fois sur leur association à *La Palmeraie* et sur leurs rapports avec leurs maîtresses prostituées. Ils reconnaissent bien l'un et l'autre entretenir des relations intimes avec ces dames mais de là à accepter l'infamante qualification de souteneur, il y a une marge qu'ils refusent de franchir.

Nadjia Khabir, de son côté, réduit considérablement ses contributions au bien-être de Mecheri. Il ne s'agissait vraiment que de cadeaux insignifiants, justifiés au surplus par le service qu'il lui avait rendu en la débarrassant d'un méchant « mac ».

Dany, l'amie de Jean Mustafa, fait mieux encore. Elle ne se prostitue pas !

Elle « sort » simplement parfois avec des messieurs qui l'aident financièrement et, de son côté, elle dépanne parfois son amant, surtout quand il perd au jeu. Mais il arrive aussi que ce soit Boured qui lui donne de l'argent. Elle lui en a même parfois pris sans le lui dire en imitant sa signature sur son chéquier.

On voit vraiment se réduire à vue d'œil la stature des beaux « jules » bien carrés que l'on espérait. Heureusement, il reste le rôle de Halima El Bordji. Dommage qu'elle soit absente ! On pressent bien, à travers les témoignages, qu'entre Halima et Jean Mustafa, il y a des relations équivoques. Il a été, six ans auparavant, son souteneur et il est dit un peu partout que si elle ne se prostitue plus que rarement, elle relève en revanche les compteurs des loyers de quelques filles pour le compte de Mustafa. Celui-ci s'en défend d'autant plus farouchement que Halima n'est pas là pour l'accuser. Il y a bien Zouzou qui, tout en mâchant son chewing-gum, accepte de venir au secours de l'accusation. Il est clair, pour elle, que Halima servait d'encaisseuse pour Jean Mustafa. C'est Halima qui le lui a dit mais elle n'a jamais vu, de ses yeux, Halima reverser l'argent à Mustafa. Ce dont elle est sûre, c'est qu'elle, Zouzou, comme une douzaine d'autres filles, payait effectivement son loyer hebdomadaire à Halima.

D'autres filles confirment le fait. Jean Mustafa rappelle, il l'a déjà dit à l'instruction, que le seul argent que Halima lui ait donné était le loyer de l'appartement qu'il lui sous-louait. Elle a d'ailleurs profité de son absence, lorsqu'il était interdit de séjour, pour ne le régler à personne, ce qui a valu au locataire en titre de se faire expulser.

Explications d'épicier qui ne trompent personne, même si elles jettent un ombre sur la dimension du super-proxo de Jean Mustafa dit Boured selon les uns, Boukhit selon les autres. On est loin, en tout état de cause, du Monsieur super-mac, plus ou moins empereur de « Buda ».

Me Bazzoli, l'avocat de Jean Mustafa, élargit encore cette ombre en rappelant que le personnage, un Maghrébin, interpellé chez Halima El Bordji, en même temps qu'elle, étant sous-entendu qu'il était probablement dans son lit, n'a retenu qu'une attention fugitive des gendarmes interpellateurs.

Yves Jobic, interpellé sur le sujet, ne peut que renchérir. Il est évident que, pour un professionnel de la police, ce personnage, que Halima avait présenté comme son cousin, méritait davantage de vérifications. Après tout, pourquoi ne serait-ce pas lui, l'heureux bénéficiaire des « compteurs » de Halima ?

— M. Hayat, qui était en congé lors de l'opération, a été surpris. Il a dit qu'il en parlerait aux gendarmes.

L'intention, louable, avait dû s'évanouir.

Ce que l'on peut retenir de cette première partie du procès, indépendamment des rôles respectifs des petits trafiquants de drogues diverses, est que Jean-Claude Mustafa n'est sans doute pas étranger à leurs négoces sans pour autant y occuper la place de choix que lui destinait son juge.

Quant à son frère Jean, son comportement à l'égard de ses deux maîtresses n'est certainement pas celui de l'homme qui les conduira à la rédemption. Il n'est pas exclu qu'il ait profité de leurs amours vénales. On s'est quand même beaucoup éloigné de l'industriel en proxénétisme que l'on pouvait imaginer.

Peut-être l'entrée en scène, à titre principal, d'Yves Jobic et l'examen, sous la loupe du président Foulquié, de ses rapports avec cette singulière tribu franco-gitano-islamo-irakienne jetteront-ils sur les Mustafa, une lumière supplémentaire ?

61. QUELQUES PAS DE PLUS DANS LE CLOAQUE

L'habitude en est prise depuis quelques jours. Yves Jobic, la veille, a dîné avec ses avocats et quelques-uns de ses collaborateurs. Les audiences, qui commencent entre 13 h 30 et 14 heures s'achèvent assez tard, parfois très tard. Il faut les analyser, supputer les comportements du lendemain, adapter en conséquence les défenses ou les contre-attaques, faire rechercher parfois quelques renseignements complémentaires. Toutes choses que Jobic, ses confrontations avec Hayat l'ayant aguerri, supporte mieux qu'il ne l'aurait imaginé. Deux ans avant, l'idée d'une telle situation n'aurait même pas effleuré son esprit. La nuit est courte, ce qui n'enlève rien à la solitude du matin et à l'angoisse qui se nourrit de la lecture de la presse.

Aujourd'hui, ce 9 mars, elle est plus présente que jamais. Jobic va occuper le devant de la scène. Il lui faut essentiellement garder son sang-froid, une impassibilité et une précision d'ordinateur, résister aussi à la pression médiatique qui l'attend tout à l'heure au palais de justice de Nanterre. Surtout se taire, même si cela est frustrant et si les silences peuvent être interprétés. Il n'a ouvert la bouche devant les journalistes que le premier jour pour une déclaration de principe :

— Je suis confiant et serein car je vais avoir affaire à la vraie justice. La vérité va donc éclater. Je vais pouvoir défendre mon honneur et celui de ma profession qu'à travers moi on essaye de salir.

L'ambiance est lourde dans la salle comble. Les injures anonymes, en arabe, sifflent un peu partout, des prévenus vers l'assistance et vice-versa. Le juge Hayat a été menacé par *Honneur de la Police*. M. Bazzoli, l'avocat de Jean Mustafa, s'est fait dérober le dossier de son client. Lemouton a été inculpé la veille. Mes Bourdon et

Terquem, se sentant également menacés, ont obtenu, comme Zouzou leur cliente et comme le juge, la protection de gardes du corps. On respire partout la peur.

On se croirait transporté en d'autres lieux : à un procès de la Mafia en Italie, par exemple, ou dans un pays d'Amérique du Sud en révolution. Il ne faudrait, semble-t-il, qu'une étincelle pour qu'explose ce baril de poudre. Ce n'est pas le moindre des mérites du président Foulquié d'avoir, par sa froide sérénité, apaisé le tumulte et ramené l'ordre.

A Jobic maintenant, dans le calme revenu, de raconter sa vie, sa vocation, son métier, ses réussites, ses problèmes et ses relations équivoques. Il veut ignorer cette salle pleine, dans son dos, devant laquelle il se met nu. Il ne veut voir que le juge, là, devant, qui l'écoute sans l'interrompre et qu'il doit convaincre.

Sa vocation de policier, par son côté absolu, étonne un peu le président Foulquié. Peut-être, se dit-il, que l'on peut finir par se plaire en la compagnie des voyous et des putains. L'enfer, on le sait, est pavé de bonnes intentions. Le meilleur des apôtres du bien ne risque-t-il pas d'être phagocyté par ce Milieu contre lequel il lutte ? Le président s'en inquiète :

— Vous n'avez pas de vie privée. Selon le dossier, elle se confond avec votre vie professionnelle !

Jobic n'entend pas passer pour une obsédé de la police.

— J'ai aussi une vie privée, Monsieur le Président. J'ai des amis, hommes et femmes, médecins, enseignants, mais je suis célibataire. Je vis seul et ma profession occupe une place importante dans ma vie.

Il trouve le moyen d'ironiser :

— Si j'ai bien lu la procédure, on me prête quand même huit maîtresses dont les âges vont de vingt-cinq à cinquante-cinq ans !

Il a fait aussi le tour des autres accusations rassemblées dans le dossier d'instruction, des artifices et des mensonges utilisés un peu partout pour l'accabler. Il a essayé aussi de faire mieux comprendre la nature de ses relations avec le clan des Mustafa et la familiarité qui se dégage des conversations téléphoniques enregistrées :

— Nous sommes obligés d'adapter notre vocabulaire. Le vouvoiement n'a pas cours dans le milieu maghrébin. Le tutoiement est d'usage. Il faut se faire comprendre avec leurs mots et leurs formules. Par ailleurs, il était normal que Jean Mustafa s'intéresse au sort de son frère et j'étais moi-même un peu gêné que mes démarches en sa faveur aient échoué.

Le président, à l'évidence, a du mal à concevoir une familiarité qui va jusqu'à renseigner un « correspondant » sur la marche d'une instruction ou l'attitude d'un juge. Les mondes judiciaire et policier vivent, il est vrai, dans des sphères différentes. Le premier ne connaît les malfaiteurs que dans un milieu contraint, le second mène auprès d'eux, sur le terrain, une vie presque juxtaposée qui ne peut être efficace qu'en connaissant et en adoptant leurs formes de raisonnement. Jobic aussi préférerait recueillir des renseignements par d'autres moyens.

— Nous n'avons pas de boule de cristal, Monsieur le Président, s'exclame Jobic, et Madame Soleil ne travaille pas avec nous !

Et il faut bien convenir qu'à l'époque considérée, Jean Mustafa n'avait pas encore de comptes à rendre à la justice. Ses rapports avec Halima El Bordji étaient inconnus de Jobic et il n'avait jamais été vu rue de Budapest.

Jobic n'a cependant pas le sentiment d'avoir dissipé tous les doutes dans l'esprit du président Foulquié.

L'inspecteur Sid Ali Smaïl dit « Dany », qui lui succède à la barre, aimerait certainement mieux être n'importe où ailleurs. C'est à son mariage que Jobic était accusé d'avoir assisté en compagnie de Jean Mustafa. La chose, en apparence sans intérêt, était devenue importante d'abord parce qu'elle supposait des liens étroits entre Mustafa et Jobic, mais surtout parce que l'ex-amant de la sœur de Smaïl, son presque beau-frère en somme, le nommé Kadour, était aussi de la fête. Kadour est le souteneur de Fifi Benkenouche, la grosse Fifi édentée, et l'auteur, en Espagne, d'un meurtre pour lequel il a été arrêté à Paris.

Or il se trouve que Boumedine Ouchent, après qu'il eut basculé du rang des défenseurs dans celui des accusateurs frénétiques de Jobic, a déposé à l'instruction une photo prise dans son bar où l'on voit à la fois Kadour et Jobic. De là à en déduire qu'ils étaient plus ou moins liés, qu'ils festoyaient ensemble et que le commissaire protégeait un meurtrier, il n'y avait qu'un pas. Esquissé par Hayat, il était allégrement franchi par Me Terquem. C'est bien là le charme maléfique des photographies. Elles sont comme les horoscopes : chacun y trouve ce qu'il cherche.

La réalité, qui apparaît finalement après les premières flèches de Terquem, à l'issue des réponses sinueuses de l'inspecteur Smaïl et des mises au point de Jobic, est pourtant assez simple :

1 — Jobic ne connaissait pas Kadour.

2 — S'il s'est trouvé en même temps que lui et que beaucoup

d'autres personnes dans le bar d'Ouchent, c'était à l'occasion de l'anniversaire de Sabrina, la fille de Michel-le-Vosgien.

3 — Il ne trinquait, ni ne buvait, ni ne parlait avec Kadour, la photo le démontre. Ils étaient seulement dans la même assemblée.

4 — Kadour n'était pas encore à l'époque recherché pour son meurtre en Espagne.

5 — Lorsque Interpol-Madrid l'a signalé à la police française et a demandé son arrestation, c'est lui, Jobic, qui, grâce aux informations fournies par Ouchent, l'a retrouvé et fait arrêter le jour même par la brigade criminelle.

C'est le rôle de l'inspecteur Smaïl qui paraît, en définitive, assez peu clair dans l'affaire. Jean Mustafa, pourtant témoin à son mariage, n'hésite pas à le traiter de menteur et à lui reprocher de lui avoir laissé une « ardoise » à *La Palmeraie* où il venait assez souvent avec des « gens indisciplinés ». Il y a quelque mépris dans la voix de Jean Mustafa lorsqu'il lui donne le sobriquet « d'inspecteur costume » !

La passe d'armes suivante, sur une nouvelle initiative de Mes Terquem et Bourdon, va concerner les rapports, supposés douteux, entre le commissaire et les deux « tireuses » arrêtées par les policiers de la brigade de répression du banditisme. L'inspecteur Bachimont qui a arrêté Malika Djennadi et Nadia Aïssa-Abdi ne connaît pas Jobic. Les deux femmes n'ont bénéficié d'aucun traitement privilégié. On pourrait même dire au contraire puisqu'elles ont écopé de deux ans fermes de prison. Le tribunal cherchera en vain la trace d'une quelconque pression de Jobic au profit de ces deux femmes et Malika Djennadi rappellera avec force que leur refus de se joindre au chœur des accusatrices leur avait valu, chez les gendarmes, un traitement qui lui non plus n'était pas de faveur !

Malika va aussi, dans sa déposition, faire une révélation importante. Elle avait soutenu pendant l'instruction ne pas avoir entendu ce que Zouzou, en pleurant, avait dit un jour dans sa voiture. Seule Nadia Aïssa-Abdi s'en souvenait. A la barre du tribunal, Malika a retrouvé la mémoire :

— J'étais en voiture et j'ai déposé Zohra Younes rue de Budapest. Zouzou pleurait et a dit qu'elle avait menti aux gendarmes. La vérité c'est ce que je viens de dire. Je ne l'ai pas dit avant car je ne voulais pas être mêlée à cette affaire qui ne me concerne pas.

Une autre Malika, celle que l'on appelle « Malika 36 », enveloppée dans sa fourrure et secouant son chignon en forme de pièce montée, va confirmer le fait :

— Zouzou a dit qu'elle avait menti aux gendarmes. Elle m'a dit qu'elle avait déconné sur Jobic. « Je n'ai jamais vu Jobic prendre de l'argent, j'ai fait des déclarations car c'est ce que les filles disaient... »

Le divisionnaire Venere, patron de Jobic, et Olivier Foll, le sous-directeur de la police judiciaire, avaient à leur tour à expliquer le travail de leur police en général et celui de Jobic en particulier, à expliquer et à justifier aussi la nécessité des informateurs et leur mode d'emploi. Ils avaient également l'un et l'autre à dire leur confiance dans l'intégrité de Jobic et leur estime pour ses capacités professionnelles et ses résultats. Mais le plus important dans la déposition d'Olivier Foll est peut-être la petite phrase qu'il va lâcher en évoquant la visite que lui avait rendue le juge Hayat le 27 août 1987 :

— Le juge n'est pas rentré dans le détail de l'affaire. Il m'a dit seulement qu'il avait des soupçons sur Jobic. Il ne m'a pas fait de confidences sur ce que lui avait dit Patricia Boschetto.

Quelques mots qui contiennent la promesse d'une future et rude explication.

Il est 22 h 30 lorsque l'audience est levée, lourde encore d'interrogations.

62. UNE BOMBE A RETARDEMENT

UN CROISÉ CHEZ LES VOYOUS (*Le Monde*).

AFFAIRE JOBIC-POLICE, MODE D'EMPLOI (*Sud-Ouest*).

LA BARRIÈRE DES LANGUES (*Le Figaro*).

JOBIC : JE NE TRAVAILLE PAS POUR DE L'ARGENT (*Le Parisien*).

Finis les emballements, les condamnations définitives ou les acquittements indignes. Les journalistes rendus prudents avancent, comme le tribunal, à pas comptés vers une vérité encore brumeuse.

Après dix heures d'audience marquées par quelques déchirures dans le tissu des accusations, un dîner rapide et l'indispensable analyse avec ses avocats, Jobic a pu s'endormir presque optimiste pour une courte nuit avant de dévorer, au moment du café noir, les commentaires mesurés de la presse.

Aujourd'hui 11 mars, le plat de résistance doit être servi par les prostituées parties civiles, celles qui ont « payé » le commissaire Jobic devenu le successeur de leurs « macs » après qu'il les eut arrêtés.

L'assistance d'une interprète a été demandée par leurs avocats sans doute pour éviter les faux pas. Me Collard s'est étonné : pourquoi faudrait-il aujourd'hui une traductrice à des filles qui se sont parfaitement exprimées en français tout au long de l'enquête et de l'instruction ?

La fureur de Me Terquem ne servira à rien. Le substitut Renaut, fidèle observateur des actes d'instruction, témoigne que ces trois prostituées n'ont jamais eu jusqu'à ce jour besoin d'interprète.

Me Terquem ne peut que s'incliner devant la décision du président. Ni Zouzou ni Mabrouka ne bénéficieront du filtrage de la traduction.

Zoulikha Zenati, la première à accuser, en sera réduite à se souvenir seule de ce qu'elle a dit. Rien de bien nouveau si ce n'est qu'elle ajoute à ses premiers griefs un vol de dix-neuf mille francs que Jobic aurait commis avec d'autres policiers chez sa collègue Lahouaria Nacel lorsqu'il a arrêté son souteneur :

— Sur cette somme, un million était à moi. Il n'y a jamais eu de papier pour dire qu'il avait pris mon argent.

Lahouaria ne confirme pas et pour cause. L'argent dont il s'agit, même s'il y a quelque désaccord sur la somme, avait été saisi très officiellement comme étant présumé provenir du proxénétisme.

Elle est bien embarrassée, Zouzou, devant le micro des témoins et les questions du président, et cet embarras la fait à tout moment se tourner vers ses avocats pour quêter un signe, un secours. Elle y mettra tant d'insistance que le président, agacé, lui fera donner un micro portatif et l'invitera à avancer de quelques mètres pour s'expliquer seule, devant lui.

Ce que l'on retiendra, à travers leurs propos gênés et souvent confus, c'est que les filles se cramponnent aux sommes qu'elles ont dix fois répétées : six mille francs en trois fois pour Zouzou. Neuf mille plus trois mille pour Lahouaria.

A trop vouloir démontrer, elles s'emmêlent carrément dans leurs affirmations.

— Tu étais avec moi quand j'ai donné les neuf mille francs à Jobic dans son bureau.

— Non je n'étais pas avec toi.

Pour le reste, le bureau de Jobic, rue Truffaut, apparaît vraiment comme le lieu de rendez-vous de ces dames porteuses d'enveloppes. Des collaboratrices somme toute de la maison que le filtrage à l'entrée laissait passer comme telles ! Mais les souvenirs et les dates se font flous. Lahouaria tout à coup se souvient d'avoir assisté aux trois remises d'argent par Zouzou. Jusque-là, à l'instruction, elle n'en avait vu qu'une. Mais c'est vrai, il y a deux ans de cela. Le temps embellit les souvenirs !

Même chose pour Fatna Kebdani. Echaudée par son erreur d'année, de date et de jour, elle a trouvé la clef pour verrouiller ses invraisemblances :

— Pendant ses vacances, Jobic revenait à Paris prendre son argent. Je le préparais à l'avance. Quand je n'allais pas le lui apporter à son bureau, il passait le prendre chez moi à l'hôtel à 6 heures du matin, pour ne pas se faire remarquer.

Ce commissaire est non seulement malin, mais matinal et silencieux :

— Il ne me parlait jamais, il ne m'a jamais menacée.

Il n'empêche que, tout malin qu'il soit, ce commissaire prenait beaucoup de risques en allant avec ces dames au restaurant ou en les recevant pour boire et « rigoler » dans son bureau. A le voir glacé, à peine ironique, devant ce festival d'affirmations véhémentes on en arrive à rêver au retour du docteur Jekyll et de Mister Hyde.

Le commissaire Jobic a écouté sans broncher la longue litanie embrouillée des témoignages contradictoires et des accusations fantaisistes. Il les a déjà longuement et plusieurs fois réfutés. Au lieu de se battre sur sa ligne de défense, pourquoi ne pas attaquer à son tour ? Il a préparé pour cela deux méchantes petites bombes. Le moment est venue de lâcher la première :

— Monsieur le Président, je porte à votre connaissance que le passeport de Zoulikha Zenati qui se trouve dans votre dossier est un faux administratif. Il comporte de faux tampons de la police de l'air et des frontières pour authentifier d'imaginaires voyages touristiques entre Alger et Paris. Ce sont là des infractions non prescrites et pour des faits identiques Lahouaria Nacel a été condamnée. Le faussaire était Dash, c'est-à-dire le souteneur de Zoulikha, et celle-ci avait déclaré avoir perdu ce passeport. Or, elle l'a utilisé pour se rendre en Algérie l'été dernier et elle a abusé depuis la justice française avec un titre de séjour falsifié.

L'importance de l'incident échappe sans doute à la salle mais pas au tribunal, ni à Zouzou rouge de fureur. Me Varaut peut s'offrir à bon compte une intervention-banderille sur les faux passeports, fausses identités et faux témoignages dont est cousu le dossier d'accusation.

Villalonga lui aussi est au programme de cette journée riche de personnages hauts en couleur. Il a consenti à revenir malgré ses promesses et ses invectives de début d'audience.

Rien de neuf dans ses délires. Ah ! si, quand même une chose :

— Je crois que Jobic était plutôt « mac » de travelos !

Simple hypothèse, bien entendu. Où en aurait-il trouvé le temps en assumant déjà, en tant que policier, un travail de Romain et, en tant que souteneur, la protection et le « relevé des compteurs » de filles travaillant aux quatre coins de Paris ? Qu'importe, la petite troupe de Monsieur Pedro, moralement au garde-à-vous, viendra, sous serment, confirmer ce que l'on sait déjà.

Tout ce défilé a-t-il contribué à éclairer le tribunal ? Difficile de le deviner derrière le masque froid, vigilant et attentif de son président.

C'est seulement le soir, peu après 21 heures, après que l'on eut liquidé l'étrange Monsieur Victor et ses fantasmes, alors que la fatigue et l'ennui commencent à creuser les traits, qu'Yves Jobic, tranquillement, a allumé la mèche de sa deuxième bombe :

— Je suis scandalisé que la justice prête un tel crédit à des accusations sans preuve contre mon honneur et mon intégrité. Moi, commissaire de police, Français, qui paye mes impôts, je suis calomnié par des individus et des prostituées sans foi ni loi.

Après ce préliminaire débité posément est venue la révélation :

— Le 1er juillet dernier au petit matin, à la fin d'une confrontation de plus de douze heures et avant que je ne regagne ma prison, M. Hayat m'a fait une proposition. Il m'a dit : « Monsieur Jobic, cela fait un an que j'accumule des témoignages contre vous. Je n'ai pas d'élément matériel et je n'ai pas decelé d'élément suspect dans votre train de vie. Mais j'ai l'intime conviction que vous êtes le maillon d'un important réseau de policiers qui alimente, avec l'argent de la prostitution, les finances d'un parti d'opposition. Ne payez pas pour des gens qui sont au-dessus de vous. Vous retournez en prison mais je suis prêt à vous remettre rapidement en liberté si vous m'aidez. N'hésitez pas à m'appeler à n'importe quel moment si vous avez quelque chose à m'apprendre. »

Et Yves Jobic de conclure devant une salle toujours pleine et devenue totalement silencieuse :

— Jusqu'à présent je n'ai jamais fait état publiquement de cet élément que je trouve particulièrement grave. Je ne voulais compromettre personne ni aucun parti politique dans cette affaire. Je le révèle aujourd'hui pour moi-même, pour la justice, pour la vérité. Je n'ai jamais reçu d'argent de la prostitution et l'hypothèse du juge Hayat est complètement idiote.

La révélation de Jobic a fait sur l'assistance journalistique abasourdie l'effet d'un coup de marteau sur une enclume. Les uns et les autres se sont précipités vers les téléphones.

La greffière a beau s'activer, cet épisode important des débats échappera pourtant à son compte rendu. Dieu, que l'intendance judiciaire reste archaïque ! Pas d'enregistrement, pas même de sténotypie. Une occasion de plus de se demander si, à l'instar des arbitres de football, ceux de la justice ne seraient pas mieux éclairés par la reproduction audio ou vidéo des péripéties de leurs audiences.

Imperturbable, le président Foulquié, se fiant à son analyse personnelle, a compris sur-le-champ l'inévitable impact médiatique des propos du commissaire et le tumulte qu'ils risquaient de provoquer devant son tribunal. Il a immédiatement et sans commentaire suspendu les débats jusqu'au lundi suivant. Cela donnera quarante-huit heures aux intéressés pour se préparer à l'empoignade publique.

C'est le commissaire, cette fois, qui entraîne son juge dans l'arène.

Dès le lendemain samedi, c'est le branle-bas dans les journaux et les syndicats.

Libération s'étonne du caractère tardif des révélations du commissaire. *Le Monde* évoque la petite bombe du commissaire Jobic. *France-Soir* titre en gras : LE COMMISSAIRE JOBIC ACCUSE : LE JUGE M'A DEMANDÉ DE MOUILLER UN PARTI DE L'OPPOSITION, et sous la plume de Michel Mary *Le Nouveau Détective* annoncera avec une méchante sobriété : LE COMMISSAIRE BALANCE LE JUGE.

Le syndicat de la magistrature, quant à lui, réagit vivement dès le samedi par un communiqué rappelant que le magistrat mis en cause vit depuis un an sous protection rapprochée et qu'il est menacé de mort par *Honneur de la Police*.

Le maintien d'un état de droit passe par une vigilance et une fermeté de toutes les institutions face aux menées factieuses et aux intimidations d'où qu'elles viennent, conclut le communiqué du syndicat.

Son vice-président, Frédéric N'Guyen, s'interrogera, le lendemain dimanche à *Europe 1, sur la cohérence entre les menaces reçues par le juge, l'assassinat d'un témoin, les pressions sur d'autres et la mise en cause du juge Hayat.*

Reçu le même jour sur la même antenne périphérique, Daniel Dugléry, secrétaire général du syndicat des commissaires de police, répondait sur le même ton : *qu'il est monstrueux de tenter de faire croire, par de subtils amalgames, que le juge Hayat est menacé par un réseau de tueurs actionnés de près ou de loin par le commissaire Jobic, au moment où celui-ci commence à livrer les dessous du cloaque politico-judiciaire dont il est victime.*

L'audience du lundi 13 promet d'être chaude.

63. HAUTE TENSION

Les professionnels des prétoires, quels que soient leurs clients ou leurs fonctions, ont le sentiment de vivre un moment exceptionnel. Journalistes, policiers et public se pressent dans la salle archi-comble pour l'inévitable psychodrame. Il n'y a guère que les petits trafiquants de banlieue à se demander pourquoi ils sont là. Ils n'intéressent plus personne. Les heures matinales d'extraction et les fins tardives d'audience ne laissent aux détenus que de courtes nuits. Épuisés, quelques-uns dorment sur leur chaise. Ils ne se sentent pas concernés.

Le syndicat de la magistrature a délégué dans l'assistance quelques-uns de ses membres les plus éminents. Pour la circonstance, ils sont venus en robe. Il faut des témoins dans tous les duels, même purement verbaux. Et celui-ci est exceptionnel : un juge témoignant dans une affaire qu'il a lui-même instruite, le cas est rarissime. Mais après tout pourquoi pas ? Hayat a bien fait comparaître devant lui deux de ses collègues parisiens.

Jobic pour sa part, bien qu'angoissé après le tumulte qu'il a déclenché, ne regrette pas d'avoir enfin lancé les torpilles qu'il traînait depuis des mois sans en parler.

Elle paraît plutôt hésitante cette main que lève Hayat pour ce serment insolite après que ses gardes du corps se furent écartés de lui. Il est en costume gris, cravate bleue et pochette assortie, le collier de barbe noire bien taillé et le regard, noir lui aussi, derrière les lunettes d'acier :

— Je jure de dire la vérité, toute la vérité, rien que la vérité.

Les mots sont tombés dans un silence absolu. Sans regarder son adversaire, Hayat s'est approché du micro :

— Je tiens à démentir de la manière la plus absolue les propos que l'on me prête. A aucun moment il n'y a eu dans mon instruction la moindre recherche politique. Si Jobic avait parlé de cela à ses défenseurs, il y aurait eu une requête en suspicion légitime.

Et le juge fournit sa version du fameux entretien informel, en tête à tête, qui avait suivi la confrontation marathon :

— Yves Jobic relit toujours très attentivement ses déclarations. Il corrige les fautes d'orthographe, les fautes de frappe. Nous étions très fatigués et n'avions rien mangé depuis plus de douze heures. Je lui ai offert un sucre et nous avons parlé un moment après le départ du substitut Renaut.

« Jobic m'a parlé de sa vie en détention, des insultes qu'il recevait, de la démobilisation du service qu'il dirigeait. Et puis à la fin, il m'a demandé si Jeff et Nono, les deux fournisseurs présumés des trafiquants que vous jugez, m'intéressaient. A ce moment-là, j'ai senti un piège éventuel à recueillir des éléments hors procédure. Je n'ai pas répondu. Je suis resté évasif. Je tiens à dire qu'en mettant Jobic en détention, je n'ai pas eu l'intention de négocier quoi que ce soit. Le 4 juillet je suis parti me reposer au bord de la mer. J'ai visité les cathédrales de Rouen et Chartres. Je savais que la chambre d'accusation libérerait Jobic.

Hayat conclut son intervention sur les menaces dont il fait l'objet, de même que d'autres témoins, sur l'assassinat de Mahfoud Bouchama, sur le climat de tension et de violence inouïe qui a entouré son instruction.

— Acceptez-vous d'être confronté avec Yves Jobic ?

La question du président était de pure forme. Comment, en effet, tenter de rapprocher autrement deux versions aussi différentes d'un même tête-à-tête ?

Le commissaire, le visage fermé, s'est approché à son tour du micro, à trois mètres de son adversaire.

— J'ai été élevé dans un milieu où l'honneur et la parole ont une signification. Mon père était mutilé de guerre. Ce que j'ai dit est la totale vérité.

— Vous êtes un menteur ! a coupé le juge.

Négligeant l'injure, le commissaire a continué :

— M. Hayat m'a bien tenu les propos que vous connaissez. Il semblait sincère dans sa conviction. J'étais pour lui un maillon d'une chaîne de policiers parisiens alimentant la trésorerie du RPR avec l'argent de la drogue et de la prostitution. Il y a eu des allusions dans la presse à ce sujet. Une autre hypothèse lui est même apparue avec la filière algérienne. Je n'ai rien à voir avec l'affaire Mecili.

Il parle au président, le commissaire, mais il regarde en même temps le juge Hayat, qui lui aussi regarde le tribunal. Jobic cherche son regard.

— Avec tout le respect que je vous dois, je vous reconfirme ce que j'ai dit en regardant M. Hayat droit dans les yeux.

Il ne trouvera pas le regard qui se dérobe. Le juge, regardant le sol, se contente de secouer la tête en signe de dénégation.

Tout est dit, chacun restera muré dans sa vérité. L'honneur d'un juge contre celui d'un commissaire. Où est le vainqueur, où est le vaincu ?

Rappelons-nous qu'avant cette singulière conversation, l'hebdomadaire *Le Point*, dans son numéro 826 du 18 juillet 1988, avait évoqué ce financement de parti politique. Jean-Marie Pontault n'avait sans doute pas puisé dans sa seule imagination lorsqu'il écrivait : *Alors, où sont passées les sommes faramineuses que lui auraient versées les prostituées accusatrices ? A moins qu'on imagine la thèse délirante mais avancée qu'elles seraient un chaînon dans une filière de financement de parti politique alimentée par la drogue et la prostitution.*

L'hypothèse émise par *Le Point* se situe quelques jours seulement après ce tête-à-tête dont Hayat et Jobic donnent des versions si différentes. La coïncidence est pour le moins curieuse. Et puis il y a aussi ce rapport adressé à son directeur par le commissaire divisionnaire Venere dès le 4 mai, deux mois avant le fameux « entretien informel ». Il n'est nulle part, ce rapport, pour l'instant du moins. Le moment n'est sans doute pas venu mais il est important de retenir que dès cette époque, Venere et Jobic avaient connaissance des convictions du juge Hayat. C'est ce qui conduit Me Terquem, la mèche en bataille, à s'inquiéter des révélations tardives, neuf mois après, du commissaire.

— Si j'ai attendu, c'est à la demande de ma hiérarchie et de mes avocats qui ont été aussitôt prévenus et aussi dans un souci d'apaisement, pour ne pas envenimer davantage une affaire qui l'était déjà suffisamment.

Il y aura encore quelques répliques bien senties ; celle du substitut Renaut d'abord qui estime que les accusations formulées et confirmées par Jobic sont de nature à outrager l'honneur de M. Hayat et qu'il est intolérable qu'un prévenu puisse ainsi faire état d'une conversation sans témoin.

Autre intervention, immédiatement consécutive, celle de Me Varaut, avocat de Jobic, qui attend que soit officiellement désavoué l'amalgame fait par le juge N'Guyen à la radio, entre les menaces formulées contre le juge et le commissaire Jobic. Il peut toujours attendre.

Fin du premier acte de cette audience dramatique, tendue. Sa suspension constituait une soupape. Certains se contentent d'y retrouver leur calme, d'autres doivent purger un excès de tension. C'est probablement ce qui explique l'empoignade verbale, à l'extérieur de la salle, entre Daniel Dugléry, le secrétaire général des commissaires, et Francis Terquem, le plus virulent des avocats des parties civiles.

« Je savais que la chambre d'accusation libérerait Jobic. »

Cette singulière déclaration spontanée du juge Hayat, pendant son témoignage, mérite réflexion.

On pouvait logiquement penser que le magistrat, malgré l'avis contraire du parquet, avait opté pour l'emprisonnement de Jobic dans l'espoir de le faire « craquer ». C'est une technique qui a fait ses preuves.

L'aveu de Jean-Michel Hayat éclaire une autre hypothèse.

Le fait que Jobic soit resté, avec l'accord des ministères de la Justice et de l'Intérieur, un commissaire de police et un officier de police judiciaire de plein exercice, obligeait son juge à solliciter, trop souvent sans doute à son goût, l'agrément de la cour de cassation, laquelle ne marchait pas du même pas que lui. On l'a bien vu lorsque sa chambre criminelle a fait dériver vers le juge Laroche au tribunal de Paris les affaires annexes de subornation, de vol et de faux, nées des divagations de M. Villalonga.

Imaginons un instant que l'incarcération du commissaire ait balayé les hésitations du ministre de l'Intérieur et du garde des Sceaux. Si le juge emprisonne Jobic, c'est qu'il est sûr de son fait. Logique. La même logique pouvait conduire les deux ministres à le suspendre de ses fonctions, à le priver des privilèges de sa fonction et à dispenser le juge Hayat du contrôle des plus hautes instances judiciaires. Il pouvait dès lors garder pour lui seul tous ses nouveaux dossiers, prononcer toutes les inculpations qu'il estimait nécessaires, accumuler quelques milliers de nouveaux procès-verbaux et résoudre peut-être « l'affaire du siècle ».

Le calme rétabli, le moment est venu pour le président de tenter de tirer au clair les conditions de l'extraction de prison de Jean-Claude Mustafa. D'après les accusations recueillies, elle devait lui permettre de retrouver sa famille pendant une journée, moyennant le versement d'un « péage » de vingt-cinq mille francs à Jobic. D'après le commissaire, l'extraction réalisée à la demande du juge Humetz était destinée à un entretien « utile » dans les locaux de police, à propos d'un hold-up à élucider.

Les auteurs du braquage en question furent bien arrêtés et Jean-Claude Mustafa avait bien réintégré sa cellule. Restait cette « commission » de vingt-cinq mille francs dénoncée par Rachid Mecheri par qui, dès le début, le scandale arriva en passant par sa petite amie Nadjet.

Le voici à la barre, Rachid Mecheri, libre depuis longtemps et qui a repris ses affaires.

Ses laborieuses explications sur la manière et les hommes par qui il a recueilli son information laissent un certain malaise. Un Égyptien Masri lui avait raconté qu'un autre Égyptien lui avait dit... Il y a maintenant beaucoup d'Égyptiens dans le récit de Mecheri qui se perd dans leurs hiéroglyphes. Le plus clair est dans sa confession finale.

— Dans ce dossier-là, chacun a accusé n'importe qui et a dit n'importe quoi. Je l'ai fait aussi... J'ai dit n'importe quoi sur Jean-Claude Mustafa. Je ne connais pas Jobic, je ne l'ai pas mis en cause. Je n'ai jamais dit ni vu qu'il avait pris de l'argent... J'ai menti pour gagner ma liberté. A présent je suis libre...

Jean-Claude Mustafa, le principal intéressé, sa mère Louise, son frère Jean et Jobic lui-même n'auront guère de peine, après cet aveu cynique, à détruire ce qui peut rester de l'accusation. Le juge Humetz, qui a demandé à Hayat l'extraction de son détenu, se contente de se retrancher prudemment derrière le secret de son instruction. Ni l'insistance du substitut Renaut, ni la menace brandie par Me Terquem de terrifiantes conclusions ne lui feront ajouter un iota à ses déclarations :

— Je trahirais mon secret professionnel en révélant si cette audition a été ou non capitale pour mon dossier.

Saluons ce respect d'une règle bien souvent violée dans cette affaire.

Après une seconde suspension et alors que dehors la nuit tombe sur la masse grise du palais de justice, Rachid Mecheri va encore avoir à s'expliquer sur cette somme de dix mille francs puisée par Jean Mustafa dans la caisse commune de *La Palmeraie* pour s'attirer les faveurs de policiers influents en les invitant à de fastueuses agapes. Égal à lui-même et poursuivant son repli stratégique, Mecheri ne sait plus « s'il voulait vraiment inviter des policiers. Peut-être voulait-il garder l'argent pour lui ? »

Il y a bien eu pourtant un déjeuner en commun dans un modeste restaurant de l'ile de la Jatte. Il a réuni Jobic, Jean Mustafa et l'inspecteur Christian Thin de la BSP. Il s'agissait de présenter Mustafa au fonctionnaire qui aurait le contrôle de son établissement. Un plat à cinquante francs et un café à trois francs cinquante, rien de plus banal comme le dit l'inspecteur :

— Si à chaque fois que je fais un tel repas je devais être coupable de corruption, il y a longtemps que je serais à Fresnes !

L'entrevue avait d'ailleurs été précédée d'une prise de contact téléphonique entre les chefs de service de Jobic et de l'inspecteur Thin. Le premier signalait au second l'intérêt que pouvait présenter Jean Mustafa par sa connaissance du monde de la nuit. Quant à *La Palmeraie* elle fermait ses portes peu de temps après, ce qui rendait caducs les accords ainsi amorcés.

La rancune de Djilali Triki envers les gendarmes et leur colonel n'a pas pris une ride. Il l'exprime vertement au président avec les détails sur le revolver « trouvé » dans son appartement, sur ses démarches pour faire identifier Lahouaria Nacel en Algérie et les pressions subies pendant quarante-huit heures pour « baiser Jobic et sa police ».

— Morel m'a dit : « Tu as résisté à mes hommes, mais avec moi ça va marcher autrement. Toutes les putes ont dit la vérité. Il faudra bien que tu en fasses autant. »

« Pendant ce temps-là le juge Hayat était dans le couloir. Deux heures plus tard, *Le Monde* publiait un long papier sur moi, sur mes fonctions et sur les soupçons dont je faisais l'objet.

Comme le président lui fait remarquer la gravité de ses accusations, Triki non seulement confirme, mais il en rajoute :

— J'ai appris en Algérie que Zoulikha Zenati, pendant ses vacances au pays, avait confié à des amis que les gendarmes les faisaient chanter, elle et les autres filles de « Buda », en menaçant de les expulser et de révéler leurs occupations à leurs familles.

Et de conclure :

— Dans cette affaire, tout le monde sait que les putains mentent. Le problème est de savoir qui les y encourage.

64. CONTROVERSES

Qui croire ? Le conseiller juridique algérien dans son indignation ou le lieutenant-colonel Morel qui, le lendemain 14 mars, repousse globalement toutes les accusations déversées sur lui et son service. Impeccablement sanglé dans son uniforme, dans un garde-à-vous irréprochable, il inspire au substitut Renaut une tirade de confiante admiration.

Comment peut-on imaginer, à voir cet officier si clair, si net, si propre, si bien habillé, qu'il ait pu un seul instant se laisser aller aux excès de langage et aux menaces grossières que lui reprochent Triki et quelques autres. Ce sont là des méthodes de police judiciaire, voire de basse police.

Pour Morel la chose est claire. La gendarmerie n'utilise pas des indics, qui sont nécessairement infâmes, mais des informateurs sélectionnés dans les fameuses couches saines, à savoir des maires, des élus locaux, des gardes champêtres, des instituteurs.

— Des évêques aussi ? ironise Me Collard.

— Pourquoi pas !

Les gendarmes n'ont pas dû trouver beaucoup d'informateurs de cette qualité à « Buda ». Nous en avons rencontré précédemment quelques autres que le colonel a dû chasser de sa mémoire.

Les déclarations de Jacques Morel et ses observations sur l'appartement de Jean Mustafa qu'il décrit envahi de cafards et dans un état de propreté douteux conduisent aussi à se demander une fois de plus si les accusations contre Mustafa ne lui ont pas donné une dimension injustifiée de caïd et de super-mac. On l'a vu plus souvent se débattant dans des difficultés financières que baignant dans l'opulence.

En conclusion de son audition, Morcl a aussi livré son sentiment sur l'ambiance délétère du procès :

— Vouloir systématiquement replacer cette affaire dans un contexte de guerre police-gendarmerie, cela ne sert qu'à enfumer le paysage !

Combien vous avez raison, mon colonel !

Si cette ambiance du 14 mars ne connaît pas l'intensité dramatique de la veille, les divers témoins qu'elle permet d'entendre apportent quand même quelques enseignements intéressants.

C'est ainsi que Sonia Lemouton, l'épouse du pittoresque et tonitruant proxénète, vient dire que Zoulikha Zenati lui avait avoué « que les gendarmes l'avaient forcé à dire qu'elle donnait de l'argent à Jobic ». Zouzou se sort de ce piège par une pirouette :

— J'ai dit cela parce que j'avais peur. Mais c'était faux.

Jeannine Morisseau, dite « Puce », a d'autres reproches à faire à la même Zouzou :

— Je lui demande pourquoi elle a dit que je donnais de l'argent à Jobic alors que c'est faux et que je ne le connais même pas !

Zoulikha est bien obligée d'admettre qu'elle a inventé cette accusation.

Lahouaria Nacel, en revanche, maintient ses accusations contre Bernard Lemouton qui l'aurait obligée à écrire sa lettre de rétractation. Un détail cependant. A l'instruction il l'avait menacée de la faire écraser. Cette fois à l'audience, c'est un tournevis qu'il lui a montré au café. Lahouaria s'est rangée à l'avis de « l'Indien » à ce sujet.

Fifi Benkenouche aussi maintient que Jobic lui a fait faire une lettre. Mais on sait que le jour indiqué, Jobic était absent de son bureau.

Wadad Fadiam, la concubine de Jean Mustafa, renouvelle de son côté ses accusations contre les gendarmes au sujet de sa garde à vue et de son enfant laissé sans soins. Il n'y a qu'au gendarme Félix qu'elle accorde quelque sympathie, mais elle conteste absolument que l'épouse d'un des enquêteurs se soit occupée d'elle et de son enfant. Jean Mustafa estime, sur ce point, que les gendarmes ont trompé le juge Hayat. Il confirme que sa concubine et lui-même ont subi un véritable chantage qui l'a amené à négocier la liberté de l'enfant contre ses déclarations. Une accusation que le colonel Morel balaiera en déclarant que la véritable pression aurait consisté à confier l'enfant à la direction de l'action sanitaire et sociale.

Cette histoire d'enfant reste quand même assez troublante, car elle n'est pas la seule du genre. Saïd Kacimi a lui aussi été convoqué à propos de son enfant qu'il a eu d'une prostituée et qu'il a gardé lorsque la mère est repartie vers ses amours vénales. Il vient redire à la barre que sa convocation au service social de l'enfance n'était qu'un prétexte pour l'interroger sur Jobic et le menacer d'être poursuivi pour proxénétisme. Quatre hommes étaient ensuite venus contrôler son domicile et on sait que leur voiture appartenait à la gendarmerie...

Le tribunal s'estime sans doute suffisamment édifié sur le sujet. Il ne souhaite pas en apprendre davantage. L'anecdote d'ailleurs ne touche pas au fond du problème, elle projette seulement quelques lueurs sur de singulières méthodes.

Yves Jobic n'a eu qu'un rôle pratiquement muet en cette longue journée. Muet mais attentif, car c'est son sort qui se joue à travers toutes ces déclarations contradictoires. A l'inverse, une bonne vingtaine des autres prévenus, de moins en moins concernés par tous ces déballages, se sont affaissés tout doucement sur leurs chaises à leurs places numérotées, vaincus par l'ennui et le manque de sommeil. Ils n'intéressent plus personne et n'occupent aucune place dans la presse ni dans les communiqués prudents ou furieux par lesquels les diverses corporations prennent leurs marques.

Il se fait tard et demain 15 mars la journée, une fois de plus, promet d'être rude.

L'audience est levée.

65. JOUR DE GALA

Il y a deux représentations aujourd'hui, avec des vedettes et du suspense.

On joue d'abord dès le matin à huis clos, avec le « transport de justice » auquel est contraint le tribunal pour entendre, en sa clinique plus que convenable, M. Boumedine Ouchent, victime d'une prostate défaillante.

Michel-le-Vosgien avait, dans un premier temps, fait connaître qu'il ne souhaitait pas témoigner. Il a changé d'avis et l'a fait savoir, par téléphone, au juge Hayat. Son rôle est trop important dans les accusations qui pèsent sur Jobic pour que le président Foulquié se dispense de ce déplacement.

Il y a beaucoup de monde dans la chambre du malade qu'assiste son avocat. Le tribunal est là, au complet naturellement, ainsi que les défenseurs des parties civiles. Gilbert et Jehanne Collard de leur côté sont venus pour Jobic.

Le plus grand souci d'Ouchent est maintenant d'abandonner sa casquette d'indic. Qu'importe ce qu'il a dit auparavant ; oubliés ses gémissements sur la nécessité de « balancer » pour pouvoir rester ouvert la nuit ; à la trappe les écoutes téléphoniques où il renseigne Jobic. C'est bien simple, toute cette affaire est de la sorcellerie :

— La rue est ensorcelée, je suis ensorcelé, Jobic est ensorcelé.

Évidemment, ce recours aux puissances du mal explique tout. On savait déjà, depuis son voyage dans le désert pour consulter une voyante, qu'il avait comme une fragilité du côté des forces occultes. Elles ont dû l'emporter sur son réalisme d'informateur.

Ouchent admet quand même, sur une question précise, qu'il n'a jamais vu Jobic recevoir de l'argent de qui que ce soit. Quant à lui, il n'a jamais exercé de pression sur aucun témoin.

Bien qu'il tente de faire bonne figure, Michel-le-Vosgien, qui a abandonné son pyjama pour un costume, ne se sent très bien ni dans son rôle ni dans sa peau.

Le spectacle est terminé pour cette matinée extra-muros. Le tribunal va retrouver, l'après-midi, son champ clos où va se jouer une pièce autrement importante.

Cette fois ce n'est pas à huis clos mais à guichets fermés que la justice poursuit sa recherche de la vérité. Il y a du coup de théâtre dans l'air et la salle est pleine lorsque, en lever de rideau, apparaît le truculent Bernard Lemouton.

« Proxénète et fier de l'être », ainsi pourrait s'appeler la pièce. Les filles de « Buda », il les connaît toutes. Il a vécu d'ailleurs des loyers de quelques-unes d'entre elles. Il vient de faire de la prison pour cela. Il en a épousé une, Sonia, qui est ainsi sortie du trottoir. Il a failli adopter l'enfant d'une autre. Un proxo au grand cœur, voilà ce qu'il veut être, Lemouton, et c'est ce grand cœur qui lui a fait écrire, à la demande de Lahouaria Nacel, cette lettre qu'on lui reproche.

— Vous me voyez dans un bistrot écrivant cette lettre et lui mettant un tournevis sous la gorge pour qu'elle y pose son empreinte avec l'encre de mon stylo ?

Lemouton a dix-neuf ans de prison à son passif. Il a été casseur et braqueur avant d'être proxo. Son avenir est assombri par un cancer. Une vie relative en fait et un réalisme brutal à travers la verdeur du langage :

— Je n'ai jamais mangé avec Jobic. Il ne m'a jamais décroché dans une affaire de stups. La came ne m'intéresse pas. Il se dit n'importe quoi à « Buda », c'est la « tchatche » des Arabes. Vous avez affaire à de la merde, de la toute petite pourriture... Ils ont proposé des contrats sur la tête de Jobic parce qu'il leur empoisonnait la vie. Ils n'auraient pas eu le courage de le faire, alors ils emploient le vice.

Après cette intervention tonitruante, c'est au tour de « l'Indien » Ahmed Benarbia de venir dire que le seul Jobic qui ait tenté de le suborner était un grand blond. Il ne précise pas s'il avait une chaussure noire mais à coup sûr ce n'est pas le Jobic assis là sur sa chaise, en costume gris, brun et pas tellement grand. Celui-ci, il l'a vu pour la première fois à la télévision.

Sortie du fantaisiste. Voici Ali Alayane dit Ali-le-Gros, le clown tragique. Il a été deux jours auparavant expulsé de la salle à la demande de Jehanne Collard. Il voulait, bien que cité comme témoin, assister aux débats. Un tricheur ! Il arrive aussi que l'on tue chez lui.

Bien sûr il ne sait pas pourquoi. Il est habile, Ali-le-Gros. Il connaît beaucoup de policiers, comme Ouchent, son concurrent voisin et néanmoins ami. Parmi ces policiers il y avait Jobic et quelques-uns de ses inspecteurs qui venaient se restaurer parfois chez lui, comme chez Ouchent. Ils payaient bien sûr, un prix d'ami parfois. C'était tout simple : un couscous, une brochette. Il avait aussi des gendarmes parmi ses clients. Il faut savoir se couvrir, un mauvais rhume est vite attrapé. Pourquoi ne dit-il pas qu'ils le payaient d'une poignée de main ? Il ne répond pas sur ce sujet à l'interpellation de Jobic. Chut ! Secret ! Les vents ont tourné. L'équilibre est rompu. Ali a choisi de quel côté tomber. Il est tombé dans la Porsche rouge de Jobic.

Il y a quatre ans de cela. Le commissaire était avec une jolie femme, procureur de la République à Créteil. Bizarre ! Bizarre ! Elle était européenne dans ses premières déclarations. Elle est devenue de type « mélangé » arabo-européenne. Forcément, quand on sait qu'elle s'appelle Fatna Beliali, on ne peut pas continuer à lui donner le teint scandinave !

Me Terquem manque de conviction en rappelant que la « procureur de Créteil » était la compagne de Mecili, son confrère assassiné.

La farce de la Porsche rouge et la bombe à farine de la filière algérienne ont fait long feu malgré la surprenante conviction d'un juge qui écrivait dans son ordonnance de renvoi devant le tribunal, qu'il y avait des connexions entre l'affaire Jobic et l'affaire Mecili.

Après Ali-le-Gros co-inventeur de la Porsche rouge, voici Nadia Aïssa-Abdi, autre maillon supposé de la filière algérienne, sortie de sa prison dont les gendarmes l'avaient extraite trois fois pour lui faire dire leur vérité. Sa vérité à elle est restée la même, avant, pendant et après la prison. Elle n'a jamais été la maîtresse de Jobic et n'est jamais allée avorter en Angleterre. Elle n'a d'ailleurs pas de passeport et pourquoi aller si loin ? Ces choses-là se font très bien en France.

Elle répète aussi la confidence de Zouzou disant que les gendarmes l'avaient forcée à parler et qu'elle préférait voir pleurer la mère du commissaire plutôt que la sienne. Rien de bien nouveau si ce n'est que le 9 novembre, les avocats de Zouzou en confrontation l'ont instamment priée « de dire la vérité, Jobic étant mouillé ». Sa vérité précisément, elle s'y tient, même si cela lui a coûté à Versailles les mauvais traitements qui ont motivé une plainte toujours en cours.

Après une nouvelle intervention d'Yves Jobic en forme de mise au point à la suite des déclarations matinales de Boumedine Ouchent, le tribunal s'est accordé une suspension d'une demi-heure. Il faut bien cela pour se préparer à l'explosion inévitable que vont provoquer les vedettes du jour : Patricia Boschetto, sa cassette et le juge Hayat.

66. LA PUTAIN ET LE JUGE

L'itinéraire hésitant de cette cassette a duré près d'un an et demi avant qu'elle n'arrive là, devant le président Foulquié. Elle a embarrassé beaucoup de monde durant ce temps. Les commissaires Monera et Lafille d'abord, ses réalisateurs en somme, le directeur de la police judiciaire ensuite jusqu'à ce qu'il lui trouve un destinataire en la transmettant au procureur de la République de Nanterre, le procureur lui-même enfin qui, malgré les révélations de la presse, a gardé cette bombe dans un tiroir pendant un an. Le juge Hayat pour sa part, bien qu'étant informé, a fait comme si elle n'existait pas et il a refusé, dans un premier temps, de l'intégrer à son dossier lorsque, pressé par les avocats des parties civiles, le procureur s'est décidé à la lui adresser. Il a fallu les réquisitions très fermes du chef du parquet le 30 novembre 1988, au moment même où Hayat clôturait son information, pour qu'elle trouve dans l'affaire Jobic une existence officielle et encombrante.

Le substitut Renaut va rapidement et juridiquement évacuer la question de l'inertie du parquet ; cet enregistrement réalisé sans procès-verbal, et dans des conditions de date incertaines, n'avait pas de valeur juridique. Ses auteurs n'en avaient pas informé, à l'époque, les autorités judiciaires, se contentant de prévenir leur hiérarchie. Elle était donc à considérer comme nulle et non avenue.

Les défenseurs de Jobic ont naturellement d'autres arguments : Me Varaut a déposé au tribunal les déclarations que Patricia, après avoir été éconduite au parquet de Paris et à l'IGS, a renouvelées chez un huissier. Et puis surtout, il y a Patricia Boschetto elle-même. Voilà plusieurs heures qu'elle tourne en rond, isolée dans la salle des témoins. Très mince dans son pull noir et jaune et son blue-jean, le visage très pâle, on la sent de plus en plus fragile et fébrile à mesure que le temps passe, peignant à tout moment ses longs cheveux ou triturant les minces chaînes d'or qu'elle porte au cou. Aura-t-elle le courage, la force d'affronter avec sa vérité tous ceux qui vont contester sa parole de prostituée ?

— Patricia Boschetto !

Il est 17 h 15. L'huissier, du bas de l'escalier, vient de l'appeler. Elle calme des deux mains les battements précipités de son cœur et tente un sourire. Elle est prête. Ignorant la salle bondée et houleuse dans son dos, le parterre des robes noires et les prévenus, elle s'est avancée comme une somnambule vers le micro, les yeux fixés vers le président.

— Je le jure !

Après ce serment, c'est d'une voix douce qu'elle raconte son effarante histoire :

— Voici quelques années, j'ai connu M. Hayat. Je lui ai fait faire de belles affaires... Un jour il m'a demandé si je connaissais Jobic. J'ai dit non. Il m'a demandé de m'informer sur l'argent remis à Jobic par des prostituées... Il m'appelait « ma petite Patou »... Une autre fois, plus tard, il m'a rappelé sa proposition. J'avais peur. Il m'a dit de réfléchir, de penser à des bijoux, de la drogue... Il m'a dit que cela devait rester entre nous... qu'il mettrait des gendarmes à ma disposition. Il ne voulait pas que cela se fasse sur Paris, disant qu'il n'avait confiance qu'en son parquet...

« En sortant du tribunal j'ai couru au SDPJ 92. J'ai raconté cela au commissaire Lafille qui a ri. J'ai vu Jobic arrêté, à la télévision... Hayat m'a demandé de revenir le voir. Je ne suis pas allée au rendez-vous. Les filles prostituées disaient que Jobic était un salaud car il arrêtait les dealers...

Il y a des larmes maintenant sur les joues et des sanglots retenus dans la voix de Patricia que personne n'interrompt.

— Je suis contente de faire ce témoignage. C'est grave pour moi. J'ai reçu des coups pour me faire taire. J'ai subi beaucoup de choses.

Elle a du mal, à travers ses pleurs, à poursuivre son récit :

— Je sais qu'on ne croit pas ma parole car c'est un juge et je suis une prostituée. Les gendarmes ont dit qu'ils voulaient Jobic.

C'est presque dans un cri qu'elle termine :

— Je dis la vérité, je dis la vérité ! Je peux être confrontée avec M. Hayat.

Il n'y a pas de doute. Cette déclaration, comme le dit le substitut Renaut avec fermeté et dignité, « est bien de nature à porter atteinte à l'honneur et à la considération d'un magistrat ». Elle confirme aussi de manière dramatique le contenu de la fameuse cassette.

La salle jusque-là silencieuse, oppressée même, s'est mise à s'agiter. Il n'y a qu'une solution pour faire baisser la tension :

— L'audience est suspendue ! a décrété le président Foulquié.

Nul doute que le juge Hayat, dans son cabinet, ne soit déjà informé du témoignage de Patricia Boschetto. Son épouse était dans la salle, M. N'Guyen aussi et d'autres membres de son syndicat en mesure de le renseigner opportunément. Un privilège que n'ont pas les autres témoins enfermés des heures durant dans une salle séparée.

Il est évident que face à une telle accusation de forfaiture clairement et publiquement exprimée, le tribunal n'a d'autre solution que d'entendre la version du magistrat mis en cause et de le confronter à celle qui le dénonce. C'est la deuxième fois que Hayat doit se défendre contre une terrible mise en cause. Cette inévitable comparution va pourtant entraîner le procès sur une voie périlleuse.

Le juge Hayat est toujours en costume gris, mais cravate et pochette cette fois sont rouges. Il est à la barre lorsque reprend l'audience. Nul n'espère, bien sûr, qu'il va entériner les propos de Patricia Boschetto. On connaît déjà sa version à propos des entretiens qu'il a eus avec cette fille.

C'est elle qui lui a spontanément annoncé en juin 1987 que Jobic touchait des enveloppes de la part de prostituées.

On peut légitimement s'étonner que personne ne fasse observer à Hayat combien est singulière son absence de réaction à cette époque et combien est étonnant le trou de mémoire qu'il ne va combler que par son auto-audition du 3 décembre. Mais personne n'interrompt le juge pour qui la cassette et le témoignage de la Boschetto sont le fruit d'une machination policière. D'ailleurs Patricia ne lui a-t-elle pas fait parvenir par son ancien souteneur, qu'elle avait fait arrêter, une lettre dans laquelle elle rétractait toutes ses déclarations ?

Pour Hayat cette lettre — si on peut appeler lettre ce gribouillage incohérent — a été faite spontanément, sans contrainte. Harrag Benmertazza, le souteneur, le lui a assuré et ses amis aussi. Le juge ne souhaite pas se souvenir que cette « spontanéité » a valu à Patricia de recevoir des soins après avoir subi, à plusieurs reprises, des violences.

La cassette en revanche est sans valeur pour le magistrat et l'auteur est devenu un témoin non crédible. Il avait pourtant lui-même écrit que, jusque-là, ses déclarations n'avaient jamais été prises en défaut !

Me Terquem va se signaler par une curieuse intervention à propos de cette cassette. Il avait demandé, par lettre au procureur, qu'elle soit versée au dossier et il s'était félicité à l'audience d'avoir obtenu gain de cause. Or voici qu'il s'insurge contre sa présence dans les débats. Comprenne qui pourra !

La tension va encore monter d'un cran lorsque le juge va évoquer son entrevue, le 27 août 1987, avec Olivier Foll, le sous-directeur de la police judiciaire. Il dit s'être ouvert loyalement à son interlocuteur de ses interrogations sur la conduite d'Yves Jobic et lui avoir fait part des accusations de la Boschetto. On sait que quelques jours auparavant, à la même barre, Olivier Foll a fermement démenti ce fait.

— Le commissaire Foll a trompé ma confiance. Il a informé Yves Jobic de ma démarche et Jobic en a lui-même informé Jean Mustafa. Monsieur le Président, alors que je discutais avec quelqu'un de cette affaire, un ami m'a fait remarquer : « C'est une histoire folle. » Non, Monsieur le Président, j'ai répondu : c'est une histoire très Olivier Foll !

L'ambiance est trop explosive pour que ce genre d'humour détende l'atmosphère. Le juge rappelle encore le « climat de violence inouïe » qu'il a connu durant son instruction tout en assurant, à la demande de Me Collard, qu'il a su garder la sérénité nécessaire malgré toutes les attaques dont il était la victime et non l'auteur.

Cette intervention du défenseur de Jobic n'était probablement qu'une précaution oratoire car dans le même temps qu'il compatissait au calvaire du juge, il dégoupillait une grenade que sa sœur Jehanne déposait devant le président.

— Ce document, claironne Me Collard en désignant la simple feuille dont il s'agit, est le rapport en date du 4 mai 1988 par lequel le commissaire Venere, le supérieur de Jobic, informe le sous-directeur Olivier Foll des propos qu'aurait tenus le juge Hayat sur son compte et celui de son collaborateur.

Ce ne serait donc plus seulement en tête à tête avec son inculpé que Hayat aurait évoqué, dans son « entretien informel » du 2 juillet, ce réseau de policiers alimentant un parti d'opposition avec l'argent de la drogue et de la prostitution, collecté par Jobic et Venere. Deux mois avant déjà il aurait tenu les mêmes propos dans les couloirs du palais de justice. Le texte du rapport est si clair dans ce qu'il dénonce, qu'il n'est pas inutile d'en reproduire l'essentiel :

J'ai l'honneur de vous faire connaître que le juge Hayat du TGI de Nanterre tient des propos diffamatoires sur le compte du commissaire Yves Jobic comme sur le mien.

En effet, dans les locaux du palais de justice de Nanterre, la semaine passée, le juge Hayat ayant su verbalement que l'expertise comptable qu'il avait ordonnée concernant les comptes bancaires du commissaire Jobic ne révélait qu'un fonctionnement normal, sans aucune anomalie, a déclaré n'être pas surpris d'un tel résultat, car il possédait, disait-il, des informations lui permettant d'affirmer que Jobic et moi-même étions des collecteurs de fonds pour le RPR.

Selon les explications de ce juge, le commissaire Jobic serait le maillon d'une chaîne, au sein de laquelle j'occuperais une situation plus importante, avec des gens au-dessus de moi..., afin de collecter des fonds et d'alimenter les caisses du Rassemblement Pour la République. Ceci en couvrant des faits de trafic de stupéfiants et de proxénétisme...

Il s'agit là d'une félonie que la justice se doit de sanctionner car, dans le cas contraire, plus aucune limite ne pourra s'opposer à la violation de la loi. La chambre d'accusation de Versailles a déjà relevé des violations du droit dans l'information menée contre Yves Jobic, pouvant mener à la nullité des actes. Quelle action faut-il entreprendre pour que finalement un tel comportement puisse prendre fin ?...

Sans avoir jamais été entendu et a fortiori avisé, je sais que mon nom est mêlé le plus souvent possible dans l'instruction en cours, car faute de pouvoir agir par la loi, ce juge espère bien que les flétrissures qu'il commet porteront finalement leurs fruits...

Le juge Hayat déposant sous serment a pourtant bien dit auparavant que jamais il n'avait posé dans cette procédure la moindre question à orientation politique ! Ce rapport, ce joker, serait-il comme la cassette de Patricia, comme le récit de Jobic, un faux honteux fabriqué après coup ? Par acquit de conscience, le président s'en est inquiété. Venere le scripteur et Foll le destinataire sont présents. Le premier confirme l'avoir écrit et le second l'avoir reçu.

— Vous maintenez les termes de ce document ? Vous en mesurez la portée ?

Venere, les épaules et la barbe carrées, maintient et mesure :

— Absolument !

Une tension palpable, oppressante, s'est installée dans le prétoire après que les avocats des parties civiles et le ministère public eurent reçu lecture puis communication du rapport explosif. Les robes noires s'agitent et quelques cris fusent. Une fois de plus plane la menace d'une dérive politique.

Conscient du risque et sans plus attendre, le président Foulquié a suspendu l'audience. Rien de tel pour que chacun retrouve son calme et le procès un cours plus normal.

Assise seule dans son coin, plus pâle que jamais, presque oubliée, Patricia Boschetto regrette de n'avoir pas eu droit à cette confrontation qu'elle souhaitait avec le juge Hayat.

— Je m'élève à l'encontre d'un procédé de nature à porter atteinte à l'honneur et à la considération d'un magistrat et d'un homme. Il est inadmissible qu'un tel courrier soit déposé à présent au tribunal, plus d'un an après sa rédaction.

Dont acte, M. le substitut Renaut.

Il n'en reste pas moins que ce document est bien là, lourd de problèmes présents et à venir, non seulement pour l'affaire Jobic, mais pour les relations futures entre les policiers et certains magistrats.

Olivier Foll, dont on sent la froide colère sous le calme apparent, vient dire avec force qu'il n'entend pas être traité de menteur ni d'instigateur de faux témoignage. Oui, ce rapport existait bien à la date qu'il porte. S'il n'en a pas été fait état à l'époque, c'est précisément pour ne pas politiser l'affaire en période d'élections.

Stéphane Boittiaux, procureur de la République, ne cache au tribunal ni sa surprise ni sa gêne d'être appelé à témoigner, étant en même temps à l'origine des poursuites engagées. Il ne pourra donc rien dire sur l'affaire sinon regretter son climat détestable et jeter une fleur au travail considérable des gendarmes et à celui effectué par le juge, toutes choses qui n'éclairent pas davantage la route de la vérité.

Les autres témoins n'y aideront guère non plus malgré une brillante et fougueuse intervention de Daniel Dugléry, le secrétaire général du syndicat des commissaires qui, après un éloge appuyé de Jobic, déplore la multiplication des fausses accusations et des poursuites sans fondement dont sont de plus en plus souvent victimes les policiers avec, un peu partout, les mêmes mécanismes pour les compromettre. Il déplore aussi certains comportements des gendarmes, les fuites renouvelées des procès-verbaux de l'instruction au préjudice de Jobic et le prix que doivent payer sur leur honneur les policiers confrontés à la fange de la société.

La dernière contribution du jour à l'affaire elle-même sera apportée par le commissaire José Ruiz, du commissariat Saint-Georges. C'est lui qui a appris le 20 octobre de la bouche même de Nadjia Khabir, arrêtée pour vol à l'entôlage, qu'elle n'avait plus de papiers, Hayat ayant conservé, selon elle, le récépissé que lui avait fait donner son juge et qui lui servait de sauf-conduit. A ce fait, que l'on connaissait déjà, le commissaire Ruiz, ajoute une intéressante précision :

— Nadjia Khabir m'a déclaré que le juge Hayat l'avait fait libérer lors de son arrestation pour qu'elle soit présente à une confrontation. A l'issue de celle-ci, Hayat mécontent lui avait dit qu'il regrettait cette libération sous caution car elle n'enfonçait pas assez Jobic. Je n'ai pas fait état des propos de Nadjia Khabir dans mon procès-verbal en raison du bras de fer qui se déroulait entre Hayat et Jobic.

C'était, on vous l'a dit, une bien rude journée.

67. LA FIN DU PSYCHODRAME

Malgré la fin tardive, vers 23 heures, de cette audience bouillonnante, la presse, toujours largement représentée, s'enflamme une nouvelle fois le lendemain.

Pour *Libé* qui titre : LE JUGE HAYAT EN FACE DE LA MACHINATION POLICIÈRE, le procès Jobic est devenu celui du linge sale.

LE JUGE HAYAT ET LA PJ AU PAROXYSME DE L'AFFRONTEMENT, souligne *Le Monde* en élargissant le conflit entre le juge et le commissaire.

C'est LA VÉRITÉ MALMENÉE pour *Le Figaro*.

Le Parisien, pour sa part, constate avec tristesse qu'à voir *magistrats, gendarmes et policiers s'entre-déchirer à belles dents, les voyous, prostituées et maquereaux doivent bien s'amuser.*

Quant au *Quotidien de Paris* il estime que maintenant *les couteaux sont dans le prétoire.* Image excessive sans doute, mais qui témoigne bien des dangereux dérapages du procès.

Une plainte nouvelle a surgi de l'affrontement. Elle émane du syndicat des commissaires à la suite des propos tenus à la télévision par Me Terquem déclarant :

— Nous venons d'assister au plus imposant défilé de faux témoins de la hiérarchie policière depuis l'affaire De Varga.

On aurait pu craindre, pour le lendemain 16 mars, de nouvelles empoignades plus graves encore. Un deuil familial privant le président Foulquié de l'un de ses assesseurs, c'est seulement le 17 mars au matin que les combattants vont retrouver leur arène, un peu apaisés les uns et les autres, sans pour autant être prêts à la moindre concession.

Patricia Boschetto va d'ailleurs, une nouvelle fois, remettre en cause le juge d'instruction en reprenant dans le détail, à défaut d'une confrontation avec le magistrat, sa déposition précédente. On en retiendra qu'en échange du service qu'il lui demandait pour « faire tomber » Jobic, le juge lui avait promis son appui pour l'aider à sortir d'une situation pénale qui pouvait à tout moment la conduire en prison pour un an. Patricia, d'autre part, n'avait appris l'existence de la cassette enregistrée que lorsque la presse en avait parlé et elle en avait voulu au commissaire Lafille d'avoir agi à son insu. Pour le reste, elle réitère sur son honneur qu'elle ne connaissait pas le commissaire Jobic, que les déclarations de Villalonga sont pure affabulation et que la lettre qu'elle a écrite au juge Hayat lui a été imposée par la violence par son ancien souteneur Benmertazza.

Les commissaires Monera et Lafille n'ajouteront rien que l'on ne sache sur la démarche de Jobic auprès d'eux en faveur de Jean-Claude Mustafa, ni sur les conditions dans lesquelles fut fait, à son insu, l'enregistrement de Patricia Boschetto. A la question de Me Terquem s'étonnant que des policiers puissent réaliser un enregistrement sans procès-verbal, Monera répondra qu'il s'agissait pour lui, à l'époque, d'une sorte de main-courante sonore au contenu invérifiable et dont il ne voyait pas l'utilité immédiate. L'inculpation de Jobic avait levé ses derniers doutes sur la sincérité de Patricia Boschetto [1].

Me Varaut, qui dirige la défense de Jobic, fera pour sa part opportunément remarquer que Patricia Boschetto est restée constante dans toutes ses déclarations, qu'il s'agisse de celles faites dès le mois de juin 1987 au commissaire Lafille, de celles qu'enregistre en août 1987 le même policier, de celles qu'elle renouvelle à la demande de l'avocat chez un huissier, faute d'avoir trouvé un service de justice ou de police pour l'entendre, de celles enfin qu'elle vient de nouveau de faire devant le tribunal.

On a déjà vu défiler à la barre du tribunal des témoins inhabituels : un procureur de la République, le juge ayant instruit l'affaire et même deux autres magistrats instructeurs.

Au tour maintenant d'un journaliste, en l'occurrence Jean-Paul Cruse, reporter à *Libération* et auteur dans la revue *Rolling Stones*

---

1. On peut se demander ce qui serait arrivé si les policiers, accordant foi, d'emblée, à la jeune femme et la jugeant assez solide pour servir de piège, avaient opéré, à partir de ses déclarations, comme on le fait habituellement en pareil cas. Ils lui auraient confié des billets, des bijoux ou de la drogue préalablement marqués et seraient intervenus en flagrant délit pour arrêter les gendarmes arrêtant Jobic !

d'un article de plusieurs pages relatant son enquête personnelle sur quelques aspects de l'affaire. Ce qu'il avait appris et écrit a incité les défenseurs de Jobic à demander son témoignage.

Il est effectivement arrivé à Jean-Paul Cruse une histoire peu banale. Recherchant dans un bar de nuit mal famé du IVe arrondissement quelque contact intéressant avec des protagonistes de l'affaire, il s'était vu discrètement interpellé par l'un des consommateurs, souteneur de son état, qui l'avait pris pour un commissaire de police. A voix basse, dans le creux de l'oreille, presque menaçant, l'homme lui avait murmuré : « Bande de salauds, vous avez foutu ma fille au trou. » Cruse avait essayé de se disculper. Il y avait erreur sur la personne. Il n'était pas policier. L'autre n'en avait rien cru et voyant que sa démarche pour libérer sa « gagneuse » tournait court, il lâchait d'un air mauvais :

— Puisque c'est ainsi, je vais dire à ma fille de faire de fausses déclarations pour enfoncer Jobic. J'en ferai aussi moi-même.

Rapportés par un témoin que l'on peut considérer comme un observateur objectif des êtres et des faits en cause, ces propos jettent une fois de plus une ombre bien suspecte sur les accusations foisonnantes qui ont nourri le dossier Jobic.

A propos, il y avait aussi dans ce bar qui n'ouvre sa porte qu'à ses habitués, ou à ceux qu'ils parrainent, une certaine Mabrouka Lazar dite Bani. Du beau monde pour fabriquer de nouvelles rumeurs.

Jean-Paul Cruse a également rencontré Patricia Boschetto. Elle lui a parlé de ses dents cassées et des punitions qu'elle a subies à la suite de cette sacrée cassette. Elle lui a montré ses inutiles certificats médicaux que la justice veut ignorer. De son enquête, le journaliste a finalement tiré la conclusion, avant le procès, *que le dossier était vide et que le poulet n'était pas un maquereau.* Une conviction qui, écrite et publiée, lui vaut les foudres d'un Terquem furieux de cet acquittement avant la lettre. Cruse n'en est pas étonné. Après une première entrevue courtoise pendant son enquête, il avait sévèrement épinglé l'avocat dans ses articles. Cela lui avait valu d'essuyer une première algarade et de se faire traiter de communiste ! Jean-Paul Cruse est effectivement le délégué CGT des journalistes de son quotidien. Cela n'enlève rien à ses qualités professionnelles, mais on comprend que Terquem ait été ulcéré de voir un homme, notoirement ancré comme lui à gauche, prendre fait et cause pour un policier étiqueté par définition à droite. Jobic lui-même avait bien senti cette rancœur lorsque l'avocat, en aparté lors d'une suspension de séance dans la confrontation du 9 novembre 1988, l'avait félicité :

— Vous êtes très fort, Monsieur Jobic, vous avez même réussi à mettre les communistes et la CGT de votre côté.

Aujourd'hui à l'audience, Jean-Paul Cruse a esquivé l'attaque de Terquem avec placidité.

— J'ai douze ans d'expérience dans le journalisme. J'ai suivi beaucoup d'affaires. Le journaliste est là pour penser, c'est son devoir. Quand il se forge une conviction solide il est naturel qu'il le dise. Chacun de nous le fait à sa manière.

La dernière interrogation du procès sera celle que se pose le président à propos des relations entre le commissaire et la famille Mustafa, relations qui à ses yeux restent obscures et par là même suspectes.

— Votre défense a été énergique. Vous avez mis en cause M. Hayat, vous avez chargé Ouchent lorsqu'il a formulé des accusations contre vous. N'y a-t-il que la famille Mustafa qui trouve grâce à vos yeux dans ce dossier ? Quel est le secret qui vous lie ?

A quoi Jobic, toujours aussi impassible, les mains derrière le dos face à son micro, a répondu en pesant ses mots :

— Je ne peux faire de commentaire sur les autres inculpés. Je ne les connais pas. Pour ce qui est d'Ouchent, du jour où il s'est mis à raconter n'importe quoi, je n'ai fait que me défendre. Son comportement m'a choqué. Je ne le charge pas. Je dis ce qui est. Lui-même se vantait d'être un « indic ». Cela le posait socialement. Il prétend maintenant qu'il ne l'a jamais été. Il a « dérapé » intellectuellement et moralement. La justice appréciera sa sincérité. En ce qui concerne les Mustafa, il n'y a rien d'autre entre eux et moi que ce que j'ai dit et ce qu'ils ont dit. Je n'ai jamais eu une attitude anormale envers la justice. Nous avons même essayé de calmer le jeu lorsqu'il s'emballait à l'instruction. Je tiens à dire que le rapport de M. Venere n'est pas un faux et les derniers dérapages politiques de vendredi dernier ne sont pas de mon fait.

Jean Mustafa a eu le dernier mot :

— Cela fait dix-huit mois que je suis en prison. Si j'avais eu quelque chose à révéler, ce serait fait depuis longtemps.

Tout est dit. C'en est fini de cet extraordinaire psychodrame qui ne doit qu'à l'exemplaire clairvoyance et à la maîtrise du président Foulquié de n'avoir pas basculé dans le chaos.

Il ne reste au ministère public, aux nombreux avocats et au tribunal qu'à régler entre gens de bonne compagnie les prestations des uns et des autres pour que la pièce, après avoir failli chavirer, se rachète comme tous les drames et les comédies humaines par une belle chute.

L'assistance en oublierait presque que, derrière ce ballet final, se jouent les destins des hommes.

Il revient toujours aux défenseurs des parties civiles de se lancer les premiers dans l'exercice oratoire des plaidoiries. C'est Me Levy-Forster, l'avocat de Fatna Kebdani, qui va d'abord prendre la parole pour une intervention au ton étonnamment mesuré, compte tenu des accusations de sa cliente, les plus graves sans doute de toute la collection.

— Je n'ai pas le sentiment que Jobic soit un homme d'argent et la thèse du financement d'un parti politique me paraît absurde comme est dérisoire celle d'une filière algérienne.

L'avocat de Fatna Kebdani a même un aveu étonnant :

— Je ne suis pas absolument sûr que ma cliente dise la vérité, mais j'ai cherché des explications à un mensonge, je n'en ai pas trouvé.

Me Levy-Forster, en revanche, dans ses réflexions, croit avoir découvert une explication qui a l'avantage de ne trop noircir personne : « L'argent perçu par Jobic aurait simplement servi à payer ses informateurs. »

— Si Yves Jobic a touché, ce n'est pas pour lui, c'est pour la bonne cause ! Son but est de poursuivre, de détruire le crime. N'y avait-il pas chez lui une recherche de pureté l'inclinant à penser que la fin justifie les moyens ? J'ai le sentiment que quelqu'un s'est perdu qui ne méritait pas de se perdre.

Jobic serait donc une sorte de saint laïc utilisant l'argent du vice pour traquer le vice et le crime. Proposition subtile sans doute que celle de Me Levy-Forster, mais que rien dans le dossier de l'instruction ou dans les deux semaines de débats ne vient étayer.

Le ton va aller crescendo avec les avocats de Zoulikha Zenati et de Lahouaria Nacel.

Il est bien naturel que Me Bourdon tienne pour argent comptant, c'est le cas de le dire, les accusations de ses clientes. Cela doit suffire à faire condamner Jobic, qui le mérite aussi pour ses attaques contre le juge et sa tentative d'OPA sur les audiences. Il faut, pour Me Bourdon, réaffirmer l'autorité morale de la justice.

Me Terquem qui s'est montré le plus offensif, virulent même pendant les audiences et parfois en dehors de celles-ci, n'a rien perdu de son mordant. Pour lui aussi, ses clientes en parlant d'argent ont parlé d'or. Et Jobic n'est pas seulement un abominable proxénète, il est également un corrompu. L'extraction de Jean-Claude Mustafa en apporte, pour l'avocat, une démonstration suffisante. Elle ne peut avoir d'autre explication. Me Terquem va plus loin encore en avançant que les conversations enregistrées entre Boumedine Ouchent et Jobic sont des entretiens codés entre marchands de drogue.

Voilà qui a sans doute échappé à la sagacité du juge Hayat. Il est vrai qu'il aurait fallu, en adoptant ce point de vue, inculper aussi ce brave Ouchent, par ailleurs si coopératif.

Et Me Terquem de conclure, lyrique :

— Quand la police respecte la justice et se tient à sa place, au service du citoyen, cela porte un très beau nom. Cela s'appelle la République. Il faut que le procureur la défende fermement.

Le substitut Renaut, à son banc de ministère public, est demeuré impassible. Il a devant lui tout un week-end de réflexion.

68. LA PAROLE EST AU MINISTÈRE PUBLIC

Chacun sent bien, en ce lundi 20 mars, que va se jouer une partie capitale.

Bien avant l'heure, la salle d'audience a fait le plein, silencieusement. La messe est dite. La gravité de l'heure rend inutiles les habituelles palabres. Les prévenus, bien éveillés cette fois, attendent, les mains moites, les mots qui tout à l'heure proposeront au tribunal le calendrier de leur avenir.

Il est 10 h 15 lorsque le premier substitut Daniel Renaut, drapé dans sa robe noire à rabat blanc, ajuste son micro. Le procureur Stéphane Boittiaux est près de lui, un peu en retrait, figurant muet mais symbole vivant de la solidarité hiérarchique du parquet.

La voix du représentant du ministère public s'est élevée claire et forte.

Sur les cent cinquante minutes de son réquisitoire, il n'en faudra qu'un petit tiers à Daniel Renaut pour régler leur compte aux vingt-cinq prévenus présents ou absents, Jobic mis à part, en proposant pour les uns la relaxe, pour les autres des peines allant de sanctions de principe jusqu'à sept années d'emprisonnement. La plupart d'entre eux n'ayant rien à voir de près ni de loin avec le commissaire Jobic, retenons seulement, pour ceux qui s'y trouvent mêlés, que le ministère public abandonne l'accusation contre Louise Mustafa. Il s'en rapporte pour elle, selon la formule, à la sagesse du tribunal. Il requiert en revanche une peine de cinq années de prison contre Jean-Claude Mustafa pour trafic de stupéfiants, de deux ans contre son frère Jean, uniquement pour proxénétisme, de dix-huit mois contre Halima El Bordji et de quinze mois contre Rachid Mecheri. Pour ceux-là au moins, le colossal dossier du juge Hayat n'aura pas été inutile, sans pour autant que le résultat soit en rapport avec l'investissement consenti.

L'essentiel, on le sait bien, n'est pas là. C'est sur le cas Jobic que chacun attend le substitut Renaut, le commissaire plus que tout autre bien sûr. S'il se force à l'impassibilité, son regard noir n'en exprime pas moins son inquiétude. La vigilance le plus souvent silencieuse de Renaut tout au long de l'instruction et du procès ne lui a guère permis de formuler le moindre pronostic sur ses options finales.

Les premiers mots de Daniel Renaut vont encore accroître son appréhension. C'est un flot d'éloges qu'il déverse d'abord sur le juge Hayat et roule comme une grenade dégoupillée aux pieds du policier et de ses défenseurs :

— L'honneur et la dignité d'un magistrat ont été gravement mis en cause. Ceux qui le connaissent savent qu'il s'agit d'un magistrat honnête, pugnace, intègre, scrupuleux.

Jobic s'est senti soudain la gorge sèche mais son angoisse s'est retirée aussi vite qu'elle était venue. L'hommage rendu ressemble fort, après coup, à une précaution oratoire.

Daniel Renaut en effet va, ensuite, vider de leur substance toutes les accusations laborieusement rassemblées par le juge d'instruction.

La chose, en fait, n'a rien d'étonnant pour ce qui concerne l'inculpation de corruption. Déjà dans ses réquisitions écrites, le parquet s'était opposé aux poursuites de ce chef, les estimant insuffisamment fondées. Hayat avait passé outre, mais les convictions de M. Renaut n'ont pas changé. Il n'y a aucune preuve nulle part que Jobic ait reçu de l'argent pour extraire, durant une journée, de sa prison Jean-Claude Mustafa ou pour favoriser une éventuelle autorisation d'ouverture de nuit de *La Palmeraie*. Il n'y a non plus rien de critiquable dans les démarches faites par le commissaire en faveur du même Mustafa puisqu'elles avaient l'aval de sa hiérarchie. Elles s'inscrivent dans la vie quotidienne des rapports entre la police et la justice.

— Quels résultats la société peut-elle attendre d'un policier s'il reste dans son bureau ? interroge Renaut. C'est en pénétrant le Milieu, en allant sur le terrain qu'il peut aboutir.

Ce n'est là que la première pièce qui disparaît dans la partie d'échecs qui a opposé le juge au commissaire.

Debout, les mains appuyées sur sa table, la voix assurée, le substitut s'étonne ensuite que l'on ait pu accorder quelque crédit aux accusations des menteurs et mythomanes spécialisés que sont, entre autres, Villalonga et ses compagnes. C'est une deuxième pièce qui disparaît du jeu.

Est-ce un cheval ? Un fou ? Une tour ? Qu'importe !

Le magistrat se pose bien quelques interrogations à propos des relations en clair-obscur du commissaire avec certains de ses informateurs. Mais ce sont là des pions sans importance sur le jeu en même temps que des questions sans réponse, comme le sont toujours celles qui touchent à ce domaine et ce n'est pas ce procès qui le dépouillera de ses ambiguïtés.

— Monsieur le Président, Mesdames, les débats n'ayant pas apporté d'éléments nouveaux de la réalité de remise d'argent, le parquet ne peut que maintenir sa position et ses réquisitions de non-lieu.

Immobile sur sa chaise, Yves Jobic a tout juste décroisé ses bras pour s'étirer un court instant. Le plus dur est à venir.

Ayant tordu le cou à la corruption, c'est en effet à l'inculpation de proxénétisme que s'attaque ensuite le substitut. Il va disséquer une à une les déclarations des prostituées en traquant leurs affirmations, leurs oppositions, leurs erreurs et parfois leurs rétractations : « dépositions tardives évolutives, contradictoires, de filles dont Jobic a arrêté les souteneurs. Comment ne pas envisager dans leurs démarches une possibilité de vengeance ? La justice a inculpé le policier à partir de rumeurs. Les prostituées se sont ensuite engouffrées dans la brèche et ce sont leurs témoignages, après coup, qui forment l'essentiel de l'accusation ».

Une accusation dont les pièces éparpillées, sans appui sur l'échiquier, semblent de plus en plus désemparées.

Au fur et à mesure que l'orateur avance dans le dossier, on a l'impression de voir voler en éclats l'édifice du juge Hayat. Les compliments qu'il lui a adressés au début de son intervention paraissent subitement bien lointains.

— Monsieur le Président, Mesdames. Ce procès n'est pas celui des institutions, qu'il s'agisse de la police ou de la magistrature. En ce qui concerne le proxénétisme aggravé, je m'en rapporte à votre sagesse. Il n'est pas inutile dans ce genre d'affaire qu'une juridiction de jugement, après un débat public, vienne dire le droit et la justice, loin des polémiques et des controverses.

Il n'est que de voir la mine réjouie des défenseurs de Jobic et le mince sourire de l'intéressé pour comprendre que sous les déférentes formules du ministère public se cache en fait l'abandon de l'accusation.

C'est bien ainsi que l'analysent également, en termes très vifs, les avocats des parties civiles. « Une page noire pour la justice... une démission... » et quelques autres commentaires de la même veine expriment assez bien leur déception et leur rancœur. Me Francis Terquem feint de se raccrocher cependant à un espoir :

— J'ai trop confiance en l'indépendance et en la qualité des magistrats du tribunal pour imaginer que cela puisse exercer la moindre influence sur leur jugement.

L'ACCUSATION PLAIDE LA RELAXE DU COMMISSAIRE JOBIC (*Libération*).

LE RÉQUISITOIRE OUVRE LA PORTE À UNE RELAXE (*Le Monde*).

L'ACCUSATEUR PUBLIC BLANCHIT LE COMMISSAIRE (*France-Soir*).

JOBIC : UN RÉQUISITOIRE EN FORME DE PLAIDOIRIE (*Le Figaro*).

UN PROCUREUR TRÈS RELAXE (*L'Express*).

AFFAIRE JOBIC : VERS LA RELAXE (*Le Quotidien de Paris*).

LE NON-RÉQUISITOIRE QUI BLANCHIT LE COMMISSAIRE JOBIC (*Le Parisien*).

Il y a une belle unanimité dans les commentaires de la presse, le lendemain, même si leurs auteurs ne partagent pas toujours le point de vue du ministère public.

C'est en tout cas une voie royale que le substitut Daniel Renaut a ouverte aux défenseurs du commissaire.

69. PLAIDOIRIES

A vrai dire, les avocats de Jobic, vaguement interloqués, auraient presque pu se dispenser de plaider après leurs dix-neuf confrères intervenus dans la défense des autres prévenus. Mais la plaidoirie reste cependant le morceau de bravoure du défenseur en robe noire, le point d'orgue au travail de fond qu'il a assumé auparavant. Aucun des défenseurs du commissaire ne pouvait manquer cette intervention même si elle se trouvait privée de son piment essentiel, le risque.

— Il y a le dossier, c'est vrai, et également l'histoire du dossier ! s'exclame Gilbert Collard avant d'esquisser un parallèle symbolique entre cette histoire et la diagonale du fou qui permet à cette pièce du jeu d'échecs d'aller son chemin malgré tout, malgré rien.

« Ici, dans cette affaire, c'est la trajectoire de la paranoïa qui, en partant d'une dénonciation sans consistance, débouche sur un dossier de dix mille pages, sur un travail inutile de deux ans, sur une affaire qui occupe un tribunal plus de deux semaines et coûte aux contribuables plusieurs millions de francs. Tout cela parce qu'un jour une prostituée, pour se venger d'un policier, a porté une accusation imprécise et inconsistante auprès d'un juge d'instruction. Je m'étonne de ces ragots transformés en valeurs scientifiques par un énorme travail de crédibilité judiciaire. Voilà des filles qui ont souffert par Jobic de l'arrestation de leurs souteneurs, transformées — paradoxe incroyable — en auxiliaires officielles de justice...

« Cette société décidément, perd la tête. Elle en arrive à suspecter un policier parce qu'il est policier, donc forcément corrompu. C'est Casque d'Or contre les ripoux, mais toutes les filles ne sont pas Casque d'Or ni tous les policiers des inspecteurs Bony !

Et l'avocat de dénoncer « cette dérive judiciaire faisant de trois filles des instruments de justice flanqués de gendarmes chargés de détruire un policier ».

Jehanne Collard, la sœur du précédent, a eu l'immense mérite de suivre depuis le début tout le parcours sinueux et les entrelacs complexes du dossier de l'instruction. Elle est aussi celle qui a le mieux vécu et compris, avec sa sensibilité de femme, les angoisses de son client.

C'est avec beaucoup d'émotion retenue qu'elle va enfoncer un peu plus le clou de l'incrédibilité des rumeurs de ce « Buda » « où l'on oublie le sordide de la vie en se prêtant des relations que l'on n'a pas et des aventures que l'on n'aura jamais... »

— Il y a des jours où j'ai vu briller des larmes dans les yeux d'Yves Jobic. Que son innocence soit maintenant reconnue, soit, mais trop de mal a été fait. L'innocenter ne suffit plus. C'est exactement comme si l'on retirait l'arme d'une blessure qui continue de saigner.

Plus technique, Me Varaut, dernier intervenant et en même temps le patron du trio des défenseurs de Jobic, observe d'abord que « devant l'inanité des preuves il a l'impression de labourer la mer ». Il relève aussi que « depuis trois jours, les prostituées parties civiles sont absentes. Elles ont rempli leur office et la défense de leurs intérêts n'a pris que quelques minutes dans les longues interventions de leurs avocats qui ont ainsi révélé leur véritable finalité ».

Parlant de Jobic, il va démonter pièce par pièce toutes les accusations recueillies, ramassées, provoquées contre lui, « lui qui a fait naître des craintes et des haines à la mesure de sa redoutable efficacité ».

Évoquant l'incontournable nécessité des informateurs et se référant à Fouché, Me Varaut souligne encore que, pour démanteler la criminalité organisée, il faut savoir et pour cela avoir partout des yeux et des oreilles. Il regrette aussi « que la guerre des polices entre policiers et gendarmes ait transformé une saine émulation aux frontières des compétences géographiques en une rivalité fratricide sur des terrains communs dont les voyous deviennent les arbitres ».

Il restait un mystère à éclaircir que personne encore n'avait abordé. Comment tant de fautes et de péchés dénoncés par la rumeur avaient-ils pu être pris en compte et portés avec acharnement au passif d'un homme dont la rectitude morale est partout reconnue ?

Me Varaut croit pouvoir en fournir l'explication :

— C'est dans la personnalité de Jobic qu'il faut sans doute trouver le secret de cette accusation. Cet homme est ce qu'il fait. Il n'a pas attendu quarante ans pour être responsable de son visage : il a le visage de l'incorruptible. Autrefois, on eût dit qu'il était vertueux! La vertu est passée de mode. On la nomme chez les psychologues rigidité psychologique. Déjà la paranoïa pointe. La vertu n'est plus vue comme la victoire de la volonté libre sur les tendances qui traversent notre être, mais comme le masque du faisceau de pulsions qui constituent l'infrastructure psychologique de l'être humain.

« Tant de force doit dissimuler une faiblesse fondamentale. Trop lisse pour être honnête. Il faut arracher son masque, déconstruire son rôle. Il faut qu'il accepte comme tout le monde d'être veule, intéressé, médiocre, humain, rassurant.

« Jobic est devant ses juges. C'est de ses juges qu'il attend son droit.

Trente-huit jours pour trancher, c'est le délai que le tribunal s'est accordé après cette ultime plaidoirie pour réfléchir, délibérer et juger. Trente-huit jours pendant lesquels Jobic, malgré son immense espoir, va connaître encore le flux et le reflux des angoisses, de l'incertitude. Mais il est vrai, comme le disait Voltaire, *qu'un jugement trop prompt est souvent sans justice.*

70. SILENCE ! ON DÉLIBÈRE

Il était normal qu'après le dernier jour du procès, chaque média y aille de son commentaire. Mais du FIN DE PARTIE SANS PASSION de *Libération aux* PLAIDOIRIES POUR JOBIC L'INCORRUPTIBLE en passant par LES TROIS MAGISTRATS SUR LA CORDE RAIDE de *Sud-Ouest,* par LA JUSTICE SE DONNE LE TEMPS du *Figaro* ou par LA DIAGONALE DU PETIT PRINCE DU 36 de *L'Humanité,* il n'y avait là que comptes rendus de journalistes faisant leur travail quotidien. Leurs écrits et leurs opinions n'étaient pas de nature à perturber la retraite méditative du tribunal de Nanterre.

D'autres manifestations syndicales et corporatistes risquaient d'être plus graves, plus nocives, plus perturbatrices.

C'est ainsi que le 16 mars, en plein procès par conséquent, le syndicat de la magistrature, sous la signature de son secrétaire général, adressait un courrier au garde des Sceaux pour attirer une fois de plus son attention à la fois sur les campagnes de presse jugées diffamatoires et injurieuses à l'égard du juge Hayat et sur l'attitude du syndicat des commissaires de police. Le signataire demandait de façon pressante à son éminent correspondant d'assurer par tous moyens la protection morale et matérielle du juge Hayat en introduisant, si nécessaire, toutes actions utiles en justice.

Bien qu'elle ne contienne aucune allusion à la future décision du tribunal, cette demande survenait dans le cours d'un procès tumultueux et quelques jours avant le réquisitoire du ministère public. Elle ne recevra d'autre suite qu'une réponse courtoise.

Tout n'était pas joué pour autant. La chancellerie ne bougeant pas, c'est aux magistrats eux-mêmes que le SM s'adressait par un « supplément au numéro 123 à paraître » de sa revue *Justice.*

Il est déjà singulier de parler de supplément à propos de quelque chose qui n'a pas encore vu le jour. L'affaire était sans doute trop urgente pour qu'on s'attardât à de tels détails.

Le commentaire en question était « à diffuser le plus largement ». Il s'agissait naturellement d'une critique virulente du procès. Poignardant un ministère public trop « taisant » et trop timoré, déplorant les atermoiements d'une chancellerie peu empressée à soutenir le juge Hayat et fusillant les policiers intervenus comme témoins dans la défense de Jobic, « le Bureau du SM » en concluait que *la hiérarchie policière de la police parisienne avait enfin révélé sa nature profondément factieuse.*

La même philippique, en forme de procès-verbal du conseil du syndicat de la magistrature des 17 et 18 mars n'oubliait pas non plus d'égratigner au passage MM. Laroche et Humetz, « des juges pas très instruits » et même le garde des Sceaux qualifié de « ministre oublieux » pour avoir mis au placard son propre projet de 1972 qui prévoyait *que la PJ soit plus étroitement rattachée aux autorités du parquet et de l'instruction.* Le directeur des affaires criminelles et des grâces au ministère de la Justice était précisément à cette époque M. Arpaillange.

Il n'est pas impossible que ses hautes responsabilités ministérielles lui aient donné une vision plus claire du danger d'un tel assujettissement. Si la police a ses « bavures », la justice a aussi les siennes. Nul n'est infaillible.

Les attaques violentes du syndicat de la magistrature contre le déroulement du procès Jobic ne pouvaient pas laisser sans voix ses opposants. C'est dans *Valeurs actuelles*, le 28 mars, que l'association professionnelle des magistrats, par la voix de son secrétaire général, M. Patrick Ouart, répliquait à ses collègues :

Tout au long de la procédure, le syndicat de la magistrature a multiplié les communiqués et les déclarations pour dénoncer comme un scandale les manifestations exemplaires de la solidarité des commissaires à l'égard de leur collègue. Celles-ci étaient-elles pourtant anormales ? Policier renommé, poursuivi sur la foi d'accusations portées par des prostituées dont il avait fait arrêter les souteneurs, M. Jobic n'a été suspendu ni par M. Pasqua ni par M. Joxe. Il était bien naturel qu'il bénéficie, comme tout autre parmi ses collègues, de la présomption d'innocence.

Mais pour le syndicat, il s'agissait en fait de diffuser dans l'opinion, par le biais des médias, le sentiment que M. Jobic était un ripoux couvert par ses collègues. On s'assurait ainsi que, même relaxé, il resterait suspect, sali, parce que sa relaxe serait interprétée comme une concession faite à la hiérarchie policière. En réalité, l'expérience prouve que lorsqu'un policier a failli à ses devoirs, il n'est jamais soutenu par ses chefs.

Pendant les débats les membres du syndicat sont venus en robe assister à l'audience. Officiellement pour manifester leur soutien à un juge d'instruction injustement critiqué par les policiers. En fait pour tenter de susciter, chez les juges composant le tribunal, un réflexe corporatiste.

Tout se passe comme si, sentant que le dossier de M. Hayat était mis à l'épreuve par la confrontation des témoignages et des faits, le syndicat avait voulu accréditer l'idée que c'était, à travers ce dossier, toute la magistrature qui faisait l'objet d'une cabale policière. Je tiens à dire qu'il est parfaitement mensonger de prétendre que l'institution judiciaire est tout entière derrière le juge Hayat.

M. Hayat a instruit un dossier. Il ne m'appartient pas d'en discuter le fond. Tout au plus peut-on remarquer que, chaque fois qu'il a été soumis à la chambre d'accusation de la cour d'appel, celle-ci a infirmé ses décisions. J'estime qu'un éventuel désaveu du travail du juge d'instruction ne porterait en rien atteinte à l'honneur de la justice.

Dans une affaire comme celle des grâces médicales de Marseille (où avait été injustement mise en cause, il y a une dizaine d'années, le Dr Solange Troisier), ce fut au contraire l'honneur de la justice de refuser de céder à la pression des médias et de démanteler un dossier monté de toutes pièces par un juge d'instruction pour abattre une personnalité irréprochable dont on avait voulu faire un bouc émissaire...

Il est de notoriété que le parquet de Nanterre était favorable à un non-lieu qui aurait évité à M. Jobic de passer devant le tribunal en compagnie de malfrats. Mais à la demande du garde des Sceaux, le représentant du ministère public a dû établir deux projets de réquisitoire, l'un demandant le non-lieu, l'autre le renvoi : la chancellerie a imposé le second. Ce faisant, elle a pris l'entière responsabilité de la dégradation de l'image de la police et de la justice dont ce procès a été le théâtre.

L'affaire Jobic a entretenu pendant deux ans un climat de guerre civile entre police et gendarmerie du fait qu'à la demande du juge Hayat les gendarmes ont enquêté sur le commissaire. Lors du procès, c'est la police qu'on a tenté de monter contre l'institution judiciaire, en présentant celle-ci comme solidaire des accusations portées contre M. Jobic.

Tout est ainsi en place pour une neutralisation réciproque de la police, de la gendarmerie et de la justice.

Toujours en parallèle avec l'affaire bien que sans rapport avec elle, encore que l'on puisse se demander si l'une n'a pas précipité la solution de la seconde, il n'est pas inutile non plus de noter que c'est le 17 mars, à la fin du procès Jobic, que Mme Vigny, juge d'instruction, rendait une ordonnance de non-lieu au bénéfice du commissaire Henri Gentet. On se souvient que ce chef de la brigade des mœurs à Marseille était lui aussi inculpé depuis deux ans de proxénétisme aggravé, sur la foi des déclarations de cette tenancière de maison close, surnommée « la Vipère ». Fatma Farès — c'est son vrai nom — avait confié ses accusations mensongères aux gendarmes de la section de recherches d'Aix-en-Provence, choisis par Mme Nadine Perrin, premier juge saisi, pour confondre le policier « ripoux ». Le plus étrange dans cette affaire est que ceux qui avaient alerté Mme Perrin, et mis un terme aux activités coupables de « la Vipère », étaient les policiers eux-mêmes. Le juge avait cru bon de faire poursuivre leurs premières investigations par les gendarmes. On fait difficilement pire en matière de guerre des polices.

Daniel Dugléry, secrétaire général du syndicat des commissaires de police, saisissait l'occasion de ce non-lieu tardif pour justifier l'action de son organisme :

— Témoignant devant le tribunal de Nanterre qui jugeait Jobic, je n'ai rien dit sur l'affaire Gentet. Je ne voulais pas jeter de l'huile sur le feu, mais il est sûr que les deux affaires sont aussi surréalistes l'une que l'autre... Si le syndicat des commissaires s'est mobilisé pour la défense de Jobic et Gentet ce n'est pas par corporatisme, c'est parce qu'il avait la connaissance des dossiers. Notre syndicat n'assiste jamais des commissaires dont la culpabilité est évidente. Je n'ai pas pour habitude de défendre des « ripoux » devant les tribunaux. Membre du conseil de discipline de la police nationale, je me prononce plutôt pour leur révocation avant même leur jugement.

Une déclaration sans polémique, contrastant avec celles du syndicat de la magistrature.

Il faut savoir, ce n'est pas sans intérêt pour la phase ultime de cette affaire, que pendant que la 12e chambre correctionnelle du tribunal de Nanterre écoutait les derniers arguments des accusateurs et des défenseurs de Jobic, un autre tribunal statuait lui aussi sur le sort d'un des acteurs les plus bruyants de la pièce.

Sous la présidence de Mme Michèle Anzani, la 16e chambre du tribunal correctionnel de Paris condamnait en effet pour proxénétisme Pierre Villalonga dit Monsieur Pedro à sept ans d'emprisonnement, quatre cent mille francs d'amende et dix ans d'interdiction de séjour. Son ex-concubine et complice Nadia Mazière, devenue son épouse, écopait pour sa part de trois années de la même peine avec sursis et cinq années d'interdiction de séjour.

Le tribunal s'était montré insensible à la thèse d'une machination montée par « les Jobic's men » pour perdre Monsieur Pedro. Peut-être aussi, malgré les déclarations apaisantes des avocats, ses accusations délirantes à Nanterre avaient-elles, à l'inverse des espoirs de leurs auteurs, incité la justice à plus de rigueur.

71. LE JUGEMENT...

La foule est revenue en cette matinée du 28 avril. Le public habituel à première vue, avec beaucoup de policiers naturellement, de tous grades, dont bon nombre de commissaires ; des magistrats aussi, en majorité du syndicat de la magistrature. Les journalistes également sont nombreux pour cette fin de partie.

Devant cette foule bruissante, avec leurs avocats, se tiennent, toujours détenus, ceux qui ne sont encore que des prévenus.

Les trois prostituées parties civiles, en revanche, sont absentes. Elles n'ont pas jugé utile d'assister à cette ultime audience. Seuls leurs avocats sont présents.

Jobic, en costume bleu marine, cache son inquiétude derrière un visage hermétique. Ses avocats ont beau se montrer souriants et rassurants, il n'en sent pas moins son cœur s'agiter.

Il est le vingt-sixième et le dernier de la liste et c'est à peine si la longue litanie des décisions concernant les autres parvient à capter son attention. Les bras croisés, immobilisant ses mains fébriles, il attend, oppressé.

— Yves Jobic !

Comme un automate, il s'est levé, avancé.

— Vous êtes déclaré non coupable, vous êtes relaxé.

Il est 10 h 45.

Des applaudissements éclatent dans la salle, dans les rangs des policiers et aussi du public, couvrant les murmures réprobateurs de quelques magistrats.

Le cauchemar a pris fin. Effusions, mains serrées. Le cœur saute encore, mais de joie cette fois.

— J'étais innocent, je suis innocent. La justice vient de le reconnaître. J'ai toujours eu confiance en elle. Plus que jamais, je souhaite que pareille épreuve soit évitée à des innocents et peut-être plus encore à leur mère.

Pas de triomphalisme chez Jobic dans cette courte déclaration aux journalistes qui l'assaillent, mais un grand bonheur dans le regard sombre et un sourire élargi qu'on ne lui connaissait plus depuis longtemps.

Un de ses amis, aussitôt, a bondi sur le téléphone le plus proche avant que la presse ne s'en empare, pour transmettre à sa mère, à Saint-Brieuc, la bonne nouvelle. Tout à l'heure, du quai des Orfèvres, libéré de la cohue, il pourra lui-même achever de la rassurer.

Sur les cent vingt-sept pages du jugement rendu par le tribunal, dix seulement sont consacrées à l'analyse des charges retenues contre le commissaire, qui occupaient pourtant les trois quarts du dossier-fleuve du juge Hayat. Il n'est pas sans intérêt d'en extraire quelques-uns des attendus par lesquels le président Foulquié et ses assesseurs ont exprimé leur conviction et justifié leur décision :

Attendu que Rachid Mecheri, visiblement troublé par la révélation de ses contradictions à l'audience, a reconnu avoir menti devant le juge d'instruction, dans l'espoir d'obtenir sa liberté, montrant par là, si besoin en était, avec quelle prudente réserve il convient d'accueillir ses déclarations...

Attendu qu'au vu de ce qui précède et des protestations réitérées des autres prévenus affirmant tous être étrangers à cette remise d'argent... il y a lieu de ne pas retenir cette prévention qui, à l'examen, ne s'est pas avérée mieux fondée que d'autres faits de corruption ou de vol, articulés contre Yves Jobic par des individus ayant eu affaire à lui en tant que policier...

Attendu que commissaire de police particulièrement actif et efficace... Yves Jobic ne pouvait que constituer dans cette atmosphère particulière[1] *à la fois la cible et la référence des prostituées qui l'avaient approché ou connaissaient sa réputation...*

Attendu que précisément Zoulikha Zenati, Lahouaria Nacel et Fatna Kebdani ont pour point commun d'avoir été entendues par Jobic lorsqu'il avait arrêté leurs trois souteneurs, ce qui leur avait fourni l'occasion de connaître son bureau.

Attendu que les déclarations des parties civiles faisant grief au commissaire d'avoir perçu de l'argent sont apparues fragiles et sujettes à

1. N.D.A. de la rue de Budapest.

caution, que s'agissant de Lahouaria Nacel et de Zoulikha Zenati, il convient d'observer que ces accusations sont le fait de deux amies exerçant leurs activités dans les mêmes lieux..., que cette circonstance n'a pas empêché les deux jeunes femmes de se contredire entre elles, y compris à l'audience, quant à la présence de l'une ou de l'autre le jour où son amie était censée remettre de l'argent à Jobic...

Attendu que s'agissant de Fatna Kebdani son allégation selon laquelle Jobic l'aurait fait arrêter parce qu'elle ne lui donnait plus rien... ne résiste pas à l'examen, la suite ayant bien montré qu'un tel procédé eût été le meilleur moyen de voir se dévoiler ce que le prévenu avait, dans cette hypothèse, tout intérêt à cacher.

Qu'aucune de ces déclarations ne peut être considérée comme la plainte spontanée d'une victime...

Attendu que l'attitude tour à tour embarrassée et à la limite du désintérêt, manifestée à l'audience par les parties civiles, s'explique essentiellement par la mise en évidence des faiblesses de leurs accusations...

Par ces motifs... le tribunal a déclaré Yves Jobic non coupable des faits qui lui étaient reprochés et débouté par la même occasion les parties civiles de leurs demandes.

Quelques mots aussi des décisions concernant les vingt-cinq autres prévenus. Elles occupent cent dix pages qui règlent leur avenir à plus ou moins long terme. Pour eux au moins, le travail du juge Hayat n'a pas été inutile et les condamnations tombent drues et sévères sur les dealers du port de Gennevilliers et d'ailleurs. Quelques-uns d'entre eux à qui le juge avait rendu leur liberté ont préféré ne pas prendre le risque de venir. Bien leur en a pris, pour l'immédiat du moins. Ils garderont leur liberté jusqu'à ce que les mandats d'arrêt délivrés sur-le-champ les rattrapent. Jean-Claude Mustafa est de ceux-là. Ses dénégations n'ont pas ébranlé ses juges qui l'estiment coupable de trafic d'héroïne et le condamnent à cinq années d'emprisonnement. Halima El Bordji convaincu de proxénétisme n'est pas là non plus pour s'entendre condamner à quinze mois de la même peine. Ce sont neuf mandats d'arrêt au total qui vont commencer à courir contre les absents frappés de peines allant de dix-huit mois à sept ans.

D'autres prévenus libres se sont montrés plus confiants dans la clémence du tribunal. Quelques-uns vont le regretter. C'est le cas de Rachid Mecheri qui tombe de haut en entendant la sentence : deux ans de prison, mandat de dépôt et arrestation à l'audience. Il paye au prix fort non seulement son petit métier de souteneur et la détention d'une arme, aussi toutes ses accusations mensongères et ses lâchetés, y compris, comme il le disait lui-même, le fait d'avoir menti au juge pour obtenir sa liberté.

Quatre autres trafiquants de drogue auront la même mauvaise surprise.

Il en est aussi que leurs condamnations garderont dans les prisons qu'ils n'ont pas quittées.

Le plus heureux dans l'affaire, après le commissaire Jobic bien entendu, sera Jean Mustafa. Relaxé pour une corruption jugée non établie, il se voit condamner à un an de prison en tant que proxénète. Étant incarcéré depuis dix-huit mois, il retrouve ainsi la liberté le jour même. Il est curieux de remarquer à ce propos que Halima El Bordji, dont il était censé protéger les activités, écope pour sa part d'une condamnation plus lourde que celle de son souteneur. Il est vrai qu'elle avait préféré se dérober à l'action de la justice et que cela aussi se paye.

72... ET SES RETOMBÉES !

Toutes ces condamnations frappant trafiquants et proxénètes ne vont guère provoquer de commentaires de joie ou de colère que chez les intéressés.

Les tribunaux ont maintenant trop souvent à juger des petits réseaux de revendeurs de stupéfiants. Banalisées, ces affaires ont cessé d'intéresser les médias et l'opinion qui semble s'être faite à cette idée que nos sociétés impuissantes doivent s'accommoder de ces poisons. Mais on se doute bien que le verdict de relaxe au profit du commissaire Jobic ne pouvait pas tomber dans l'indifférence.

Un flic inculpé c'était bien, un flic emprisonné encore mieux, un flic jugé restait prometteur, un flic relaxé c'est forcément la bourrasque. Entre les basses pressions de ceux qui s'en félicitent et les hautes pressions des autres qui s'en indignent, il y avait nécessairement promesse de cyclone.

Il paraît évident que le syndicat de la magistrature avait pour sa part prévu les deux hypothèses. Jobic condamné, il glorifiait Jean-Michel Hayat, son militant, pour son courage, sa ténacité, sa dignité exemplaires ainsi que le tribunal qui lui aurait emboîté le pas. Jobic relaxé, il fallait sortir d'urgence un communiqué vilipendant le procès :

Le procès qui s'est déroulé dans un climat de menaces et d'intimidation sans précédent a mis en lumière des pratiques policières illégales à l'égard desquelles une partie de la hiérarchie policière et le syndicat des commissaires et des hauts fonctionnaires de la police ont fait preuve d'une complaisance particulièrement inquiétante.

Dès à présent, il appartient au garde des Sceaux et au ministre de l'Intérieur de tirer toutes les conséquences de telles méthodes en engageant la responsabilité pénale et disciplinaire de ceux qui ont contribué à de tels événements.

On pourrait croire en lisant entre les lignes que le président Foulquié a rendu sa décision un revolver sur la tempe et que ce jugement est en conséquence nul et non avenu.

De son côté l'AFMI (Association des Magistrats Instructeurs) estime *que le procès a révélé des méthodes policières scandaleuses et illégales... Arrestations et séquestrations illégales de témoins... révélation d'un rapport interne de police gravement diffamatoire et injurieux à l'égard du juge d'instruction,* ajoutant que *durant toute la procédure, des méthodes inqualifiables ont été employées pour déstabiliser Jean-Michel Hayat allant jusqu'à mettre en cause l'institution même du juge d'instruction.*

Si on écarte comme inutilement polémiques les commentaires sur les arguments de défense de Jobic, l'AFMI n'a pas tort, en parlant de remise en cause du juge d'instruction en général. Cette affaire a largement démontré, dans la mesure où l'on accepte l'idée que ce magistrat n'a reçu aucun pouvoir divin, qu'un homme seul, prisonnier de ses certitudes, peut s'égarer, même dans l'hypothèse où on lui laisse le bénéfice de la bonne foi.

Avec la modération de ceux qui ont gagné, le syndicat des commissaires de police se contente, pour sa part, de se féliciter *de la victoire du droit et du bon sens sur la passion. Le commissaire Jobic recouvre, grâce à la sagesse des magistrats, son honneur et sa dignité. La justice elle-même sort grandie de cette épreuve, les juges du tribunal ayant dû repousser le corporatisme exacerbé et regrettable de quelques magistrats.*

La petite guéguerre des communiqués dans les couloirs et la salle des pas-perdus du palais de justice n'aurait pas été complète si, par micros interposés, il n'y avait eu les interventions des avocats.

Pour Francis Terquem, l'avocat de Zouzou, *le jugement est le reflet des pressions exercées par les policiers directement sur les témoins et sur la hiérarchie judiciaire au plus haut niveau. C'est une défaite pas tellement pour les prostituées mais pour la justice et un grand danger pour la démocratie...*

Deux choses surprennent dans ce commentaire. La première est que l'intérêt avoué de ses clientes paraît à l'avocat subsidiaire par rapport à celui supérieur de la justice. La seconde est qu'en fait de pressions sur la *hiérarchie judiciaire au plus haut niveau,* leurs auteurs sont moins à chercher dans les rangs policiers qu'à l'intérieur de la magistrature elle-même. Enfin Me Terquem lui-même ne saurait se plaindre du ministre de l'Intérieur qui, sur sa demande, a doté ses clientes en instance d'expulsion, parfois sous un faux nom, des titres de séjour leur permettant de continuer à assumer leurs rôles équivoques.

Gilbert Collard, l'un des avocats de Jobic, ne pouvait laisser sans réponse l'agression de son confrère : *Il n'y a apparemment pour les avocats de la partie civile, de bonne justice que celle qui correspond à leurs fantasmes agités. Ces propos, de nature à porter atteinte à l'honneur du commissaire Jobic, seront traités désormais comme ils le méritent, par la voie judiciaire.*

Bernard Lemouton, parrain avoué de « Buda », et à qui son attitude vigoureusement défensive de Jobic avait valu son énième emprisonnement, était là lui aussi, le cheveu ras, toutes rides réjouies dans son visage buriné et le verbe plus faubourien que jamais : *J'ai toujours dit que le condé n'avait pas touché d'oseille !*

Ces proclamations, ces règlements de comptes, même à fleurets plus ou moins mouchetés, n'étaient que les premiers. La presse d'opinion, dès le lendemain, s'emparait à son tour de l'événement, le commentait, le disséquait, portait jugement, extrapolait.

Victoire du droit ou défaite de la justice? s'interroge Laurent Greilsamer qui a suivi l'affaire pour *Le Monde*. Constatant que le juge et le commissaire sont tous deux victimes d'un jeu de massacre, il évoque le double malentendu, politique d'abord et donc inavouable, professionnel ensuite, dans lequel se sont empêtrées justice et police du fait de leur mutuelle incompréhension. M. Greilsamer souhaite aussi que de ce nouvel et inutile affrontement naissent des réflexions plus salutaires que celles qu'auraient dû entraîner quelques célèbres précédents. On ne peut que partager ce vœu sans oublier toutefois qu'en l'état actuel des choses, c'est le « petit juge » qui dispose seul, et au besoin contre tout avis contraire, du pouvoir exorbitant de se tromper sans risque, d'incarcérer sans sanction et de détruire une existence.

Jean-Marie Brigouleix, dans *France-Soir*, estime pour sa part tout à fait déplacée la réaction de ceux qui s'estiment perdants dans cette affaire et cela pour trois raisons :

Il est indigne de prétendre qu'un jugement, expression la plus achevée de l'indépendance de la magistrature, puisse être le reflet des pressions d'où qu'elles viennent. Indigne de regretter que la justice n'ait pas condamné un homme sur la foi des ragots contradictoires et fantaisistes. Indigne enfin qu'un auxiliaire de justice et quelques magistrats jettent ainsi le discrédit sur la cause qu'ils sont censés servir.

Bernard Carayon, dans *Le Figaro* du 4 mai, formulait d'abord le vœu d'un geste public de son ministre à l'égard du commissaire innocenté, avant de suggérer qu'une commission d'enquête *tire les leçons de cette ténébreuse affaire quant à l'organisation des relations entre la police et la gendarmerie. Ce serait bien légitime pour la sécurité de tous et bien légitime pour l'honneur d'un commissaire.*

Débordant le cadre de la presse, c'est dans le même esprit que le député Francis Delattre interpellait le garde des Sceaux lors des questions orales du jeudi 15 juin :

« Le commissaire Jobic a été acquitté. Il a regagné un poste subalterne. Lui avez-vous envoyé une lettre sinon d'excuses, au moins de regrets ? »

A quoi M. Arpaillange répondait :

« Je n'ai pas envoyé de lettre d'excuses mais j'ai adressé au juge Hayat une lettre où je regrette les insultes déversées sur son dos ! »

Il serait sans doute inutile de faire observer à M. le garde des Sceaux que tout le monde savait, le 15 juin, que les insultes et menaces proférées contre le juge Hayat n'étaient pas le fait de la police mais d'un obsédé de la lettre anonyme.

Cette lettre compatissante est cependant loin de satisfaire totalement le syndicat du juge Hayat. Il attend beaucoup plus du garde des Sceaux, en particulier qu'il fasse appel de la décision rendue. Dans le numéro 123 de la revue *Justice*, paru en mai, (un mois après son supplément !), la sollicitation est ostensible. Elle prend place dans les neuf pages critiques consacrées à l'affaire. Elle est appuyée et relayée par une demande identique de Mes Bourdon et Terquem, les avocats de Zouzou et Lahouaria qui pour leur part, ont déjà déposé leurs recours.

Malgré cette double pression synchronisée, il n'y aura pas d'appel du parquet.

Mes Bourdon et Terquem, déçus et amers, vont donc devoir affronter seuls, et pour la seule défense des intérêts civils de leurs clientes, la cour d'appel de Versailles.

L'audience est fixée au 22 juin et, quoique le jugement le concernant ne puisse être remis en cause, Yves Jobic se trouve cité à comparaître. Ce n'est pas que de retrouver ses accusatrices lui procure une joie quelconque, mais une citation est une citation et à l'heure dite, le commissaire et ses avocats sont de nouveau devant les juges. Ils y sont d'ailleurs seuls. Ni Zoulikha Zenati, ni Lahouaria Nacel, ni Me Terquem, ni Me Bourdon ne se sont dérangés. Les deux avocats ont seulement fait tenir au président de la cour un courrier par lequel ils l'informent du désistement de leurs clientes.

... Vous comprendrez qu'il n'appartient pas à de simples particuliers, a fortiori dans la situation matérielle de nos clientes, de poursuivre la sanction d'un comportement dont la gravité justifie que le parquet le poursuive prioritairement.

La manœuvre ainsi devient claire. L'appel des parties civiles était bien destiné à jouer le rôle d'une poulie d'entraînement pour que le parquet suive le mouvement. La tentative ayant échoué, les intérêts civils de Zoulikha et Lahouaria ne présentaient rigoureusement plus aucun intérêt.

Le président de la 8e chambre de la cour d'appel de Versailles n'a guère apprécié la désinvolture du procédé. C'est bien ce qu'il faut retenir du regret, exprimé en termes mesurés, de ne voir devant lui ni les parties civiles appelantes ni leurs éminents représentants.

Affaire Jobic : suite et fin. C'est à peu près le seul épilogue en quelques lignes, donné le 23 juin par les journaux, à une affaire qui, faute de rebondissements, n'intéresse plus les moulins de l'information.

L'hebdomadaire *Le Point* le 28 août 1989, dans une grande enquête sur ce que pensent les Français de leur justice, va pourtant évoquer directement de nouveau l'affaire Jobic et son verdict. Quoique ne le citant pas nommément, c'est bien de son procès qu'il est question lorsque le journaliste, en page 69, propose au jugement des sondés, le cas d'espèce suivant :

Un policier chargé de réprimer le proxénétisme est pris en flagrant délit de racket sur des proxénètes qui en échange de son silence lui fournissent des informations sur le milieu et quelques commissions sur leurs affaires. Le policier reverse toutes les sommes à un grand parti politique.

Rien d'étonnant à ce que dans cette hypothèse, 42 % des personnes interrogées aient estimé que cinq années de prison seraient une juste sanction.

Cette proposition journalistique est d'autant plus perverse que tout en se rattachant dans l'esprit des lecteurs à l'affaire Jobic, elle contient des facteurs d'appréciation grossièrement falsifiés. Le premier d'entre eux est que Jobic, puisque c'est lui qui est visé, n'a jamais été arrêté en flagrant délit[1]. La deuxième falsification consiste à affirmer : *Le policier reverse toutes les sommes à un grand parti politique.* On sait aussi ce qu'il en est de cette rumeur dont il a été fait justice.

Il est regrettable que l'on puisse travestir ainsi les données d'un sondage qui constitue à la fois la négation d'un jugement et une nouvelle atteinte à l'honneur rendu au commissaire Jobic. Le commentaire que l'on trouve est en effet très clair :

Concernant les bavures policières, le sondage semble indiquer que l'opinion n'admet pas l'impunité d'une corporation, fût-elle la police. Ainsi le commissaire de police corrompu n'est relaxé que par quatre pour cent des sondés et envoyé en prison pour cinq ans par quarante-deux pour cent; à cet égard le tribunal de l'opinion n'a pas été dupe de la signification du récent jugement de relaxe d'un tribunal de la périphérie parisienne.

Les doutes, s'il en restait, sont levés. Ce sont bien Jobic et le tribunal de Nanterre qui étaient visés.

Et cette agression fielleuse est signée, ce qui n'étonnera personne, par M. Frédéric N'Guyen, vice-président du syndicat de la magistrature.

Le dernier écho du procès est celui qu'on peut trouver dans *La Gazette du Palais* des 3 et 4 novembre 1989. A la suite de larges extraits du jugement de Nanterre, le commentateur, à la fin de sa note, exprime une opinion qui, si elle était aussi proposée dans un sondage, rallierait certainement beaucoup d'approbations :

... Mais quand la délinquance s'institutionnalise tandis que la justice criminelle se lézarde, n'est-il pas dans la nature des choses que la police judiciaire soit contrainte d'user de procédés périlleux pour s'efforcer de colmater les brèches ?

---

1. Définition du flagrant délit d'après l'article 53 du code de procédure pénale : *Est qualifié crime ou délit flagrant le crime ou le délit qui se commet actuellement ou qui vient de se commettre. Il y a aussi crime ou délit flagrant lorsque, dans un temps très voisin de l'action, la personne soupçonnée est poursuivie par la clameur publique ou est trouvée en possession d'objets, ou présente des traces ou indices, laissant penser qu'elle a participé au crime ou au délit.*

Le palais de justice de Nanterre a retrouvé son calme.

Les tumultes du scandale se sont apaisés. La vie pourtant des uns et des autres continue. Elle réserve encore quelques surprises.

73. APRÈS LA BATAILLE

Mabrouka Lazar, dont on connaît le rôle de boute-feu dans l'affaire Jobic, a quitté depuis plusieurs mois son appartement respectable du square Frédéric-Vallois. Privée, une fois de plus, pour cause de prison, de son concubin Kamel Bentifour dit « Mireille Mathieu », et condamnée à plusieurs reprises pour vol, recel, infraction à la législation sur les étrangers et proxénétisme, elle reste fidèle à la vie parisienne. Elle occupe un appartement au quatrième étage d'un immeuble du boulevard Ney. Comme il faut bien vivre et que « Buda » est devenue pour elle infréquentable, elle « julotte » maintenant rue Saint-Denis, Fathi-Travelo. On connaît depuis longtemps ses tendres sentiments pour le sexe non opposé. Elle ne méprise pas pour autant, au contraire, la tirelire qu'il constitue.

On pourrait croire que Mabrouka, malgré son goût ostensible pour l'argent, les bijoux, les boîtes et les ragots, se ferait discrète dans son nouveau logis. Ce serait mal la connaître.

Le 18 mars 1989, en plein procès par conséquent et à 23 h 30, alors qu'elle vit depuis seulement quatre jours boulevard Ney, elle se prend de querelle avec sa voisine du troisième étage. Celle-ci et son compagnon, excédés par le vacarme musical en provenance de l'étage supérieur, s'étaient crus autorisés à sonner à la porte de Mabrouka pour lui demander de le faire cesser. Pour toute réponse à leur démarche, la jeune femme recevait une gifle, et son compagnon, également frappé, perdait ses lunettes qui se brisaient. La discussion se clôturait, après les injures d'usage, sur la menace de la douce Bani de « foutre le feu à leur appartement ».

Aussitôt après les faits, les victimes appelaient Police-Secours et déposaient plainte. Affaire en cours.

Un détail : la voisine de Bani est substitut du procureur de la

République à Paris. Mabrouka Lazar a encore mal choisi son voisinage.

Malika Chabira, plus connue sous le surnom de « Malika 36 », a également connu quelques ennuis après le procès.

Le 31 juillet 1989, avec deux autres prostituées de « Buda », elle engageait quelques « gros bras » commandés par un Zaïrois pour « démurer » quelques studios de « Buda » et les rendre opérationnels.

Informés, alors que marteaux et masses étaient en action, les inspecteurs de la brigade des stupéfiants et du proxénétisme se transportaient sans délai sur les lieux et interpellaient les démolisseurs. Ceux-ci reconnaissaient avoir déjà « démuré », pour leurs commanditaires, trois des studios de l'immeuble. Le salaire de ces ouvriers était modeste il est vrai : mille francs par local ainsi réouvert.

Ses projets de nouvelle création d'entreprise ainsi tués dans l'œuf, « Malika 36 » se voyait une fois de plus déférée à la justice et emprisonnée. Une raison supplémentaire sans doute pour elle de crier à l'injustice après avoir, comme elle le disait, trop « balancé » pour ne pas mériter quelques indulgences.

Halima El Bordji n'a pas eu plus de chance. Sous le couvert de quelques faiblesses envers Jean Mustafa, elle avait été quelque temps « collecteuse de loyers » chez ses consœurs de « Buda ». Elle avait préféré ne pas assister au procès et avait effectué un repli stratégique en Algérie. Une absence qui, selon un vieux principe, ne pouvait qu'être interprétée à ses torts. Résultat : quinze mois fermes et un mandat d'arrêt qui, en galopant à travers tous les ordinateurs policiers, allait la rattraper bêtement le soir du 8 octobre 1989 à la faveur d'un contrôle de routine dans un bar parisien.

Elle a dû reprendre la direction de la maison d'arrêt des femmes de Fleury-Mérogis.

Nacera Zitouni elle aussi avait participé, maladroitement et avec bien des contradictions, aux accusations portées contre le commissaire Jobic. Il est vrai qu'elle était à l'époque en prison, comme Mabrouka Lazar son mauvais génie, et qu'elle n'avait qu'une hâte : en sortir.

La chose étant faite, Nacera Zitouni et son époux proxénète, Mohammed Abdehramane, retournaient tout naturellement à leurs occupations habituelles. Une petite année de liberté, pas davantage. Le 25 août 1989, la brigade des stupéfiants et du proxénétisme interrompait une nouvelle fois leurs activités dans les squatts de la rue de Budapest.

Par la même occasion, Bernard Lemouton et son épouse voyaient eux aussi mettre un terme à une tentative de restructuration de leurs coupables entreprises.

Il fallait bien également s'inquiéter de ce qu'étaient devenues les vedettes, ces parties civiles qui, en dépit de leurs contradictions, de leurs hésitations, de leurs mensonges, allaient conduire Jobic au banc des prévenus.

Lahouaria Nacel, ex-Samira Kheri, plusieurs fois condamnée, interdite de territoire et expulsable, avait acquis, on s'en souvient, un statut de *persona grata* même sous son faux nom après sa constitution de partie civile ; une situation que la relaxe du commissaire et la dérobade de ses « victimes » devant la cour d'appel de Versailles risquaient de rendre précaire.

Après le procès, Lahouaria avait disparu discrètement. Elle faisait partie, disait-on, de celles que le juge Hayat avait eu le mérite d'arracher à l'infâme trottoir de « Buda ». Les chemins de la rédemption sont eux aussi, comme le procès Jobic, semés d'embuscades. Le 19 août 1989 au petit matin, Lahouaria était interpellée à Versailles pour « tapage nocturne » après une bruyante querelle avec un automobiliste. Avait-elle confondu les allées royales avec la sulfureuse et caquetante rue de Budapest ?

Sa situation, redevenue irrégulière après son immunité provisoire, la conduisait sans délai à la prison de l'avenue de Paris.

— Son domicile est tenu secret pour des raisons évidentes de sécurité, s'exclamait deux semaines plus tard devant le tribunal Me William Bourdon à qui il faut rendre cette justice de n'avoir pas laissé tomber sa cliente.

Cela dit, « les raisons évidentes de sécurité » paraissent un argument bien faible quand l'intéressée vocifère en pleine nuit dans la cité des rois.

— Ma cliente est sur la voie de la réinsertion. Elle a définitivement quitté le trottoir de la rue de Budapest, poursuivait, pathétique, Me Bourdon.

Le président Brouwers ne demandait sans doute qu'à le croire. Il s'enquérait quand même discrètement des nouvelles occupations de cette bruyante noctambule :

— Hôtesse de bar !

— Néologisme ! entendit-on en écho, méchamment.

Il est vrai que lors de son arrestation elle avait donné comme adresse celle du *Rubis Club*, un bar accueillant de la cité versaillaise.

Me Bourdon ayant donné les assurances d'une rapide régularisation de la situation administrative de la prévenue et même de la levée de son interdiction de territoire, le tribunal acceptait de rendre Lahouaria Nacel aux chemins abrupts de sa réinsertion et renvoyait l'examen de l'affaire au 4 novembre.

Le 4 novembre, à la surprise générale, c'était le ministère public lui-même qui proposait un nouveau renvoi au 7 mai 1990 !

Le 7 mai, nouvel ajournement au 21 juin à la demande de Me Bourdon et le 21 juin nouveau renvoi à une date cette fois indéterminée.

Ce n'est finalement que le 25 octobre 1990 que le tribunal condamnait Lahouaria à un mois d'emprisonnement avec régime de semi-liberté.

Il n'est apparemment plus question pour elle d'interdiction de territoire. L'autorité administrative s'est montrée bonne fille en lui accordant depuis le 8 janvier 1990 une autorisation provisoire de séjour régulièrement renouvelée qui lui permet d'espérer sans doute une prochaine carte de résidente.

Elle pourra ainsi continuer à animer les nuits de Versailles au *Rubis Club*, au *Buckhingham* et au *Black Swain*.

Une réussite surprenante pour Lahouaria Nacel alias Samira Kheri, à moins que la possession d'un casier judiciaire ne soit devenu, sans qu'on le sache, un facteur positif pour l'admission au séjour en France d'un étranger !

Me Francis Terquem, autre défenseur des parties civiles, s'est lui aussi retrouvé, à cause de ses clientes, devant un tribunal, non plus cette fois ès qualité, mais comme prévenu. C'était celui de la 17e chambre correctionnelle de Paris où il était poursuivi pour diffamation à la demande du sous-directeur Olivier Foll, du commissaire divisionnaire Venere et des inspecteurs Creissac et Jacqueré. Les faits remontaient au 13 mars 1989. On se souvient que ce jour-là, à la sortie d'une audience du procès Jobic, l'avocat avait déclaré devant les caméras et les micros de *TF 1* qu'il venait d'assister : « depuis le début de ce procès au plus imposant défilé de faux témoins de la hiérarchie policière depuis l'affaire De Varga ».

Les quatre policiers qui venaient de témoigner avaient considéré à juste titre qu'il s'agissait là d'imputations diffamatoires.

Présidé par M. Alain Lacabaratz le 28 mars 1990, le tribunal leur a donné raison en constatant que les propos tenus étaient « gravement offensants » et « formulés avec une animosité manifeste ». Me Francis Terquem se voyait en conséquence condamné à huit mille francs d'amende, à la publication du jugement dans quatre journaux et à vingt mille francs de dommages et intérêts à chacun des quatre policiers plaignants. Il faisait naturellement appel de cette décision.

De Zoulikha Zenati et de Fatna Kebdani en revanche, le petit monde de « Buda » reste sans nouvelles. On sait par le colonel Morel qu'au mois de novembre 1988 la situation administrative de Zoulikha avait été régularisée. On sait aussi que sa « protection » avait été assurée du 2 décembre 1987 au 3 novembre 1988 et que, durant une partie de cette période, elle avait exercé un emploi sans rapport avec la prostitution. Plus récemment on a encore appris que la première chambre civile du tribunal de Paris l'avait déboutée le 5 avril 1990 de la demande de dommages et intérêts qu'elle avait formulée contre *Le Figaro-Magazine* suivant en cela l'exemple du juge Hayat qui, lui, avait gagné son procès contre le même hebdomadaire.

C'était en quelques jours le deuxième échec essuyé devant les tribunaux par Me Terquem, l'avocat de Zouzou, après sa propre condamnation le 28 mars.

Aux dernières nouvelles Zoulikha Zenati se serait installée dans le quartier Porchefontaine à Versailles. Peut-être espère-t-elle y trouver, comme sa consœur Lahouaria Nacel, l'oubli de son passé et recevoir pour prix de ses bons et loyaux services un titre de séjour ?

Quant à Fatna Kebdani, dite Fathi-la-Grande ou Fathi-Travelo, elle s'est évanouie dans la nature après ses dernières apparitions au procès de Jobic.

Pour le reste la vie à « Buda » se fait plus difficile que jamais. Murages administratifs et démurages sauvages, incendies dans les squatts, rackets de prostituées, séquestrations de récalcitrantes, violences diverses et maquereautage généralisé restent au menu quotidien d'une rue en état de non-droit dont la prostitution n'est que le chancre le plus visible. D'autres filles ont remplacé les étoiles trop voyantes. Elles tournent la tête ou tombent des nues quand on leur parle de l'affaire Jobic. « Rachid Méditerranée », dans son bar *L'Ambiance*, se plaint de la chute de son chiffre d'affaires. La convivialité a disparu, les bouches se taisent. L'affaire Jobic n'a pas modifié le fond du problème, elle en a changé les apparences.

Boumedine Ouchent, de son côté, n'a pas réussi, dans son café-restaurant de la rue d'Aguesseau à Boulogne, la conversion qu'il espérait. L'expérience a été brève. Il est revenu près de ses anciennes bases et a repris, 5 rue de Paris à Clichy, un petit établissement sans ambition. A ceux qui le connaissent encore, Michel-le-Vosgien donne l'impression d'être en état d'errance. Peut-être regrette-t-il de n'avoir pas mieux écouté sa voyante du désert ?

Quant à Nadjet, cette Nadjia Khabir à qui l'affaire Jobic doit son premier brûlot, elle a repris une vie pleine de périls qui lui a valu de « tomber » une fois de plus, le 27 novembre 1989, entre les mains de la police et de la justice.

Ayant « fait » rapidement un client, à même le sol plus que douteux, dans un recoin de couloir au 3 rue de Budapest, elle avait réussi à lui subtiliser dans la poche intérieure de sa veste, une liasse de huit mille francs. Ce ne sera qu'un profit fugitif puisque, dénoncée et arrêtée, elle devra rendre l'argent à sa victime et des comptes à la justice. Gain final : huit mois de prison.

Il est peu probable que son ex-amant et protecteur Rachid Mecheri, libéré pour sa part en décembre, vienne adoucir par une visite les rigueurs de sa détention. Il est actuellement en « cavale » recherché pour complicité dans une fusillade en mars 1990 au cabaret oriental *Le Salambo* à Paris

Il semble que Mecheri ait fait un bien mauvais usage de sa liberté retrouvée.

Le plus étonnant dans cette nouvelle affaire criminelle, pour la petite histoire, est que la victime de cette fusillade, qui a reçu quatre balles dans le bas-ventre, n'est autre que Djamel Guidera. C'était ce même Guidera qui était visé le 4 mai 1984 par les balles qui atteignirent par erreur, au sein et au genou, Malika Djennadi, ce témoin important de l'affaire Jobic, dans son bar de la rue Nollet. Quant à Slimane Diffalah dit Salim-le-Fou, l'assassin de Mahfoud Bouchama, le compagnon de Malika, il a été condamné le 9 octobre 1990 par la cour d'assises de Paris à vingt ans de réclusion criminelle.

Serait-ce, comme cela se dit, la justice d'Allah qui aurait quelque chose à voir dans la destinée des acteurs de la sinistre farce jouée pendant plus de deux ans sur les tréteaux de « Buda » ? Celle des hommes en tout cas n'a pas tardé à les retrouver dans leurs basses œuvres habituelles.

ÉPILOGUE

« Je n'ai jamais vu de telles lacunes dans un dossier. En plusieurs semaines de réflexion et de recherches je n'ai pu trouver aucune explication cohérente à l'absence de onze commissions rogatoires et à l'absence de leurs onze copies dans le double du dossier. La perte de pareils documents est énorme. C'est la première fois que je vois cela depuis que je suis au parquet. »

Ce langage sévère tenu à l'audience de la 12e chambre du tribunal correctionnel de Nanterre, au début du mois de décembre 1989, par le substitut Miconini, n'avait aucun rapport avec l'affaire Jobic. Il concernait le dossier d'instruction d'une affaire impliquant une trentaine de trafiquants de drogue également « braqueurs », arrêtés en avril 1988 par la brigade antigang de Paris et le SDPJ 92. Une véritable entreprise malfaisante de première grandeur avait été démantelée.

Ce n'est pas aux d'Andrea et consorts que s'adressait dans ses reproches le substitut Miconini, mais au magistat instructeur responsable d'un dossier devenu incohérent. Le magistrat instructeur en question était le juge Jean-Michel Hayat.

Les étranges absences, dans son dossier, de pièces essentielles étaient une cause majeure de nullité que le défenseur de Jean-Claude d'Andrea, Me Olivier Metzer, éminent juriste et découvreur redouté des fautes de droit, ne pouvait laisser passer :

« On ne trouve aucune trace, ni originaux, ni copies des commissions rogatoires. Mais il y a plus. La greffière a vérifié toutes les cotations. Elles sont ininterrompues. Ces pièces n'ont donc pas été perdues. On doit avoir des doutes sur leur existence même... »

Le tribunal, encore présidé à cette 12e chambre par le président Foulquié, celui-là même qui avait dirigé le procès Jobic, n'a pu que constater l'incroyable carence et la nullité des quelque deux mille pièces de l'instruction du juge Hayat. La conséquence était de droit : la libération immédiate de toute la filière de braqueurs-trafiquants démantelée par les policiers après plusieurs semaines d'efforts conjugués.

Par chance, ils ne seront que cinq à bénéficier de cette remise en liberté, les autres étant également détenus à d'autres titres plus valables. Mais pour ces cinq-là quelle aubaine, pour la justice quel affront et pour la société quels risques !

Les plus importants d'entre eux sont bien sûr leur chef Jean-Claude d'Andrea et aussi un de ses complices, un certain Davy qui s'était évadé de Bois-d'Arcy à l'époque où le commissaire Jobic y passait de sombres journées. Capturé de nouveau il n'aura pas, cette fois, à faire travailler son imagination pour quitter sa prison.

La baraka de D'Andrea est vraiment exceptionnelle. Déjà en 1983, il avait retrouvé une liberté imméritée par la faute d'un juge d'instruction qui n'avait pas renouvelé à temps son mandat de dépôt et ceux de ses complices du moment. De quoi inquiéter les policiers d'autant qu'il ne s'agissait pas de menu fretin mais de « poids lourds ». Il y avait notamment dans la bande un certain Jean-Claude Azoulay considéré dans le Milieu comme le successeur des Zemour dans le racket, le proxénétisme et accessoirement la drogue.

Nul doute que tout ce beau monde en liberté ne reprenne rapidement sa place à la tête du grand banditisme, mobilisant une fois de plus tous les Jobic de la PJ.

Quelqu'un aura-t-il à répondre, devant quelque instance de contrôle, des carences de ce dossier ? L'avenir le dira. Pour l'heure, une information judiciaire est ouverte et une enquête administrative a été ordonnée par la chancellerie.

Jean-Michel Hayat a quitté depuis son cabinet de Nanterre pour devenir l'un des vice-présidents du tribunal de grande instance de Versailles. Chargé d'une chambre civile et des affaires contentieuses il se trouve ainsi écarté du domaine pénal.

Quant au syndicat de la magistrature, il est clair qu'il s'est trouvé divisé au lendemain de l'affaire Jobic. Le malaise est apparu au grand jour le 16 décembre 1989, lors des élections qui ont suivi son congrès. Ce sont d'abord les incidents marquant le passé professionnel de

Frédéric N'Guyen depuis Bastia qui, en étant révélés à l'assemblée et du même coup à la presse, l'ont fait écarter du poste de secrétaire général qu'il ambitionnait. Mais la plus grande surprise est venue de l'échec de Mme Adeline Hazan-Hayat qui était candidate à un nouveau mandat de présidente.

CRISE OUVERTE AU SYNDICAT DE LA MAGISTRATURE ET RÈGLEMENT DE COMPTES, titraient les quotidiens le lendemain de ces élections aux résultats inattendus. Elles portaient à la présidence le procureur de la République de Narbonne M. Bernard Brunet qui en fut, dit-on, le premier surpris. Il démissionnait d'ailleurs simultanément, quelques semaines plus tard, de cette présidence et du syndicat lui-même à cause d'une sombre affaire d'enregistrement d'une conversation téléphonique entre magistrats.

De nouvelles élections allaient opposer en mai 1990 deux listes antagonistes pour le renouvellement exceptionnel du conseil syndical. Celle de M. Maurice Zavaro, maître de conférence à l'École Nationale de la Magistrature, balayait littéralement, celle que présentait Frédéric N'Guyen.

REQUIEM POUR LE SYNDICAT DES JUGES ROUGES, annonçait le 24 mai *L'Événement du Jeudi*, ajoutant, dans son commentaire, que *les deux dernières années avaient été empoisonnées par l'affaire Jobic qui opposait un commissaire à l'un de leurs syndiqués le juge d'instruction Hayat. En donnant sans nuance dans l'anti-flics le syndicat n'a gagné que de la déconsidération.*

Les perturbations dans le monde judiciaire n'en sont pas terminées pour autant puisque plus récemment le rapport de la commission « Justice pénale et droits de l'homme », présidée par Mme Mireille Delmas-Marty, professeur de droit, propose à la chancellerie et au gouvernement une modification profonde de la nature même du statut de juge d'instruction.

On ne parlerait même plus de la réforme précédente jamais appliquée qui instituait la collégialité pour statuer sur la liberté ou la prévention du délinquant. Le juge d'instruction, en tant que tel, cesserait d'exister. L'enquête serait confiée au parquet et l'ex-magistrat instructeur deviendrait l'arbitre entre le procureur et la défense, celle-ci étant par ailleurs habilitée à assister son client dès le stade de la garde à vue policière. Un mixage, en fait, du droit anglo-saxon et de notre procédure inquisitoriale. Qu'adviendra-t-il de ce nouveau projet ? L'avenir le dira. La seule chose qui paraisse certaine est que les jours du juge d'instruction aussi puissant que solitaire sont comptés.

Malgré les excès et des errances de quelques-uns une médecine douce eût peut-être été, pour y remédier, préférable à une solution chirurgicale. Le malade y survivra-t-il ?

LA DERNIÈRE DE MONSIEUR PEDRO

Pedro Villalonga a été, à sa manière, une vedette dans cette affaire Jobic. Avec sa truculence, ses obscénités et surtout sa correspondance délirante, il a nourri verbalement et par écrit le dossier du juge Hayat d'une foule de dénonciations qui auraient normalement dû valoir au commissaire, si elles avaient été fondées, une condamnation exemplaire en cour d'assises. Il n'y manquait rien. « Proxénétisme, vol, racket, « contrats » en vue de meurtres, collaboration criminelle avec des services étrangers, organisation d'une mafia policière, etc.

Leurs excès à eux seuls condamnaient les accusations de Monsieur Pedro mais une sorte de frénésie semblait l'inciter à aller toujours plus loin dans la délation au fur et à mesure que les médias et ses visiteurs ou visiteuses lui révélaient les nouvelles voies de l'enquête. Il savait tout sur tout, Monsieur Pedro, et même davantage. Il allait aider de toutes ses forces le juge Hayat à épurer la police, il le lui a écrit. Nul doute que pour prix de ses éminents services, on lui « renverrait l'ascenseur » en ramenant à sa juste dimension la misérable affaire de proxénétisme montée naturellement de toutes pièces contre lui par la bande à Jobic.

Les différents juges successivement chargés de son dossier avaient traité ses dénonciations à répétition par l'indifférence. Le juge Hayat, lui, s'en était emparé avec voracité. Peu importaient les sources qui alimentaient l'imagination de Villalonga.

Les efforts de Monsieur Pedro allaient pourtant s'avérer inutiles. Que Jobic soit innocenté, la chose sans doute lui importait peu. Ce qui allait le ramener aux tristes réalités était sa propre condamnation : sept années de prison.

Monsieur Pedro payait sans doute par cette lourde sanction, non seulement ses activités de chef d'une PME de proxénétisme, mais aussi ses comportements exécrables et ses dénonciations à jet continu contre la terre entière et en particulier contre ses juges, procureurs, avocats et policiers.

Il faisait naturellement appel mais, la relaxe de Jobic étant intervenue, il réalisait subitement qu'il s'était démené inutilement et que ses éminents services n'étaient pas payés de retour.

A la fureur, puis à l'abattement, allait succéder une salutaire réflexion. S'il voulait s'attirer une certaine clémence de la cour d'appel, mieux valait mettre bas le masque et reconnaître ses errements.

Le 23 juin 1989, il adressait au président de la cour d'appel de Paris, une longue lettre qui allait être lue publiquement à l'audience du 27 juin :

Depuis le 20 mars 1989, date à laquelle je fus condamné très sévèrement... j'ai beaucoup réfléchi au piège dans lequel je suis tombé. Mon dossier pénal, dès le début, est clair comme de l'eau de roche.

Au lieu de me laisser tranquille « on » est venu me contacter pour entrer dans la galère de ce dossier Venere-Caugant-Jobic, pour enfoncer les policiers.

On m'a fait reluire monts et merveilles dont une liberté provisoire que j'ai sollicitée X fois. Je fus extrait en gendarmerie à plusieurs reprises et le piège s'est refermé sur moi et Jobic...

Entre Versailles et Nanterre on m'a bien baladé. Mlle Mazière est venue se marier à la Santé avec moi. Elle m'a raconté qu'elle était obligée de se prostituer pour Jobic. A mon avis c'était monté. Depuis le 20 mars où elle fut condamnée à trois ans avec sursis, elle a complètement disparu des parloirs...

Monsieur le Président, j'ai ouvert les yeux. Je suppose que j'ai tout compris. « On » a voulu abattre Jobic... « On » a baratiné Mazière pour qu'elle participe à la montée de ce soufflé au fromage. J'ai senti une vague odeur de cabale au procès de Nanterre.

Monsieur le Président, je reconnais les faits qui me sont reprochés. Je vous demande votre pardon car je suis très malade et je risque de décéder en prison...

Pedro Villalonga s'étend ensuite longuement sur le cancer de la peau dont il se dit atteint et sur la solitude morale dans laquelle il est tombé avant de conclure :

J'ai vidé mon cœur, je ne sais pas ce que je vais devenir, mais je sollicite le pardon de la société.

Le Pedro malade et repentant n'a plus rien du matamore rugissant qui remplissait les prétoires et ses lettres de ses imprécations, de ses obscénités, de ses accusations échevelées.

Repentir vrai ou faux, allez donc savoir avec un tel personnage. Il avait en tout cas de tels accents de sincérité que la cour d'appel bienveillante ramenait de sept à cinq ans sa peine d'emprisonnement, ce qui aurait pu lui permettre, compte tenu de sa détention préventive, de la surcharge carcérale et de la politique post-pénale, de voir s'ouvrir cette année, les portes de sa prison.

Il n'a pas eu cette patience. Transféré à Liancourt en raison de son état de santé, il a bénéficié pour la même raison d'une permission dite médicale. Que croyez-vous qu'il arrivât ? Monsieur Pedro ne revint pas. Il est considéré comme évadé depuis le 22 mars 1990. Du coup le tribunal de Paris lui a infligé le 5 avril dernier une peine supplémentaire de cinq ans de prison, par défaut, pour avoir usurpé l'identité de Criville.

On dit que Pedro, après avoir erré dans des campements de fortune en banlieue parisienne, aurait finalement trouvé refuge en Espagne. Un retour aux origines en somme. Le mandat d'arrêt qui le guette en France étant simplement national il pourra éventuellement s'y recycler. La liberté a le don de restaurer les santés les plus délabrées. A moins que le juge d'application des peines n'ait l'idée de rendre son mandat d'arrêt international. Une autre menace pèse encore d'ailleurs sur l'avenir, en France, de Monsieur Pedro. Le juge Laroche, saisi de la plainte en dénonciation calomnieuse des commissaires Venere et Jobic, a communiqué son dossier au parquet en vue du renvoi de Villalonga devant le tribunal.

Le plus important pour l'affaire Jobic n'est bien sûr pas là. Il est dans l'aveu de la manipulation d'un homme prêt aux pires lâchetés pour retrouver sa liberté. Et la question qui reste posée est celle de ce « ON » sur qui Villalonga ne met pas de nom. Qui est-il ? ou qui sont-ils ? Il n'apparaît pas qu'on ait jamais cherché à le savoir, pas plus qu'on a cherché à connaître le « ON » qui organisait les représailles contre Patricia Boschetto.

La rigueur critique peut certes conduire à se demander si Villalonga, professionnel avoué du mensonge, n'aurait pas, encore une fois, triché dans son ultime confession. Une autre lettre permet de repousser cette hypothèse. Elle n'émane pas cette fois de Villalonga, mais de la sœur de ce Tagliaferi emprisonné pour meurtre, dont Pedro, lors de ses plus belles inventions, prétendait qu'elle était la maîtresse du commissaire Venere. On se souvient que Pedro accusait même Venere-Jobic d'obliger Nadia Mazière à se prostituer et à envoyer des mandats à Tagliaferi pour lui permettre de « cantiner ». Or, Chantal Tagliaferi adressait, le 25 mai 1989 au directeur de la centrale de Poissy, un courrier par lequel elle sollicitait, pour son frère, un changement d'établissement pénitentiaire en raison des dangers qu'il courait.

J'ai appris par vos services que mon frère avait été victime d'un accident et transporté à l'hôpital de Fresnes pendant six jours. Il faut que vous sachiez que cet « accident » est dû au fait qu'il a témoigné au procès Jobic sans dire autre chose que la vérité, c'est-à-dire en n'accablant pas le commissaire qu'il n'avait jamais rencontré.

Le guet-apens qui lui a été tendu dans votre établissement est le fait d'individus qui se sont rangés du côté de Villalonga Pierre, incarcéré à la Santé et qui, lui, avait inventé toutes sortes de calomnies sur les commissaires Venere et Jobic pour tenter de faire pression sur son propre procès.

Ces mêmes agresseurs auraient reçu des subsides de l'extérieur sous forme de mandats de la part de Villalonga pour exécuter un « contrat » sur la tête de mon frère.

Voilà tout ce que je sais... Je vous demande de veiller à la sécurité de mon frère ou de le faire transférer dans un autre établissement...

Cette lettre, qui noircit davantage encore l'image de Monsieur Pedro par la révélation des moyens qu'il utilisait pour accréditer ses calomnies, confirme aussi le sinistre jeu de faux témoin qu'il avoue au président de la cour d'appel.

ET JOBIC ?

Quant à Yves Jobic, personnage central et héros involontaire de ce psychodrame judiciaire, il a regagné le poste de repli auquel l'avait affecté son administration afin de ne pas envenimer un conflit devenu trop passionnel.

Bien que relaxé et lavé de tout soupçon par la justice il a dû, dans un premier temps, payer le fracas médiatique de l'affaire par un refus d'avancement au grade de commissaire principal.

Peut-être fallait-il à la haute administration policière une preuve supplémentaire de son innocence et du traquenard dans lequel il avait été entraîné ? Cette preuve est venue le 16 novembre 1990 de la plus haute instance judiciaire, la cour de cassation. Sa commission spécialisée a accordé ce jour-là au commissaire Yves Jobic, victime d'une incarcération abusive et d'un préjudice particulièrement anormal et grave, une indemnisation exceptionnelle de 150 000 francs. Il faut bien en conclure, selon la jurisprudence constante, qu'il y a bien eu dans cette invraisemblable traque du policier un dysfonctionnement de la justice.

Yves Jobic se trouve ainsi spectaculairement réhabilité une seconde fois. Il ne le sera pourtant totalement à ses propres yeux que lorsque son administration, à son tour, lui permettra de reprendre, avec le grade qui lui revient, une carrière et des activités brutalement mises entre parenthèses par l'obsession et l' « intime conviction » d'un magistrat fanatisé.

Il serait dommage pour la police elle-même de se priver plus longtemps d'un de ses éléments de terrain les plus brillants.

TABLE

PREMIÈRE PARTIE

LE PIÈGE

DEUXIÈME PARTIE

AUTOPSIE D'UNE « INSTRUCTION »

TROISIÈME PARTIE

LE DÉSAVEU D'UN JUGE

QUATRIÈME PARTIE
LE PROCÈS

ÉPILOGUE

Cet ouvrage a été composé
par l'Imprimerie BUSSIÈRE
et imprimé sur presse CAMERON
dans les ateliers de la S.E.P.C.
à Saint-Amand-Montrond (Cher)
en décembre 1990

N° d'édition : 94. N° d'impression : 930-736.
Dépôt légal : décembre 1990.
Imprimé en France